Das Buch:
Tirol im Herbst 1944: Während die Menschen schon dem Kriegsende entgegenfiebern und dabei zwischen Angst und Hoffnung schwanken, wüten Funktionäre der Partei, von Panik getrieben, gegen »interne Feinde«, denen sie die Schuld am drohenden Debakel geben.

In den Wirren dieser Monate verlieben sich zwei in die Berge geflohene Deserteure in die achtzehnjährige Anna, eine Einheimische, die die Männer in ihrem Versteck heimlich mit Proviant versorgt – ihre Familie steht im Visier der örtlichen Nazis. Aufkeimende Eifersucht macht aus den Freunden bald erbitterte Feinde. Trotzdem verbringen Maximilian und Anna schließlich die glücklichsten Monate ihres Lebens, träumen sogar von einer gemeinsamen Zukunft. Da tauchen im Tal Soldaten auf, die pechschwarze Uniformen tragen, und Maximilian macht einen Fehler mit schrecklichen Folgen ...

»Spannendes Weltkriegs-Drama rund um die berührende Liebesbeziehung von zwei jungen Menschen, die das Schicksal dazu bestimmt hat, in einer für uns kaum vorstellbaren, furchtbaren Zeit zu leben ...« Litblog

»Neben dem spannenden Blog bestechen vor allem die Menschen aus Fleisch und Blut, die vom Autor mit großer Menschenkenntnis gezeichnet wurden ...« Rezens. K.A.

Der Autor:
Alexander Boudin studierte in Wien Sozial- und Wirtschaftswissenschaften und lebt in der Nähe von Kitzbühel in Tirol. Sein besonderes Interesse gilt der Zeitgeschichte der beiden Weltkriege und den Schicksalen der Menschen, die zu dieser Zeit gelebt haben. Sein Stil ist geprägt von den Literatur-Klassikern der ersten Hälfte des 20. Jahrhunderts. Der Roman *Angst vor Morgenrot* ist seine erste Veröffentlichung.

Alexander Boudin

Angst
vor
Morgenrot

Roman

Bibliografische Information der Deutschen Nationalbibliothek:
Die Deutsche Nationalbibliothek verzeichnet diese Publikation in der
Deutschen Nationalbibliografie; detaillierte bibliografische Daten sind im
Internet über dnb.d-nb.de abrufbar

TWENTYSIX-Der Self-Publishing-Verlag
Eine Kooperation zwischen Verlagsgruppe Random House und BoD-Books on Demand

Herstellung und Verlag:
BoD-Books on Demand, Norderstedt

Copyright © 2016 by Mag. Helmut Dorfstetter

ISBN 9783740705923

Personen und Handlung des folgenden Romans sind frei erfunden. Jede Ähnlichkeit mit tatsächlichen Begebenheiten sowie mit lebenden oder bereits verstorbenen Personen beruht daher auf reinem Zufall.

Kapitel 1 (Prolog)

Bernried am Starnberger See, 11. November 1985

Jäh schreckte er aus seinem Tagtraum auf und starrte ins Leere. Wieder waren ihm *diese* Bilder erschienen! Auch die vier Jahrzehnte, die seit damals vergangen waren, hatten es nicht geschafft, diese Bilder verblassen zu lassen:

Das Lächeln des Mädchens, seine Hand gegen die blendende Sonne gerichtet – das Tal im Schatten versunken, dahinter die Berge in Weiß – die Stube, nur von einer einzigen Kerze erhellt – Kokarde und Rock, von Blut überströmt – ein Körper am Boden in bizarrer Verrenkung – das Rot des Morgens im vergitterten Fenster.

Das aufgeschlagene Buch und die Espressotasse vor ihm am Tisch nahmen Kontur an und drängten zurück in das Bewusstsein. Mit verstörter Miene setzte er sich auf, öffnete den Mantel und blickte um sich. Allmählich begannen seine Sinne wieder die Farben, Geräusche und Gerüche aufzunehmen, die ihn umgaben: Er spürte die kaum wärmende Sonne des Herbsttages auf seiner Haut und roch den Dunst von faulendem Laub. Sah das verwachsene Ufer, das wie aus dem Nichts durch den Nebel erschien und beobachtete Schwaden, die sich auflösten und so den Blick freigaben auf die spiegelnde Fläche des Sees. Von irgendwo her drang das Tuckern eines einsamen Bootes an seine Ohren.

Auf der Terrasse des Seegasthofes standen noch immer die Tische und Sesseln vom Sommer. Blau-weiß karierte Tischtücher hatte man mit Klammern über die Platten gespannt. Überall am Boden verstreut klebten Blätter des Kastanienbaumes, der Haus und Gastgarten überragte.

Als einziger Gast hockte er da und blickte der Begegnung entgegen, die ihm Angst machte, und nach der er sich dennoch ein Leben lang gesehnt hatte. Nachdenklich schob er das Tablett mit der längst ausgetrunkenen Tasse von sich und streckte seine Beine unter dem Tisch aus. Dann strich er ein paar Haare zurück, die ihm in die Stirne gefallen waren, nahm seinen Kafka wieder zur Hand und begann sich darin zu vertiefen. Minuten später hob er den Kopf: Das Geräusch eines sich nähernden Autos war zu hören, verlor sich jedoch rasch hinter der nächsten Biegung der Straße.

Die Gaststubentüre, an der ein Blechschild der *Paulaner-Brauerei* prangte, wurde von Innen geöffnet.

»Möchten sie schon essen, Herr Professor?«, fragte mit routinierter Freundlichkeit Frau Beyerhammer, die Wirtin, die auf die Terrasse getreten war und mit flinker Bewegung die leere Tasse vom Tisch nahm.

»Ich erwarte jemanden, wir kommen dann in die Stube.«

»Darf ich ihnen sonst noch etwas bringen?«

»Halten sie mir bitte nur einen ruhigen Tisch frei – für zwei Personen, wenn das geht?«

»Aber natürlich«, beeilte sich Frau Beyerhammer zu versichern, warf noch einen kritischen Blick auf das Wetter und eilte zurück in das Haus.

Der Professor schaute vom Buch auf und ließ seinen Blick über den See gleiten: Durch die Thermik war Wind aufgekommen, der die türkisgrüne Oberfläche nun mit dunklen Streifen überzog. Wasser gluckerte am nahen Ufer. Rhythmisch hob und senkte sich der Bug eines am Steg liegenden Bootes.

Mit einem Seufzer lehnte er sich zurück an die mit Schindeln bedeckte Hauswand, hielt das Gesicht der blassen Sonne entgegen und schloss seine Augen.

In diesem Moment wurde Professor Maximilian Stöger wieder einmal schmerzlich bewusst, wie schnell die letzten vier Jahrzehnte an ihm vorbeigerast waren. Wo sind sie geblieben, die Jahre, in denen das Leben noch vor ihm lag und all sein Denken der Zukunft galt? Wo war sie, die unbeschwerte Zeit seines Studiums in Tübingen und später dann in München? Er musste an die Mutter denken: Nach dem frühen Tod des Vaters schuftete sie von früh bis spät in ihrer Änderungsschneiderei, weil es der einzige Sohn, der ihr geblieben war, einmal besser haben sollte und daher eine solide Ausbildung bekommen musste. Er sah Gerti vor sich, das Mädel, das er an der Fakultät kennengelernt und - nachdem sie schwanger geworden war - rasch geheiratet hatte. Er sah Wolfgang seinen Ältesten, der heute als Internist in Stuttgart ordinierte und Helga die Tochter, die, so wie er, Rechtswissenschaft studiert und ihre eigene Kanzlei gegründet hatte. Und die drei Enkelkinder, die sich prächtig entwickelten und auf die sie so stolz waren. Er erinnerte sich an die vier Jahre in Harvard, und natürlich an seine Rückkehr nach Deutschland als Professor mit Lehrstuhl an der Uni in München.

Ja, er konnte auf ein erfülltes Leben zurückblicken, es gab keinen Grund, unzufrieden zu sein oder mit dem Alter zu hadern. Nein, dazu gab es keinen Anlass. Sein Leben war in geordneten Bahnen verlaufen, hatte sich zufriedenstellend entwickelt.

Mit einer einzigen Ausnahme vielleicht. Diese Geschichte vor ewiger Zeit. Das Ereignis, das er in all den Jahren niemals vergaß, von dem er weder Gerti noch sonst jemand jemals erzählt hatte und das ihm bis heute schlaflose Nächte und schmerzliche Wehmut bescherte. Mit zunehmendem Alter hatte er sich seltener daran erinnert, aber seine Hoffnung, diese Geschehnisse nach so vielen Jahren endgültig vergessen zu können, erfüllten sich nicht.

Wieder war das Geräusch eines sich nähernden Autos zu hören. Ein VW-Golf mit österreichischem Kennzeichen bog langsam um die Kurve, hielt an, setzte zurück um schließlich auf den Parkplatz des Seegasthofs zu biegen und dort zu parken.

Ein Ruck ging durch den Professor. Mit beiden Händen schob er den Tisch nach vorne, erhob sich, knöpfte den Mantel zu, überquerte mit staksigen Schritten die Terrasse, stieg die drei Holzstufen neben der Hainbuchenhecke zum Parkplatz hinab und blieb dort wie angewurzelt stehen. Sein Herz pochte.

Die Sekunden verrannen wie dickflüssiger Honig. Endlich öffnete sich die Wagentüre und eine Frau stieg aus: Schlank, graue Haare, sonnengebräuntes Gesicht. Das Kostüm, das sie trug und der Lippenstift, den sie wohl im Auto rasch aufgetragen hatte, bewiesen Geschmack. Sie bückte sich, strich ihren Rock glatt, richtete sich auf, erblickte ihn und ein winziges Lächeln huschte über ihr Antlitz.

Verlegen, fast ängstlich stand er da, der sonst so erfolgsverwöhnte Professor. Er hatte schon Stunden zuvor überlegt wie er sie begrüßen sollte – sich schließlich zu einem Handkuss entschlossen. Ein Handkuss schien ihrem Alter und der Situation angemessen zu sein. Als er aber die dunklen Augen im faltigen, aber immer noch hübschen Gesicht sah, nahm ihn wieder der alte Zauber gefangen. Nach kurzem Zögern ging er auf sie zu, umarmte sie mit ungelenker Bewegung. Jeder Gruß, ob *grüß dich, hallo, willkommen* oder *servus* schien ihm plötzlich unpassend zu sein.

»Wie geht es dir, Anna?«, fragte er deshalb und fügte, noch bevor sie antworten konnte, hinzu: »Hast dich kaum verändert, bist nur älter geworden ...«, er breitete die Arme aus, »so wie ich halt auch.«

»Mein Mann ist vor einem Jahr gestorben«, sagte sie. »Aber ich bin mit dem Leben zufrieden.«

Ihre angenehme, dunkle Stimme und der kaum wahrnehmbare, österreichische Dialekt klangen für ihn sofort wieder vertraut.

Erneut ließ sie ein Lächeln aufblitzen. »Dein Kompliment kann ich zurückgeben. Siehst auch gut aus – jedenfalls besser als auf diesem Bild in der Zeitung. Bist du noch immer so rebellisch, wie früher?«

»Ich weiß nicht so recht, in manchen Dingen vielleicht ...«

»Bist nicht mehr so schlank wie damals.«

Der Professor fand diese Bemerkung nicht gerade schmeichelhaft. »Hast du hergefunden?«, fragte er und ärgerte sich sogleich über die Äußerung, die ihm mangels besserer Idee herausgerutscht war.

»Ich hab mich verfahren, bei Wolfhausen, deshalb bin ich verspätet.«

»Du meinst Wolfratshausen? Ja das kenne ich. Man muss dort links abbiegen, gleich nach der Tankstelle und dann über die Brücke.«

»Das Schild habe ich natürlich gesehen – aber ich wollte halt abkürzen ...«

Sie hat noch immer den Dickschädel wie damals, dachte der Professor und konnte ein Schmunzeln nicht unterdrücken.

Aus Verlegenheit entstand erneut eine Pause. Er trat von einem Bein auf das andere, die Frau kaute an ihrer Unterlippe.

»Wollen wir nicht hineingehen?« Mit einer einladenden Handbewegung wies der Professor auf die Gastwirtschaft hinter ihm. »Ich habe den Treffpunkt gewählt, weil wir mit den Kindern oft hier essen. Es ist respektabel – glaub ich.«

»Sieht jedenfalls nett aus, die ganze Gegend gefällt mir.«

»Wir verbringen die Sommer meist in unserem Haus, ein paar Kilometer von hier entfernt, den Rest des Jahres wohnen wir in München«, der Professor machte eine hilflose Handbewegung.

Nachdem sich die Frau noch einmal umgedreht und dem Auto eine elegante Handtasche entnommen hatte, wandten sie sich zum Gehen; schweigend stiegen sie die Stufen hinauf, überquerten die Terrasse und betraten die Gaststube.

Im Restaurant war gedämpftes Murmeln und das Klappern von Besteck zu hören; aufgrund der Jahreszeit waren die Tische nur spärlich besetzt. Der bis in Augenhöhe mit dunklem Fichtenholz verkleidete Raum machte einen gemütlichen Eindruck. Über den weißgedeckten Tischen hingen Lampen mit gelben Schirmen, im Hintergrund glänzte ein mattgrüner Kachelofen. Schon eilte die Wirtin auf sie zu. Nachdem sie die Begleiterin des Professors neugierig gemustert, mit Handschlag begrüßt und eine Braue kaum wahrnehmbar hochgezogen hatte, geleitete sie ihre Gäste zu einem Tisch im hinteren Teil der Stube. »Ist ihnen dieser Tisch recht, Herr Professor Stöger?«

»Ja, ja ..., danke Frau Beyerhammer.« Sie setzten sich.

Rasch verteilte die Wirtin ihre Speisekarten, die sie in der Linken schon bereitgehalten hatte. »Möchten sie vorweg etwas trinken?«

Nachdem sie ihren Aperitif - je ein Glas Birnensekt - bestellt hatten, schlug Frau Bayerhammer einen verschwörerischen Ton an: »Außerhalb der Karte haben wir heute auch frischen Rehbraten mit Rotkraut und Preiselbeeren ...«

Da ihre Gäste auf dieses Angebot nicht reagierten, stattdessen mit Hilfe ihrer zuvor umständlich aufgesetzten Lesebrillen die Karte studierten, entfernte sie sich ohne ein weiteres Wort zu verlieren.

Nach hilfreichen Empfehlungen des Professors betreffend dieser oder jener Spezialität der Region war schließlich die Bestellung der Speisen geschafft. Man servierte den Aperitif. Leise klangen die Gläser beim Anstoßen, mit scheuem Blick sah man sich in die Augen und versuchte, die Verlegenheit mit Bemerkungen über Wetter, Schönheit der Landschaft und Details der Anreise zu überspielen. Der Professor sprach kurz und ohne Begeisterung über seine Arbeit. Immer wieder drohte das Gespräch zu versiegen. Die Vorspeise wurde serviert, dann die Hauptspeise. Später ein kleines Dessert.

Schließlich aber, nach dem zweiten Glas Wein und stockend anfangs, begannen der Professor und sein Gast in eine längst vergangene Zeit einzutauchen. In die Zeit der Wirren des Krieges. In die Zeit, in der ihnen eine Laune des Schicksals wenige Wochen des Glücks gegönnt, sie ein bisher im Dunkeln gebliebener Umstand aber wieder auseinandergerissen und Leutnant Stöger zu dieser schrecklichen Tat getrieben hatte.

Kapitel 2

*»Soldaten **können** sterben, Deserteure **müssen** sterben«. Dieses Zitat Adolf Hitlers vom März 1941 war die Rechtsgrundlage, nach der fahnenflüchtige Soldaten im Zweiten Weltkrieg hingerichtet wurden. Fahnenflüchtig war dabei jeder, der sich mehr als drei Tage unerlaubt von der Truppe entfernte. Bei Offizieren musste manchmal die ganze Kompanie antreten, um zuzuschauen, wie man den Delinquenten zuerst die Rangabzeichen von den Uniformen riss und sie anschließend standrechtlich erschoss.*

Zuständig für Aburteilung und Hinrichtung waren »fliegende« SS-Einheiten, die hinter den Linien operierten.

Juni 1944, München

Das Fenster stand weit offen, trotzdem roch es im Raum nach Schmierseife, Schweiß und gedünsteten Zwiebeln. An der Wand neben der Tür hingen nach Größe ordentlich gereiht Töpfe, Pfannen, Schöpfer und Siebe, deren Emailschicht durch jahrelangen Gebrauch so manche Kerbe aufzuweisen hatte. Ein paar Wäschestücke baumelten im Hintergrund zum Trocknen an einer Leine. Vom Messinghahn davor tropfte Wasser in das Spülbecken, dessen Rand gerade so breit war, dass ein Stück Kernseife seinen Platz darauf fand. In der Mitte der Küche, genau zwischen Spüle und Geschirrschrank, glühte der Herd, den ein Ofenrohr mit der kalkweißen Mauer verband.

Vor diesem Herd stand aufrecht wie ein Turm in der

Brandung Theresia Stöger, die an diesem Sommertag dabei war, mit hundertfach geübten Handgriffen das Mittagessen vorzubereiten: Behände schälte sie Kartoffel und warf sie in einen Topf, der mitten auf der Herdplatte stand. Zufrieden wusch sich die Fünfzigjährige danach die Hände, beugte sich und öffnete die Klappe des Bratrohres. Mit Hilfe ihrer Gabel unterzog sie den dort schmorenden Braten einer kundigen Prüfung, während die Küche plötzlich von einem Schwall himmlischen Duftes erfüllt wurde.

»Diesen Schopfbraten hab ich gestern bei einem Bauernhof in Dachau aufgetrieben«, bemerkte Theresia Stöger nicht ohne Stolz in der Stimme, nachdem sie die Klappe wieder geschlossen und sich aufgerichtet hatte. »Das hat mich zwar die alte Brosche von Tante Hilde gekostet, aber mit diesen Lebensmittelmarken ist schon lange kein Fleisch mehr zu kriegen.«

»Ich will nicht, dass du nur für mich so etwas machst – das weißt du doch!«, sagte ihr Sohn Maximilian, ohne von seiner Lektüre aufzublicken, die er am Küchentisch las. Die oberen drei Knöpfe seiner Uniform standen weit offen. Neben dem obligaten Wehrmachtsadler mit Hakenkreuz, den alle Waffengattungen zu tragen hatten, prangte das Rangabzeichen eines Leutnants am Kragenspiegel seiner Feldbluse. Er blätterte um und wischte sich eine lästige Haarsträhne aus dem Gesicht. Einem Gesicht, dessen Züge in den Jahren an der Front härter geworden waren – wie seine Mutter nicht müde wurde zu beklagen. Einem Gesicht, in dessen graublauen Augen die Mutter gar glaubte, den ganzen Schrecken des Krieges erkennen zu können.

»Ach was! Du musst wenigsten noch ordentlich essen, bevor du wieder einrückst!« Die Stimme der Mutter verriet, dass sie in dieser Angelegenheit keinen Widerspruch duldete. »Bist ohnehin dünn wie eine Bohnenstange!« Während sie sprach, entnahm sie dem Weidenkorb neben dem Herd zwei Holzscheiter, öffnete das Türchen zur Feuerkammer und legte nach. Dünner Rauch quoll durch die Ritzen der Herdplatte. »Dieses Holz ist feucht und kaum zu gebrauchen«, sagte sie und nahm einen Schöpfer von der Wand, um damit Wasser über die Kruste des Bratens zu gießen.

Maximilian blickte auf die Mutter, ohne auf ihre Bemerkung einzugehen.

»Aber heute Morgen hab ich endlich einen Sack mit Kohle ergattert – damit wird das Heizen wieder einfacher.«

»Ich werde dir nach dem Essen gleich einen Eimer aus dem Keller holen«, sagte Maximilian. »Schließlich weiß ich noch, wie mühsam es ist, die Kohle hier hoch zu schleppen.«

»Daran bin ich gewöhnt«, sagte die Mutter und wischte sich die Hände an der Schürze ab.

»Aber du wirst nicht jünger – vielleicht kann dir auch einer der Jungs zur Hand gehen.«

»Welche Jungs denn?«, fragte die Mutter. »Es gibt keine Jungs mehr hier im Haus.«

Maximilian blickte von seinem Buch auf und starrte auf einen Punkt vor ihm an der Wand. Ja, er hatte sie vom Fenster aus gesehen, die Sechzehnjährigen: Unterernährt, ängstlich und beflissen. Der Exerzierplatz der Rekruten war schließlich direkt neben dem Lazarett in Landshut gelegen, in dem er die letzten vier Wochen verbracht hatte. Am zweiten Tag nach ihrer Ankunft lernten die Jungs schießen und schon am sechsten Tag der Ausbildung wurden sie auf Lastwagen geladen und weggekarrt – zu einem der unzähligen Kriegsschauplätze, die es nun gab. Mit schief sitzenden Stahlhelmen, fadenscheinigen Mäntel und ausgemusterten

Gewehren – nur Musikkapelle spielte im fünften Kriegsjahr keine mehr auf.

Maximilian musste an seine eigene Zeit bei der Hitlerjugend denken: Begeistert war auch er damals eingerückt, hatte die Rituale des Antretens, Fahnensetzens sowie das Exerzieren als Abenteuer empfunden und die Geschichten, die die Ausbildner erzählten, für bare Münze genommen ...

Energisch drehte sich die Mutter zum Herd zurück und nahm die Kartoffeln vom Feuer.

Grau ist sie geworden, dachte Maximilian und betrachtete die Mutter verstohlen von der Seite: Kein bisschen gebeugt stand sie da. Die Nickelbrille, die sie tragen musste, war auf die Näharbeiten zurückzuführen, die sie oft bis spät in die Nacht hinein erledigte. Zwei Falten neben dem Mund gaben dem Gesicht einen bitteren Ausdruck. Man sieht ihr an, wie sehr sie unter dem Tod von Friedrich gelitten hat, stellte er fest; aber wenn es sein muss, kann sie kämpfen wie eine Löwin. Diese Frau ist aus anderem Holz geschnitzt als der ewig zaudernde Vater.

»Am Viktualienmarkt reden sie jetzt ständig über diese Bombenangriffe«, erzählte die Mutter. »Wir hatten auch bei uns schon Sirenengeheul, aber bisher war es zu Glück immer nur Fehlalarm.«

»Trotzdem musst du es jedes Mal ernst nehmen!«

»Dieser Krieg wird schrecklich enden ...«, seufzte Mutter, drehte sich zu Maximilian und hob ratlos die Schultern. »Und was soll aus uns dann werden?«

»Lass dir sowas nicht einreden!« Maximilian richtete sich von seinem Buch auf, schlug die *Sternstunden der Menschheit* zu und schob sie zur Seite. »Erst heute haben sie gemeldet, dass General Kesselring die Rote Armee bei Königsberg aufgehalten hat, und in den Ardennen soll sogar wieder eine Offensive im Gang sein«, versuchte er die Mutter zu beruhigen. Aber Maximilian wusste nur zu gut, dass die alliierten Soldaten dem Reich immer näher kamen, dass diese Flut nicht aufzuhalten war und die deutschen Linien allerorts wie Dämme brachen.

»Was diese Leute ständig im Radio behaupten, das habe ich nie geglaubt«, sagte die Mutter. »Als Friedrich im zweiten Kriegsjahr gefallen ist, haben sie uns vom *Heldentod* geschrieben, der *ehrenvoll* und *nützlich* gewesen sein soll.« Sie schwieg kurz, fuhr dann fort in bitterem Ton: »Dieser Krieg ist *niemals* ehrenvoll gewesen. Und diese Leute in Berlin, die keinen Anstand besitzen und den Krieg angezettelt haben, wissen schon lange nicht mehr, was sie tun!«

»Mutter!« Maximilian war aufgesprungen und hatte dabei den Stuhl nach hinten gestoßen. »Ich möchte so etwas *nie wieder* von dir hören!« Seine Stimme war laut geworden. »Weder *hier* und schon gar nicht außerhalb dieser Wohnung.« Leiser fügte er hinzu: »Du redest dich ja um Kopf und Kragen!«

»Wieso regst du dich auf? Ich weiß doch, dass du der gleichen Meinung bist wie ich!«, erwiderte die Mutter. »*Du* warst doch der erste von uns, der sie kritisiert hat! Und *du* hast heimlich diese Musik im Radio gehört, liest Bücher, die verboten sind!«

»Trotzdem«, sagte Maximilian. »Du musst vorsichtig sein, versprich mir das!«

Von der Straße her, drei Stockwerke unter dem Fenster ihrer Wohnung, hörte man die Trambahn quietschen. Der Wasserhahn tropfte und hinter der Wäsche tickte vernehmlich die Wanduhr in ihrem Bakelit-Gehäuse.

»Und wenn es mit diesen Bomben in München losgeht, musst du raus aus der Stadt!« Maximilian kämpfte mit seiner Haarsträhne. »Vielleicht kannst du bei Tante Marianne in Bad Tölz unterkommen.«

»Es ist eine Schande ...«, brach es erneut aus der Frau heraus. »... eine Schande, dass sie euch jetzt noch auf den Schlachtfeldern verheizen – wo doch ohnehin alles verloren ist!«

»Es ist unsere Pflicht, das Reich gerade jetzt zu verteidigen!«

»Du hast bereits vier Jahre lang deine Pflicht erfüllt. Deine Wunden sind kaum verheilt und jetzt schicken sie dich mit deinen vierundzwanzig Jahren schon wieder ins Feuer.« Die Mutter blickte auf den gescheuerten Holzboden vor sich. »Vater musste 1918 bei Verdun für den Kaiser kämpfen; da war er etwa in deinem Alter und das Giftgas hat ihn krank gemacht. Und jetzt darf er wieder seinen Kopf hinhalten. Diesmal irgendwo in Russland und für diesen Österreicher. Was haben wir überhaupt in Verdun und in Russland verloren?«

»Du wirst sehen, Mutter ...«

»Einen Buben habe ich schon verloren, wie lange muss ich noch um meine Männer bangen?«

Maximilian nahm die Mutter, die er deutlich überragte, in die Arme. »Es wird alles gutgehen, du wirst sehen«, sagte er ohne Überzeugung in der Stimme. »Außerdem verrate ich dir jetzt etwas. Im Lazarett hatte ich Gelegenheit, mit einem hohen Tier des Stabes zu sprechen: Oberst von Plauenheim, ein kritischer Geist – und der hat bei einem Gespräch durchblicken lassen, es gäbe da Generäle, die dafür sorgen werden, dass der Krieg bald vorbei ist.«

»Das glaube ich genau so wenig wie diese Meldungen im Radio.« Die Mutter nahm ihren Platz am Herd wieder ein. »Jeder weiß doch, dass solche Entscheidungen in Berlin und nicht von Generälen getroffen werden.« Noch einmal wandte sie sich zu ihrem am Tisch sitzenden Sohn: »Woran ich aber glaube, das sind diese Gerüchte«, sie machte eine heftige Handbewegung.

»Was meinst du?«

»Na diese Dinge, über die die Leute tuscheln, diese Sammellager. Auch hier im Haus hat es schließlich Nachbarn gegeben, die über Nacht verschwunden und dann nicht wieder aufgetaucht sind ...«

»Natürlich wissen wir jetzt, was sie für Menschen sind.«

Im Ofen knackte das brennende Holz. Die beiden Menschen in der Küche schwiegen.

Die Glocke der Eingangstür läutete. Maximilian lies das Buch in die Schublade gleiten, schloss die Knöpfe seiner Uniformjacke und erhob sich mit fragendem Blick. Aber die Mutter bedeutete ihm, sitzen zu bleiben während sie sich die Hände abwischte und im Flur verschwand. Eine Frauenstimme war zu hören. Dann kam Mutter in die Küche zurück. Im Schlepptau hatte sie eine Person mit rundlichem Gesicht und geschminkten Lippen. Sie hielt eine Tasse in der Hand, zwei offenstehende Knöpfe ihres Kleides gaben den Blick frei auf einen üppigen Busen.

»Na, da ist er ja, der Herr Sohn ..., wirklich fesch in seiner Uniform! Groß gewachsen und Respekt – ein Herr Leutnant ist aus ihm geworden. Wirklich, Respekt!« Die Frau, die mit gedehnter Stimme flötete, kam auf Maximilian zu, verschlang ihn mit den Augen und gab ihm lächelnd die Hand.

»Max, du kennst doch die Frau Mooshammer noch, vom zweiten Stock? Ihr ist das Salz ausgegangen«, sagte die Mutter in nicht übertrieben freundlichem Ton.

Ja, Maximilian erinnerte sich: Früher einmal war ihm Frau Mooshammer begehrenswert erschienen und mancher seiner Freunde aus der Bubenzeit hatte sonderbare Sachen über die Frau erzählt. Gut erinnerte er sich auch an ihren Mann: Ein Kerl, unheimlich im Wesen und mit Muskeln bepackt, der in Lokomotiven die Brennkammern füllte. Ein Typ, der zwischen Schwermut und Eifersucht pendelnd abwechselnd Frau und Nebenbuhler verprügelt und damit manchen Aufenthalt in Stadelheim ausgefasst hatte.

»Ist denn der Herr Leutnant auf Heimaturlaub?«

»Ich war im Lazarett. Dort haben sie mir drei Granatsplitter aus der Schulter entfernt.«

»Max ist am Monte Cassino dabei gewesen!«, mischte sich die Mutter jetzt ein und ihre Stimme klang stolz. »Haben sie von der Schlacht am Monte Cassino gehört, Frau Mooshammer? Nein? Sogar eine Sondermeldung haben sie damals gebracht! Vier Wochen lang ist der Bub im Lazarett gelegen, dafür hat er einen Orden, aber nicht *eine* Woche Urlaub bekommen.«

»Es geht schon wieder«, schwächte Maximilian ab. »Und der sogenannte Orden ist nur ein Verwundeten-Orden – den kriegt jeder, der im Lazarett war.«

»*Mein* Manfred kämpft seit langem am Balkan und wurde neulich zum Sturmbannführer befördert«, trumpfte die Nachbarin jetzt auf. »Und in all den Jahren hat er erst zwei Wochen Urlaub bekommen.« Die Hitze der Küche setzte ihr zu, wie die Schweißränder am viel zu engen Kleid erkennen ließen.

»*Mein* Friedrich hatte noch keine *einzige* Woche Fronturlaub als er in Kreta gefallen ist«, sagte die Mutter und löste damit betretenes Schweigen aus.

»Am Viktualienmarkt hab ich Butter bekommen. Wenn sie möchten, gebe ich ihnen gerne was ab«, versuchte Frau Mooshammer die Situation zu retten.

Die Mutter schüttete Salz in die mitgebrachte Tasse und drückte sie Frau Mooshammer ohne Kommentar wieder in die Hand.

»Wann müssen sie denn wieder einrücken, Herr Leutnant ...«

»Du *liebe* Zeit!«, rief die Mutter aus und schlug sich mit der Hand auf die Stirn. »Ich tratsche hier herum während mein Braten im Rohr verkohlt!«

»Hab schon gemerkt, dass es bei ihnen gut riecht Frau Stöger«, sagte die Nachbarin und zog prüfend Luft in ihre Nase ein.

»Sie entschuldigen schon, Frau Mooshammer ...«, sagte diese, ohne auf die Frage einzugehen, »aber ich muss mich jetzt wirklich um das Essen kümmern – der Max hat einen Mordshunger! Sie können mir das Salz ja dann zurückgeben, wenn sie wieder welches haben.«

Solchermaßen hinauskomplimentiert, steckte die Angesprochene die Nase in die Luft und stakte unter beiläufiger Verabschiedung aus der Wohnung.

»Die hat wohl wirklich geglaubt, ich lad sie zum Essen ein«, sagte Mutter, nachdem die Türe ins Schloss gefallen war. »Das Salz war natürlich reiner Vorwand. Die Mooshammer hat mitbekommen, dass du da bist und ist geplatzt vor Neugier. Ich möchte wetten, dass sie schon jetzt bei der Bartunek im ersten Stock sitzt, und ihr Märchen über uns erzählt.«

»Ist denn ihr Mann wirklich Sturmbannführer?« Maximilian nahm zwei Teller sowie Gläser aus dem Schrank und stellte alles auf den Tisch. Der Tischlade entnahm er Besteck, das er zu den Tellern legte.

»Sie erzählt jedenfalls überall herum, dass ihr Mann bei der SS dient. Ob das stimmt oder ob sie nur Angst verbreiten will? Ich weiß es nicht.« Die Mutter zögerte kurz. »Aber zutrauen tue ich diesem Kerl alles ...«

»Nimm dich auf jeden Fall in Acht vor ihr!« Maximilian warf einen besorgten Blick auf die Mutter, die dabei war Suppentopf, Fleisch, Kartoffel und einen Krug mit Wasser auf den Tisch zu stellen.

Schweigend saßen Mutter und Sohn am Küchentisch und begannen zu essen. Irgendwo im Haus dudelte Operettenmusik – immer wieder unterbrochen von den Fanfaren einer Sondermeldung, die einmal mehr von Erfolgen der Wehrmacht, Luftwaffe oder Marine zu berichten wusste.

»Kannst du nicht hierbleiben, bis dieser Krieg zu Ende ist?«

»Wo denkst du hin?«, fuhr Maximilian auf. »Sie würden mich am nächsten Tag schon abholen!«

»Du könntest dich in der alten Hütte in Erding verstecken.«

»Dann würde ich auch dich in Gefahr bringen. An so etwas darfst du nicht einmal denken!«

Ohne noch ein Wort zu wechseln, aßen die beiden zu Ende. Maximilian kratzte die Reste aus Pfanne und Schüssel und legte sein Besteck zur Seite. Die Mutter stand auf, stapelte Teller, Messer und Gabeln übereinander und stellte das Geschirr in die Spüle.

Maximilian grübelte. Sollte er mit ihr darüber sprechen? Nein, entschied er, er durfte ihr auf keinen Fall verraten, dass er selbst schon daran gedacht hatte, sich die kurze Zeit zu verstecken, die der Krieg nun noch dauern würde. Selbst wenn er diesen Schritt wagen sollte, dann musste es weit weg von der Mutter, weit weg von München geschehen.

»Es gibt noch was«, kündigte die Mutter an, während sie wieder Wasser aufstellte. »Sozusagen als vorweggenommenes Weihnachtsgeschenk. Du musst aber im Zimmer warten!«

Das *gute* Zimmer war auch in Friedenszeiten nur selten benützt worden. Max erinnerte sich an Weihnachtsabende, die er mit Friedrich und den Eltern an diesem Eichentisch verbrachte hatte, den jetzt eine Zierdecke schmückte, die Mutter selbst gehäkelt hatte. Auf der Kommode war damals das mit Kerzen und Lametta geschmückte Bäumchen gestanden, daneben die in Seidenpapier verpackten Geschenke: Selbstgestrickte Pullover, Schals, Wollhauben, Socken, Bäckereien, ein paar Stifte, ein Buch und Virginia-Zigarren für Vater. Das Lametta und die Kerzenhalter waren von Mutter nach Dreikönig wieder in eine Schachtel verpackt, weggeräumt und während des übrigen Jahres wie ein Schatz gehütet worden. Traditionell wurde nur an wichtigen Feiertagen in diesem Raum gegessen, und nicht wie sonst üblich in der Küche.

Die wenigen Besucher, die man im guten Zimmer empfangen hatte, tauchten aus dem Dunkel seiner Erinnerung auf: Wie zum Beispiel damals Tante Marianne, die für einen Tag nach München kam um eine Angelegenheit bei Gericht zu regeln, die von den Erwachsenen nur flüsternd und mit vorgehaltener Hand erörtert wurde. Oder Vaters Vorgesetzter Stockmaier, der ihm eine Urkunde und die Glückwünsche der Kollegen überbrachte, damals, als er sein Jubiläum als Kassier bei den Gaswerken feierte. Zu diesem Anlass war sogar eine Flasche Rheinwein geöffnet worden, um dann mit den geschliffenen Kristallgläsern anzustoßen, die Mutter von Tante Adele geerbt hatte. Kein Jahr später - es musste 36 oder 37 gewesen sein - war es wieder Stockmaier, der Vater mit Bedauern mitteilte, dass sein Rayon einem anderen Kassier zugeschlagen worden war und er damit seine Anstellung verloren hatte. Von dieser Zeit an bis Kriegsbeginn musste die Familie von Mutter leben, die eine kleine Änderungsschneiderei in der Schumannstraße eröffnet hatte. Besuche, die man empfangen hätte können, waren rar geworden.

Jetzt standen die Kristallgläser schon lange unbenutzt hinter den Glastüren der Anrichte, und statt nach Tannenreisig und Kerzenrauch roch es nach Bohnerwachs und Möbelpolitur. In den Sonnenstrahlen, die durch das Fenster einfielen, tanzten Millionen von Staubpartikel. Statt eines Christbaumes stand auf der Kommode das mit Trauerflor geschmückte Foto von Friedrich, auf dem er in Ausgehuniform schneidig in die Linse lacht. Daneben ein mit Bindfaden verschnürter Stapel von Feldpostbriefen des Bruders. Am blassblauen Kuvert, das zuoberst lag, prangte neben Reichsadler und Hakenkreuz der verwischte Datumsstempel: *24. Dezember 1942.*

Aus der Küche kommend verbreitete sich ein herrlicher exotischer Duft im Zimmer. Maximilian sog den Geruch in vollen Zügen in die Lungen ein: Bohnenkaffee! Wie lange hatte er keinen Bohnenkaffee mehr gerochen, geschweige denn getrunken! Bohnenkaffee schien ihm schlechthin der Inbegriff von Friedenszeit und Luxus zu sein.

»Mutter«, rief er übermütig in Richtung Küche und schüttelte den Kopf. »Mensch, du bist verrückt!«

Theresia Stöger bemühte sich um einen gleichgültigen Gesichtsausdruck, stellte Zucker, Trockenmilch, zwei Tassen und eine Kanne auf den Tisch.

»Das ist etwas anderes als die Kriegsbrühe, die wir im Feld manchmal vorgesetzt bekommen. Wo in aller Welt, hast du das wieder her?«

Jetzt konnte sie ein zufriedenes Schmunzeln nicht mehr unterdrücken, zog es aber vor, die Frage unbeantwortet zu lassen. »Richtige Milch habe ich leider nicht auftreiben können.«

Nach einer schlaflosen Nacht fiel Maximilian knapp vor dem Morgengrauen doch noch in den Schlaf. Neben ihm, vor ihm und hinter ihm detonierten plötzlich Artilleriegeschoße mit Wucht, nahm den Männern die Luft weg, ließ ihre Körper vibrieren und die Trommelfelle platzen. Erde, Steine und Splitter stoben durch den Staub und die Sonne verfinsterte sich. Immer und immer wieder zerbarsten Granaten, knatterten Maschinengewehre und keiner wusste, aus welcher Richtung es kam. Das Stakkato schien kein Ende zu nehmen, die Männer duckten sich in den Dreck ihrer Stellungen, hätten sich am liebsten in Mauslöchern verkrochen. Dann ein Heulen, eine letzter schrecklicher Einschlag. Plötzlich lähmende Stille. Schlagartig schien der Beschuss ein Ende gefunden zu haben. In ihren Ohren pfiff es und in den Lungen brannte der beißende Geruch von Schießpulver und Rauch. Qualm bedeckte die Stellung wie ein öliger Teppich. Im Hintergrund explodierte ein brennender Sanitätswagen, Sterbende stießen entsetzte, kaum menschlich klingende Laute aus, Verletzte wimmerten in ihren Gräben.

»Sani! Saaani ...«, kreischte einer in ihrer Nähe. »Wo seid ihr? Wieso hilft mir den keiner?«, hörte Maximilian einen anderen mit kippender Stimme schreien. Er hob den Kopf, schob seinen Helm aus der Stirne und blickte sich um. Der Hügel, auf dessen Gipfel wenige Stunden zuvor noch die Abtei gestanden war, glich jetzt einer Mondlandschaft. Kein grüner Fleck war mehr zu sehen. Keine Zypressen, keine

Olivenbäume und keine Ginsterbüsche. Zwischen den Kratern ragten Eisenträger, entwurzelte Bäume und zerborstene Holzbalken empor. Das Benediktinerkloster von Monte Cassino, das vor tausend Jahren erbaut worden war und seitdem unzähligen Erdbeben getrotzt hatte, bestand nun aus Trümmern; nur ein paar Mauern und ein Teil des Turmes ragten noch auf. Aus den Schützengräben und Erdlöchern erhoben sich weitere Stahlhelme, darunter leuchteten Augen, die starr nach vorne gerichtet waren.

Maximilian war wie gelähmt, riss sich aber zusammen: »Wie schaut es bei uns aus?«, rief er seinem Oberfeldwebel zu und versuchte dabei, seiner Stimme festen Klang zu verleihen.

»Melde gehohrsamst Herr Leutnant, ich fürchte, den Böhmer hat's erwischt!« Kurze Pause. »Und der Schmeling ...«, der Oberfeldwebel stockte, »... schaut nicht gut aus mit ihm.« Wie betäubt richteten sich die Leute auf – einer nach dem anderen. Auch Maximilian erhob sich, gab dem Unteroffizier ein Zeichen und schritt geduckt seinen Abschnitt ab. Obwohl Maximilian Mühe hatte, seine flackernden Gefühle hinter einer versteinerten Miene zu verbergen, blickte er in die Gesichter seiner Männer. Während ihre Augen vom Schock weiß und weit aufgerissen leuchteten, erschienen die geschwärzten Gesichter starr und zu keiner Regung fähig zu sein. Viele hatten die Riemen der Stahlhelme gelockert, manche hatten Zigaretten angesteckt, um die aufgepeitschten Nerven zu beruhigen.

Schmeling schrie nicht mehr. Aber er atmete noch und blickte seinen Leutnant an. Blut sickerte aus einer Wunde am Bauch. Mühsam richtete sich die Hand zum Salut nach oben. Der Stahlhelm saß lächerlich schief am Kopf, seine Lippen bewegten sich zu einer tonlosen Meldung. Maximilian wusste, dass in Dresden zwei Kinder und eine Frau auf ihn warteten. Es war unmöglich, ihn zurückschaffen zu lassen. Wie lange würde er es noch machen? Ein paar Minuten? Ein paar Stunden? Maximilian suchte fieberhaft nach Worten, aber sein Kopf war leer. »Halten sie durch Obergefreiter – wir bringen sie zurück«, sagte er schließlich und schämte sich für seine Lüge. Vielleicht aber hatte er dem Mann damit einen letzten Dienst erwiesen. Als Maximilian den Kinnriemen des Soldaten löste, kollerte der Stahlhelm zur Seite. Dann nahm er die von Blut und Erde verkrustete Hand und drückte sie fest. Sie fühlte sich kalt an. Das einzige, was man ihm noch wünschen konnte, war, dass es schnell ging – der Obergefreite würde diese Stellung nicht mehr verlassen und irgendwann sterben. *Den süßen Heldentod für Führer, Volk und Vaterland*, wird man seiner Frau dann schreiben. Abrupt ließ Maximilian die Hand los, die leblos auf die Erde schlug.

Er eilte zurück zu seiner Stellung. In diesem Moment hasste er wie selten diesen Krieg, der nicht zu gewinnen war. Schon lange wusste er, dass er ihn nicht als Held verlassen würde und dass die einzige Mission, die er noch erfüllen wollte, die war, seinen Leuten einen Funken Menschlichkeit und Würde zu bewahren und sie - soweit das in seiner Macht stand - nicht sinnlos zu verheizen. Was ihm aber auch schon eine Drohung des Divisionsleiters eingebracht hatte.

Maximilian ließ seine Männer wieder in Deckung gehen, denn er wusste was nach einem Beschuss wie diesem nun bevorstand: Der Hauptangriff der Infanterie. Das Dröhnen von Flugzeugmotoren ließ die Luft plötzlich vibrieren. Mit dem Daumen schob Maximilian seinen Helm in den Nacken und schaute angestrengt in die gleißende Sonne.

»Max, aufstehen, es ist sechs Uhr!«

Schweißgebadet schreckte Maximilian aus dem Schlaf hoch. Die Mutter stand mitten im Kabinett und war dabei, die blau-karierten Vorhänge zu öffnen. Langsam fand er sich zurecht, stand auf, zog sich die Feldhose an und ging zum Spülbecken der Küche, um sich dort mit herunterhängenden Hosenträgern zu waschen. Das kalte Wasser weckte ihn endgültig.

Mutter und Sohn saßen sich beim Frühstück gegenüber; keinem wollte ein Wort über die Lippen kommen. Ohne Appetit schmierte Maximilian Margarine und selbst eingekochte Hagebuttenmarmelade auf das Brot und biss davon ab. Seine Kehle schien wie zugeschnürt.

»Wirst du zurechtkommen, Mutter?«

»Mach dir um mich keine Sorgen.«

»Sei vorsichtig mit den Leuten hier im Haus und hüte dich vor dieser Mooshammer!«, sagte Maximilian eindringlich. »Und denk daran: Sollte es wirklich losgehen musst du weg aus München!«

»Ich komme schon zurecht. Und seit ich Zündkapseln in diese Granaten schraube, habe ich sogar ein Einkommen. Ich könnte mir allerhand leisten …«, sagte die Mutter.

»…wenn es noch etwas zu kaufen gäbe.«

Lustlos kauten sie an ihren Broten und schwiegen wieder. Über der Stadt war das Läuten der wenigen Glocken zu hören, die bisher noch nicht der Rüstung zum Opfer gefallen waren. Ein prachtvoller Sommertag kündigte sich in München an.

Der Abschied ließ sich nicht mehr weiter aufschieben. Maximilian rückte die Lederkoppel mit seiner Dienstwaffe zurecht, setzte die Schirmmütze auf, überprüfte deren Sitz im Spiegel und schulterte den Tornister samt aufgepacktem Mantel. Einige Atemzüge lang standen sie sich im fensterlosen Vorraum mit hängenden Armen gegenüber und schauten sich wortlos an.

»Pass bitte auf dich auf. Musst an der Front nicht in der ersten Reihe stehen«, sagte die Mutter. „Es lohnt sich nicht mehr, fürs Ritterkreuz zu sterben".

»Das verspreche ich dir – man kann es sich halt nicht immer aussuchen und ich darf auch meine Leute nicht im Stich lassen«.

»Schreib mir, sooft du kannst!«

Stumm umarmte Maximilian seine Mutter. Als er sich wieder von ihr gelöst hatte, hob die Mutter die Hand, nahm ihm noch einmal die Kappe ab und strich über den Kopf ihres großen Jungen. »Versprich mir bitte, gesund zurückzukommen!« Obwohl sie an keinen Gott mehr glaubte, zeichnete sie mit dem Daumen ein Kreuz auf seine Stirne.

Mit Rütteln und Schlingern rumpelte die Tram durch die Straßen von München. Nur wenige Fahrgäste saßen auf den harten Holzbänken – meist Frauen mit Rucksäcken, die wohl aufs Land fuhren, um die wenigen Wertgegenstände, die sie noch besaßen, gegen Butter, Schmalz oder Brot einzutauschen. Ein betagter Schaffner mit grauem Schnauzbart lehnte sich bei den Stationen aus der Tür und überwachte die ein- und aussteigenden Fahrgäste. Mit einem Lederriemen löste er dann einen Glockenschlag aus, worauf sich der Wagen wieder in Bewegung setzte. Der Alte kontrollierte die Karten der hinzugekommenen Fahrgäste und entwertete sie danach mit seiner Zange. Müdigkeit und Entbehrung stand den Menschen in die Gesichter geschrieben.

Nachdenklich blickte Maximilian durch das Fenster auf die Straße. Kaum Menschen waren zu sehen, nur geschlossene Läden, schäbige Wohnhäuser und knallrote Hakenkreuzfahnen an allen Ecken und Enden.

Wie viele Stunden war er schon in einem dieser blaugestrichenen Tramwagen gesessen? Die Sonntagsausflüge zu den Großeltern in Erding tauchten in seiner Erinnerung auf und die unbeschwerten Stunden im Garten des Hauses, das später Onkel Ludwig geerbt hatte. Die Räuber und Gendarm-Spiele mit den Cousins sowie die gemeinsamen Mahlzeiten in der Stube der Großeltern. Und die spätabendliche Rückkehr in die Stadt, bei der er regelmäßig eingeschlafen und deshalb vom Vater bis in die Wohnung getragen worden war.

Quietschend hielt die Elektrische an der Haltestelle Sendlinger Tor. Fahrgäste stiegen aus, andere stiegen ein und sahen sich nach einem Sitzplatz um.

Und wie oft war er später auf einer dieser Holzbänke gesessen, hatte mit Kameraden vom Gymnasium Schabernack getrieben und andere Fahrgäste damit zur Verzweiflung gebracht? Er erinnerte sich an den Tag, an dem er mit den Eltern im Sonntagsanzug zur Schule fuhr, um stolz sein Abitur-Zeugnis entgegenzunehmen. Kurz danach - man zählte schon das zweite Kriegsjahr - saß er wieder in der Straßenbahn, diesmal, um den Zug nach Zwickau zu erreichen, wohin er sich zur Offiziersausbildung gemeldet hatte. Und ein knappes Jahr später brachte ihn abermals einer der schwankenden Wagen zum Bahnhof, um als frisch gebackener Fähnrich, gleichermaßen euphorisch wie ahnungslos, seiner Feuertaufe entgegen zu rattern.

Wieder beschleunigte das Fahrzeug, das sich jetzt mit Menschen gefüllt hatte.

»Nächste Haltestelle: Hauptbahnhof!«, verkündete der Schaffner mit knarrender Stimme.

Der Münchner Hauptbahnhof wurde von der noch tiefstehenden Sonne in mildes Licht gehüllt und niemand ahnte an diesem Tag, dass das Gebäude nicht mehr lange stehen würde. Maximilian passierte die mächtigen Schwingtüren des Haupteingangs und tauchte in das Getümmel der Ankunftshalle ein. Mit kreischenden Bremsen schoben sich Züge in das Gebäude. Pfiffe ertönten. Mechanisch geleierte Ansagen über ankommende, abfahrende oder verspätete Züge hallten von den Wänden. Über allem aber lag das Gebrumme hunderter menschlicher Stimmen, das einem in Aufruhr befindlichen Bienenstock ähnelte. Das Stampfen marschierender Soldaten der ersten Kriegsjahre war dem Stöhnen von Verwundeten gewichen, die von Sanitätern ausgeladen und zum Ausgang geschoben wurden. Die wenigen Zivilisten im Bahnhof waren zumeist Frauen und Kinder mit großem Gepäck, die versuchten, dem Bombenhagel auf die großen Städte zu entfliehen. Verkaufsstände, an denen man früher Proviant, Zeitungen oder Blumen kaufen konnte, waren mit Brettern vernagelt. Allgegenwärtig und für die Menschen auf Schritt und Tritt spürbar, war die drückende Last von fünf harten Kriegsjahren.

Maximilian drängte sich durch die Menge und suchte nach dem Zug, der ihn zurück zur Truppe in Italien bringen sollte. Vor der steinernen Treppe zu den Bahnsteigen war eine Sperre aufgebaut worden. Ein Unteroffizier der Feld-Gendarmerie musterte den Leutnant kurz, warf einen Blick auf Marschbefehl und Dienstausweis, die ihm hingehalten wurden. Dann zog er eine Karte aus dem vor ihm stehenden Kästchen und ging die Namen, die darauf standen, durch.

Von oben nach unten und wieder nach oben. Unmerklich den Kopf schüttelnd griff er zum Telefon und teilte irgendjemanden am anderen Ende mit, dass er wieder einen von der 12. hätte, den er nicht finden könne. Sekundenlang lauschte der Mann geduldig in den Hörer, gab Dienstgrad, Einheit und Kompanie durch, buchstabierte schließlich den Familiennamen Maximilians: „S-t-ö-g-e-r". Wieder horchte er. Sichtlich genervt knallte der Unteroffizier schließlich den Hörer auf die Gabel. »Irgendein Hornochse vom Stab hat Sie nicht an die T.P.O. weitergemeldet Herr Leutnant.« Jetzt schaute der Feldwebel in eine andere Liste. »Aber Ihr Zug hat die Nummer dreiundsiebzig-zwoo – sie können passieren!« Er reichte die Papiere über das Pult, salutierte kurz und wandte sich dem nächsten in der Reihe zu.

Mit einer nachlässigen Handbewegung grüßte Maximilian zurück, ließ die Sperre hinter sich und versuchte, immer wieder umherblickend, sich im Getümmel der Menschen zu orientieren. Hinweistafeln über abfahrende und ankommende Züge schien es nicht mehr zu geben. Die Auskunft eines sichtbar überlasteten Beamten der Reichsbahn ergab aber, dass sein Zug verspätet abfahren würde; wieso und wie lange verspätet, das wusste der genervte Mann auch nicht zu sagen.

Nachdem Maximilian es keineswegs eilig hatte an die Front zu gelangen, nahm er diese Information gelassen zur Kenntnis und schaute sich nach einem Platz um, auf dem er warten konnte. Überall saßen oder lagen Soldaten mit müden Gesichtern auf dem Boden, um auf verspätete oder nie ankommende Züge zu warten. Auf einem Absatz neben der Haupttreppe fand sich schließlich ein Platz, an dem Maximilian sich setzen und gleichzeitig die Bahnsteige überblicken konnte.

Er ließ sich nieder, benutzte den an die Wand gelehnten Rucksack als Stütze und streckte die langen Beine von sich. Fast schon gemütlich, dachte er und ließ seinen Blick über das Menschengewühl schweifen. Einem winzigen Funken gleich begann sich in einer Seitenhöhle seines Gehirns eine Hoffnung einzunisten. Die Hoffnung, die Strecke nach Italien könnte durch einen Angriff der Alliierten vielleicht *niemals* wieder befahrbar sein. Du bist naiv und dumm, schalt er sich sofort und stemmte sich mit Kraft gegen den süßen Gedanken. In diesem Fall schicken sie dich einfach nach Osten oder Westen, und dort wird genauso gestorben wie in Bella Italia!

Der Gestank der Verwundeten, die am Bahnsteig umgeladen wurden, ließen ihn an die unzähligen Verletzten seiner Kompanie denken, die keinen deutschen Bahnhof mehr erreicht hatten und tausende Kilometer entfernt von der Heimat gestorben waren. Wie lange würde dieser unselige Krieg noch dauern, fragte er sich. Sechs Monate? Acht Wochen? Oder noch kürzer? Und lohnte es sich, in dieser Zeit noch sein Leben zu riskieren?

Aber gab es eine Alternative dazu? Konnte man das Risiko eingehen, einfach nicht mehr zur Einheit zurückzukehren? Und was war mit den Kameraden? War er für sie dann ein Verräter, ein Kameradenschwein? Maximilian wusste nur eines ganz sicher: Der Führer und seine Leute hatten sich in den Jahren des Krieges als Tyrannen und als unfähige Feldherren demaskiert. Und auch wenn er selbst einmal mit fliegenden Fahnen in den Krieg gezogen war, sträubte sich jetzt alles in ihm, diesen Leuten noch zu gehorchen.

Er wusste, dass das Heldentum vieler Kameraden zu diesem Zeitpunkt seine Grenzen gefunden hatte. Das eigene Leben zu erhalten und diesen Wahnsinn irgendwie heil zu überstehen war die die letzte Triebfeder, die den Soldaten der Wehrmacht geblieben war. Und wieder drängte sich mit Macht die verlockende Überlegung in seinen Kopf, sich irgendwo zu verstecken, statt sich der Gefahr eines sinnlos gewordenen Kampfes auszusetzen. Von uns verlangt man jetzt übermenschliche Anstrengung, dachte er sich, aber der stockende Nachschub macht dann wieder alles zunichte. Mit eigenen Augen hatte er gesehen, wie Fahrzeuge, Panzer, Flugzeuge wegen Spritmangel einfach hängen geblieben und dem Feind in die Hände gefallen waren.

Man redete ihnen ein, der Feind würde im Falle eines Sieges alle deutschen Menschen vernichten, deshalb müsse man kämpfen bis zum letzten Atemzug. Aber war das nicht Propaganda, wie die unzähligen Sprüche, die sie im Lauf dieses Krieges schon gehört hatten?

Maximilian schreckte auf, blickte sich um, als fürchtete er, irgendjemand könnte seine Gedanken gelesen haben. Aber die Menschen eilten weiter an ihm vorbei, ohne ihn zu beachten. Zwei Feldpolizisten mit Schaftstiefeln, braunen Hemden und Hakenkreuz-Armbinden trampelten die Stiegen herauf, hasteten mit wichtigtuerischer Miene an ihm vorbei und dem Ausgang zu.

Er öffnete seinen Tornister und kramte ein Buch mit abgegriffenem Einband heraus. Dann streifte er mit der Linken sein Haar zurück, das über die Ohren gefallen war, blätterte ein paar Seiten um und begann dann in *Dantons Tod* zu lesen. Schon nach wenigen Minuten schweiften seine Gedanken wieder ab.

Nein, das Risiko ist zu groß, dachte Maximilian, während er auf die vergilbten Seiten des Buchs starrte. Schließlich mussten sie immer noch dem militärischen Gehorsam Folge leisten. Er hatte beim Zurückweichen ins Hinterland gesehen, wie man mit Deserteuren umging – standrechtliche Erschießungen standen an der Tagesordnung. Manchmal hatte man die Kompanie antreten lassen und die Männer zur Abschreckung gezwungen, dabei zuzusehen.

Er richtet sich auf, rückte den Rucksack zurecht, lehnte sich zurück und vertiefte sich endgültig in seinen Roman.

»Bist du es, Stöger, altes Haus?«

Maximilian ließ sein Buch sinken und blickte verwirrt um sich. Diese Stimme kannte er doch! Keuchend erklomm ein Mann, gedrungen und mit zu enger Wehrmachtsuniform bekleidet, die letzten Stufen der Treppe und kam grinsend auf ihn zu.

»Bastel?« Maximilian erhob sich und blickte dem Mann entgegen. Ja, er war es wirklich: Sebastian Wenzel von Döring, ein richtiger Freiherr, vier Jahre älter als er und von allen im Lehrgang nur Bastel genannt. Die Männer gaben sich lachend die Hand, klopften sich auf Schultern und Arme. Bei der Offiziersausbildung hatten sie sich kennengelernt, waren Stubengenossen und Freunde geworden, hatten sich später ein paarmal geschrieben, schließlich in den Wirren des Krieges aus den Augen verloren.

»Wie geht's dir, Kamerad?« Maximilian strahlte seinem Freund ins Gesicht. »Bist ja Oberleutnant geworden. Muss ich jetzt salutieren vor dir?«

Von Döring verdrehte theatralisch die Augen: »Müsste ich keine Uniform tragen, würde es mir großartig gehen. Und zu deiner zweiten Frage: Keine Ahnung, wieso die mich befördert haben. Wahrscheinlich wegen besonderen Verdiensten um die Beschaffung von Klopapier.« Der Oberleutnant grinste.

Maximilian lachte. »Die Antwort sieht dir ähnlich!«

»Aber lass dich anschauen Kumpel, siehst blendend aus«, Bastel umrundete Maximilian, sah zu ihm auf und musterte ihn von allen Seiten: »Tadellose Uniform, saubere Stiefel, geputzte Zähne, die Haare wie immer zu lang für einen Offizier der Wehrmacht …«, er nestelte wie ein Vorgesetzter beim Morgenappell an der Uniform des Freundes herum, »… zwei Knöpfe der Feldbluse offen, aber sonst – du könntest doch glatt in einem dieser Filme mit Louis Trenker mitspielen!«

»Die Wehrmacht hätte da vielleicht etwas dagegen.«

»Wieso treibst du dich überhaupt mitten im Krieg auf dem Bahnhof herum?«, wollte Bastel wissen.

Maximilian erzählte von seinen Verletzungen und dem Lazarett. »Wie kommt ein Ostpreuße wie du auf den Bahnhof von München?«, fragte er dann den Freund.

»Rate einmal: Man legt Wert darauf, dass ich wieder in den Krieg ziehe! War erst in den Ardennen dabei – dann Kurzurlaub. Und jetzt wieder: Raus aus der guten Stube«, Bastel verzog sein Gesicht.

Maximilian musste schmunzeln. Er kannte die Art des Kameraden, die von Vorgesetzten nicht immer begeistert aufgenommen wurde: Während er sich im Offizierskasino mit frechen Sprüchen in Szene setzte, fiel er im Dienst kaum auf, wurde als bequem und phlegmatisch beurteilt. »Um den Endsieg ja nicht zu versäumen, bin ich auch wieder auf dem Weg zurück zu meiner Einheit«, erzählte Maximilian. »Keine Ahnung, wo die jetzt überhaupt steht. Ich schätze, die Kameraden sind im der Zwischenzeit weit nach Norden getrieben worden.« Er verschränkte seine Hände: »Musst du an die Westfront zurück?«

»Du wirst es nicht glauben, aber die haben mich jetzt ins sonnige Italien versetzt. Den Grund dafür kennen nur die

Götter und ein paar Wichtigmacher in Berlin«, sagte Bastel und fügte nach einer Pause hinzu: »Aber schließlich ist es ja egal wo man krepiert!«

»Hast du vielleicht auch Marschbefehl für diesen Zug, Richtung Bozen?«

Bastel nahm seine Kappe ab und wischte sich mit dem Ärmel der Feldbluse über die Stirne. »Schon möglich. Über Innsbruck nach Süden. Liegt dort Bozen? Ich habe jedenfalls Befehl, mich bei der 12. Infanteriedivision zu melden.« Seine Miene verriet darüber keine überbordende Begeisterung. »Allerdings scheint dieser Marschbefehl hier bei der Kontrolle im Bahnhof nicht auf. Die Wehrmacht beginnt Fehler zu machen.«

»Bei dir auch? Mir ging es ebenso!«

»Wenn die Organisation jetzt schon bei solchen Dingen versagt, hege ich Hoffnung, dass das Ende nah ist.« Bastel schlug einen verschwörerischen Ton an: »Und ich werde nicht traurig darüber sein, das sage ich dir!«

Maximilian stand immer noch und hatte die Hände in die Taschen der Feldhose gesteckt – was jeder Vorschrift für das Auftreten von Offizieren in der Öffentlichkeit widersprach. »Dann sitzen wir ja im gleichen Zug! Man hat mir gesagt, dass sich die Abfahrt verspäten wird.« Er trat einen Schritt zurück und machte eine einladende Handbewegung zu seinem am Boden liegenden Mantel, als würde es sich dabei um einen Lederfauteuil im Offizierskasino handeln: »Setz dich doch zu mir!«

»Ist das sicher mit der Verspätung?«

»Ich habe die Auskunft jedenfalls von einem Typen der Reichsbahn bekommen.«

»Also dann danke Herr Leutnant! Endlich passiert einmal etwas Erfreuliches in diesem Verein!« Bastel deutete eine förmliche Verbeugung an, bevor er den Rucksack von seiner Schulter gleiten ließ und sich ächzend niedersetzte.

»Wirklich kurios, dass wir uns hier treffen«, Maximilian setzte sich dazu und schüttelte ungläubig den Kopf.

»Und wir fahren sogar im gleichen Zug«, brummte Bastel. Er öffnete ein paar Knöpfe seiner Jacke und fuhr sich mit der Hand über die an der Stirne schütter gewordenen Haare. Dann nestelte er an einer Außentasche seines Tornisters herum und zog ein in Zeitungspapier gewickeltes Metwurstbrot hervor. Nachdem er Maximilian erfolglos die Hälfte davon angeboten hatte, biss er herzhaft hinein. »Hat mir meine Frau eingepackt«, sagte er mit vollem Mund.

»Deine *Frau*?«, fragte Maximilian.

»Hab geheiratet und deshalb Urlaub bekommen.«

»Gratuliere! Wer ist denn die Glückliche?«

»Ich kenn sie schon lange. Hildegard ist eine Großcousine von mir«. Bastel kaute mit Genuss. »Ein patenter Kerl. Hat mir vor Jahren einen Liebesbrief geschrieben und den habe ich jetzt beantwortet.« Er seufzte. »Was tut man nicht alles für einen Fronturlaub!«

Maximilian war sprachlos. »Du hast wegen eines Urlaubs geheiratet?«

»Es war keine große Hochzeit. Ihre Leute gehören nicht gerade zum vermögenden Teil der Familie.« Bastel schluckte den Bissen, an dem er kaute, hinunter. »Sie und ihre hübsche Schwester waren oft bei uns in den Ferien. Damals haben wir allerlei miteinander unternommen.« Er unterbrach kurz, um ein paar Brösel von der Uniform zu streifen. »Nur – die hübsche Schwester war leider nicht mehr zu haben«, sagte er und nahm einen Schluck aus seiner Feldflasche. »Die ist jetzt mit einem Verleger aus Leipzig verheiratet. Ich hatte übrigens mit zwei Wochen gerechnet ...«

»Was meinst du damit?«

»Na – zwei Wochen Fronturlaub, um zu Heiraten! Eine Woche ist doch ein Witz!« Bastel stopfte die Reste des Brotes in den Mund, entnahm dem Rucksack dann zwei harte Eier und einen Salzstreuer. Als er auch die Eier mit großem Appetit gegessen hatte, verschloss er sorgfältig wieder die Riemen am Tornister.

Im zugigen Winkel der Halle war schnell wieder die alte Vertrautheit zwischen ihnen aufgekommen und Maximilian freute sich ehrlich, den Kameraden getroffen zu haben.

»Als Oberleutnant hast du wahrscheinlich eine Kompanie geführt, oder?«

Der Kamerad schüttelte den Kopf: »Ich bin immer Nachschuboffizier gewesen und hab mich mit Ersatzteilen, Sprit- und Brotversorgung herumgeärgert. Statt einer Kompanie hatte ich zwei Adjutanten, die mir zur Hand gingen und die Front war meistens meilenweit entfernt. Wir waren oft in Schulen, Bauernhöfen, manchmal in Privathäusern einquartiert, hatten genug zu futtern und Gefechtslärm haben wir kaum einmal gehört ...«, sagte Bastel und kratzte sich mit nachdenklicher Miene die Halbglatze. »Aber jetzt muss ich zur kämpfenden Truppe – und das setzt mir ganz schön zu, das kannst du mir glauben.«

»Haben wir im Westen noch Lufthoheit?«, fragte Maximilian nach einer Pause.

»Schon lange nicht mehr, die feindlichen Flieger haben die Kameraden gejagt wie die Hasen.«

Ein paar Zivilisten schleppten sich neben ihnen mit Koffern ab, in denen sie - so schien es - ihr gesamtes Hab und Gut verstaut hatten.

»Hast du mal was vom Reithmeyr, gehört?«, fragte Bastel. »Du weißt schon: Der Lange aus Potsdam.«

»Irgendwann ist eine Feldpostkarte gekommen. Aus Petrovsk, oder so ähnlich. Ich habe gleich geantwortet, dann aber nichts mehr gehört.«

»Hoffen wir, es hat ihn nicht erwischt.«

Die Männer verstummten.

»Es gibt scheinbar immer noch Leute, die glauben, dass dieser Krieg gut ausgehen wird«, sagte Maximilian in das Schweigen hinein.

»Mir ist langsam egal, wie es ausgeht ...«, der Kamerad streckte sich. »In den Ardennen hat sich die Infanterie den Arsch aufgerissen, eine Menge Leute sind dabei draufgegangen. Und dann sind viele Panzer liegengeblieben – einfach liegengeblieben: Kein Sprit! Die vielen Gefallenen – alles umsonst.«

Die Kameraden zündeten sich Zigaretten an und machten ein paar Züge.

»Ist dir schon einmal der Gedanke gekommen, einfach zu verschwinden?«, fragte Maximilian.

Bastel blickte den Kameraden mit gerunzelter Stirne an, blies den Rauch in die Luft. »Ja ...«, sagte er dann. »Gedacht schon, aber im Hinterland erwischen sie dich sofort. Es gibt da SS-Leute, die bereits auf dich warten. Und zum Feind überzulaufen ist noch weniger ratsam. Dort knallen sie dich ab wie ein Stück Vieh! Das haben zumindest unsere Kommandanten immer behauptet.«

»Ich meine nicht, an der Front zu desertieren.«

»Was sonst?«

»Man könnte ja auf der Fahrt *zur* Front verschwinden.«

»Du spinnst doch!«, sagte Bastel, blickte sich besorgt um und starrte dann auf den aufsteigenden Rauch seiner Zigarette. Nach ein paar Atemzügen schüttelte er den Kopf, wie ein störrisches Pferd. »Hast du einen Plan?«

»Nicht konkret ...« Maximilian wiegte den Kopf. Im Hintergrund plärrte der Lautsprecher mit einer Durchsage.

»Eigentlich ist es schon egal, auf welche Weise man verreckt. Da könnte man ja vielleicht auch was riskieren ...«

»Horch!«, unterbrach ihn Maximilian mit einer heftigen Handbewegung und hielt inne. »Ich glaube, sie reden von unserem Zug!« Er sprang auf, nahm den Rucksack vom Boden auf und stemmte ihn auf den Rücken. Mit einem Handzeichen forderte er seinen Kameraden dazu auf, das gleiche zu tun während er den Tornister zurechtrückte und den Riemen verschloss.

Bastel rappelte sich ebenfalls hoch: »Bist du sicher? Ich hab gar nichts verstanden.« Aber er folgte seinem Kameraden, der ohne eine Antwort zu geben schon die Stufen hinabtrampelte.

Der Zug bestand aus einer endlosen Reihe von Wagen sowie einer schon unter Dampf stehenden Lokomotive. Trauben von Uniformierten warteten vor den Türen. Gepäcksstücke wurden durch Fenster geladen. Einer der Waggons war den Offizieren vorbehalten – sie stellten sich dort an. Endlich in das Wageninnere vorgedrungen, sahen Maximilian und Bastel, dass sowohl Abteile als auch der Gang bereits hoffnungslos überfüllt waren. Das hieß, wieder auszusteigen und fluchend einen Platz bei den Mannschaften zu suchen. Nach einigem Herumirren fand sich einer im hinteren Teil des Zuges – am schmutzigen Boden einer Plattform. Sie ließen sich nieder. Vorbeidrängende Chargen salutierten überrascht, wenn sie die Männer als Offiziere erkannten. Die Freunde versuchten sich einzurichten so gut es ging. Das Getrampel nahm ab, alle schienen schließlich irgendwo Platz gefunden zu haben. In einem der Abteile wurde Karten gespielt und von irgendwo her drang die auf einer Mundharmonika gespielte Melodie von »Lilli Marlen« an ihre Ohren.

Endlich spürten sie einen Ruck. Der Zug setzte sich mit heftigen Dampfstößen der Lokomotive und dem Quietschen noch nicht gelöster Bremsen in Bewegung. Niemand winkte am Bahnsteig, Papierfetzen flogen auf, die Halle blieb im Halbdunkel zurück. Erste Sonnenstrahlen blitzten in den Wagen. Am Fenster zogen endlose Gleisanlagen, Lokschuppen, Wassertanks, abgestellte Lokomotiven und wartende Züge vorbei. Allmählich beschleunigte sich das Stampfen der Dampfmaschine und das Klopfen der Räder folgte einem festen Rhythmus. Vorortsiedlungen wie Riem und Trudering waren zu sehen. Durch das halboffene Fenster drang der Geruch von Kohle, Rauch und Schmieröl. Bald flogen die letzten Ausläufer der Stadt vorbei, dann Bäume, Sträucher, Felder, erste Bauernhöfe, ein in der Morgensonne glänzender Teich und das Häuschen eines Schrankenwärters, der selbst salutierend davorstand.

Maximilian genoss den Fahrtwind. Die Augen fest geschlossen, gab er sich der Illusion hin, wie damals in die Ferien zu reisen: Die Pension in Berchtesgaden mit ihren grünen Fensterläden und der kleinen, angebauten Veranda tauchte vor ihm auf: Es musste 1935 gewesen sein als Vater noch seine Anstellung beim Gaswerk hatte und die Familie gemeinsam für zwei Wochen in die Sommerfrische fuhr. Er sah die sattgrüne Bergwiese vor sich, über die er glückselig mit Friedrich gelaufen, und den Wildbach, in den er - zum Entsetzen seiner Eltern - gefallen war. Maximilian erinnerte sich an den Geschmack des Blutes, das über die Wangen in den Mund lief und hörte noch Papa schimpfen während die Mutter versuchte, die Wunde zu verbinden. Und nie würde er die Brotzeit vergessen, bei der sie Brot, Wurst und Käse auf ein mitgebrachtes Tischtuch mitten auf die Wiese gelegt hatten. Während er und Friedrich nach der Jause herumtobten, waren die Eltern in der Wiese liegengeblieben, hatten sich an den Händen gehalten und einen der seltenen glücklichen Momente ihres Lebens genossen.

Der Zug ratterte über die Gitterkonstruktion einer Eisenbrücke. Man hatte die Isar überquert und der Schienenstrang drehte sich - für die Reisenden kaum merklich – in südliche Richtung. Maximilian hatte das Fenster mit dem abgewetzten Lederriemen so weit geöffnet, dass er den Kopf hinausstrecken konnte – was ihm erlaubte, den Zug in seiner ganzen Länge zu überblicken. Weit vorne stampfte, eine Fahne von Dampf hinter sich herziehend, die Lokomotive mit ihren zahlreichen, rot gestrichenen Rädern. Der Fahrtwind zerrte an seinen Haaren. Ein Fuhrwerk, beladen mit Heu, stand wartend vor einem Bahnschranken, den sie in schneller Fahrt passierten.

Maximilian hob seinen Blick zur Sonne, da schien es ihm, als hätte er das Aufblitzen von Metall wahrgenommen. Aus dem Blitzen wurden zwei glänzende Punkte, die sich rasch zu bewegen schienen. »Flugzeuge!«, rief er, zog den Kopf vom Fenster zurück und wies mit der Hand zum Horizont. Bastel stand hastig auf, auch er sah jetzt die Jäger, die einschwenkten und auf den Zug zurasten. Das hundertfach erlebte Dröhnen, das sich Maximilian wie ein Pfeil in die Eingeweide bohrte, schwoll in Sekundenschnelle an. Auch die anderen Männer im Wagen hatten die Flugzeuge nun bemerkt, warfen sich auf den Boden und hielten ihre Tornister über die Köpfe.

»Messerschmitts!«, brüllte der Kamerad, sichtbar erleichtert – »das sind unsere!«

Mit infernalischem Röhren schossen die zwei Jäger über ihre Köpfe hinweg, drehten ab und verschwanden in östlicher Richtung. Ohne weiteren Kommentar hockten sich die Freunde wieder auf ihre Mäntel und lehnten sich mit dem Rücken an die Verkleidung des Wagens. Maximilian hielt Bastel seine Tabatiere hin, aus der sich der Freund ohne Zögern bediente. Beide klopften die Zigaretten auf den Dosendeckel, um den Tabak zu verdichten und zündeten sie danach an. Hier funktioniert die Versorgung noch klaglos, dachte sich Maximilian. Während Munition, Brennstoffe, Fleisch, ja sogar das berüchtigte Kommis-Brot immer öfter knapp geworden waren, ist die Verteilung der Zigarettenrationen noch nie ausgefallen. Aber er hatte sich abgewöhnt, über die Ungereimtheiten dieses Kriegs nachzudenken. Schweigend rauchten die Freunde und hingen ihren Gedanken nach. Jegliche Ferienstimmung war verflogen. Die Männer im Abteil hatten ihr Kartenspiel wieder aufgenommen. Monoton ertönte das von den Rädern verursachte Klopfen: Tak-tak, tak-tak. Und jedes Tak-tak hämmerte Maximilian ins Bewusstsein, dass sie Italien und der Front um hundert Meter nähergekommen waren. Er öffnete seinen Tornister, zog ein Heftchen mit abgegriffenem Umschlag hervor und vertiefte sich in die Abenteuer des *Jungen Werther*.

Der Zug und die Zeit flogen dahin.

»Wie hast du das gemeint?«, fragte Bastel und streifte die Asche seiner Zigarette achtlos auf den Boden, während er sich beiläufig umblickte.

»Was meinst du?«

»Du weißt schon, was ich meine!«, Bastel machte eine Handbewegung, die wohl so etwas, wie *Abhauen* bedeuten sollte.

»Im Lazarett haben sie von einem Feldwebel erzählt, der nach seinem Urlaub nicht mehr bei der Truppe aufgetaucht ist«, sagte Maximilian.

»Und?«

»Nach drei Wochen haben sie ihn gefunden …«

»Sie finden sie immer!«

»Der Mann war aber auch oberdämlich. Hatte sich im Stall des Nachbarn versteckt.«

»Was ist mit ihm passiert?«, fragte Bastel.

»Sie haben auch den Nachbarn mitgenommen, aber der ist wenigstens am Leben geblieben.« Maximilian dämpfte den Rest der Zigarette am Metallboden aus, schnippte ihn dann aus dem Fenster. »Überleg einmal: Wir waren beide nicht auf diesem Zug eingetragen. Niemand weiß also, wo wir uns befinden. Bei unserer Einheit würden sie erst nach Tagen merken, dass wir fehlen. Wie du gesehen hast, herrschen bei den Stäben schon chaotische Zustände!«

»Aber SS und GESTAPO scheinen noch immer gut zu funktionieren«, stellte Bastel fest und verzog sein Gesicht.

»Wir sind weit weg von unseren Wohnungen, und sie wissen nicht, dass wir hier sitzen! Das ist unsere Chance: Wir verlassen irgendwo den Zug und verschwinden im Wald!« Maximilian wunderte sich, wie impulsiv er sich zu dieser Entscheidung hatte hinreißen lassen. Ein Schauer lief ihm über den Rücken, aber er fühlte, dass sich für einen winzigen Zeitraum die Chance eröffnen könnte, der Hölle des Krieges zu entrinnen.

»Und wovon sollen wir leben?«

»Für den Anfang habe wir Proviant bei uns und schließlich tragen wir Dienstwaffen, damit lässt sich doch was anfangen, findest du nicht?«, sprach Maximilian auf seinen Kameraden ein. »Dieser Krieg kann nicht mehr ewig dauern, das hast du selbst festgestellt. Danach gehen wir gesund nach Hause zu unseren Familien. Wie gefällt dir das?«

»Wenn ich nur daran denke, scheiß ich mir schon vor Angst in die Hose«, knurrte Bastel.

»Der Führer und seine Entourage, das sind Verbrecher! Die eigene Befindlichkeit ist denen jetzt wichtiger, als das Leben der Menschen in diesem Reich – ganz zu schweigen davon, wie sie mit ihren Gegnern umgehen. Denk darüber nach!«, forderte Maximilian seinen Kameraden auf.

»Auch du bist einmal begeistert in den Krieg gezogen!«

»Wir waren jung und unbedarft, haben uns einfangen lassen. Aber willst du für diese Leute heute noch sterben?« Maximilian erschrak über den Ton seiner eigenen Stimme, blickte sich noch einmal nach allen Richtungen um, entzündete sich eine neue Zigarette und machte ein paar Züge. Dann fragte er mit gedämpfter Stimme: »Also?«

»Gib mir Zeit zum Überlegen!«

»Die haben wir nicht! Wir müssen raus, bevor wir in Italien sind. Ich bin sicher, wir finden bald Gelegenheit, den Zug irgendwo unbemerkt zu verlassen – was meinst du?«

Ein paar Minuten lang hörte man nur das das Klopfen der Räder.

»Was Hitler betrifft ..., ich bin weder für, noch gegen ihn. Aber ich will nicht zu den letzten Soldaten gehören, die in diesem Scheißkrieg verrecken. Wenn *du* den Mut dazu hast, dann geh ich mit dir.«

Die Kameraden reichten sich stumm die Hände.

Der Zug rollte langsamer, vereinzelt tauchten Häuser auf. Erste Ausläufer der Alpen erhoben sich vor dem Fenster und mitten im Tal thronte eine wehrhafte Burg. Bremsen kreischten plötzlich und die Männer mussten sich anhalten.

Ein letzter Ruck und der Zug stand still. Türen wurden aufgerissen, mit lautem Zischen irgendwo Dampf abgelassen. Ein Bahnhof mit ein paar Geleisen war durch die Fenster zu sehen und ein schwarz-weißes Schild: *Kufstein*. Uniformierte standen einzeln und in Gruppen herum, Befehle wurden gebrüllt.

Die Freunde warfen sich Blicke zu, nahmen das Gepäck auf und stiegen aus. Neben dem noch aus der Habsburger-Monarchie stammenden Bahnhofsgebäude war eine Verpflegungsstelle eingerichtet worden. Maximilian und Bastel sahen sich um, stellten sich dann bei der Schlange für Offiziere an.

»Gepäck im Zug stehen lassen!«, brüllte ein Unteroffizier im Kasernenton. »Verpflegung rasch aufnehmen, Zug fährt in fünfzehn Minuten wieder ab.« Der Mann trug Uniform und Schaftstiefel der Feldpolizei.

»Herr Leutnant, sie brauchen keinen Tornister. Hier gibt es nur Verpflegung, wir fahren gleich weiter«, sprach ein Oberwachtmeister Maximilian nun höflicher an. Vor dem Bahnhofsgebäude standen breitbeinig und mit auf dem Rücken verschränkten Händen weitere Uniformierte, die das Treiben beobachteten. Maximilian musste erkennen, dass sie hier nicht unbemerkt verschwinden konnten. Enttäuscht gingen sie zurück, warfen das Gepäck in den Waggon und holten dann Kommissbrot und den üblichen Dosenaufstrich ab. Offiziere bekamen noch einen Apfel sowie ein paar trockene Kekse dazu. An einem Brunnen mit altmodischer Handpumpe am Rande des Bahnsteigs konnten die Feldflaschen mit Wasser gefüllt werden.

Der Zug rollte wieder. Tak-tak ..., tak-tak. Die höher werdenden Berge im Süden des Tals leuchteten rot in der tiefstehenden Sonne. Neben dem Schienenstrang wand sich, von Bäumen, Sträuchern und Auen gesäumt, das Grün eines Flusses. Das muss der Inn sein, dachte Maximilian. Lichtreflexe huschten über die angespannten Gesichter der beiden Offiziere, die am Fenster standen und auf die vorbeiziehende Landschaft starrten. Schweigend rauchten sie, während ihre Körper im Takt der Schienen hin und her schwangen. Würde der Zug vor Innsbruck noch einmal halten? Oder ohne Aufenthalt auf den Brenner und Richtung Italien rollen? Hatten sie ihre Chance schon vertan? Sehr langsam ging es über eine Brücke, dann durch einen kurzen Tunnel. Viele der eng nebeneinander gepferchten Unteroffiziere in den Abteilen waren eingeschlafen, lautes Schnarchen drang durch den Wagen. Diejenigen, die nicht schliefen, waren in Gedanken versunken. Wahrscheinlich weilten sie noch bei ihren Lieben zu Hause oder waren bedrückt von der Aussicht, am nächsten oder übernächsten Tag wieder im Feuer zu stehen. Kaum einer der Männer hatte einen Blick für das prächtige Schauspiel der Natur vor ihren Fenstern.

Mit pochendem Herzen registrierte Maximilian, dass die Geschwindigkeit des Zuges abnahm. In Schrittgeschwindigkeit rollte man durch eine größere Station. Sein Blick konnte ein Schild erhaschen: »*Wörgl*«, war darauf zu lesen. Nachdem die Sonne endgültig hinter der Gebirgskette im Westen verschwunden war, brach schnell die Dämmerung herein.

Wörgl hatte man passiert, aber der Zug beschleunigte nicht. Tak-tak, tak-tak. Maximilian schirmte mit den Händen sein Gesicht ab, um die Umrisse der Umgebung durch die Spiegelung des Fensters noch erkennen zu können – ein Bahnhof war weit und breit nicht zu sehen. Plötzlich Quietschen, danach ein Ruck. Wieder stand der Zug. Irgendwo ertönte ein Knarren. Dann Stille. Die Männer im Wagen schreckten aus dem Schlaf hoch und blickten irritiert aus den Fenstern. Man stand in freiem Gelände. Auf der rechten Seite der Garnitur waren das Ufer des Inns und eine schmale Schotterbank zu erkennen, auf der linken Bäume, Sträucher und eine morsche Holzbrücke.

Alarmiert traten die beiden Offiziere auf der Plattform ihre Zigaretten aus, griffen zu den Tornistern. Was konnte der Halt hier bedeuten? Fliegerangriff? Nichts war zu hören außer dem Rauschen des Flusses. Zaghaft wurde da und dort eine Türe geöffnet. Männer stiegen aus, um nach vorne zur Maschine zu blicken – bereit, rasch aufzuspringen, sollte es wieder losgehen. Nichts passierte. Weitere Soldaten stiegen aus, zündeten Zigaretten an und tauschten Vermutungen darüber aus, was der Grund für den Halt sein könnte. »Vermutlich ein Signal, das auf Rot steht«, mutmaßte ein Leutnant mit dem Schiffchen der Panzertruppe am Kopf.

Maximilian blickte in Bastels Gesicht, das weiß war, wie eine gekalkte Wand – sein Kamerad sah erbärmlich aus.

»Wir tun so, als würden wir austreten. Das hier ist unsere erste und gleichzeitig letzte Gelegenheit!«, raunte Maximilian mit schmalen Lippen dem Freund zu. Mit wilder Entschlossenheit und ohne eine Antwort abzuwarten, schulterte er seinen Rucksack, öffnete die Türe und sprang vom Trittbrett auf das tief liegende Schotterbett der Geleise. Dort blickte er Richtung Lokomotive, dann zum Ende des Zuges. Niemand schien auf ihn zu achten. Ohne hastige Bewegung schlug er sich in das dichte Buschwerk, drehte sich dort um und spähte durch die Blätter zurück auf den Waggon. Bastel stand in der Türe, hielt sich wie in Trance an den Handläufen fest. Ein langgezogener Pfiff ertönte von der Lok her. Die Männer, die ausgestiegen waren, sprangen auf, stiegen ein und zogen die Türen hinter sich zu. Aus einem geöffneten Fenster blickte ein Rekrut mit Glatze auf Bastel, der noch immer zögernd am Trittbrett stand. Die Lok schnaubte einmal ungeduldig, ein zweites Mal, zog an mit leichtem Ruck. Die letzten Türen wurden zugeschlagen. Der Zug rollte. Gebannt blickte Max auf den Kameraden.

Der sprang endlich. Stolperte, fiel auf das Kiesbett, rappelte sich auf, begann mit dem schweren Rucksack am Rücken neben dem Zug her zu laufen – schaffte es nicht, die offen gebliebene Türe zuzuschlagen und ließ sich schließlich ins Unterholz fallen.

Maximilian war wie erstarrt; sein Schrei, die Türe unbedingt zu schließen, war ihm im Hals steckengeblieben. Der Glatzkopf lehnte sich aus dem Fenster und blickte zurück. Hatte er Bastel gesehen? Ärger und Entsetzen durchfuhren Maximilian: Würden sie den Zug jetzt stoppen? Würde der Mann Alarm schlagen? Er war unfähig sich zu rühren. Sein Herz klopfte ihm bis zum Hals. Aber die Lok stieß weiter Dampfwolken aus und zog den Zug, immer schneller werdend, Richtung Italien weiter. Der letzte Waggon ratterte vorbei. An seiner Rückseite leuchtete eine rote Laterne. Tak-tak tak-tak ... Das Geräusch des Zuges wurde leiser und leiser, bevor es sich gänzlich verlor. Das Rot der Laterne, das noch lange zu sehen war, verglühte schließlich im Dunkel der Sommernacht.

Kapitel 3

Juli 1944. Aurach bei Kitzbühel

Seit Ausbruch des Krieges herrschte Weiberwirtschaft auf dem Brandtnerhof – wie der Knecht Mathias nicht müde wurde zu lamentieren. Aufgrund seines Alters von sechsundsiebzig Jahren war er als einziger Mann auf dem Hof geblieben. Die wehrfähigen Männer, das waren der Bauer Alois Fischbacher, sein Sohn Georg und der Jungknecht Xaver, hatten bald nach Beginn des Krieges einrücken müssen und bereits zwei Jahre später, im Dezember 1942, hatte man Nachricht erhalten, dass Xaver in der Schlacht um Stalingrad gefallen war. Von den spärlich eintreffenden Feldpostbriefen erfuhr man, dass der Bauer und sein Sohn tausende Kilometer voneinander entfernt ihre Pflicht als einfache Soldaten erfüllten und dabei täglich von Angst und der Sehnsucht nach Heimat und Familie gepeinigt wurden.

Dabei war es Elisabeth Fischbacher, der fünfundvierzigjährigen Bäuerin, anfangs alles andere als leicht gefallen, die Geschicke des Erbhofes zu lenken, zu dem fast hundert Hektar Land gehörten, eine stolze Anzahl von Vieh sowie ausgedehnte Almen, die seit Jahrhunderten im Besitz der Fischbachers standen. Zudem war sie jäh gezwungen worden, die alleinige Verantwortung über ihre Töchter Anna, Mariann und Rosl, über den Knecht Mathias und die Mägde Cäcilia und Maria zu übernehmen. Während Knecht und Mägde die überstrenge Herrschaft der Bäuerin gottergeben über sich ergehen ließen, kam es mit den Töchtern, die nun auch Männerarbeit übernehmen mussten, nicht selten zu Widerspruch und Zänkereien. Besonders Anna, die achtzehnjährige und damit älteste Tochter ließ sich immer wieder dazu hinreißen, der Mutter ins Wort zu fallen und dickköpfig gegen ihre Anweisungen zu protestieren.

Nachdem die Glocke am Dachfirst des Bauernhofes kurz gebimmelt hatte, versammelten sich seine Bewohner wie jeden Abend um diese Zeit in der Stube zum gemeinsamen Essen. Der Tisch und die Menschen, die um ihn saßen, wurden wieder vom Licht einer Petroleumlampe erhellt, nachdem die Stromversorgung, die 1934 im Bezirk Einzug gehalten hatte, in diesem Teil des Tals kaum mehr funktionierte. Die Strahlen der Lampe spiegelten sich im moosgrünen Kachelofen, der den Essbereich vom Rest der Stube trennte. In der Ecke hinter dem Tisch hatte man den Herrgottswinkel eingerichtet: In der Mitte ein Kruzifix, das ein Verwandter geschnitzt hatte, daneben eine Vase mit vertrockneten Blumen. Seit Kriegsbeginn schimmerte in einer Laterne dahinter auch noch der Schein einer brennenden Kerze – der Rest der Stube versank im Dämmerlicht.

Am Tisch wurde an diesem Sommerabend über Ereignisse des Alltags geschwatzt. Kichernd neckten die Mädchen den betagten Knecht. Mariann berichtete mit aufgeregter Stimme vom Kälbchen, das erst gestern das Licht des Stalles erblickt und nun schon tapsige Schritte gemacht hatte. Rosl erzählte, dass der Hausierer, der alle paar Monate am Hof seine Knöpfe, Bänder, Seifen und Bürsten anbot, nach langer Zeit wieder einmal aufgetaucht war. Wie immer hatte der Händler, der viel herumkam, von allerhand Neuem zu berichten gewusst.

Maria, die fürs Kochen zuständige Magd, erschien aus der Küche und stellte eine Pfanne mit *Kasspatzln* und danach eine Schüssel mit Krautsalat in die Mitte des Tisches, um den in besseren Zeiten mehr als zwanzig Menschen gesessen waren. Rasch verbreitete sich der Geruch von würzigem Käse in der Stube. Wie es Brauch war am Hof, saß die Bäuerin mit ihren drei Töchtern an der Fensterseite des Tisches. Auf ein Zeichen von ihr erstarben alle Gespräche, Hias faltete seine schwielig gewordenen Hände, die Mägde und die Schwestern senkten die Köpfe und die Bäuerin begann mit klarer Stimme zu beten:

»Vater unser, der du bist, im Himmel ...« Rasch fielen alle in das Gebet ein, dessen Worte durch hundertfache Wiederholung schon ohne das geringste Nachdenken über die Lippen kamen. Für kurze Zeit breitete sich danach Stille im Raum aus. Dann erhob die Bäuerin noch einmal ihre Stimme: »Herrgott, wir bitten dich, sei der armen Seele unseres Jungknechts Xaver gnädig und lass unsere Männer wieder heil aus dem Krieg heimkehren, Amen.«

Nun nahmen alle ihre Löffel aus einer Schublade, die seitlich im Tisch eingelassen war und begannen schweigend zu essen; dabei bediente sich jeder direkt aus Pfanne und Schüssel – ohne einen Teller zu benutzen. Aus der Ferne war das Geläut der Kirchenglocke zu hören.

»Hias, musst endlich mit dem Holz beginnen«, durchbrach die Bäuerin das Schweigen, warf dabei einen Blick auf den Alten, der auf der Gesindeseite des Tisches saß und legte ihre Stirne in Runzeln. »Bald ist Maria Himmelfahrt und wir haben noch immer kein Brennholz!«

Der Knecht, der schon seit ewigen Zeiten am Hof war – länger jedenfalls, als alle anderen, die gerade am Tisch saßen, schob mit zittriger Hand seinen Löffel in die Pfanne: »Hab die Ploch schon geschlichtet«, antwortete er, seine Stimme klang sonderbar singend und heiser. »Aber ich brauch halt jemanden zum Sägen.« Eigentlich hätte man den Hias in seinem Alter schon ins Ausgedinge schicken können, aber die Bäuerin hatte es bisher nicht über das Herz gebracht, ihn wegzuschicken. Obwohl ihn die Gicht plagte, verrichtete er seine Arbeit immer noch zufriedenstellend – wenn auch langsamer als früher.

»Rosl, *du* hilfst dem Hias«, bestimmte die Bäuerin knapp und zeigte mit dem Löffel auf ihre jüngste Tochter.

Die Angesprochene schöpfte tief Luft und schürzte die Lippen. Die senkrechten Stirnfalten in ihrem kindlichen, von blondem Haarkranz umrahmten Gesicht verrieten Unwillen und Trotz. »Wieso immer ich?«, begehrte sie auf. »Ich muss mich doch um das Kälbchen kümmern!«

Ein Blick der Mutter ließ ihren Mund zuklappen noch bevor der Satz zu Ende gesprochen war.

»Mariann und Cilli, wir gehen morgen miteinander zur Leitenwiese. Es ist höchste Zeit das Heu einzubringen bevor das Wetter umschlägt.«

Cäcilia, von allen Cilli gerufen, war mit ihren sechsunddreißig Jahren die ältere der zwei Mägde. Ihre Mutter war in jungen Jahren unerwartet gestorben, ohne dass die Ursache jemals geklärt wurde und zwei kleine Kinder standen plötzlich als Halbwaisen da. Es war noch kein Jahr vergangen, da hatte der Vater wieder geheiratet und eine neue Frau zog am Hof ein. Ein weiteres Jahr zog ins Land, in der Wiege krähte ein Säugling – die Kinder hatten ein Halbbrüderchen bekommen. Als dieses Brüderchen drei Jahre alt war und wieder Nachwuchs ins Haus stand, setzte die junge Stiefmutter beim Bauern durch, dass Cäcilia, ihr Bruder und die Großmutter auf die Alm ziehen mussten. In dem Jahr, in dem die Oma dann starb, war Cilli gerade zwölf Jahre alt geworden und damit ins arbeitsfähige Alter gekommen. Irgendjemand hat sie damals zum Brandtnerhof gebracht, wo sie sich seitdem als Magd verdingte. In jüngeren Jahren hatte die fesche Frau so manchem Mann den Kopf verdreht. Aber statt den erhofften Heiratsantrag zu erhalten, hatte Cilli vor Jahren ein Kind mit unbekanntem Vater zur Welt gebracht. Da die Bäuerin den neuen Erdenbürger am Hof nicht duldete, wurde er zu entfernten Verwanden nach Kufstein gebracht. Stimmen im Dorf, die behaupteten, der Bub hätte starke Ähnlichkeit mit dem Bauern gehabt, wollten lang nicht verstummen.

Cilli und Mariann war bewusst, dass ihnen ein harter Arbeitstag bevorstand: Alle wussten, dass die Bäuerin selbst vom Sonnenaufgang bis zum Läuten der Abendglocke die härteste Arbeit leisten würde und dasselbe auch von allen anderen erwartete.

Die Bäuerin drehte den Kopf zur Seite und ließ den Blick auf ihre älteste Tochter fallen, die neben ihr auf der Bank saß. »Anna, ich will, dass du morgen anspannst und nach Sankt Johann fährst.« Während sie sprach, schöpfte sie sich einen mächtigen Löffel Krautsalat aus der Schüssel. »Du kriegst eine Liste mit Sachen, die wir vom Wochenmarkt brauchen.«

»Mir musst du Stoff mitbringen, für eine neue Schürze zum Sonntagsstaat!« Mariann setzte ihren Becher ruckartig am Tisch ab und wischte sich mit dem Arm den Milchrand von den Lippen. »Am besten würde die Farbe vom Flieder passen …«

»Und ich brauch eine grüne Schleife für meinen Hut«, fiel ihr Rosl, die Jüngste, ins Wort und trommelte mit ihren Schuhen auf den Fußbalken des Tisches.

»Halt, halt!«, unterbrach Anna. »Schreibt mir beide eure Wünsche auf den Zettel – dann will ich schauen, was ich für euch erledigen kann.«

»Wir brauchen dringend Bienenwachs, Schmierseife, Soda und das Lecksalz für die Kälber«, sagte die Bäuerin. »Eventuell Feigenkaffee, wenn du kriegen kannst. Nimm die Schuhe von Mariann beim Schuster mit, die müssten längst fertig sein«, trug sie ihrer Tochter weiter auf. »Maria, schau gleich nach, was wir sonst für die Küche noch brauchen.«

Die Angesprochene nickte kauend.

»Hörst du schwer?«, fuhr die Bäuerin ihre Magd an. »Ich habe *gleich* gesagt!«

Maria ließ ihren Löffel fallen, schob den Stuhl mit einem kreischenden Geräusch nach hinten und hinkte zur Küche. Schon als Kind hatte die schweigsame Magd als Sennerin auf der Alm des Brandtnerhofes gearbeitet. Bei einem frühen Wintereinbruch im August 1938 hatte sie bei starkem Schneefall versucht, das Vieh zusammenzutreiben. Dabei rutschte sie aus, stürzte unglücklich einen Hang hinab und blieben verletzt liegen. Erst einen Tag später fand sie der Revierjäger in einem Graben liegend und wimmernd und schleppte sie gemeinsam mit dem Jagdgehilfen ins Tal. Für eine Behandlung im Krankenhaus war kein Geld dagewesen. Deshalb blieb sie - vom Doktor notdürftig versorgt - solange in der Kammer liegen, bis die Wunde äußerlich verheilt war. Danach zog sie beim Gehen das Bein nach und konnte für schwere Arbeit nicht mehr eingesetzt werden. Seitdem war sie auf dem Hof für Stall und die Küche zuständig.

Maria erschien wieder in die Stube, setzte sich und schob der Bäuerin wortlos einen abgerissenen Kalenderzettel über den Tisch. Darauf hatte sie in ungelenker Schrift die paar Sachen gekritzelt, die sie für die Küche benötigte und die man am Hof nicht selbst herstellen konnte. Mit verschlossener Miene starrte die Magd vor sich auf den Tisch, ohne ihr Essen wieder anzurühren.

Die Bäuerin entnahm der Schürzentasche eine Drahtbrille, setzte sie auf und las das Blatt aufmerksam. Es schien ihre Zustimmung gefunden zu haben, denn sie reichte es wortlos an Anna weiter. Danach nahm sie ihren Löffel, wischte ihn an der Schürze ab, legte ihn in die Besteckschublade und erhob sich vom Tisch. Anna und Mariann kratzten die Reste aus der Pfanne, bevor diese von Maria schließlich abgeräumt wurde. Wenig später polterte eine nach der anderen über die Holztreppe zu ihrer Schlafkammer im Obergeschoß.

Wolkenlos streckte sich der Himmel von einer Bergkette zur anderen als Anna am Morgen zum Stall ging. Die felsigen Zacken des Kaisergebirges, die hinter dem Erbhof aufragten, wurden von der Sonne schon in zartes Rosa getaucht. Auf der gegenüberliegenden Talseite hoben sich die Gipfel vom hellen Hintergrund so klar ab, als wären sie mit Tusche gezogen.

Die junge Frau öffnete beide Flügeln der Holztür und betrat den dämmrigen Stall. Ein paar neugierige Kuhaugen glotzten dem Licht entgegen, das jetzt in den vorderen Teil des Raumes flutete. Schon längst erwacht und stehend waren die Tiere nun damit beschäftigt, mit ihren Schwänzen die lästigen Fliegen abzuwehren. Ihre Ketten klirrten dabei mit jeder Bewegung. Im Halbdunkel dahinter schnaubte ein Pferd.

Nachdem er mit Hafer gefüttert und danach getränkt worden war, ließ sich der Haflinger folgsam auf den Hof führen und das schwere Kummet über den Kopf stülpen, das Anna aus dem Wagenschuppen herangeschleppt hatte.

Zur Beruhigung klopfte sie dem braunen Tier mit der blonden Mähne auf den Hals, dann führte sie es am Halfter zu einem mit Kutschbock und Ladefläche ausgestattetem Wagen, der am Rande des Hofs bereitstand. Geduldig und rückwärts steigend, ließ sich das Tier zum Wagen dirigieren. Hinter- und Vordergeschirr wurden angelegt, Spielwaagen eingehängt, die Deichsel angehoben und schließlich fixiert. Anna stieg auf den Bock, löste mit einer Kurbel die Bremse, nahm dann die Zügel fest in die Hand.

»Hüa, Brauner«, rief Anna, die an diesem Tag statt ihrer üblichen Arbeitstracht ein Dirndlkleid und einen in die Stirn geschobenem Strohhut angelegt hatte. Übermütig ließ sie die Zügel schnalzen, worauf das Pferd ruckartig anzog. Ihr war an diesem Tag so leicht zumute, dass sie hätte einen Jauchzer ausstoßen können. Im Osten hatte sich die Sonne gerade über den Bergrand geschoben und sandte die ersten Strahlen ins Tal.

Während sie den Weg zum Dorf in Angriff nahm, kamen Anna die Jahre ihrer unbeschwerten Kindheit in den Sinn, und der Tag, an dem sie mit dem Gespann zum Kirtag nach Reith unterwegs gewesen waren: Sie durfte - damals etwa dreizehn Jahre alt - am Bock zwischen dem Vater und dem älteren Bruder sitzen. Die Mutter und die kleinen Schwestern kauerten hinten am Wagen. Plötzlich hielt der Vater das Gespann an und forderte sie auf, mit ihm Platz zu tauschen. Dann drückte er ihr die Zügel in die Hand. Zuerst starr vor Schreck und mit klopfendem Herzen, lernte sie unter kundiger Anleitung des Vaters aber schnell, die Pferde zu lenken. In Reith angekommen, zog sie an den Zügeln und brachte die Pferde vor den vielen Leuten mit einem energischen »Brrrr« zum Stehen. Der Vater platze fast vor Stolz auf seine Prinzessin.

Gut erinnerte sich Anna auch an den Tag, an dem die Erwachsenen die Köpfe zusammengesteckt und hitzig über den *Anschluss* debattiert hatten. Da sie sich darunter nichts vorstellen konnte und der *Anschluss* für sie vorerst keine fühlbaren Auswirkungen zeigte, ließ sie sich davon die Laune nicht verderben. Immer wieder hörte sie aus Gesprächsbrocken der Erwachsenen, dass es nun einen *Ortsgruppenleiter* gab, der wichtig zu sein schien und mit dem Vater manchmal Streit hatte. Sie wusste nicht recht, ob sie sich darüber Sorgen machen sollte. Langsam wurde sie in den Sommerferien zu ersten Arbeiten am Hof herangezogen. Diese Arbeit bedeutete aber keine Mühe für sie, sondern machte ihr Spaß. Ohnehin war es ihr schon ungerecht erschienen, dass man sie als Kind bei der Roggenmahd nicht mitgenommen hatte. Als wäre es erst gestern gewesen, erinnerte sie sich aber an jenen Tag, an dem zu ungewöhnlicher Tageszeit die Kirchenglocken läuteten, die Erwachsenen am Radio lauschten und besorgte Gesichter machten. Krieg! *Krieg?* Dieses Wort war ihr bisher nur begegnet, wenn der Großvater vom *Großen* Krieg erzählt hatte, bei dem er als Kaiserjäger am Isonzo dabei gewesen war. Während die Großmutter vom Elend des Krieges sprach, hatten sich die Kriegsgeschichten von Großvater eigentlich immer lustig angehört. Was also sollte sie von diesem *Krieg* halten? Die Welt begann erst an jenem Tag für sie zusammenzubrechen, als der Bürgermeister auf den Hof kam und die Einberufungsbefehle für den Vater, ihren Bruder Georg und den Knecht Xaver überbrachte. Sie waren die ersten des Dorfes, die zu den Waffen gerufen wurden, hunderte sollten folgen. Es tröstet sie ein wenig, dass der Bürgermeister davon sprach, dass alle in ein paar Monaten - spätestens aber zu Weihnachten - wieder auf dem Hof sein würden.

Polen sei schließlich kein ernsthafter Gegner und danach gehe es wieder nach Hause, meinte er. Allein – das Ahnl wiegte sorgenvoll ihren Kopf, legte die Stirne in tiefe Falten und murmelte etwas ähnliches, wie: »Das haben sie uns auch damals beim Großen Krieg von 1914 schon einreden wollen ...«

Langsam ging es den Weg zwischen den bereits gemähten Wiesen hinab, dann die kurvige und von Haselnussstauden gesäumte Strecke direkt nach Aurach hinein. Das Dorf selbst bestand aus nicht viel mehr als dreißig Häusern, Höfen und Scheunen, die sich alle rund um die Kirche mit ihrem malerischen Zwiebelturm drängten. Dort angekommen, hielt Anna das Gespann an einem Platz an, der zwischen der Kirche und dem Dorfwirtshaus und außerdem im Schatten lag.

Die Kurbelbremse des Wagens wurde angezogen, dann stieg sie ab und betrat den kleinen Friedhof, der sich direkt an die Kirchenmauer schmiegte. Zielstrebig schritt sie auf ein Grab zu, auf dessen Kreuz aus geschmiedetem Eisen zwei Namen eingraviert waren:

Juliane Fischbacher, geb. Brandtnerin geb.1861 gest.1941
Anton Fischbacher, geb. 1859 gest. 1938

Nachdem sie die am Grab stehenden Blumen durch einen frischen Strauß ersetzt und kurz davor verharrt hatte, ging Anna zurück und tauchte noch ein in das kühle Dunkel des Gotteshauses, das den Anblick dieses Dorfes so stark prägte. Durch die färbigen Glasfenster fielen Strahlen der Morgensonne auf den Boden und bildeten dort ein vielfärbiges Muster. Ein paar Minuten lang verharrte sie auf einer der Kirchenbänke, dann trat sie wieder in das gleißende Licht des nun schon warmen Tages, saß auf den Wagen auf und setzte ihre Fahrt nach St. Johann fort.

»Grüß dich Gerti«, rief sie im Vorbeifahren der Kellnerin des Hallerwirts zu, die gerade dabei war, die Stühle des Gastgartens von den Tischen zu nehmen.

Brav trabte der Braune über die kurvige Landstraße, die, vom Pass Thurn kommend über Kitzbühel nach St. Johann führte. Ein Fuhrwerk, gezogen von stämmigen Norikerpferden und beladen mit Fichtenstämmen, kam ihr im Schritttempo an einer Biegung entgegen. Die Männer am Kutschbock zogen die breitrandigen Hüte und grüßten freundlich. Die sind unterwegs zum Sägewerk im Saukasergraben, vermutete Anna und meinte damit das Sägewerk, das ihrem Onkel gehörte. Sonst herrschte wenig Verkehr auf der Straße: Ein paar Bauern, die wie Anna auf den Markt fuhren oder Heu einbrachten, hin und wieder ein Militärfahrzeug, beladen mit Soldaten oder Geschützen, das auf den Pass zufuhr und der qualmende Lastwagen der Molkerei, der Richtung Jochberg knatterte.

Genau an der Stelle, an der in der Ferne die Kirchtürme von Kitzbühel auftauchten, lag das Anwesen der Aufhausers.

Anna hatte kein gutes Gefühl im Magen, wenn sie an den Aufhauser dachte: Jeder im Bezirk kannte den Mann. Viele sprachen mit Respekt von ihm, andere mit Beklemmung. Nicht wenige versuchten sich gut mit ihm zu stellen, weil sie ihn brauchten, aber es gab auch Leute, die ihn nicht mochten, weil sie bei einem Handel mit ihm den Kürzeren gezogen hatten oder seine politische Einstellung nicht teilten. Seit Generationen waren die Aufhauser die Viehhändler des Tales. Mit dem damit erworbenen Geld hatte man immer wieder in Not geratene Höfe und andere Anwesen aufgekauft, hergerichtet und wieder verkauft oder vermietet. Dadurch hatte es die Familie, die immer noch mit Vieh handelte, zu Vermögen und Macht gebracht. Es konnte keine Straße gebaut, keine Alm gepachtet, kein Hof verkauft und kein Brücke geschlagen werden, ohne dass der Aufhauser nicht seine Finger im Spiel hatte. Irgendwie schaffte er es immer, sein Scherflein dabei zu verdienen. Im Rahmen eines fragwürdigen Tauschgeschäftes war auch der prächtige Erbhof, der heute als Wohnsitz der Familie diente, in ihr Eigentum übergegangen. Valentin Aufhauser, das Familienoberhaupt, war nicht nur durch Besitz und Macht ein außergewöhnlicher Mann, sondern auch durch seine Erscheinung: Groß und breit gebaut, trug er einen Respekt einflößenden Vollbart, der bereits angegraut war. Wenn er seinen Hut aufsetzte, sah er beinahe aus wie Andreas Hofer, der Volksheld der Tiroler aus den Franzosenkriegen. Dazu kam eine Stimme, die an das Grollen eines Donners erinnerte. Böses Blut gab es bei manchen Bewohnern des Tales, weil der Mann auch Jahre nach Kriegsbeginn noch nicht einberufen worden war, während mittlerweile auch schon Alte und ganz junge Männer an der Front sterben mussten. Er selbst erklärte diese Tatsache damit, dass er einen kriegswichtigen Beruf hätte, die Leute im Tal aber meinten, dass wohl vielmehr seine Rolle bei der NSDAP und die guten Kontakte zur Nazi-Prominenz eine Rolle spielten.

Vor einem Jahr etwa hatte Anna mit ihrer Familie eine Hochzeit in Jochberg besucht und dabei den jungen Aufhauser getroffen, der ihr damals schöne Augen gemacht hatte. Sie tanzten den ganzen Abend miteinander und es war auch bei ihr so etwas wie Verliebtheit aufgekommen. Danach hatte ihr der groß gewachsene Johann, einziger Sohn des wohlhabendsten Mannes im Tal, monatelang den Hof gemacht. Dann allerdings war er, von einem Tag zum anderen, plötzlich zum Militär eingerückt. Anna, die sich anfangs geschmeichelt gefühlt hatte, war darüber erleichtert gewesen. Der junge Aufhauser, der leutselig und charmant sein konnte, hatte sich alsbald von einer Seite gezeigt, die sie zunehmend irritiert und verschreckt hatte: Regelmäßig konnte man ihn in den Wirtshäusern der Umgebung antreffen und unter dem unseligen Einfluss von Bier und Schnaps verwandelte sich der umgängliche junge Mann schnell in einen streitsüchtigen und jähzornigen Gesellen. Immer wieder hörte man davon, dass er im Mittelpunkt von Saufgelagen, Händel und Zank gestanden war. Ohne ersichtlichen Grund hatte er schließlich beim Hauswirt in Mittersill den Revierjäger in einen Streit verwickelt und bei der folgenden Rauferei so lange auf ihn eingeschlagen, bis dieser halb tot am Boden lag. Einer Verfolgung war er nur durch seine vom Vater erzwungene und überstürzte Einrückung zum Militär entgangen.

Ihre Eltern, aber auch der alte Aufhauser, ließen durchblicken, dass ihnen eine Verbindung der jungen Leute sehr gelegen käme. Anna war von den Geschehnissen hin und hergerissen, aber schließlich froh, dass ihr durch die Einrückung eine Entscheidung in dieser Angelegenheit vorerst erspart geblieben war. Sosehr sie auf das Kriegsende hoffte, um Vater und Bruder wieder zu sehen, so bang blickte sie einer Rückkehr von Johann entgegen.

Anna wurde von einem der stinkenden Traktoren überholt, die seit einigen Jahren Dienst auf manchen der größeren Höfe versahen. Vater hatte die Anschaffung einer Maschine zum Pflügen und zum Ziehen von Fuhrwerken stets abgelehnt. Viele Traktoren standen jetzt nutzlos auf den Höfen herum, weil Treibstoff für die Bauern kaum noch aufzutreiben war.

Gedankenversunken näherte sie sich dem Haus der bekannten Familie. Vor dem Gebäude stand die einzige private Limousine, die im Tal noch im Einsatz stand. Anna schnalzte mit den Zügeln und trieb den Braunen zur Eile an.

»Ja, wen haben wir denn da?«, hörte sie die dröhnende Stimme des alten Aufhauser hinter sich. Unwillig zog sie an den Zügeln.

»Brrr Brauner, brrr«, gab sie von sich, bis das Gefährt endlich stand. Dann drehte sie sich am Kutschbock sitzen bleibend nach hinten um.

Der Mann war scheinbar gerade im Begriff gewesen, in sein Auto zu steigen.

»Grüß dich Gott Aufhauser«, sprach Anna über die Schulter. »Ich muss zum Wochenmarkt. Bin spät dran und deshalb in Eile!«

»Das ist noch lange kein Grund, bei uns im Galopp vorbeizufahren«, Aufhauser spielte den Beleidigten, machte die paar Schritte auf das Fuhrwerk von Anna zu und reichte ihr mit jovialer Bewegung die Hand. Danach wies er einladend in Richtung Haus.

»Willst nicht auf eine Jause hereinkommen? Oder lieber auf einen Kaffee?«

»Heute kommt's mir wirklich ungelegen. Es scheint so als ob ein Wetter kommt, und bis dahin möchte ich wieder daheim sein! Aber ich dank dir trotzdem Aufhauser.«

»Dann aber unbedingt beim nächsten Mal!« Der Viehhändler drohte lächelnd mit seinem Zeigefinger. »Kommt`s ihr denn zurecht am Hof – ganz ohne die Männer?«

»Es helfen halt alle zusammen. Und die Mutter führt das Regiment nicht schlecht.«

»Trotzdem – wenn ihr was braucht, sagt's mir Bescheid. Ich kann euch sicher helfen«, ließ er nicht locker. »Du weißt ja: Ich kenn' viele Leute und hab' so meine Beziehungen ...«

»Ich weiß das schon zu schätzen, aber wir kommen zurecht.«

»Habt ihr was gehört, von euren Männern?«

»Zuletzt nur vom Vater. Er meint, die Lage in Russland ist schlecht, aber gesund scheint er zu sein – wenn halt das Heimweh nicht wär ...«

»Der Johann schreibt mir übrigens oft. Er ist jetzt mit Sonderkommandos im Hinterland beauftragt«, berichtete der Viehhändler nicht ohne Stolz in der Stimme, ging aber auf die Kommandos seines Sohnes nicht näher ein. »Obendrein schreibt er, er denkt an dich und lässt dich grüßen.« Der Mann kam näher an das Fuhrwerk heran, legte seine Hand auf Annas Arm und zwinkerte ihr zu. »Ich kann ihn übrigens gut verstehen – bei einem so feschen und blitzgescheiten Mädchen, wie du es bist!«

»Also, Aufhauser, ich muss jetzt wirklich ...« Anna zog ihre Stirn in Falten und rutschte unbehaglich am Bock hin und her.

»Du weißt ja, dass du immer gerne gesehen bist, bei uns im Haus.« Der Viehhändler nahm die Hand noch nicht von der Wagenbrüstung. »Mir ist nicht verborgen geblieben, was du für einen guten Einfluss auf den Buben hast«, fügte der sonst so selbstbewusste Mann ungewöhnlich leise hinzu. Dann trat er vom Fuhrwerk zurück und hob die Hand zu einem freundlichen Gruß.

Die Schuhe waren nicht gedoppelt, weil der Schuster Breimeyer inzwischen zum Volksturm eingezogen worden war.

Sonst hatte Anna alle Besorgungen, die ihr aufgetragen wurden, erledigt. Fast unerträglich lastete an diesem Tag die Hitze auf dem Land und seinen Menschen. Nach dem klaren Morgen türmten sich jetzt über den Tauern Wolkengebirge in einen sonst noch blauen Himmel. Anna hatte dafür gesorgt, dass der Haflinger getränkt wurde und im Schatten stehen konnte. Bevor sie den Rückweg antrat, ließ sie sich noch im Gastgarten des Müllnerbräu nieder, bestellte eine Halbe Dünnbier und machte sich über die Jause her, die sie mitgebracht hatte. Der Gastgarten wurde von dichten Kastanienbäumen beschattet. Außer ihr hockten nur noch ein paar Soldaten unter den Bäumen, die scheinbar von einem der Lazarette stammten, die jetzt in Kitzbühel eingerichtet worden waren. Einer der Männer hatte den ganzen Kopf samt linkem Auge bandagiert, einem anderen war offensichtlich das linke Bein amputiert worden – an seinem Stuhl lehnten ein Paar Krücken aus Holz. Trotz ihrer Verletzungen vermittelten die Soldaten einen heiteren Eindruck. Vielleicht wegen des Bieres, das vor ihnen stand, vielleicht aber auch von der Annahme, diesen Krieg zwar nicht heil, aber wenigstens lebend überstanden zu haben.

»Wo kommst her, Dirndl?«, fragte die Wirtin, die selbst das Bier auf den Tisch gestellt hatte.

Anna machte einen kräftigen Schluck, stellte das Glas dann ab. »Hab am Wochenmarkt zu tun gehabt. Ich bin vom Brandtnerhof in Aurach.«

»Habt's was zu verkaufen? Ein Ferkel, ein Lamm? Oder Speck vielleicht?«

»Wir müssen am Hof sieben Leute ernähren und das, was wir selbst nicht brauchen, sollen wir noch abliefern.«

»Tut's ihr noch Brot backen, am Hof?", fragte die Wirtin weiter.

»Wie's Ahnl noch gelebt hat, haben wir es selber gemacht. Obwohl wir den Backofen noch haben, holen wir es jetzt alle zwei Wochen vom Nachbarhof.«

Himmelhoch bäumten sich die Wolken in die Höhe und verfärbten sich dort in schmutziges Grau. Erste Donner waren in der Ferne zu hören.

Das schweißnasse Pferd trabte, von Anna angetrieben, die Landstraße Richtung Pass Thurn hinauf. Kein Lufthauch regte sich. Am Berghang war bereits das Zwiebeltürmchen inmitten der Häuser von Aurach zu sehen. Als das Gespann auf die Bergstraße abbog, die zu ihrem Heimatdorf führte, zuckte ein Blitz in ihrer Nähe auf. Ohrenbetäubende Donnerschläge ließen Anna und den Braunen zusammenfahren, als sie Aurach erreicht hatten und den Ort nun durchquerten. Zwei Biegungen dahinter war schon der Brandtnerhof in der Ferne zu erkennen. Erste Windstöße wirbelten Staub und Blätter über den Weg. Danach brach ein solcher Sturm über sie herein, dass sich die Wipfel der Bäume neben der Straße verbogen als wären sie Halme aus Gras. Bald war das Gespann nur mehr ein paar hundert Meter vom heimischen Hof entfernt. Deutlich wahrzunehmen war nun der beladene Heuwagen, der vor der Scheune stand.

Die Mutter, Mariann und Cilli standen auf dem Wagen und warfen mit kräftigen Stößen ihrer Gabeln Heu durch das offene Tor der Scheune. Die Haarsträhnen, die unter ihren Kopftüchern hervorlugten, klebten den Frauen an den schweißnassen Stirnen. Mit keinem Blick beachteten sie das in den Vorhof einfahrende Pferdegespann. Anna sprang vom Bock und riss sich den Hut vom Kopf. Dann griff sie sich eine in der Ecke stehende Heugabel, sammelte das in der Hast rund um den Wagen verstreute Heu und beförderte es in den Stadel. Erste schwere Tropfen fielen vom Himmel während der Leiterwagen noch zu einem Viertel gefüllt war. Anna sprang auf den Wagen, um den anderen dort zuzuarbeiten. Dann öffnete der Himmel seine Schleusen. Innerhalb weniger Minuten waren alle nass bis auf die Haut, aber die Ernte war schließlich eingebracht. Gemeinsam schleuderten sie die letzten Büschel auf den Heuboden, führten die Ochsen und das Pferd in den Stall und schoben die Wagen in die Scheune. Abgekämpft und völlig durchnässt, aber zufrieden, überquerten die Leute im strömenden Regen den Hof und betraten das Haus. Da sie der Bäuerin wieder einmal nicht über die Lippen kommen wollten, richtete Anna an alle ein paar lobende Worte.

Am nächsten Tag beruhigte sich das Wetter. Schon in den Morgenstunden hatte es aufgehört zu regnen. Anfangs vereinzelt, später häufiger, bildeten sich Löcher in der Wolkendecke, durch die man das Blau des Himmels zu sehen bekam; schließlich blitzten über den Hohen Tauern erste Sonnenstrahlen ins Tal. Auch die dünnen Nebelstreifen, die noch träge auf den Berghängen lagen, lösten sich nach und nach auf.

Elisabeth Fischbacher grübelte am Vormittag in der Stube über ihren Haushaltslisten. Anna, die ihr gegenüber saß, warf einen Blick in ihr Gesicht:

Obwohl sich in den Jahren herbe Züge ins Antlitz der Bäuerin geschlichen hatten, konnte man erahnen, dass sie einmal eine Schönheit gewesen war. Damals hatte die Tochter des Sägewerksbesitzers den reichsten Bauern der Umgebung, Alois Fischbacher geheiratet. Die Hochzeit war groß gefeiert worden und hatte Aufmerksamkeit erregt im Tal. Wenig später waren dann der Bub und anschließend die kleine Anna auf die Welt gekommen. Und aus der Vernunftehe war im Lauf der Jahre eine Beziehung entstanden, die von Zuneigung und gegenseitigem Respekt geprägt war. Eskapaden des Bauern in späteren Jahren hatte sie schweigend weggesteckt, aber sie hinterließen Narben und hatten die Schale, mit der sie sich umgab, noch härter werden lassen.

Die Arbeit mit den Haushaltslisten war der Bäuerin stets zuwider gewesen, weshalb sie dazu gerne Anna zu Rate zog, die während der ersten Kriegsjahre die Handels- und Gewerbeschule in Kufstein besucht hatte. Gemeinsam addierten Mutter und Tochter endlose Kolonnen von Einnahme- und Ausgabepositionen, überprüften die sich ergebenden Summen hernach so lang, bis die Rechnung am Ende ein plausibles Ergebnis erbrachte. Säuberlich mussten die Zahlen danach mit der Feder in gedruckte Formulare eingesetzt und an die zuständige Gaubehörde in Innsbruck geschickt werden. Die Bäuerin war heilfroh, dass ihr die Tochter bei dieser Arbeit zur Hand ging.

Nachdem die Sonne in der Zwischenzeit das Gras aufgetrocknet hatte, begannen Anna, Hias und Cilli nach dem Mittagessen mit dem Mähen der steilen Hauswiese. Diese erhob sich direkt hinter dem Wirtschaftsgebäude des Brandtnerhofes und reichte hinauf bis zum oberen Waldrand. Die Mutter war inzwischen gemeinsam mit Rosl und Mariann zum Lahnacker aufgebrochen, um Kartoffeln auszugraben, die man dort zum Eigenverbrauch anbaute.

Anna lief der Schweiß in die Augen. Sie hielt in ihrer Arbeit inne, lockerte das Kopftuch, das im Nacken verknotet war und blinzelte in die Julisonne. Wenige Schritte neben ihr stand breitbeinig der Knecht und schwang seine Sense mit einer solchen Regelmäßigkeit durch das Gras, wie das Läuten der Glocke am Auracher Kirchturm. Immer wieder verharrte er, stellte die mannshohe Sense auf und schärfte sie mit dem Dengelstein, den er am Gürtel mit sich führte. Die Zähigkeit des alten Mannes nötigte Anna Respekt ab. Mähen, vor allem auf steilem Gelände, war in Friedenszeiten reine Männerarbeit gewesen. Arme und Rücken taten ihr weh. Das aber ließ sie sich nicht anmerken, wischte sich den Schweiß von der Stirn, biss die Zähne zusammen und fuhr mit ihrer Arbeit fort. Schritt für Schritt kämpften sich Hias, Cilli und Anna den Hang nach oben. Später würden die anderen nachkommen und das geschnittene Gras auf Heureitern zum Trocknen aufhängen. Immer wieder blickte Anna den Hang hinauf und versuchte abzuschätzen, wie lange sie noch brauchen würden.

Da schien ihr, als hätte sie am Rand der Wiese eine Bewegung gesehen. Jemand lief wieselflink den Hang herab. Anna stutzte: Das war doch Franzi, der Hütebub vom Hausleitenhof! Auch die anderen hatten Franzi jetzt bemerkt, legten die Hand an die Stirne, um die Augen zu beschatten und blickten nach oben. Kein Zweifel, der Franzi! Er kam näher und fuchtelte heftig mit seinen Armen.

»Die Bäuerin schickt mich«, rief er mit aufgeregter Bubenstimme, kaum dass er in Hörweite gekommen war. »Ich soll ausrichten, Soldaten waren bei uns auf dem Hof! Sie haben wieder Vieh mitgenommen!« Jetzt blieb der mit kurzer Hose und zerrissenem Hemd bekleidete Bub keuchend vor ihnen stehen. »Und meine Bäuerin meint, dass sie jetzt wohl auch zu euch kommen werden.«

»Lauf *du* schnell zurück und lass dich nicht erwischen«, antwortete Anna ohne zu zögern. »Am besten wieder durch den Wald, den *die* werden über die Straße kommen.«

Während der magere Junge sich schon wieder auf den Weg gemacht hatte, rief sie ihm nach: »Und Franzi! Sag, ich lass mich bedanken!« Dann wandte sie sich an die Magd: »Cilli, hol die Bäuerin vom Acker, aber beeil dich! Und du, Hias«, sprach sie zum Knecht: »Lauf zum Stall, nimm den Braunen und versteck dich mit dem Ross in der Scheune am hinteren Grund! Und komm auf keinen Fall zurück, bevor ich dich hol!«, schärfte sie ihm ein.

Sie warfen ihre Sensen ins Gras und machten sich augenblicklich auf den Weg. Anna eilte zum Hof. Dort angekommen, öffnete sie das Gatter und scheuchte die Hühner in die angrenzende Wiese, wo sie sich - über die neue Freiheit hoch erfreut - schnell in alle Richtungen zerstreuten.

Von der Zufahrtstraße herauf war schon das Geräusch von Motoren zu hören. Anna blickte über das Gelände hinab und sah zwei Militärfahrzeuge im typischen Grün und bemalt mit Balkenkreuzen der Wehrmacht um die letzte Kurve vor dem Brandtnerhof biegen. Maria, die neben dem Stall Milchkannen gewaschen und den Lärm gehört hatte, kam hinkend herbeigeeilt. Das Motorengeräusch wurde lauter, ein offener Kübelwagen fuhr auf den Hof und hielt an. Dahinter quietschten die Bremsen eines mit Plane bedeckten, dreiachsigen Lastwagens. Zwei Männer entstiegen dem offenen Wagen und warfen die Türen zu: Ein Zivilist mit verknittertem Anzug und Nickelbrille sowie ein Unteroffizier mit vernarbten Gesicht, der mit beflissener Miene die Dienstwaffe an seiner Koppel zurechtrückte. Der Zivilist trug eine lederne Tasche mit sich, die er sich jetzt zwischen die Beine klemmte, um ihr einen Akt zu entnehmen. Drei Soldaten mit Stahlhelmen am Kopf und Karabinern an den Schultern sprangen vom Begleitfahrzeug und stürmten an die Seite ihrer Vorgesetzten.

»Heil Hitler«, bellte der Mann mit der Brille in hörbar preußischem Ton und riss seinen Arm zackig zum Hitlergruß hoch. »Schmidke, Beauftragter der Gauverwaltung. Habe Befehl, hier Vieh zu beschlagnahmen.« Er blickte kurz in seinen Akt. »Sind sie die Brandtnerhofbäuerin?«

»Die ist nicht da«, erwiderte Anna schroff. »Was wollen sie von uns?«

»Wo ist die Bäuerin? Wann kommt sie wieder?«

»Wir haben kein Vieh, das wir abgeben könnten.«

»Es gibt einen Zeugen dafür, dass hier ohne Genehmigung geschlachtet wurde – und das schon wiederholt! Ein Sonderbefehl des Führers vom 15. März ermächtigt uns in diesem Fall, den gesamten Bestand zu requirieren!« Er zog ein Taschentuch aus seiner Hosentasche, wischte sich den Schweiß von der Stirne und schnaubte dann empört: »Im ganzen Reich sind Nahrungsmittel knapp geworden – aber ihr Bauern wollt immer noch alles für euch behalten!« Ohne auf eine Antwort zu warten, drehte er sich zum Unteroffizier und wies mit der Hand zum Stall: »Oberfeldwebel, Bestand feststellen!«

»Wir haben nichts geschlachtet, was nicht genehmigt war!« Anna stellte sich dem Oberfeldwebel in den Weg.

»Es gibt klare Beweise dagegen!«

»Wer behauptet so etwas?«

»Bin ihnen keine Rechenschaft schuldig, Frau!« Mit fahriger Bewegung klemmte Schmidke seinen Akt unter den Arm und wippte auf den Zehen. »Ihr habt hier doch genügend zu fressen ...«, wurde der Mann lauter.

»Wir haben diesen Krieg nicht haben wollen und sind daher auch nicht schuld an der schlechten Lage!«

Schmidke reichte es jetzt, er machte eine drohende Bewegung mit der Hand: »Wollen sie hier den Führer kritisieren? Ich warne sie! Gehen sie endlich zur Seite!« Die Soldaten nahmen die Karabiner vom Rücken und hoben drohend die Läufe.

»Sie müssen schon warten bis die Mutter da ist!« Anna rührte sich nicht vom Fleck.

»Uns können sie gar nichts anschaffen!", brüllte Schmidke und gab dem Feldwebel mit dem Kinn ein Zeichen, endlich anzufangen.

»Was ist denn *hier* los?« Aus dem Hintergrund war die laute Stimme von Mutter zu hören, die mit Rosl, Mariann und Cilli an ihrer Seite aufgetaucht war.

»Jemand hat uns angezeigt, weil wir angeblich schwarz geschlachtet haben«, berichtete Anna, die sich zur Mutter umgedreht hatte. »Ich habe den Herren schon gesagt, dass das eine Lüge ist!«

»*Natürlich* – wieder einmal der Herr Ortsgruppenleiter! Bei ihm selbst ist noch nie Vieh geholt worden, obwohl sein Stall so voll ist, wie kein anderer im Dorf.« Die Stimme der Mutter hatte einen bitteren Unterton angenommen. »Oder etwa nicht?«

»Dazu darf ich gar nichts sagen ...«, erwiderte Schmidke und bemühte sich um Beherrschung. »Ich habe jedenfalls Befehle und muss meine Pflicht erfüllen. Also – behindern sie uns nicht weiter, sonst müssen wir Gewalt anwenden!«

»Und ich habe hier *meine* Pflicht zu erfüllen – nämlich sieben Mäuler zu stopfen«, fiel ihm die Mutter ins Wort und stellte sich mit einer trotzigen Geste in den Weg.

Aber die Soldaten drängten sie mit ihren Gewehren einfach zur Seite und drangen danach in den Stall ein. Während der Feldwebel die Frauen mit gezogener Dienstwaffe in Schach hielt, schleppten die Soldaten quiekende Schweine aus dem Stall und warfen sie wie Säcke aufs Auto. Dann trieben sie einige Kühe an den Frauen vorbei und verluden sie mit Hilfe einer Rampe auf dem Wagen. Beim Fangen der Hühner, die über die ganze Wiese verteilt herumflatterten, stellten sich die Männer so ungeschickt an, dass sie bald aufgaben. Der Ochs, den sie versuchten aus dem Stall zu zerren, bockte und brüllte mit herzzerreißendem Ton.

»Reicht es ihnen nicht, dass wir ständig Angst um unsere Männer haben müssen? Unsere Männer, die täglich ihr Leben an der Front riskieren – während sie hier eine ruhige Kugel schieben? Reicht es ihnen nicht, dass unser Jungknecht mit zwanzig Jahren schon gefallen ist?«, schrie die Bäuerin den Beamten an. »Wollen sie uns alle jetzt auch noch verhungern lassen, indem sie uns die letzten Kühe und den Arbeitsochsen wegnehmen?« Mit gerötetem Gesicht und tiefen Falten zwischen den Augenbrauen zeigte die Mutter auf die Frauen, die teils mit verstörten, teils mit trotzigen Mienen um sie herumstanden.

Schmidke starrte sekundenlang auf seine Unterlagen, schaute auf, tuschelte mit dem Feldwebel, gab den Soldaten schließlich einen Wink, den Ochsen im Stall zu lassen. Wortlos beendeten die Soldaten ihre Aktion und bestiegen den Lastwagen.

Schmidke verstaute seine Papiere wieder in der Aktentasche. »Ja also dann ...«, stammelte er. »Wie gesagt.« Er stieg von einem Fuß auf den anderen. »Sie wissen schon – die Pflicht ..., also, Heil Hitler!« Er versuchte, seiner Stimme einen energischen Klang zu geben und deutete mit der angewinkelten Hand einen Hitlergruß an, wie er ihn vom Führer in der Wochenschau gesehen hatte. Dann stieg auch er in den offenen Wagen, in dem schon der Oberfeldwebel wartete und schlug die Türe zu. Motoren wurden angelassen, die Wagen umständlich und laut gewendet. Auspuffrohre qualmten. Trotz des Lärms waren das Muhen der Kühe und das Quieken der Schweine unter der Plane deutlich zu hören. Der Konvoi verließ den Hof und verschwand hinter der nächsten Biegung.

Nach einem wolkenverhangenen Samstag zeigte sich am Sonntag langsam wieder die Sonne am Himmel. Am Hof herrschte betretene Stimmung. Die Wut über den Verlust der Schweine und Kühe überwog bei weitem der Genugtuung über das gerettete Pferd, den Ochsen, die paar Kühe, die im Stall geblieben waren und die Hühner, die man auf der Wiese wieder einfangen konnte. Nach der Arbeit im Stall wurde das gemeinsame Frühstück etwas später eingenommen als an Werktagen, zu denen auch der Samstag gehörte. Danach rüsteten sich die Frauen und der Knecht zum obligaten Kirchgang. Alle hatten ihren Sonntagsstaat aus der Truhe geholt und in umständlicher Prozedur angelegt. Vor der Haustüre traf man sich zum Abmarsch und die Bäuerin musterte ihre Leute: Die Frauen waren wie immer an Sonn- und Feiertagen in bodenlange Röcke und Miederleiber gekleidet; dazu trugen sie weiße Blusen. Als Farbtupfer leuchteten nur die Schürzen hervor, deren Farben vorwiegend der Natur entstammten: Kornblumenblau, Moosgrün, Fliederrot, Sonnenblumengelb sowie das Violett der Alpenrose. Ihre Köpfe wurden von Hüten geziert, die ins Gesicht gezogen waren. Der Knecht hatte sich den einzigen guten Rock angezogen, den er besaß. In der Rechten hielt er seine Sonntagspfeife, die erst nach dem Kirchgang angezündet werden durfte. Frech saß ein Trachtenhut auf seinem hageren Kopf.

Elisabeth Fischbacher nickte zufrieden. Sie steckte Hias ein paar Münzen für den Stammtisch zu. Wie alle anderen

Knechte und Mägde bekam er keinen Lohn, sondern nur seinen Schlafplatz, sein Essen und manchmal eine Hose oder ein Paar neuer Schuhe. Dann setzte sie sich an die Spitze ihrer Leute, die jetzt im Gänsemarsch den Abkürzungssteig neben dem Bach hinab zum Dorf marschierten. Es ging über die Wiese, die unterhalb des Hofs lag, direkt zu einem Graben. Danach führte der Weg am Waldrand in Serpentinen steil nach unten, dahinter war schon die Kirche zu sehen. Mariann, die hinter der Mutter ging, deutete aufgeregt nach unten: »Da kommen zwei Soldaten herauf – wollen die schon wieder zu uns?«

Anna blickte den Hang hinab. Zwei Uniformierte mit Tornister waren zu erkennen, die ihnen am Steig entgegenstapften. Ziemlich ungewöhnlich, dachte sie. Bei der nächsten Biegung verlor sie die Männer aus ihrem Blick. Offensichtlich waren sie im Wald verschwunden, obwohl es dort keinen Weg, sondern nur Dickicht gab.

Auf einer Holzbrücke überquerte man den Aubach, dann stießen sie auf eine Gruppe von drei ebenfalls sonntäglich gekleideten Frauen.

»Grüß dich Burgi ...«, rief die Bäuerin den Frauen entgegen, die vom Hausleitenhof kamen, der noch höher als der Brandtnerhof lag. »Ich dank dir für die Botschaft, die du uns geschickt hast.«

»Wir sind spät dran, die Glocken haben schon geläutet«, entgegnete diese.

Unter heftigem Geschnatter der Frauen setzte sich der Zug wieder in Bewegung und strebte Dorf und Kirche entgegen.

Die Predigt des Dechants war an diesem Sonntag kurz ausgefallen. Man hatte den betagten Geistlichen aus dem

Ruhestand geholt, nachdem der beliebte Kaplan des Ortes zu den Fahnen gerufen worden war. Ohne Umstände las der alte Pfarrer mit seinen zwei Ministranten die Messe, um dann schnell zum Ende zu kommen. Dünn erklang das Schlusslied »Großer Gott, wir loben dich ...« im nur halb gefüllten Kirchenschiff. Ein letztes Mal beugten die Gläubigen ihre Knie und bekreuzigten sich.

»... benedicat vos omnipotens Deus, Pater et Filius et Spiritus Sanctus!«

»... Amen«,

»Ite missa est«,

»Deo Gratias.«

»Es segne euch der Vater, der Sohn und der Heilige Geist, gehet hin in Frieden!«, sprach der Priester während er ein Kreuz in die Luft zeichnete und entließ damit seine Kirchengemeinde.

Die wenigen Männer, die aus der Kirche kamen, verzogen sich, wie es Brauch an Sonntagen war, zum Stammtisch beim Hallerwirt. Maria und Cilli machte sich auf den Weg, weil sie sich um das Kochen des Sonntagsmahls kümmern mussten. Die Brandtnerhofbäuerin und ihre Töchter standen mit den Frauen des Dorfes am Kirchplatz beieinander und steckten die Köpfe zusammen. Anna erinnerte die Szene an ein Bild des Malers Alfons Walde, das sie einmal auf einer Postkarte gesehen hatte: Auf dem Bild waren Frauen mit bunten Schürzen zu sehen, die vor einer Kirche mit Zwiebelturm standen. Im Hintergrund erhoben sich Berge unter einem sattblauen Himmel mit ein paar schneeweißen Wolken.

Statt des sonst üblichen, sonntäglichen Getratsches sprachen die Frauen mit ernsten Gesichtern über ihre Männer, die im Krieg standen und über die täglichen Sorgen.

»Und niemand weiß, was noch auf uns zukommt ...«

»Nur denen, die mit ihnen sympathisieren, geht es immer noch gut.« Die Angerbäuerin reckte ihr Kinn Richtung Tal. Dort stand der Hof vom Oberleitner, der Ortsgruppenleiter der Partei war und enge Beziehungen zum Gauleiter unterhielt.

»Manche der Männer von *denen* sind immer noch zuhause und *die* bekommen auch heute noch Treibstoff und Saatgut zugeteilt.«

»Dafür haben sie uns wieder Vieh weggenommen«, sagte die Mutter. »Das hat uns der Oberleitner eingebrockt. Mein Alois hat schon vor dem Krieg gesagt, dass er mit diesen Leuten nichts mehr zu tun haben will.«

»Einer der Zwangsarbeiter vom Oberleitner ist kürzlich geflohen und im Wald verschwunden – hab ich gehört ...«

»Vielleicht ist *das* der Wilderer, von dem alle reden?«

»Das glaube ich nicht – der *Schwarze* treibt sein Unwesen ja schon seit Anfang des Krieges! Der Jäger, den man vor zwei Jahren tot im Pletzergraben gefunden hat, geht wohl auch auf sein Konto.«

»Und die zwei Holzknechte aus Reith, die seit Jahren vermisst werden!«

Anna erschauerte bei diesen Worten. Schon oft hatte sie Geschichten über diesen Wilddieb gehört, von dem man immer wieder Spuren fand, den aber bisher niemand wirklich zu Gesicht bekommen hatte. Man behauptete, dass er gefährlich und rücksichtslos sei und dass er sein Antlitz mit Ruß färbe – was ihm im Tal den Namen *der Schwarze* eingebracht hatte. Manche taten die Gerüchte als Schauermärchen ab. Tatsächlich aber waren in der Nacht manchmal Schüsse zu hören, die sich keiner erklären konnte – waren doch längst alle Förster und Jäger zum Kriegsdienst gerufen worden. Auch nächtliche Einbrüche bei den Krämern in Aschau und Jochberg wurden dem *Schwarzen* zugeschrieben.

Die Mutter blickte sich nach ihren Töchtern um. »Wir müssen jetzt gehen – Dirndln kommt's, die Maria ist mit dem Essen sicher schon fertig.«

Wieder ging die Mutter voraus. Rosl folgte ihr. Dann kamen Anna und Mariann. Weder die Bäuerin, noch eine ihrer Töchter hatten Mühe, den Weg zügig bergauf zu gehen. Alle am Hof waren gewöhnt, sich ständig in steilem Gelände zu bewegen.

»Rosl, du musst nächste Woche auf die Alm. Es ist höchste Zeit, nach den Kälbern zu schauen.«

»Ich mag nicht gehen, schick doch Maria oder die Cilli, die kennen sich aus auf der Alm.«

»Herrgott! Du weißt doch genau, dass die Maria nicht rauf kann – mit ihrem schlimmen Fuß!«

»Die Cilli soll gehen! Wieso kann die Cilli das nicht machen?«

»Weil ich sie für die Ernte brauche. Keine von euch packt so an, wie die Cilli! *Du* gehst, ich will nichts mehr hören!«

»Mutter, ich hab Angst – der Schwarze ist schon oben gesehen worden!«

»Jeder am Hof muss jetzt seine Aufgaben erfüllen. Unsere Männer kämpfen im Krieg und tun dort ihre Pflicht, und wir müssen unsere Arbeit halt hier erledigen. Rosl, du bist alt genug, um sowas zu machen«, sagte die Mutter und schwieg danach.

»Bitte Mutter, schick mich nicht rauf!«

»Dann geh halt ich ...«, meldete sich Anna von hinten. »Ich kann ja den Stutzen vom Vater mitnehmen ...«

Kapitel 4

Juli 1944, Tirol

Maximilians Starre löste sich. Hörbar stieß er die Luft aus, die er in den Lungen gehalten hatte und begann wieder zu atmen. Das Rauschen des Flusses und der Geruch nach feuchter Erde drangen in sein Bewusstsein. Irgendwo bellte ein Hund. Nur langsam gewöhnten sich seine Augen an das Halbdunkel der mondhellen Nacht. Zu seiner Rechten erkannte er eine Reihe krumm gewachsener Weiden, rundum umwuchert von Stauden und rostbraune Büschen einer Art, wie er sie noch nie gesehen hatte. Aus der Richtung, die er für Osten hielt, war ein Lichtpunkt zu sehen – vielleicht eine Ortschaft?

»Max?«, tönte es kleinlaut aus dem Gebüsch.

»Ich bin hier!«

Es knackte im Gehölz, Bastel tauchte als dunkler Schatten vor ihm auf. Maximilian schlug ihm erleichtert auf die Schulter.

»Wir sind frei«, stieß der Schatten heiser hervor.

»Eher vogelfrei – das trifft es wohl besser«, stellte Maximilian klar. Widersprüchliche Gefühle übermannten ihn, aber auch er fühlte sich frei und so leicht, als würde er schweben. Der Krieg schien auf einmal unendlich fern zu sein und hatte mit dem einen Schritt, den sie gemacht hatten, seine Schrecken verloren. Kein Artilleriefeuer mehr, keine Toten und Verletzten, keine Handgranaten, die barsten und keine Schützengräben, in die man sich werfen musste, um in Deckung zu gehen. Keine pfeifenden Splitter, die in Bauch, Kopf oder Schulter eindringen konnten. Und keine Vorgesetzten mehr, die, selbst unter Druck stehend, täglich das Unmögliche von ihnen verlangten.

Aber was würde jetzt auf sie zukommen? Sicher war nur, dass sie mit dem Sprung ins Gebüsch die unsichtbare Grenze zu einer völlig veränderten Welt überschritten hatten, aus der es kein Zurück mehr gab. Es war, als hätte man in der Gleichung des Lebens plötzlich die Vorzeichen geändert: Von Plus ins Minus und vom Minus ins Plus. Von nun an waren sie Fahnenflüchtige, Deserteure, Vaterlandsverräter, Kameradenschweine und »feige Verräter«. Jeder Soldat, jeder Feldpolizist, jeder Gendarm und jeder Mann des Volkssturms war von einer Sekunde zur anderen zum Todfeind geworden. Sogar Begegnungen mit Zivilisten konnten nun fatal enden – ganz zu schweigen von den Schergen der SS. Die Erkenntnis, dass sich die Wucht des Systems, dem man jahrelang angehört hatte, plötzlich gegen sich richtete, ließ seinen Magen verkrampfen. Und war es klug gewesen, Bastel mit hineinzuziehen? Maximilian konnte noch nicht ahnen, wie berechtigt seine Zweifel waren.

Aber Grübelei brachten sie nicht weiter. Nun waren sie auf Gedeih und Verderb dazu gezwungen, zusammenzuhalten und die nächsten Schritte zu setzen. Maximilian wischte seine Ängste energisch zur Seite: Nein, sie *dürfen* uns einfach nicht erwischen! Deshalb mussten sie sich jeden Schritt sorgfältig überlegen und jedes noch so kleine Risiko meiden.

Er lauschte in die Dunkelheit. Nichts regte sich. »Es sieht aus, als hätten sie unsere Flucht nicht bemerkt.«

»Ich habe es einfach nicht geschafft, die Türe zu schließen«, gab sich Bastel zerknirscht.

»Das hätte böse ausgehen können ...«, Maximilian warf dem Kameraden einen ernsten Blick zu. »Aber es hat keinen Sinn, jetzt lange darüber zu diskutieren. Diesmal haben wir Glück gehabt, aber so etwas darf *nie* wieder passieren!« Maximilian zog die Schirmmütze entschlossen in die Stirne. »Jetzt sollten wir aber so schnell wie möglich von hier abhauen und uns so weit wie möglich von der Bahnlinie weg bewegen – und, ab sofort müssen wir jede Straße und jede Ansiedlung meiden.«

»Sollen wir versuchen, herauszufinden, wo wir hier sind? Vielleicht haben wir ja eine passende Karte dabei ...«

»Lass uns erst von hier verschwinden«, entgegnete Maximilian und blickte um sich. »Vielleicht gibt es dort ein Ortsschild oder einen Wegweiser, nach dem wir uns richten können«, er wies mit der Hand auf das Licht, das durch das Dickicht zu sehen war. »Später finden wir sicher noch einen Platz, an dem wir die Karte studieren können.«

Bastel nickte, sie schulterten ihre Tornister, marschierten los und gelangten bald in einen Auwald, dessen Bäume und Sträucher ihnen im Schimmer des Mondes wie drohende Schatten erschienen. Ein paar Saatkrähen, die sie aufgestört hatten, schlugen mit ihren Flügeln und schimpften von den Wipfeln herab. Die Männer orientierten sich beim Gehen nur am winzigen Licht, das durch das Gestrüpp immer wieder aufblitzte und bald an Stärke gewann. Umgestürzte Baumstämme und ein verwitterter Zaun versperrten ihnen den Weg und mussten überwunden werden. An einer Lichtung angekommen, konnten sie erkennen, dass das Gelände in der Ferne sanft anzusteigen und in einen Bergrücken überzugehen schien. Waren das schon die Berge, auf denen sie sich verstecken konnten? In ihrer Nähe quakte ein Frosch.

Abrupt blieb Bastel stehen und drehte den Kopf zur Seite als hätte er ein Geräusch gehört. Auch Maximilian hielt an und lauschte angestrengt in die Nacht: Das stampfende Geräusch eines Zuges drang an ihre Ohren und schien näher zu kommen. Ein langgezogener Pfiff zerriss plötzlich die Stille im Wald, dann war ganz deutlich ein Quietschen zu hören. Maximilian drehte sich um und blickte zurück: Finsternis starrte ihn an – aber das, was er nun hörte, versetzte ihn in Panik:

Türen wurden aufgestoßen, Befehle gebrüllt. Dazu kam jetzt Hundekläffen, Stiefelgetrampel und Männerstimmen, die sich wie ein Lauffeuer im Wald auszubreiten schienen. Den Freunden stockte der Atem. Wortlos und starr blickten sie sich an, begannen wie auf ein geheimes Zeichen hin zu laufen und über das unebene Gelände zu hasten. In Maximilian kroch bitterer Ärger hoch über den Fehler, die Waggontüre offen stehen zu lassen. Sie sprangen über Gräben, Wurzeln und Zäune, stolperten über unbestellte Äcker und Wiesen. Die offene Tür musste ja auffallen! Das Bellen und Jaulen von Hunden hallte von den Bäumen der Umgebung. Bastel atmete schwer und fiel zurück. Maximilian verzögerte seinen Schritt, bis der Kamerad wieder gleichauf war. Ohne es sofort zu merken, gerieten sie auf sumpfigen Boden. Ihre Stiefeln sanken ein bis an die Knöchel, erzeugten schmatzende Geräusche und erschwerten das Laufen. Sie wichen zur Seite und gelangten wieder auf festeren Grund. Immer schwerer lasteten die Tornister auf ihren Rücken. Maximilian sah aus den Augenwinkeln, dass Bastel strauchelte. Zwei Schüsse peitschten auf und Männer brüllten schon ganz in der Nähe.

Mit Bastel werde ich es nicht schaffen, schoss es Maximilian durch den Kopf. Alles in ihm drängte dazu, weiterzulaufen und sich selbst in Sicherheit zu bringen. Aber er stoppte, packte den stolpernden Freund an der Hüfte und zog ihn mit sich. Keuchend brachen sie durch Gestrüpp, zerkratzten sich die Gesichter an Dornen und sprangen über schlammigen Gräben. Plötzlich lag vor ihnen ein Seitenarm des Flusses: Maximilian lenkte seine Schritte hinein, Bastel nur einige Meter dahinter. Bis an die Knie reichte ihnen das Wasser und immer schwerer fiel das Laufen. Auf der rechten Seite schienen Hunde bereits auf ihrer Höhe zu kläffen. Wieder fielen Schüsse, Scheinwerferkegel tanzen hinter ihnen her. Bastel wankte wieder und fiel der Länge nach ins Wasser – das war das Ende.

Auf der linken Seite des Baches, fast in Griffweite, stand plötzlich eine mit Moos bewachsene Weide. Und eine Leiter lehnt am Stamm. Ein Jägerhochsitz? War das die Rettung? Maximilian drehte sich um und hievte den Freund aus dem Bach.

»Bastel, die Leiter!«

Aber wieder fiel Bastel ins Wasser. Maximilian riss ihn ein zweites Mal hoch, zog ihn zur Leiter. Der Kamerad begriff, versuchte nach oben zu steigen. Die unteren Sprossen waren morsch und brachen. Ein letzter Versuch: Die dritte Sprosse hielt, aber die Meute hatte sie beinahe erreicht. Laut und verständlich klang schon das Geschrei der Verfolger.

»Da sind sie, die Schweine, lasst sie nicht entwischen!«, hörten sie jemand hinter sich rufen.

Bastel verschwand endlich in der Baumkrone. Maximilian sprang und kletterte mit zwei Klimmzügen nach oben. Die Verfolger waren fast unter ihnen. Hastig zog er die Leiter auf den Baum, hielt sie verkrampft mit den Händen.

Jetzt war sie da – die Meute. Kläffte, bellte, jaulte und schnaubte. Brüllende Männer mit Lampen dahinter. Völlig ausgepumpt hielten die Freunde den Atem an und schlossen instinktiv die Augen: Nicht einmal eine Stunde nach ihrem Sprung in die vermeintliche Freiheit würden sie die waghalsige Entscheidung bereits büßen müssen – mit bitteren Folgen. Starre lähmte ihre Körper.

Die Hunde aber hatten im Wasser die Fährte verloren, jagten mit ihren Führern weiter auf die andere Seite des Flusses. Schweigende Schatten mit Stahlhelmen am Kopf und Maschinenpistolen im Anschlag wateten unter ihnen durch und folgten den anderen. Der Lärm verebbte. Maximilian und Bastel saßen immer noch starr in der Krone des Baumes. Erst jetzt nahmen sie wahr, dass jemand am Baum mit wenigen Brettern einen Sitz eingerichtet hatte – wahrscheinlich um Wild auf der nahen Lichtung zu schießen. Da kamen die Schatten plötzlich zurück, drehten sich in alle Richtungen, blieben dann in Hörweite stehen und berieten sich leise.

»Hier irgendwo müssen sie sein!«, hörten sie eine Stimme sagen. »Wir *müssen* sie kriegen, tot oder lebendig – sonst spielt der Major wieder verrückt«, sagte ein anderer.

Sie teilten sich und brachen auf in verschiedene Richtungen. Die Stimmen wurden leiser und die Kameraden am Baum atmeten zum ersten Mal durch. Über eine Stunde lang waren die Suchtrupps mit ihren Schäferhunden noch zu vernehmen, dann endlich verloren sich die letzten Geräusche. Die Freunde waren zu weit entfernt, um erkennen zu können ob der Zug noch dastand. Im Halbdunkel blickt Maximilian in das Gesicht von Bastel: Die Augen kugelrund, eierschalenweiß und hervorgequollen. Schatten durchzogen das von Bartstoppeln überzogene Antlitz. Immer noch hob und senkte sich keuchend seine Brust. Keiner sagte ein Wort. Maximilian nahm an, dass sein eigenes Aussehen nicht weniger erschreckend war. Ohne es auszusprechen, wussten beide, dass sie soeben eine Lektion darüber erhalten hatten, was von ihrem neuen Leben zu erwarten war. Nur langsam bemerkten sie, dass sie in ihren nassen Sachen zitterten, wie das Laub von Espen.

Nach einer weiteren Stunde wagten sie endlich, die Leiter hinabgleiten zu lassen und dann vom Baum zu steigen. Maximilian und Bastel blieben stehen, drehten sich in alle Richtungen, hielten die Luft an und lauschten. Kein Laut war zu hören außer dem Ton ihrer klopfenden Herzen. In großer Entfernung war - fast schon ein vertrauter Anblick - das Licht von vorhin zu sehen. Die Freunde eilten los. Immer wieder blickten sie zurück und horchten in die Dunkelheit, die Verfolger aber schienen aufgegeben zu haben. Sie durchquerten nochmals sumpfiges Gelände, stießen schließlich auf einen Weg, auf dem Wagenräder tiefe Furchen gegraben hatten und der genau auf das Licht zuzuführen schien. Bald war in der Richtung, in der sie unterwegs waren, eine menschenleere Landstraße und knapp dahinter ein kasernenartiges Gebäude zu sehen.

»Achtung, da steht ein Posten!«, flüsterte Maximilian und hinderte seinen Kameraden mit der Hand am Weitergehen. Eine windschiefe Hütte mit zerborstenen Fensterscheiben, die neben dem Weg stand, bot ihnen Deckung. Maximilian zog sein Fernglas aus dem Tornister und nahm den Komplex durch die klaffenden Spalten des Schuppens ins Visier: Ein schmutziggrauer Gebäudeblock, umgeben von einer Mauer, fiel ihm ins Auge. Davor ein offener Platz, auf dem man Lastwagen, Anhänger und Kabelrollen abgestellt hatte, – dahinter eine Lampe, die den Platz hell erleuchtete. Das also war das Licht, dem sie gefolgt waren. Im Inneren des Komplexes erhob sich ein metallener Strommast, von dem aus armdicke Leitungen in verschiedene Richtungen führten. »Ein Umspannwerk!«, sagte Maximilian leise und war erleichtert. Vor dem Einfahrtstor ging ein Mann in Landwehruniform auf und ab. Über seinem Rücken trug er einen veralteten Karabiner mit aufgestecktem Bajonett. Im Dunkel der Nacht glomm immer wieder die Zigarette auf, die er, im Mundwinkel festgeklemmt, rauchte.

Ein Schild aber konnten sie nirgendwo finden.

Maximilian und Bastel wichen aus und überquerten die von Pappeln gesäumte Landstraße dreihundert Meter östlich des E-Werks. Dahinter begann das Gelände anzusteigen. Auf einem Feldweg, der von der Straße weg Richtung Osten führte, stiegen sie an brachliegenden Äckern und Wiesen vorbei, hastig bergan, bis ein Waldrücken erreicht war. Die Kameraden warfen von dort einen kurzen Blick zurück auf das Inntal, das scheinbar friedlich vor ihnen lag. In der Ferne funkelten die Lichter einer Stadt, deren Namen sie nicht kannten; die Bahnlinie war in der Dunkelheit nicht mehr zu erkennen. Maximilian machte sich Sorgen um Bastel, der seit ihrem erschreckenden Erlebnis kein Wort mehr gesprochen hatte. Noch immer wagten sie es nicht, stehen zu bleiben, um ihre nassen Sachen zu wechseln. Ihr Weg führte sie ein kleines Stück bergab und hinter einer scharfen Biegung direkt auf ein Dorf zu. Erstmals konnten sie ein Schild erkennen – von *Wildschönau* hatte aber keiner von ihnen jemals gehört. Um die Ortschaft zu meiden, verließen sie den Feldweg und schritten querfeldein über eine Wiese, danach über ein abgeerntetes Kornfeld. Warmer Lichtschein funkelte aus den Fenstern des zum Greifen nah liegenden Dorfes. Der Wind wehte die Fetzen einer einfachen, auf Klarinette gespielten Weise zu ihnen herüber; ein Hund schlug an, um gleich darauf wieder zu verstummen. Maximilian ertappte sich bei der paradiesischen

Vorstellung, jetzt spontan in das nächste Gasthaus gehen und warmes Essen, sowie ein Bier bestellen zu können.

»Was würde ich nicht alles geben für eine Maß Bier«, stöhnte Bastel hinter ihm, als hätte er die Gedanken des Freundes erraten.

»Hat es bei dir im Krieg jemals ein Gasthaus gegeben, in dem man Bier hätte bestellen können?«

»Du wirst dich wundern: Ja, einmal, in der Nähe von Gent. Die Wirtsleute waren geflohen, Gebäude und Einrichtung aber unversehrt geblieben – wir mussten uns nur selber bedienen ...«

Maximilian hielt an, um Bastel verschnaufen zu lassen, und war schließlich erleichtert, ihn wieder reden zu hören; vielleicht hatte er ja die Ereignisse von vorhin verdaut. Er zeigte in die Dunkelheit: »Wir gehen nur noch ein Stück in diese Richtung, dahinter steigt das Gelände wieder an. Weiter oben suchen wir dann ein Versteck wo wir rasten können – wie geht es dir jetzt?«

»Für einen Schreibtischhengst wie mich, ist das alles hier mehr als strapaziös«, seufzte Bastel und verdrehte dabei die Augen.

Maximilian meinte aber wieder den Anflug eines Grinsens im Gesicht des Freundes erkennen zu können. Das gab ihm selbst Auftrieb und ließ ihn wieder mit Zuversicht auf die die nächsten Stunden blicken.

Neben einem verlassenen und in sich zusammengefallenen Bauernhaus hoch über dem Tal fanden die Freunde schließlich einen Platz, an dem sie sich niederlassen konnten. Vor der Hausruine plätscherte noch immer Wasser in ein Steinbecken, auf dem kunstvoll eingemeißelt die Jahreszahl 1879 zu lesen war. Im Inneren des Stalls, der sich windschief an das Wohnhaus lehnte, konnten sie Gerümpel und Hausrat erkennen. Daneben rostete ein Pflug vor sich hin.

Maximilian blickte auf das Gehöft und versuchte sich vorzustellen, welche menschlichen Schicksale sich hier - weitab jeder dörflichen Besiedelung - abgespielt haben mögen: Warum hatten die Bewohner den Hof, den sie selber oder die Vorfahren mühevoll aufgebaut hatten, wieder verlassen? Früher wurde meist mit offenem Feuer gekocht und mit brennendem Kienspan geleuchtet. Verheerende Brände waren in Holzhäusern wie diesem deshalb an der Tagesordnung – aber hier waren keinerlei Spuren eines Brandes zu sehen.

War der Bauer vom ersten Krieg nicht heimgekehrt, vom Blitz erschlagen worden oder der Spanischen Grippe zum Opfer gefallen? Sind Frau und Kinder vom Hunger getrieben ins Tal gezogen, um sich dort Verwandten anzudienen, denen sie nicht willkommen waren? Oder waren einfach die Wiesen zu steil, die Äcker zu karg, der Winter zu hart und die Kirche zu fern gewesen, sodass die Bauersleute beschlossen hatten, ihre Existenz hier aufzugeben und gottergeben ein Leben ohne Hunger, dafür als Dienstboten auf sich zu nehmen? Vielleicht aber war auch die Bäuerin im Kindbett gestorben und hatte den Bauern jäh allein gelassen – mit einem halben Duzend von schreienden Bälgen.

Maximilian bedauerte, dass er wohl nie eine Antwort auf diese Fragen bekommen würde.

Die Kameraden waren müde, ausgehungert und durstig und tranken daher gierig am Brunnen bevor sie sich niederließen. Ein Blick auf die Junghans-Offiziersuhr zeigte, dass es schon halb zwei Uhr morgens war.

»Wir sollten unsere Vorräte überprüfen«, schlug Maximilian vor, nachdem sie endlich trockene Sachen angezogen, sich gegenseitig die Kratzer verarztet und sich ins Gras vor dem Haus gesetzt hatten. »Und dann schauen wir in die Karte.«

Die Überprüfung wurde durchgeführt und ihre Nahrungsreserven konnten sich sehen lassen: Zwei Metwurstbrote, neun Dosen mit Leberwurst, drei Tafeln Schokolade und drei Äpfel von Bastel, ein kleines Bratenstück, ein halber Laib Brot und ein Einmachglas mit Fleischfüllung von Maximilian.

»Wenn ich geahnt hätte, was auf mich zukommt, hätte ich mir die Taschen mit Schinken und Würsten gefüllt«, jammerte Bastel und verzog sein Gesicht. »Außerdem noch mit ein paar Flaschen Birnenmost von meiner Frau.«

»Dagegen hätte ich jetzt auch nichts einzuwenden ...«, sagte Maximilian und registrierte, dass das wieder der Bastel war, den er kannte. »Aber du musst mir deine Frau nach dem Krieg unbedingt einmal vorstellen.«

»Hiermit bist du offiziell auf unseren Gutshof in Bublitz eingeladen, dann wirst du sehen, dass man in Pommern zu feiern versteht.« Bastels Augen glänzten. »Du solltest aber unbedingt im Frühling kommen, wenn die Heide blüht ...«

»Danke untertänigst für ihre Einladung, Euer Hochwohlgeboren, ich hoff' doch sehr, dass es schon kommenden Frühling soweit sein wird.« Maximilian deutete im Sitzen eine Verbeugung an. »Sind Euer Gnaden geneigt, sich jetzt profaneren Dingen zu widmen?«

Maximilian wurde ernst: »Die Fleischkonserve, die Dosen mit der Leberwust und die Schokolade heben wir als Notreserve auf, mit dem Rest können wir einmal die ersten Tage bestreiten. Wir sollten aber alles sammeln, was uns irgendwie in die Hände fällt. Ich denke an Obst und Gemüse aus Gärten und das, was die Gegend hier sonst noch zu bieten hat. An Wasser wird es hier wohl keinen Mangel geben und Essbares wird sich ebenfalls finden ...« Maximilian ahnte nicht, wie gründlich er sich mit dieser Prophezeiung täuschte.

Als spätes Abendmahl oder vorgezogenes Frühstück ließen sich die Freunde je eine Metwurstbrot und einen der grünen Äpfel schmecken. Dann tranken sie noch einmal Wasser vom Brunnen und die Feldflaschen wurden bis an den Rand gefüllt. Endlich kramte Bastel eine Karte aus dem Rucksack. Sie hatten beschlossen, ihre Taschenlampen nur dann zu verwenden, wenn es unbedingt notwendig war, da sie ahnten, dass sie keine Batterien mehr auftreiben würden können. Jetzt war eine dieser Situationen gekommen: Maximilian zog seine Lampe aus dem Rucksack, damit sie die vielfach gefaltete Karte, die Bastel jetzt am Boden ausbreitete, studieren konnten. Die Enttäuschung kam schnell als sie feststellten, dass diese Karte nur bis zum nördlichen Italien reichte. Nun waren sie auf die vagen Vorstellungen angewiesen, die sie vom Gau Tirol hatten.

»Ich glaube, dass das Inntal von Kufstein aus in südwestliche Richtung nach Innsbruck führt«, stellte Bastel fest und zeichnete auf der Rückseite der Karte eine Linie, die von rechts oben nach links unten führte. »Wenn wir also von der Bahnlinie und vom Inntal so rasch und so weit wie möglich wegkommen wollen, müssen wir als Generalrichtung Südosten einschlagen.« Dazu zeichnete er einen Strich, der an der Linie von vorher ansetzte und im rechten Winkel nach unten führte.

Das war ein Vorschlag, dem sich Maximilian nach kurzer Überlegung anschloss. Er nahm seinen Kompass aus der Tasche und nordete ihn ein. Dann stellten sie gemeinsam fest, dass sie in diesem Fall zuerst den Bergrücken hinabgehen, das Tal vor ihnen überqueren und auf dem nächsten Rücken wieder aufsteigen mussten. Allerdings schien es sinnvoller zu sein, einfach dem vor ihnen liegenden Tal zu folgen, das zuerst nach Osten verlief, danach aber nach Süden abbog, soweit sie das im ersten Grau der Morgendämmerung erkennen konnten.

»Es ist unmöglich, den direkten Weg zu gehen, die Berge scheinen im Süden immer höher zu werden«, stellte auch Bastel fest.

»Ich schlage vor, wir verzichten auf Schlaf, um uns möglichst rasch vom Fluchtpunkt zu entfernen. Jetzt werden wir einmal in das Tal vor uns absteigen, es überqueren und ihm dann auf halber Höhe folgen.« Maximilian steckte die Lampe wieder in die dafür vorgesehene Außentasche seines Tornisters. »Es könnte dort einzelne Dörfer, Höfe oder Häuser geben. Wir sollten also vorsichtig sein, und uns am Tag verstecken und dann immer nur in der Nacht marschieren!«

Bastel war einverstanden. Sie wickelten ihre Esspakete ins Papier und verstauten sie wieder. Dann luden sie ihre Mauser-Dienstpistolen, sicherten sie und steckten sie in die Halfter. Rasch brachen sie auf, um das aufziehende Morgengrauen auszunutzen. Sebastian hatte alle Knöpfe seiner Uniformjacke leger geöffnet und die Offizierskappe auf den Rucksack geschnallt.

»Bastel, du solltest die Knöpfe schließen!«, sagte Maximilian mit gerunzelter Stirne.

»Wozu denn das?« Bastel blickte verärgert auf den Kameraden. „Mir ist jetzt schon heiß. Wenn wir nicht mehr beim Verein sind, dann brauchen uns die Vorschriften auch nicht mehr zu kümmern!«

»Aber wir sollten uns nicht schon von Weitem als Deserteure zu erkennen geben. Besser ist es, mit korrekter Adjustierung wie normale Offiziere im Dienst aufzutreten, findest du nicht?«

Mit verschnupfter Miene, aber ohne ein weiteres Wort zu sagen schloss Bastel die Knöpfe der Feldbluse.

Nach kurzem Suchen fand sich schließlich ein Forstweg, der steil bergab und ungefähr in die geplante Richtung führte. Auf beiden Seiten des Weges ragten kerzengerade Fichten in den Himmel. Nachdem sie etwa eine Stunde schweigend abgestiegen waren, querten die Kameraden eine Stelle, an der scheinbar vor kurzer Zeit Bäume gefällt worden waren. Der harzige Geruch von geschälter Rinde und geschnittenem Holz mischte sich in die frische Luft des Morgens. Danach lichtete sich der Wald und sie gelangten durch Brombeergestrüpp auf ein Plateau, von dem aus bereits der Talboden zu sehen war. Dort schlängelte sich zwischen aufragenden Felsen und einem rauschenden Bach die schmale Landstraße.

In diesem Moment schob sich ein winziger Teil der Sonnenscheibe über den Horizont und tauchte die Gebirgskette gegenüber in goldenes Licht. Bastel, der als Ostpreuße nur die Weiten seiner pommerschen Heimat und im Krieg die Hügel der Ardennen gesehen hatte, blieb stehen und starrte gebannt auf das Panorama vor seinen Augen. Niemals hatte er Berge in dieser Höhe und dieser Dimension erblickt.

»Donnerwetter!«, entfuhr es ihm, während er seine Augen mit der Hand vor den Strahlen der Sonne schützte. »Hast du *so* etwas schon einmal gesehen?«

Maximilian, der ebenfalls stehen geblieben war, schüttelte den Kopf.

Der Sommerhimmel hoch über ihren Köpfen färbte sich langsam von Grau in rosa, danach in helles Blau. Ein heißer Tag kündigte sich an. Da sie beide mit den Wetterverhältnissen im Gebirge nicht vertraut waren, ahnten sie nicht, dass die Gefahr eines Gewitters an diesem Tag hoch sein würde.

Von der Straße drangen plötzlich Motorengeräusche zu ihnen herauf. Maximilian und Bastel warfen sich instinktiv auf den Bauch, rissen die Mützen vom Kopf und blickten über eine kleine Kuppe nach unten. Von dieser Position aus konnten sie einen etwa hundert Meter langen Abschnitt überblicken, an dem die Landstraße über eine Holzbrücke den Bach überquerte. Offiziersfahrzeuge, bemalt mit Balkenkreuzen der Wehrmacht kurvten hinter einer Böschung ins Blickfeld und passierten im Schritttempo die Brücke. Sie schienen die Vorhut einer militärischen Kolonne zu bilden. Tatsächlich folgte nun mit lautem Röhren ein Fahrzeug nach dem anderen: Lastwagen, Artillerie-, Ketten- und Sanitätsfahrzeuge, gefolgt von unzähligen Mannschaftstransportern rollten durch die Schlucht. Mit dem Feldstecher konnte Maximilian die Männer erkennen, die sich mit leeren Gesichtern auf den Fahrzeugen gegenübersaßen. Sie hielten ihre Karabiner zwischen den Beinen, trugen das Sturmgepäck am Rücken und die Helme am Kopf. Er hatte nicht die geringste Vorstellung, woher dieser Transport kam und wohin er unterwegs war, aber er empfand in diesem Moment unendliche Erleichterung darüber, nicht auf einem dieser Fahrzeuge sitzen zu müssen. Nach einer Lücke in der Kolonne folgten schwere Henschel-Zugmaschinen, die mit Planen verdeckte Gegenstände transportierten oder Geschütze hinter sich herzogen. Maximilian musste daran denken, dass Partisanen aus ihrer Position großen Schaden anrichten könnten.

»Dein Fernglas wird in der Sonne aufblitzen und uns noch verraten«, Bastel rempelte Maximilian mit dem Ellbogen an. »Ich möchte diese Brüder nicht schon wieder am Hals haben!«

Maximilian nahm das Zeiss-Glas von den Augen und ärgerte sich selbst über seinen Fehler. »Es würde mich wirklich interessieren, wohin die unterwegs sind«, sagte er.

»Und woher haben die plötzlich den Sprit, um diese Spazierfahrt hier zu machen?«

»Es sieht nach Truppenverlegung aus.«

»In diesem gottverlassenen Tal?«

»Hier bleiben sie verschont von feindlichen Flugzeugen – die Hauptrouten kennt wahrscheinlich auch der Feind.«

»Ich bin schockiert, dass man nicht einmal hier vor denen sicher sein kann.«

»Genau deshalb müssen wir ein völlig abgelegenes Tal finden und auch dort möglichst hoch hinaufgehen.«

Eine halbe Ewigkeit später passierte das letzte Wagen die Brücke. Das Geräusch der Fahrzeuge war im Tal noch lange zu hören. Die Freunde hoben ihre Köpfe. Da schwoll noch einmal Lärm an und ein Dutzend Motorräder mit Beiwagen knatterten vorbei, danach verebbte das Brummen der Motoren endgültig. Die Freunde warteten noch zehn Minuten, erhoben sich und folgten vorsichtig dem Weg, bis sie ein großes Stück des Geländes überblicken konnten.

»Wenn wir das Tal überqueren wollen, müssen wir der Straße über die Brücke folgen. Erst auf der anderen Seite können wir sie wieder verlassen.« Maximilian runzelte die Stirne. »Sollte dann aber ein Fahrzeug kommen …«

»Wir könnten auf dieser Seite bleiben und das Tal später überqueren ...«

»Das Problem ist der Bach: Keiner von uns weiß, wo die nächste Brücke liegt.« Noch einmal richtete Maximilian sein Fernglas in die eine und in die andere Richtung des Tales. »Ich mach dir einen Vorschlag«, sagte er dann zu Bastel. »Du wartest hier und ich laufe hinüber. Ich glaube, von der anderen Seite kann man die Straße gut überblicken. Ich gebe dir ein Zeichen und du kommst nach. Sollte was passieren, dann lauf allein den Weg zurück, den wir gekommen sind!«

»Ich könnte auch als erster gehen«, sagte Bastel, aber der Tonfall seiner Stimme verriet, dass er diese Möglichkeit nicht wirklich in Betracht zog.

»Du bleibst jetzt hier stehen. Pass aber auf und schrei mir, wenn du was entdecken solltest!« Ohne eine Antwort abzuwarten, eilte Maximilian den Weg hinunter und auf den Straßenrand zu. Dort angekommen spähte er einmal nach links und nach rechts und zum Kameraden zurück. Dann packte er die Gurten seines Rucksacks fest mit den Händen, sprang auf die Landstraße und rannte Richtung Brücke. Im Unterbewusstsein nahm er das Rauschen des Baches wahr und das Stakkato seiner Füße. Die Sonne blendete ihn. Fast war die Brücke erreicht.

»Max pass auf!«, hörte er Bastel brüllen.

Plötzlich Pferdegetrappel und das Knarzen von Wagenrädern. Erschrocken blinzelte Maximilian gegen die Sonne und sah etwas auf sich zukommen – zwei Pferde in rasendem Trab. Ein alter Mann saß aufrecht am Bock und hielt Zügel und Pferdepeitsche fest in den Händen. Mit großen Augen starrte der Alte ihn an und verlor fast die Pfeife im offenen Mund. Maximilian winkt ihm im Vorbeilaufen zu, als würde er ihn kennen. Da hob auch der Bauer ungelenk die Hand zu einem Gruß und verrenkte sich fast den Hals als er Maximilian über die Schulter nachblickte.

Minuten später hatte auch der Kamerad Straße und Brücke überquert. »Mir ist fast das Herz stehen geblieben als ich das Getrappel gehört habe«, gestand er mit treuherzigem Blick.

»Das hätten auch Gebirgsjäger oder die Infanterie sein können ...«

Am Rande eines mit Heidelbeerstauden bewachsenen Grabens stapften die beiden den gegenüberliegenden Berghang wieder hinauf. Die Hitze hatte zugenommen, aber weit und breit fand sich kein Baum mit Schatten. Maximilian stimmte deshalb zu, die Feldjacken auszuziehen und auf den Tornister zu schnallen. Schweiß floss auch ihm über die Stirne und hatte seinen Rücken völlig durchnässt. Bastel war zurückgefallen und blieb immer öfter stehen, um aus dem Rinnsal zu trinken, das sie begleitete. Maximilian bemühte sich, den Rückstand nicht allzu groß werden zu lassen, insgeheim zollte er dem Freund aber Respekt, der den Schock des letzten Tages überwunden hatte und nun still leidend hinter ihm her wankte. Nach zweistündigem Aufstieg erreichten sie endlich wieder bewaldetes Gebiet. Sie stimmten überein, dass sie nun weit genug entfernt waren, um sich schlafen legen zu können. Erst spät in der Nacht wollten sie ihren Marsch fortsetzen.

Im Schatten von Haselstauden und vor Blicken geschützt durch einen Stapel gefällter Fichtenstämme fand sich eine geeignete Stelle, an der sich ein Schlafplatz einrichten ließ. Rasch waren die Mäntel ausgerollt und Kopfpolster aus Jacken geknüllt. Sie zogen die Stiefel von den Füßen, legten die Koppeln ab und streckten sich erschöpft am Boden aus.

Wenig später hörte man im Wald neben dem Triller der Meisen und dem Knarren der Bäume nur noch das laute Schnarchen zweier Männer, die den heißen Tag hier verschliefen.

Still lag die Lichtung in der Sonne, die erst am Morgen wieder durch die Wolken gebrochen war und nun allmählich an Stärke gewann. Ewig nicht mehr gemäht, wucherte das wilde Gras aus dem Boden – durchsetzt von Disteln, Schafgarben und leuchtenden Kleeblüten. Genau in der Mitte der Lichtung erhob sich eine windschief gewachsene Esche.

Maximilian gähnte. Was für eine friedliche Stimmung, dachte er und klaubte Reste von Heu aus dem Haar. Dann stopfte er das Hemd in die Hose und zog die Hosenträger über die Schultern. Sein Magen knurrte. Aus dem Heuschober hinter ihm war das Schnarchen von Bastel zu hören, der sich bisher weder vom Hunger, noch von der Sonne hatte wecken lassen. Sein Gesicht mit dem offenem Mund und der Stirnglatze ähnelte in diesem Moment dem Antlitz eines arglosen Säuglings. Maximilian kramte nach seiner Feldflasche. Aber weder das kalte, klare Wasser, das er nun trank, noch die geruhsame Stimmung vor seinen Augen konnten die aufkeimenden Sorgen unterdrücken.

Nun waren sie also schon vier Tage auf der Flucht und hatten dabei erkennen müssen, dass manche ihrer Erwartungen naiv oder schlichtweg falsch gewesen waren. Maximilian ließ sich die Erlebnisse der letzten Tage noch einmal durch den Kopf gehen:

Schwere Donnerschläge hatten sie an jenem Abend aufgeweckt als sie erschöpft am Waldboden schnarchten. Noch bevor sie wussten, wie ihnen geschah, peitschten Blitzschläge und Sturmböen durch den Wald, binnen Minuten fiel so viel Wasser vom Himmel, dass sich ganze Bäche über sie ergossen. Überstürzt sprangen sie auf und packten ihre Sachen, aber das Rinnsal vom Vormittag war zu einem reißenden Wildbach geworden. Als letzten Ausweg flüchteten sie auf einen Holzstapel, um dort - nass bis auf die Haut - auszuharren, bis der Regen endlich nachließ. In stockdunkler Nacht stolperten sie danach durch den Wald, verloren Orientierung und Weg und schlugen sich Köpfe und Knie blutig. Mussten schließlich erkennen, dass ihr Plan, nur in der Nacht zu marschieren, kaum durchführbar war. Mit durchnässten Uniformen unter einem Baum kauernd warteten sie ab, um im Morgengrauen nochmals ihr Glück zu versuchen. Unter niedrigem, bleigrauem Himmel entdeckten sie schließlich einen Weg, der sie durch den Wald, später über Wiesen und an Feldern vorbei in die Richtung führte, die sie geplant hatten. Manchmal erspähten sie dabei in der Ferne Höfe oder Leute, die auf den Feldern arbeiteten. Um nicht gesehen zu werden, verließen sie jedes Mal den Weg und quälten sich über beschwerliche Umwege.

Vor zwei Tagen hielten sie Rast an der Rückwand einer kleinen Kapelle. Diese Stelle erlaubte einen Blick auf die im Tal führende Straße: Es schien so, als würde sich dieses Tal im Osten gabeln. Mit dem Fernglas erkannten sie einen Wegweiser, der darüber Auskunft gab, dass die Straße geradeaus nach *St. Johann* führte, das abzweigende Tal nach rechts aber nach *Kirchberg* und *Kitzbühel*. Von Kitzbühel hatten sie beide schon gehört. Bei einer Filmvorführung im Lazarett hatte Maximilian einen Propagandabericht über Kitzbühel gesehen. Göring wurde in diesem Film gezeigt, der dort verwundeten, aber bestens gelaunten Soldaten auf die Schulter klopfte, während sich diese in der Sonne von Kitzbühel räkelten. Zur Beantwortung der Frage, in welche Richtung sie sich wenden sollten, trug das allerdings nicht bei. Da sich der rechte Weg aber erkennbar nach Süden drehte, entschlossen sie sich spontan dazu, am Berghang zu bleiben und damit den Weg nach Kitzbühel einzuschlagen. Zwei Tage benötigten sie, um an der Stadt vorbei in Richtung Süden zu marschieren. Danach gelangten sie in ein ansteigendes Tal, in dem wenig Besiedlung zu erkennen war und das am Ende in einen Pass zu münden schien. Dahinter glänzte ein Gebirge mit schneebedeckten Gipfeln.

Die darauf folgende Nacht verbrachten sie schlaflos am Boden eines Ziegenstalls, in dem es bestialisch stank und auf dessen Dach Brennesel wuchsen. Am Morgen gab es einen heftigen Wortwechsel mit Bastel, weil sich dieser in einem Anfall von Schwermut und Starrsinn plötzlich weigerte, weiterzugehen. Es hatte eiserner Beherrschung und Geduld von Maximilian bedurft, den Kameraden davon zu überzeugen, dass sie erst einen abgelegenen Winkel des Tals suchen mussten, um sicher zu sein. Es war ihm aber bewusst geworden, dass er Bastel nicht mehr ewig zum Weitergehen überreden können würde.

Trinkbares Wasser hatte es - wie vorhergesagt - in den vier Tagen ihrer bisherigen Flucht mehr als genug gegeben. Die Ausbeute an Essbarem, die sie gemacht hatten, beschränkte sich aber auf ein paar Äpfel und eine Hand voll grüner, kaum essbarer Pflaumen. Pilze oder Beeren waren entweder aufgrund der herrschenden Witterung oder der Jahreszeit nicht zu finden gewesen.

Deshalb hatten sie ihren Vorsatz, sich keiner Ansiedelung zu nähern über den Haufen geworfen. In der Dunkelheit waren sie in einen Garten eingedrungen, um dort Obst oder irgendein Gemüse zu stehlen. Das Gezeter einer Frau, die aus dem Nichts aufgetaucht war, hatte sie aufgeschreckt und das Kläffen des Hofhunds hatte sie in eine wilde Flucht getrieben. Glücklicherweise war der Hund an eine lange Kette gebunden gewesen. Zum ersten Mal in ihrem Leben hatten sie sich wie Kriminelle gefühlt. Hungrig und niedergeschlagen waren sie weitergegangen, schließlich auf den Heuschober gestoßen, hatten sich mit knurrendem Magen ins Heu gelegt und waren, todmüde durch die Strapazen, kurz darauf eingeschlafen.

Endlich war auch Bastel aufgewacht und mit verknittertem Gesicht aus dem Heu geklettert. Zum Frühstück teilten sie sich eine der Konserven, die sie eigentlich als letzte Notration aufheben wollten. Diese Tatsache schlug beiden erheblich auf den Magen.

Maximilian und Bastel kamen überein, dass sie nun weit genug vom Inntal entfernt waren, um sich eine geeignete Behausung suchen zu können. In dieser Behausung wollten sie dann die nächsten Wochen – und sollte der Krieg noch länger dauern, die nächsten Monate verbringen. Beide waren sich außerdem sicher, dass das Auftreiben von Essbarem einfacher würde, wenn sie einmal eine feste Unterkunft gefunden hatten.

Von ihrer Heuhütte aus hatten sie gute Aussicht auf die gegenüberliegende Seite des Tales. Dort war, eng an den Hang geklebt, ein Bergdorf zu sehen. Dahinter erhoben sich Felder, Äcker, Wiesen und ein paar verstreute Höfe, darüber breitete sich Wald aus. Über dem Waldgebiet waren wieder Wiesen und - durch Nebelfetzen immer wieder verdeckt - eine Alm mit winzigen Hütten zu erkennen. Maximilian nahm diese Hütten mit dem Feldstecher in Augenschein. Ob sie bewohnbar waren, konnte er aufgrund der großen Entfernung jedoch nicht feststellen. Beide Männer waren aber überzeugt, dass diese Behausungen so entlegen situiert waren, dass man sich darin verstecken und das Kriegsende hoch über dem Tal abwarten konnte.

Es herrschte angenehmes, nicht allzu warmes Wetter. Mit gestiegener Zuversicht brachen sie auf und nahmen ohne Hast den Weg in Angriff. Durch Ginsterbüsche und Holundersträucher stiegen sie mit Respektabstand am zuvor erspähten Dorf mit dem barocken Kirchturm vorbei bis sie auf einen schmalen Steig stießen, der sie in Serpentinen bergan führte.

»Genauso so wie dieses Dorf aussieht, habe ich mir Tirol immer vorgestellt«, sagte Bastel und wies auf den Ort, den sie hinter sich gelassen hatten.

Im selben Moment war von der Kirche her das Läuten einer hellen Glocke zu hören. Eine zweite, tiefer gestimmte, kam dazu und schließlich setzt noch eine dritte Glocke ein. Der kühle Wind trug das vielstimmige Geläut weit über das das Tal.

Maximilian blieb stehen und blickte auf die Ortschaft. »Heute scheint Sonntag zu sein.« Er rechnete kurz nach: »Ja, heute muss Sonntag sein – Sonntag, der 8. Juli.« Schritt für Schritt wanderten sie weiter. »Die Glocken rufen wahrscheinlich zur Messe ...«

»Wie mag es wohl an den Fronten inzwischen ausschauen? Wir haben keine Ahnung, was in den letzten sechs Tage passiert ist«, stellte Bastel fest.

»Im Einsatz haben wir auch nicht gewusst, was wirklich los war. Das, was sie uns gesagt haben, war doch gesteuert. Verlassen konnte man sich nur auf die Gerüchte.«

»Und die haben oft auch nicht gestimmt.«

»Ein wahrer Kern ist manchmal in ihnen gesteckt.«

»Jedenfalls könnte es sein, dass der Krieg schon vorbei ist – und wir wissen es nicht.«

»Das wäre zu schön, um wahr zu sein.«

»Allerdings kann keiner sagen, wie es dann weitergeht.«

»Max!«, raunte Bastel und blieb abrupt stehen. »Da oben kommen Leute!«

Maximilian blickte auf: Etwa hundert Meter über ihnen eilten eng hintereinandergehend ein paar Frauen auf sie zu. Ihre bunt gemusterten Schürzen standen in einem seltsamen Kontrast zu den dunklen Gewändern und Hüten, die sie trugen.

»Wir verschwinden im Wald«, sagte Maximilian während er schon den Weg verlassen hatte und sich auf den nahen Waldrand zu bewegte. Bastel folgte ihm.

Hinter Haselsträuchern versteckt sahen sie die Leute so nah vorbeigehen, dass sie ihre Stimmen hören konnten.

»Die sind auf dem Weg zur Kirche«, flüsterte Maximilian und blickte durch die Zweige. »Seltsam, diese Tracht – aber hübsch.«

»Wirklich hübsch – vor allem die Mädels!«

»Du bist doch frisch verheiratet.«

»Man wird ja noch schauen dürfen ...«

»Was würde deine Frau dazu sagen?«

Bastel zog es vor, auf das Thema nicht weiter einzugehen. Nach ein paar Minuten wagten sie sich vorsichtig wieder aus ihrem Versteck. Als sie sahen, dass die Frauen weit unter ihnen auf Dorf und Kirche zueilten, setzten sie ihren Aufstieg fort.

»Schau dir diesen Hof an!«, rief Maximilian seinem Kameraden zu, als er eine halbe Stunde später in einiger Entfernung einen prächtigen Bauernhof erblickte. Das Erdgeschoß bestand aus festem Mauerwerk. Darüber waren zwei Stockwerke aus Holz gebaut, auf denen ein flaches Satteldach saß. Unzählige Fenster schmückten die Vorderseite des Gebäudes, das scheinbar als Wohntrakt benutzt wurde, während dahinter sichtbar der Stall untergebracht war. Ein zweites Gebäude, das etwas versetzt und jenseits eines geräumigen Vorhofes stand, wurde wohl als Scheune benutzt. Als Krönung hatte man ein kleines Türmchen mit Glocke auf das Dach gesetzt. Das Gebäude muss an die zwanzig Räume besitzen, dachte Maximilian und bewunderte die kunstvoll verzierte Holzfassade. Über eine steile und frisch gemähte Wiese gingen sie weiter. Nachdem sie einen Waldstreifen durchquert hatten, stießen sie abermals auf einen Bauernhof, deutlich kleiner als der, den sie vorhin gesehen hatten. Am Gebäude bröckelte der Verputz. Mit dem Fernglas konnten sie einen verwitterten Namen über der Eingangstüre entziffern: *Hausleitenhof*

»Max, siehst du den Garten neben dem Haus?«

»Bastel! Es ist Sonntag, die Leute sind heute nicht auf den Feldern!«

»Die Leute sind in der *Kirche*, das hast du doch mit eigenen Augen gesehen«, brauste Bastel auf. »Ich spüre bereits den Geschmack von Möhren am Gaumen. Nie hätte ich geglaubt, dass mir einmal das Wasser im Mund zusammenläuft, wenn ich an *Möhren* denke.«

Maximilian beschlich ein mieses Gefühl bei dem Gedanken, am helllichten Tag einen Garten zu plündern, aber getrieben von ihrer mageren Versorgungslage war auch bei ihm die Bereitschaft gestiegen, Risiko für Essbares einzugehen. »Lass mich erst auskundschaften, ob die Luft rein ist. Ich werde auf den Hof gehen. Dann sehen wir schnell, ob ein Hund an der Kette hängt, oder ob jemand im Haus ist.« Maximilian richtete seine Uniform. »Bastel, mach dich bereit!« Dann näherte er sich dem Haus und überlegte gleichzeitig, was er sagen würde, sollte er auf Menschen treffen. Am besten wäre es in diesem Fall wohl, auf die Person zuzugehen, kurz zu salutieren und beherzt nach dem Weg zu fragen, dachte er.

Nichts rührte sich.

Bastel, bei dem der Hunger größer zu sein schien als die Angst, war ihm aus Ungeduld gefolgt.

»Sollen wir klopfen und nach dem Weg fragen?«

»Nach welchem Weg sollen wir fragen?«

»Den einzigen Ortsnamen, den wir kennen, ist Kitzbühel, wir fragen also nach dem Weg Richtung Kitzbühel.«

Zielstrebig ging Maximilian auf das Haus zu und klopfte ans Tor. Nichts rührte sich, nur im Stall daneben gackerten die Hühner. Bastel blickte gebannt auf die Türe und schlich bereits Richtung Garten. Auf einen Wink Maximilians hin stürmten sie beide durch ein knarrendes Türchen in den Bauerngarten, rissen Erbsen und Tomaten von den Stauden, Karotten und Rote Rüben aus der Erde und Gurken vom Spalier. Bevor sie davonliefen, pflückte Bastel vom Baum daneben hastig so viel Äpfel, wie er in die Taschen stecken konnte und eilte dann hinter seinem Kameraden her.

Sie rannten über eine Brücke, danach einen steilen Weg solange nach oben, bis Bastel die Luft ausging. Dann ließen die Freunde sich hinter einem Gebüsch keuchend ins Gras fallen und breiteten ihr Diebesgut vor sich aus. Mit ihren Messern reinigten sie hastig Karotten und Rüben und schälten die Gurken. Dann machten sie sich über die Köstlichkeiten her. Kauend zeigte Bastel mit seinem Messer auf ein Städtchen, das in der Ferne zu sehen war. Im Dunst dahinter türmte sich ein bizarrer Gebirgsstock in den Himmel, wie die Finger einer aufragenden Hand.

»Wir hätten ein Huhn mitnehmen sollen ...«, Bastel stopfte eine Gurke in sich hinein. »Wahrscheinlich hätten wir auch Würste oder Brot gefunden.«

»So verhungert sind wir noch nicht, dass wir riskieren, in ein bewohntes Haus einzubrechen«, erwiderte Maximilian schmatzend. »Wir haben schließlich immer noch ein paar Konserven im Rucksack.«

»Damit kommen wir höchstens noch ein oder zwei Wochen aus.«

»Vielleicht findet sich was in diesen Hütten, und wir werden lernen müssen, mit der Mauser Kleinwild zu erlegen.«

»Wie viel Munition hast du mit? Ich habe genau die vorgeschriebenen zwölf Schuss. Und du? Und was machen wir, wenn die Munition zu Ende ist?«

In Maximilian stieg wieder Ärger hoch, weil ihm keine einleuchtende Antwort einfallen wollte. Ohne Erwiderung schulterte er den Rucksack und ging einfach weiter. Schon nach hundert Metern beruhigter er sich, blieb stehen und wartete. Bastel hatte sich ächzend vom Boden erhoben und stapfte hinter ihm her.

»War nicht so gemeint.«

Ein Gespräch wollte beim Weitergehen nicht recht aufkommen. Sie stiegen höher und höher, bis sich der Nadelwald, den sie durchquert hatten, weit öffnete und in Wiesengrund überging. Eine ausgedehnte Alm lag vor ihnen. Sie konnten die drei Hütten erkennen, die sie mit dem Fernglas von unten begutachtet hatten und von denen sie annahmen, dass zumindest eine davon als Versteck für sie taugte.

Kapitel 5

Aurach bei Kitzbühel, August 1944

Gedämpftes Stimmengewirr brodelte an diesem heiteren Augustsonntag in der Gaststube des Hallerwirts. Der Raum mit seiner Zirbenholztäfelung, dem gemauerte Kachelofen und den vergilbten Fotos an den von Rauch geschwärzten Wänden hatte schon bessere Tage gesehen. Ein paar spärlichen Sonnenstrahlen, die ihren Weg durch die Fenster gefunden hatten, warfen ihr Licht auf gescheuerte Tischplatten und die groben Balken des Fußbodens. Tabaksqualm und der Dunst von verschüttetem Bier hingen in der Luft – ein leeres Bierfass wartete bei der Schank darauf, in den rückwärtigen Hof gerollt zu werden.

Daneben spülte die Kellnerin Gläser und stellte sie zum Trocknen neben den Zapfhahn. Mit missmutigem Gesicht warf sie danach das Geschirrtuch über die Schulter und ließ ihren Blick durch die Stube schweifen, die auch an diesem Kriegssonntag nur spärlich besetzt war:

Der Tisch neben der Schank war mit einem Schild aus Messing als *Stammtisch* markiert. Die Männer, die dort saßen, spielten Tarock. Neben den üblichen Ansagen und Ausrufen, die das Kartenspiel betrafen, verfiel ihr Gespräch immer wieder auf die Kriegslage, die halblaut und mit gerunzelter Stirn kommentiert wurde. Gerüchte, die man aufgeschnappt und Meldungen, die man gehört hatte, wurden weitergegeben und mit der eigenen Meinung gespickt. Ausgelassene Stimmung, wie sie in Friedenszeiten oft geherrscht hatte, wollte dabei nicht aufkommen. Außer dem Hallerwirt selbst hockten am Stammtisch noch der Altbauer vom Stadlerhof, Doktor Gründer, der Gemeindearzt von

Jochberg und der grauhaarige Ortsgendarm Gebauer, den sie jetzt in die Uniform des Volkssturms gesteckt hatten.

»Gerti! – Geh bring mir noch ein Bier!«, rief der Wirt über den Tisch, nachdem er sein Glas mit einem mächtigen Schluck geleert hatte.

»Mir auch«, schloss sich der Altbauer an, ohne von seinen Karten aufzuschauen. Dann spielte er aus und streifte alle auf dem Tisch liegenden Karten für sich ein. Zufrieden blickte er zur Kellnerin auf: »Und hast´ noch ein Brezel?«

»Brezeln gibt's nicht mehr, ein Stück Schwarzbrot kannst haben«, erwiderte Gerti während sie das Bier zapfte.

Drei Gäste, deren Dialekt klang, als würden sie aus dem Salzburgischen kommen, saßen am Tisch neben dem Eingang. Ihre grobe Lodenkleidung wies sie als Holzknechte aus. Die Männer, kaum älter als fünfundzwanzig, trugen ihre Hüte schief am Kopf, steckten die Köpfe zusammen und zogen an ihren Pfeifen. Neben den Bierkrügen vor ihnen am Tisch standen kristallene Gläser mit Obstschnaps, den sie jetzt mit einer einzigen Handbewegung in den Mund kippten. Wortlos blickte einer von ihnen zur Kellnerin und hob sein leeres Glas in die Höhe, worauf diese mit einer schlanken Flasche zum Tisch kam und eine neue Runde einschenkte.

»Ich verstehen nicht, wieso diese Holzknechte hier sein können, während unsere Männer seit Jahren an der Front stehen«, sagte Elisabeth Fischbacher, die an diesem Sonntag mit ihrer Tochter Anna beim Hallerwirt saß. Ihr gegenüber thronte der Aufhauser am Tisch. Der Viehhändler hatte die Frauen nach der Messe getroffen und so lange nicht locker gelassen, bis sie zusagten, mit ihm auf einen Frühschoppen zum Hallerwirt zu gehen. Seinen Hut in den Nacken geschoben erzeugte der Mann mit seinem auffälligen Vollbart eine Präsenz, die in der ganzen Stube zu spüren war. Über dem massigen Bauch tat sich ein besticktes Wams hervor, an dem eine goldene Uhrkette glänzte.

»Holz ist halt ein wichtiger Rohstoff – heutzutage, wo es im Reich kaum noch Kohle und Erdöl gibt, und deshalb werden *die* hier dringend gebraucht«, sagte der Aufhauser und wies ungeniert auf die Burschen nebenan. »Den Frauen kann man das Holzschlagen ja schließlich nicht zumuten«, dröhnte er, entnahm seiner Tabatiere aus massivem Silber eine Zigarre und zündete sie an.

»Ich würde diese Arbeit gerne auf mich nehmen, wenn ich Mann und Buben dafür wieder gesund daheim hätte«, sagte die Bäuerin mit bitterem Unterton in der Stimme. »Wieso machen *die* nicht endlich Schluss und schicken die Männer nach Hause? Ist doch ohnehin alles verloren!« Sie beugte sich zum Aufhauser und schaute ihm geradewegs in die Augen: »Die Amerikaner sind in Frankreich und der Russe steht vor Ostpreußen; es wird nicht lange dauern, bis wir den Feind hier mitten im Tal haben. Und Gnade uns dann Gott, wenn es die Bolschewiken dann sind, die hier einfallen und brandschatzen!«

»Musst nicht alles glauben Mutter, was die Propaganda uns weismachen will«, sagte Anna an ihrer Seite.

»Aber gerade deshalb dürfen wir ja jetzt nicht kapitulieren«, brauste der Viehhändler auf und schlug mit der flachen Hand auf den Tisch. Dann nahm er einen Zug aus seiner Zigarre und blies den Rauch nach oben. »Und ich sag euch noch was«, fuhr er fort: »Der Frieden, der uns nach einer Niederlage bevorsteht, wird so schrecklich sein, dass wir uns bald wieder nach dem Krieg sehnen werden …«

»Ich habe ihn trotzdem satt! Sollen *die* ihn ausbaden, die ihn damals unbedingt haben wollten«, sagte die Bäuerin und reckte ihr Kinn in die Richtung, in der sie Berlin vermutete.

»Schau Brandtnerin, auch ich war gegen den Krieg und ich gehör auch nicht zu denen«, behauptete der Viehhändler. »Aber ich sag dir, das Blatt kann sich noch wenden!«

Anna warf einen erstaunten Blick auf ihn, verbiss sich aber eine Bemerkung. Das ist mir ganz neu, dass der Aufhauser auf einmal nicht mehr zu *denen* gehören will, dachte sie bei sich. Hatte er nicht vor kurzem noch damit geprahlt, mit *diesen* Leuten befreundet zu sein?

»Kennst du die Hebamme von Aschau?«, fragte schnell die Mutter, die die Gedanken ihrer Tochter ahnte. »Schon Einundvierzig ist ihr ältester Sohn gefallen. Dreiundvierzig der Vater und jetzt haben sie ihr geschrieben, dass ihr Mann in Russland vermisst ist. Allein steht sie jetzt da, mit den drei Kindern, die ihr geblieben sind.« Sie trank einen Schluck von ihrem Bier, beugte sich dann wieder vor: »Und ich frag dich, Aufhauser: Wofür sind all diese Männer gestorben?«

»Sei vorsichtig mit deinem Gerede!«, sagte der Viehhändler in hitzigem Ton, zog seine Brauen hoch und runzelte die Stirne. Dann senkte er den Kopf und fügte versöhnlicher hinzu: »Ich kann ja verstehen, dass die Leute kriegsmüde sind. Ich hab schließlich auch einen Buben, der in Uniform steckt ...«

»Wollt ihr noch was zum Trinken haben?«, fragte Gerti, die an den Tisch getreten war und den leeren Bierkrug des Viehhändlers vom Tisch nahm.

»Gib mir noch eine Halbe«, brummte Aufhauser.

»Und ihr?«

»Bring mir ein Kracherl, Gerti«, sagt Anna.

Gerti blickte die Bäuerin fragend an.

Diese winkte ab.

»Der Johann ist ins Berchtesgadener Land versetzt worden«, wechselte der Viehhändler das Thema. »Dort kämpfen sie jetzt gegen Deserteure und anderes Gesindel.« Er machte eine Pause und wartete ab, bis Gerti Bierglas und Limonade auf den Tisch gestellt hatte. Dann dämpfte er seine Stimme, blickte sich unauffällig um und rückte näher zum Tisch:

»Ich sag euch jetzt was, was noch streng geheim ist«, er ließ ein paar Sekunden verstreichen, um die Spannung zu erhöhen: »Es hat ein Attentat auf den Führer gegeben ...«

»Auf den Führer?«, fragte Anna ungläubig.

»Eine Bombe oder so etwas. Ich hab das vom Gauleiter gehört. Es soll ihm aber nicht viel passiert sein.« Aufhauser machte einen tiefen Schluck und wischte sich dann mit dem Handrücken den Schaum vom Bart. »Die Attentäter hat man sofort ...«, er fuhr mit der gestreckten Hand ruckartig am Hals entlang.

Mutter und Tochter schwiegen und machten betretene Gesichter. Keine von ihnen wusste so recht, was sie von dieser Nachricht halten sollte.

»Sie suchen jetzt im ganzen Reich nach Komplizen.«

»Den *Schwarzen* sollten sie suchen, den haben sie auch nach Jahren noch nicht erwischt«, warf Anna ein. »Beim Rettenstein haben sie erst wieder eine zerlegte Gams mit seltsamer Wunde gefunden – und in der Nacht zuvor war ein Schuss zu hören.«

»So eine Sauerei!«, schimpfte Aufhauser, »Diesen Lump sollte man auch gleich erschießen. Am besten mit seiner eigenen Munition, die solche Löcher reißt!«

»Im Hausleitenhof ist auch eingebrochen worden. Der Garten ist verwüstet, Gemüse und Obst wurde gestohlen.«

»Er muss schon ziemlich hungrig sein, wenn er sich so weit herunter traut.«

»Was ich merkwürdig finde, ist, dass der Hausleitenhof ziemlich weit vom Rettenstein entfernt ist.«

Die Holzknechte am anderen Tisch beglichen ihre Zeche, erhoben sich vom Tisch, schulterten ihre speckigen Rucksäcke und verließen die Stube ohne Gruß und ohne sich noch einmal umzudrehen.

Aufhausers Stimme nahm jetzt einen fast freundschaftlichen Ton an: »Der Grund, wieso ich heute mit dir reden will Brandtnerbäuerin, ist aber ganz ein anderer: Es geht um den Johann und die Anna ..., du weißt ja – also, was ich meine, ist, wir müssen uns beizeiten einmal zusammensetzen und die Heirat unserer Kinder aushandeln!«

»Die Heirat?" Obwohl das Gesicht der Bäuerin verriet, dass sie sich geschmeichelt fühlte, traf sie dieses Thema unvorbereitet: »Da möchte ich noch abwarten Aufhauser, schließlich hat da auch der Alois ein Wort mitzureden.«

»Vor allem hab ich noch ein Wort mitzureden«, begehrte Anna auf.

Der Viehhändler zwinkerte ihr leutselig zu, als hielte er den Einwand für reine Koketterie.

»Eine Hochzeit soll euer Schaden nicht sein. Ihr wisst ja, dass der Johann einmal erben wird, und zu erben gibt es allerhand.« Er schmunzelte. »Der Bub, der würde die Anna schon wollen. Und der Johann trägt zurzeit eine fesche, schwarze Uniform – würde sich das nicht gut machen bei einer Hochzeit?«

Hörbar wurde am Stammtisch eine Karte auf die Platte geknallt und die Männer heulten auf. Lautstarke Diskussion über das Wie und Warum des Ausspielens dieser oder jener Karte brandeten auf.

Am Tisch im Hintergrund sagte niemand ein Wort. Die Bäuerin stülpte ihre Lippen nach innen, tauschte einen Blick mit ihrer Tochter, dann schien ein Ruck durch ihren Körper zu gehen: »Über die nämliche Sache reden wir noch Aufhauser. Ich sage nicht nein, aber wir warten auf jeden Fall bis mein Mann wieder da ist!«

»Gut, abgemacht. Meinen Segen haben die Kinder jedenfalls jetzt schon!« Ohne Anna dabei zu beachten reichte der Viehhändler der Mutter über den Tisch hinweg die Hand. »Schlag ein, Brandtnerhofbäuerin, es gilt!« Dann drehte er seinen massigen Oberkörper in Richtung Schank: »Gerti!«, ließ er seine Stimme durch den Raum dröhnen. »Bring uns Schampus, hier gibt es was zu feiern!«

»Alles, was wir außer Bier und Schnaps haben, ist Veltlinerwein«, rief Gerti zurück.

»Bring halt den Wein!« Aufhauser wandte sich wieder den Frauen zu: »Wir werden noch Gelegenheit haben, mit besserem Getränk anzustoßen.«

Gerti brachte den Wein und drei Römergläser, öffnete die Flasche und schenkte ein. Der Viehhändler und die Mutter ließen die Gläser klingen, Anna schloss sich nur widerwillig an. Auch die Männer vom Stammtisch hatten kurz ihr Kartenspiel unterbrochen, hoben ihre Biergläser und prosteten herüber. Alle, außer Anna, tranken, stellten danach Gläser und Krüge wieder ab. Am Stammtisch wurden die Karten eingesammelt, gemischt und unter lauten Kommentaren wieder verteilt.

Die Gaststubentür wurde von außen aufgestoßen: Burgi und die Bürgermeisterin betraten die Stube und sahen sich suchend um.

»Kommt und setzt euch zu uns!« machte sich die Mutter bemerkbar.

Die Frauen nahmen die Einladung an, kamen zum Tisch, grüßten Aufhauser beiläufig und ließen sich nieder.

»Wir waren beim Herrn Pfarrer«, Burgi bestellte sich ein Glas Bier. »Er will versuchen, heuer wieder ein Erntedankfest zu organisieren, und wir sollen ihm dabei helfen.«

»Wart ihr denn zufrieden mit der Ernte in dem Jahr?«, fragte der Viehhändler in die Runde.

»Schon ..., wenn wir unsere Männer gehabt hätten – und hoffen wir halt, dass das Wetter heute nicht mehr umschlägt!«

»Wieso heute?«

»Wir haben Sankt Bartholomé: Gewitter um Bartholome bringt Hagel und Schnee!«

»Oder: wie Bartholome sich hält, so ist der ganze Herbst bestellt!«

»Es gibt noch einen Spruch im Bauernkalender: Bartholomäus hat´s Wetter parat, für den ganzen Herbst und sogar bis zur Saat!«

Die Frauen nippten an ihren Gläsern.

»Alsdann«, tönte Aufhauser. »Ich muss mich jetzt aber wirklich auf den Weg machen. Gerti, geh sei so gut und bring mir die Rechnung!« Er zahlte die Zeche des Tisches, legte ein ordentliches Trinkgeld dazu, stand auf, zog zur Verabschiedung seinen Hut und zwinkerte Anna noch einmal zu.

Der Wirt unterbrach sein Spiel, sprang auf und ließ es sich nicht nehmen, den mächtigen Mann an der Türe mit Handschlag zu verabschieden. Aufhauser winkte auch den anderen Männern am Stammtisch leutselig zu, setzte den Hut auf, zog ihn in die Stirne und verließ den Raum. Man hörte, wie er draußen sein Auto wendete und danach losfuhr.

»Der Aufhauser kann noch so viel Grund und Boden besitzen, aber mir ist der unheimlich.« Burgi war die erste, die das Schweigen durchbrach.

»Nach dem Krieg, wenn wir wieder Vieh haben wollen, werden wir ihn brauchen«, meinte die Mutter. »Und ihr wisst ja wahrscheinlich schon, dass die Anna seinen Buben heiraten soll.«

»Da ist das letzte Wort noch nicht gesprochen«, fiel ihr Anna ins Wort.

»Du wirst doch nicht die beste Partie des ganzen Tales ausschlagen«, wunderte sich die Bürgermeisterin.

»Ich weiß nur, dass er jetzt auf einmal abstreitet, dass er ein wichtiger Mann bei der Partei ist«, entgegnete Anna.

»Jeder hat mitbekommen, dass er mit dem Göring per Du ist«, sagte Burgi. »Für seine Geschäfte war das nicht gerade ein Nachteil.«

»Er hat sich damals aber auch für den Doktor von Kitzbühel eingesetzt, als sie ihn abholen wollten«, sagte die Mutter.

»Aber nur deshalb, weil er dann auch selbst keinen Arzt mehr gehabt hätte«, erwiderte Anna.

Aschgraue Wolken hingen so tief über dem Tal, dass der Gipfel des Kitzbühler Horns nicht mehr zu sehen war. Nieselregen überzog das Straßenpflaster mit rutschiger Feuchtigkeit. Die Umrisse der Stadt mit ihren Mauern und Türmen wirkten an diesem Tag bedrohlich und düster und Annas Gefühle entsprachen dem Bild, das sich ihr rundum bot. Sie stieg aus dem klapprigen Postautobus, durchschritt den Sterzinger Platz, passierte das mächtige Stadttor und betrat dann den jahrhundertealten Teil von Kitzbühel. Am schmalen Stadtplatz, Vorderstadt genannt, parkten ein paar Autos und eine Mietkutsche wartete auf Kundschaft. Die stolzen, in unterschiedlichen Farben bemalten Bürgerhäuser wirkten grau, während blutrote Hakenkreuzfahnen in der Hinterstadt die Gebäude des Kreisgerichts und der Parteileitung erkennen ließen. Ein paar Männer in Uniform überquerten den Platz. Frauen stellten sich in einer Schlange vor dem Gemischtwarengeschäft an. Ein bekanntes Café war schon seit dem zweiten Kriegsjahr geschlossen. Mit groben Brettern hatte jemand die Türe vernagelt und Plakate darauf geklebt: *Ein Kampf, ein Wille, ein Ziel: Sieg um jeden Preis! – Bringt interne Feinde zur Anzeige! –Führer, wir folgen Dir!*

Da sie erst für zehn Uhr bestellt war, schlenderte Anna am Huberbräu vorbei bis zum Ende des Platzes, hinter dem die zwei nebeneinander stehenden Kirchtürme Kitzbühels zu sehen waren. Beim Hotel *Goldene Gams* hielt sie an und studierte einen Schaukasten, in dem vergilbte Fotos der 1939 abgehaltenen *Gesamtdeutschen Alpinen Schimeisterschaft* zur Schau gestellt waren. Junge Männer waren abgebildet, die mit Schiern aus Esche und in bizarren Verrenkungen die Kitzbüheler Streif hinunterstürzten. Alle trugen natürlich Uniformen der Wehrmacht und riesige Startnummern auf der Brust. Anna erinnerte sich gut an diese Meisterschaft: Im Postautobus hatte man damals alle Schüler ihrer Schule zur Streif gebracht und ihnen aufgetragen, bei jedem Läufer begeistert zu klatschen. Bei der Siegerehrung waren die Gewinner dann in »Habt Acht«-Stellung am Podest gestanden. Weil man nun schon einmal in die Stadt gefahren war, hatte Herr Kappler, ihr Lehrer, sie durch die Stadt geführt und ihnen die wichtigsten Gebäude gezeigt: Kapuzinerkirche, historisches Stadttor, Katherinenkirche,

Rathaus und das Kreisgericht, das von den sturen Einheimischen immer noch als Bezirksgericht bezeichnet wurde.

Beim Gedanken an das Gericht wurde Anna zurück in die Gegenwart gerissen. Mit einem Knoten im Magen kam ihr der gestrige Vormittag in den Sinn:

Sie waren gerade in der Milchkammer beschäftigt gewesen, als Ferdl, der Briefträger, mit seinem Motorrad auf den Hof geknattert kam. »Ein Einschreiben«, hatte der Mann mit seinem ewig geröteten Gesicht gerufen und dabei unbehaglich geschaut. Er habe einen Amtsbrief vom Bezirksgericht zu übergeben.

»Vom Gericht?«, fragte die Mutter mit besorgter Miene. »Wieso vom Gericht?«

Das wusste Ferdl freilich auch nicht, weshalb die Mutter das blassblaue Kuvert aufriss und die Zeilen des amtlichen Schreibens hastig überflog. Dann schaute sie auf und ließ den Brief sinken. »Eine Anzeige ist eingebracht worden gegen uns.« Die Mutter war sprachlos: »Es reicht diesem Gauner da unten noch nicht, dass sie uns Vieh genommen haben. Er hat auch noch Anzeige beim Gericht gemacht ..., ich bin schon für morgen bestellt«, sagte sie.

Zum ersten Mal seit die Männer nicht mehr da waren, hatte Anna Ratlosigkeit in Mutters Antlitz bemerkt.

»Ich habe es satt, ich werde den Aufhauser jetzt um Hilfe bitten«, sagte die Mutter und ihre Stimme klang wieder fester. »Noch *nie,* seit ich auf diesem Hof bin, haben wir etwas mit dem Gericht zu tun gehabt!«

»Wir brauchen die Hilfe vom Aufhauser nicht, Mutter«, widersprach Anna.

»Aber der kann ihn zurückpfeifen oder die Partei einschalten.«

»Willst du von denen abhängig werden? Wir haben uns nichts zu Schulden kommen lassen und werden uns selber wehren. Lass mich hingehen zu Gericht, Mutter. Mir können sie nichts tun.«

»Ich weiß nicht, ob das geht ...«

Anna blickte zur Kirchturmuhr, drehte um und stapfte entschlossen auf das Gerichtsgebäude zu. Mit klopfendem Herzen rückte sie Hut und Schürzenband zurecht. Dann stieg sie die ausgetretenen Stufen zum Eingangstor hinauf, betrat ein dunkles Foyer, blickte auf die Vorladung, die sie der Schürzentasche entnommen hatte und suchte nach dem angegebenen Amtszimmer. Zwei Gendarmen kamen ihr entgegen. In ihrer Mitte führten sie einen Mann mit verknittertem Anzug. Sein Gesicht war unrasiert, hohlwangig und bleich.

Im Obergeschoß fand sich schließlich die gesuchte Tür Nummer 13. Anna klopfte und betrat dann den karg eingerichteten und schlecht gelüfteten Raum. Ein Beamter mit Stirnglatze blickte von Akten auf, die er scheinbar gerade studiert hatte. Von einem riesigen Bild hinter ihm starrte Adolf Hitler auf sie beide herab. Bedrohlich glänzten Bärtchen und das in die Stirne hängende Haar. Künstlich bunt wirkten Uniformjacke und die grellrote Hakenkreuz-Binde am Arm.

»Heil Hitler – ja? Was wollen sie?«, fragte der Mann.

»Grüß Gott, ich habe eine Vorladung.« Anna reichte die Ladung über den Tisch. Beruhigt hatte sie registriert, dass der Mann wenigstens einheimischen Dialekt sprach.

Der Beamte überflog das Schreiben.

»Sie sind Elisabeth Fischbacher?«, fragte er und musterte Anna über seine kreisrunden Brillen hinweg.

»Nein, ich bin Anna, die Tochter. Unsere Magd ist krank und die Schwester auf der Alm – deshalb konnte die Mutter nicht kommen.«

»Ist sie krank?« Der Mann schüttelte unmerklich seinen kahlen Kopf.

»Nein, nicht die Mutter ist krank, sondern die Magd.«

»Das ist gar nicht gut.« Der Mann wiegte seinen Kopf.

Anna hielt den Atem an. Der Beamte aber stand auf, kramte aus seinem Schrank eine Akte heraus, setzte sich wieder und begann umständlich, die Daten von Anna aufzunehmen.

»Also, ich schreibe: Die Bäuerin ist krank und konnte selbst nicht kommen. Er kritzelte einen Vermerk in den Akt, blickte dann auf. »Sonst wird sie nämlich abgeholt ...«

Anna deutete das als Hinweis, dass ihr der Beamte nicht feindlich gesinnt war.

Dann belehrte er sie darüber, dass eine Anzeige wegen Schwarzschlachtens gegen die Mutter eingebracht wurde. »Das Gericht muss das natürlich aufnehmen.«

»Wer hat uns denn angezeigt?«

»Ein gewisser Herr ...«, er schüttelte den Kopf und rückte die Brille zurecht, »...deckt uns mit Anzeigen ein. Aber, wie gesagt, wir müssen ..., erst bei der Verhandlung dann wird der Zeuge dabei sein.«

Anna entspannte sich ein wenig. Offensichtlich war dieser Beamte kein Freund vom Oberleitner – oder er war nur bequem und hasste jeden, der ihm Arbeit einbrockte.

Mehr als eine halbe Stunde lang stellte der Glatzkopf Fragen zur erhobenen Anschuldigung und tippte danach ein Protokoll in seine Adler-Schreibmaschine. Schließlich legte er Anna das Protokoll mit Durchschlag zur Unterschrift vor und unterschrieb anschließend selbst.

»Das wäre dann alles ...«

»Ist die Sache damit erledigt?« Hoffnung keimte bei Anna auf.

»Der Richter entscheidet jetzt, wann genau die Verhandlung stattfindet.«

»Es gibt eine Verhandlung?«

»Das bestimme nicht ich.«

»Wurde schon jemand bestraft?«

»Sie werden fast immer verurteilt.« Er nahm die Brille ab und putzte die Gläser. »Die Not wird größer und die Bauern schlachten halt, um ihren Hunger zu stillen – andererseits herrscht auch Hunger im Reich, daher wurden die Richter angewiesen, hart durchzugreifen.«

»Und ...", fragte Anna und ihre sonst so glatte Stirne umwölkte sich. »Welche Strafe kann man dafür bekommen?«

»Ich bin kein Jurist.« Der Mann klappte seine Akten zu und legte sie auf einen Stoß neben sich.

Anna stand auf und wandte sich zur Tür. Dem Mann fiel doch noch was ein:

»Eine Bäuerin aus Reith hat man vorige Woche zu vier Jahren Straflager verurteilt. Sie ist noch am selben Tag nach Dachau gebracht worden.«

Da der Bus an diesem Tag nicht den Umweg über Aurach fuhr, war Anna gezwungen, den Heimweg von der Abzweigung weg zu Fuß fortzusetzen. Als sie aus dem Fahrzeug kletterte, hatte der Regen aufgehört und sich die Wolkendecke soweit gehoben, dass die Kirche von Aurach wieder zu sehen war. Anna folgte der schmalen Straße in der Hoffnung, dass ein Auto oder Fuhrwerk kommen und sie mitnehmen würde. Aber kein Gefährt erschien an diesem Tag.

Vom Dorf aus schlug sie den Abkürzungssteig ein, der zum Brandtnerhof führte. Der Regen hatte den Weg aufgeweicht, sodass sie manchmal rutschte oder ihren Rock raffen musste, um dem Schmutz zu entgehen. Jeden Stein, der im Erdreich steckte, jede Wurzel, die in den Weg ragte kannte sie auswendig. Diesen Weg war sie täglich zur Schule und mittags wieder nach Hause gelaufen. Bei Sonne und bei Regen. Im Winter hatte der Schnee ihr manchmal bis zur Hüfte gereicht. Anfangs war sie mit dem Bruder, später mit Mariann und Rosl unterwegs gewesen. Kamen sie bei schlechtem Wetter einmal zu spät zur Schule, drückte Herr Kappler ein Auge zu. Sie war wissbegierig, ging im Gegensatz zum Bruder immer gerne zur Schule und lernte leicht. Im letzten Schuljahr hatte der Lehrer die Mutter nach der Messe zur Seite genommen und ihr empfohlen, die Tochter zu den Kreutz-Schwestern ins Gymnasium zu schicken. Am Geld hatte es nicht gefehlt, aber aus praktischen Gründen hatten sich die Eltern für die Gewerbe- und Wirtschaftsschule in Kufstein entschieden.

Es bereitete Anna keinerlei Anstrengung, den Weg zum Brandtnerhof flott bergauf zu gehen. Es tat ihr gut, den Körper zu spüren und die kühle, feuchte Luft einzuatmen. Die Natur, die sie umgab, gab ihr ein vertrautes Gefühl. Sie fühlte dabei auch keine Einsamkeit, weil ihre Gedanken dahinflogen wie ein Schwarm von Tauben. Immer stärker tauchte sie in jenen Nebel ein, den sie vom Tal aus als Wolkendecke wahrgenommen hatte. Der vor wenigen Tagen noch schmale Bach, den sie überquerte, brauste jetzt schäumend über Steine, die er in Jahrhunderten mit sich gebracht und dabei abgeschliffen hatte.

Annas Gedanken landeten wieder bei dieser leidigen Sache: So sehr sie gehofft hatte, der Mutter erfreuliche

Nachricht zu bringen, so bitter war das, was sie jetzt zu berichten hatte. Sie grübelte. Hätte sie die Angelegenheit mit treffenden Argumenten in eine bessere Richtung lenken können? Es war ein Jammer, dass der Vater nicht da war. Der hätte diese Sache sicher erfolgreich geregelt. Wieder einmal spürte sie, wie sehr ihr Vater und Bruder abgingen. Wie mag es ihnen gehen? Eine genaue Vorstellung, was es bedeutete, an der Front zu kämpfen, hatte sie nicht, aber sie hatte in Erzählungen schreckliche Dinge vernommen. Und all das wäre noch erträglich gewesen, wenn da nicht die Ungewissheit wäre und die tägliche Angst vor dem Brief, den der Bürgermeister den Leuten persönlich ins Haus brachte. So wie das bei Xaver damals der Fall war. Der war erst zwanzig, als er in Stalingrad umkam. Mutter hatte danach einen Brief nach Lienz geschrieben, wo eine Tante des Jungknechts lebte – seine Mutter war bereits in jungen Jahren gestorben und von einem Vater hatten sie nie etwas gehört.

Unbewusst war Anna schneller geworden. Sie war wütend auf diesen Krieg und auf diejenigen, die ihn mutwillig vom Zaun gebrochen hatten. Ja, es hatte auch im Dorf manche gegeben, die damals jubelten. Der Vater hatte nicht zu ihnen gehört, und er war sogar misstrauisch geblieben, als andere vom Reich schwärmten, dem man jetzt angehörte. Auch den Krieg hatten anfangs viele gutgeheißen: Endlich würde man die erlittene Schmach vom anderen Krieg von 1914 rächen können! Nachdem aber die ersten Gefallenen im Dorf zu beklagen waren und auch nach mehreren Kriegsjahren kein Sieg in Sicht war, flaute der Jubel langsam ab. Dies galt allerdings nicht für die paar eingefleischten Anhänger, deren Fanatismus dadurch sogar noch angestachelt wurde.

Bei Einbruch der Dämmerung erreichte Anna den Hof. Nachdem sie die vielen Spangen, die ihren Hut am Haar festhielten, in ihrer Kammer gelöst hatte, stieg sie die Treppe hinab und betrat die dämmrige Stube, in der die Hofbewohner bereits zum Essen versammelt waren. Mit ernstem Gesicht erzählte Anna vom Gericht und ihrer Befragung durch den Beamten.

Mit Sorgenfalten saß die Mutter am Tisch und hörte zu.
»Was geschieht bei der Verhandlung?«
»Keine Ahnung Mutter, aber der Zeuge wird wohl aussagen.«
»Der lügt ja!«
»Es kommt nur darauf an, ob der Richter ihm glaubt.«

Anna erzählte auch von der Strafe, die die Bäuerin aus Reith bekommen hatte.

Die Frauen schwiegen betreten und Hias vergaß sogar, an seiner Pfeife zu saugen.

»Ist Feldpost gekommen?«
»Nein wieder nicht.«
»In Kitzbühel müssen sie jetzt jeden Abend verdunkeln. Man fürchtet, dass bald auch kleinere Städte bombardiert werden könnten.«
»Kann das für uns gefährlich werden?«, wollte Marian wissen.
»Das glaube ich nicht«, sagte die Mutter. »Wir sind weit von der Stadt entfernt. Was sollen sie bei uns schon bombardieren? In Kitzbühel gibt es den Bahnhof und die Lazarette. Aber bei uns?«
»Was ist, wenn die Russen kommen?« fragte Cilli.
»Wir würden auch das überleben«, sagte Anna mit unbewegtem Gesicht.

»Heute waren wieder Frauen am Hof. Die wollten Silberschmuck eintauschen, gegen Fleisch, Eier, Butter oder Käse.«

»Was hast du gesagt?«

»Das wir alles für uns und unsere eigenen Leute brauchen. Ich habe sie zum Oberleitner geschickt!«

»Der gibt doch nichts her!«

Das Geräusch der zuschlagenden Haustüre war zu hören. Cilli stand auf um nachzusehen, aber die Stubentüre öffnete sich und Rosl stand da, den schweren Rucksack am Rücken und einen Bergstock in der Hand.

»Rosl!«, rief die Mutter überrascht aus. »Was machst du da? Wieso bist du nicht auf der Alm?«

»Ich hab heute Schüsse gehört«, berichtete die Schwester mit weinerlicher Stimme. In ihrem Gesicht war Angst und schlechtes Gewissen zu lesen. »Und gestern ist Rauch aufgestiegen über dem Steinkogel – sicher der Wilderer!"

»Unsinn!«, erwiderte die Mutter barsch. »Hast du wenigstens nach den Kälbern geschaut?«

»Das Vieh steht weit verstreut, aber alle sind da – glaub ich zumindest. Ich habe die Hütte versperrt. Bitte Mutter, schick die Cilli statt mir!«, flehte sie.

Die Mutter schwieg. Ihr Gesicht hatte einen harten Zug angenommen.

»Die Rosl soll das Käsen übernehmen«, Anna lies ihren Blick von Rosl zur Mutter streifen. »Das kann sie besser als ich! Ich geh auf die Alm – mir macht das nichts aus.«

»Du erzählst uns Schauermärchen Rosl, kannst morgen gleich den Stall ausmisten.« Die Bäuerin machte eine unwirsche Bewegung. Dann blickte sie ihre älteste Tochter an: »In Gottes Namen – geh halt du, Anna!«

Nach einer Stunde Aufstieg hatte Anna das Plateau erreicht, das von den Einheimischen Brandtner Hochalm genannt wurde. Die Alm, die seit langem zum Brandtnerhof gehörte, war in Friedenszeiten gegen Entgelt auch von anderen Bauern in der Umgebung genutzt worden. Da die meisten diese Pacht aber nicht mehr aufbringen konnten, waren jetzt nur mehr die Kälber des eigenen Hofes auf die Alm gebracht worden. Über der weitläufigen Wiesenfläche erhob sich wieder der Wald, darüber die Wildspitze, ein felsiger Berg. Anna wusste, dass dahinter schon das Glemmtal lag, das nicht mehr zu Tirol, sondern zum Gau Salzburg gehörte.

Jetzt ließ sie den Blick über die Weiden schweifen. Weit verstreut erspähte sie die grasenden Kälber. Das rhythmische Läuten der Glocke des Leittiers erklang aus großer Ferne. Quellwasser plätscherte vor der Almhütte in einen ausgehölten, von grünlichem Moos überwachsenen Baumstamm. Irgendetwas Ungewöhnliches konnte sie nicht erkennen.

Die Wochen, die sie früher bei Maria auf der Alm verbringen durfte, gehörten zu den glücklichsten ihrer Kindheit. Vom Almauftrieb Anfang Juni bis zum späten Herbst, wenn die Kühe mit allerlei Tand geschmückt wieder zu Tal getrieben wurden, hatte Maria das Vieh auf der Alm gehütet. Anna erinnerte sich an Tage, an denen sie so viel von den süßen Heidelbeeren gegessen hatte, dass ihr am Abend davon übel geworden war. Sie dachte an die Dämme und Wasserräder, die sie aus Holzscheiten gebaut und am nahen Bach zum Laufen gebracht hatte. Sie erinnerte sich an die Holzknechte, die manchmal bei ihnen eingekehrt waren und derbe Späße getrieben hatten. Und an den Jagdaufseher, den Maria seltsam anschaute und mit frisch gemachten Spatzeln und selbstgebranntem Obstschnaps verwöhnte.

Wenn das Wetter einmal schlecht war, konnte man in der Hütte bei knackendem Holz im Ofen einen gemütlichen Tag verbringen. Am Abend saß man bei rußender Lampe rund um den kleinen Tisch. Manchmal griff Maria dann zur Gitarre und sang Lieder mit seltsamen Reimen. Georg hatte - wenn er dabei war - manchmal die zweite Stimme dazu gesungen. Die Erinnerung an den Bruder holte Anna in die Wirklichkeit zurück.

Sie stieg die drei Stufen zur aus groben Brettern gezimmerten Veranda empor, schloss die Türe auf, die mit Vorhangschloss gesichert war, und betrat den Vorraum der Hütte. Der vertraute Geruch von verwittertem Holz und Rauch empfing sie im Halbdunkel des Raumes. Sie mochte diesen Geruch. Dann streifte sie die Flinte von ihrer Schulter und öffnete die Türe zum Wohn- und Küchenraum. Mit geübtem Blick stellte sie fest, dass die gewohnte Ordnung herrschte: Der kleinen Tisch an der Wand war abgeräumt, die Sessel davor ordentlich aufgestellt. Vor dem schmalen Kachelofen hingen Geschirrtücher zum Trocknen. Blank gescheuert hing der Kessel an der Feuerstelle und an der Wand dahinter waren die wenigen Teller und Tassen in das dafür vorgesehenen Holzgestell geschlichtet worden. Anna hängte das Gewehr an einen Haken. Dann stellt sie ihren Rucksack ab und räumte Mehl, Erdäpfel und Schmalz in den Schrank. Schließlich entnahm sie dem Rucksack Kleidungsstücke, die sie zur Schlafkammer brachte, die durch den Vorraum zu erreichen war. In der Kammer hatte außer dem schmalen Bett nur noch eine Truhe Platz gefunden.

Fast drei Stunden benötigte sie anschließend, bis sie die Kälber auf der riesigen Alm zusammengetrieben hatte; erleichtert stellte sie in der Abenddämmerung schließlich fest, dass keines der Tiere fehlte. Anna ging zur Hütte zurück, holte sich vom Holzstoß an der Hüttenwand ein paar ordentliche Scheiter und entzündete damit ein Feuer am offenen Herd. Am Brunnen ließ sie Wasser in einen Krug laufen und blickte dabei auf das Haus, das so friedlich vor ihr dalag und aus dessen Schornstein jetzt dünner Rauch zum Himmel stieg.

Kapitel 6

Auracher Hochalm, September 1944

Maximilian ließ seinen Blick über die Bergkette schweifen, hinter der gerade die Sonne versank – scheinbar endlos reihte sich dort ein Gipfel neben den anderen. In dem von ihm aus sichtbaren Teil des Tales war ein Stück der Straße zu sehen, die dort in ein Dörfchen mündete, dahinter wieder schlängelnd erschien und sich danach im Grün von Wiesen und dem Blau der Wälder verlor. Mit weit ausgebreiteten Schwingen und auf den Boden gehefteten Augen zog vor ihm ein Adler seine Kreise, um nach Beute zu suchen. Irgendwo zwischen Kiefern, Almwiesen und Heidelbeerstauden pfiff ein Murmeltier und warnte damit die Sippe vor der drohenden Gefahr.

Die Szenerie um ihn herum, die er in vollen Zügen in sich einsog, versetzte Maximilian in euphorische Stimmung. Die Sonne war soeben hinter dem Horizont verschwunden und gemeinsam mit seiner Umgebung begann auch Maximilian in der wohligen Dämmerung zu versinken.

Für wenige Augenblicke wurde Maximilian Stöger von einem seltsamen Glücksgefühl übermannt.

Wie aber konnte dieser Landstrich so arglos vor ihm liegen, wo sich die Welt doch soeben anschickte, in Trümmer zu fallen? Befand er sich hier in einer anderen, übernatürlichen Welt? Oder war es doch nur eine Frage der Zeit, bis das Elend des Krieges mit all seinen Schrecken auch in diesem Tal seinen Einzug hielt?

Unwillkürlich schweiften die Gedanken zur Mutter: Sicherlich bangte sie, krank vor Ungewissheit, Tag für Tag nach einem Lebenszeichen ihrer Männer. Es bereitete Maximilian fast körperliche Schmerzen, ihr keine Botschaft zukommen lassen zu können. Er fragte sich, ob München schon Ziel feindlicher Bomber geworden war, und in welchen Winkel dieses geschundenen Kontinents es Vater verschlagen hatte. Lag er in diesem Moment gerade im Visier der russischen Artillerie? War er auf der Flucht vor englischen Jägern oder dem Beschuss von Partisanen ausgesetzt? Hungerte er in einem sibirischen Lager, ausgeliefert einer Meute von rachsüchtigen Wachen? Oder hatte ihn schon eine Kugel getroffen und er lag - nicht einmal notdürftig verscharrt - am Rande einer trostlosen, ukrainischen Straße?

Das Ziehen in seinen Gedärmen holte ihn in die Realität zurück und der Hunger drängte sich wieder in sein Bewusstsein. Sie würden sehr bald Essbares auftreiben müssen, sonst waren sie gezwungen, ihre eisernen Reserven zu opfern, die ihnen das Überleben von weniger als zwei Wochen garantierten.

Von der Strichliste, die er im Soldbuch mit einem Bleistiftstummel angelegt hatte, wusste Maximilian, dass es nun sechs Tage her war, seit sie bei ihrem Aufstieg auf die Almweide mit den drei Hütten gestoßen waren. Ihre Erleichterung, damals endlich ein geeignetes Versteck gefunden zu haben, war schnell der Enttäuschung gewichen, als sie bei Betrachtung der Umgebung braungeflecktes Vieh entdeckten. Und Vieh bedeutete, dass es auch Menschen geben musste, die wenigstens von Zeit zu Zeit nach den Tieren sahen. Obwohl sie keine Menschenseele erspähen konnten, beschlossen sie, so schnell wie möglich weiter zu ziehen. Der Pfad, dem sie folgten, führte immer weiter bergan über Moos, Wiesenboden und felsigem Grund, schließlich durch hüfthohes Buschwerk und Farne in einen dichten Nadelwald hinein.

Dort verlor sich der Weg im Labyrinth von Bäumen und Sträuchern. Hungrig und müde irrten sie durch dichtes Gehölz. Völlig unerwartet stießen sie dann aber auf eine Behausung, die jemand aus Holzstämmen und Rindenstreifen grob gezimmert hatte, und in deren Nähe sogar ein Rinnsal plätscherte. Es hatte nur sanfter Gewalt bedurft, um die Türe aufzuzwingen. Im fensterlosen Raum entdeckten sie eine aus Steinen errichtete Feuerstelle und einfach gebaute Holzpritschen. Auf einem Gestell über der Asche rostete eine Eisenpfanne, deren Boden mit einer fettigen Schicht überzogen war. Ruß schwärzte die Wände und bildete die Ursache des beißenden Geruchs im Verschlag. Kamin oder Rauchabzug waren nicht zu finden, aber ein Loch im Dach und klaffende Ritzen in der Wand, durch die spärliches Licht eindrang und der Wind pfiff. Der Kochplatz sah aus, als hätte auf ihm seit langem kein Feuer mehr gebrannt. Da auf den Schlafstellen gut fünf bis sechs Personen Platz fanden, vermutete Bastel, dass die Behausung nicht von Jägern, sondern von Holzarbeitern gebaut wurde, die in der Nähe ihrer gefährlichen Arbeit nachgegangen waren.

Erleichtert, eine trockene und scheinbar sichere Unterkunft gefunden zu haben, schliefen sie an diesem Abend ein.

Am nächsten Morgen meldete sich wieder der Feind, den sie in all ihre Überlegungen am wenigsten einbezogen hatten: Der Hunger.

»Wir hungern, obwohl wir noch genügend Proviant mit uns herumtragen«, maulte Bastel.

»Die Konserven sind unsere eiserne Reserve, die rühren wir nicht an – noch nicht. Aber wieso nimmst du sie nicht raus, aus deinem Rucksack und stellst sie hier ab?«

»Und wie sollen wir dann satt werden?«

»So schnell verhungert der Mensch nicht. Hätten wir nichts zu trinken, wäre das schlimm. Aber Wasser gibt es hier wohl mehr als genug!«

In den Tagen darauf suchten sie ihre Umgebung ab, fanden Heidelbeerstauden, die nur wenige Früchte trugen und ein paar Pilze von einer Sorte, die sie nicht kannten. Am Rande des Baches stießen sie auf ein Gewächs, von dem Bastel behauptete, dass man es Sauerampfer nenne und als Salat roh essen könne. Ihren Hunger konnten sie damit nicht stillen.

Nach hitziger Diskussion beschloss man schließlich, sich in der nächsten mondhellen Nacht am Rande der Lichtung zu verbergen und auf erlegbares Wild zu lauern. Gegen Mitternacht hoppelten dann tatsächlich zwei Hasen über die Lichtung und sie gaben insgesamt vier Schüsse ab. Aufgrund der für eine Mauserpistole viel zu großen Entfernung landeten die Kameraden keinen einzigen Treffer. Aufgeschreckt und Haken schlagend verschwand das verliebte Hasenpärchen im Unterholz. Niedergeschlagen kehrten die Männer zurück, legten sich auf die Pritschen und konnten trotz ihrer Müdigkeit keinen Schlaf finden.

Wir haben keine andere Wahl – wir *müssen* einfach hinunter ins Tal«, forderte Bastel, nachdem die Sonne wieder am Himmel stand.

»Hast du unser Erlebnis bei der Flucht schon vergessen? Und glaubst du, dass überall ein Baum mit Leiter herumsteht?«

»Dann wenigstens zur Alm«, Bastel schüttelte verständnislos den Kopf. »Ich wette, dass es dort Käse, Speck und wer weiß was sonst noch alles gibt – vielleicht kann man auch eine, der Kühe melken.«

»Ist dir klar, in welche Gefahr wir uns damit begeben? Außerdem würden wir Aufmerksamkeit auf uns ziehen.«

»Und wenn schon ...«

»Es wäre fatal, uns die Menschen hier zum Feind zu machen – und die Kühe, die du melken willst, sind Kälber. Die kann man nicht melken, sonst wären sie nicht auf einer Alm ohne Menschen.«

Aber auch Maximilian machte sich Sorgen darüber, wie sie die nächsten Wochen überleben sollten – auch wenn es ihm schwerfiel, das zuzugeben.

»Der Krieg wird irgendwann vorbei sein, aber wir werden das nicht mehr erleben, weil wir dann schon verhungert sein werden«, sagte Bastel und hob resignierend die Arme.

Einen feuchtheißen Tag später fanden sie eine Hand voll Pfifferlinge, die verlockend dufteten. Zum ersten Mal entfachten sie Feuer in der Hütte, um im notdürftig gereinigten Kessel eine Schwammerlsuppe zu kochen, über die sie wenig später herfielen.

Die Sättigung hielt einen Tag an, dann regte sich das Hungergefühl erneut. Schließlich ließ sich Maximilian - nun selbst getrieben von Hunger - dazu überreden, sich mit Bastel im Morgengrauen ins Tal aufzumachen, um den Hof aufzusuchen, dessen Garten sie schon einmal geplündert hatten. Dieses Risiko hielt er für vertretbar. Sollte dieses Vorhaben misslingen, war er damit einverstanden, jeden zweiten Tag eine Konserve zu öffnen. Mit etwas zusätzlicher Nahrung aus dem Wald, so rechneten sie sich aus, würden sie damit drei Wochen überleben können.

Der graue Schimmer im Osten tauchte den Hausleitenhof und seine Umgebung in fahles Licht. Das würde für ihr Vorhaben ausreichen. Ihre Uhren zeigten Viertel vor Fünf. Kein Laut regte sich in Haus oder Stall. Wie Augenhöhlen glotzten die dunklen Fenster sie an. Die Männer entsicherten ihre Waffen.

»Also Bastel, ich sage es nochmals: kein Geräusch! Das ist wichtig.«

»Ja, ja – hast du schon drei Mal erwähnt.«

»Und: Fünf Minuten, denk daran! Wir nehmen nur mit, was wir in fünf Minuten einstecken können, dann hauen wir ab. Du weißt ja vom letzten Mal, wo die Sachen zu finden sind.«

»Wir sollten endlich loslegen ...«

Bastel richtete einen ungeduldigen Blick auf den Kameraden. Der nickte. Sie erhoben sich und schlichen die hundert Meter zum Bauerngarten, den sie schon kannten. Bastel eilte voraus. Auf seinem Rücken hing der Tornister, den er gegen Maximilians Rat mitschleppte, um möglichst viel Beute wegtragen zu können. Das Türchen knarrte, als sie es öffneten und ein zweites Mal als es hinter ihnen zufiel. Maximilian verharrte und lauschte in die Dämmerung. Stille. Sie huschten in den wuchernden Garten, pflückten ab, rissen aus, rafften an sich, was sie erwischen konnten. Eilten von Beet zu Beet. Bastel ließ den Tornister vom Rücken gleiten, steckte eine Tomate in den Mund und begann kauend Gurken, Erbsen, Rüben und Karotten in seinen Rucksack zu stopfen.

»Die fünf Minuten sind um!«, raunte Maximilian, deutete auf die Uhr, schob noch Gurken unter sein Hemd, erhob sich und schlich zum Gartenzaun.

Bastel stapfte zum nahen Obstgarten, riss dort rotbackige Äpfel vom Baum und stopfte sie in Jacke und Hose.

»Bastel komm, wir hauen ab!«, rief Maximilian halblaut und sprang über den Zaun. Von dort blickte er zum Kameraden und stieg von einem Fuß auf den anderen.

Gelber Lichtschein flammte in einem der Fenster auf.

»Bastel, mach endlich Schluss – die sind aufgewacht!« rief Maximilian noch einmal.

Der Freund stemmte den Tornister, der tonnenschwer zu sein schien, auf den Rücken und schlich zum Türchen.

Ein zweites Fenster erhellte sich.

»Beeil dich – lauf!«

Bastel zögerte erneut, drehte um und eilte noch einmal zu den Obstbäumen zurück.

»*Bastel ..., ich warte nicht länger!*«

Der hob etwas wie einen Korb in die Höhe, lief endlich zur Gartentür und hinter Maximilian her, der schon losgestürmt war, aber wegen eines verdächtigen Geräusches über die Schulter zurückblickte:

Die Haustür stand plötzlich offen und ein alter Mann davor – im Nachthemd, mit verstrubbeltem Haar und mit Gewehr in der Hand.

Hastig lief Maximilian den Weg bergauf. Bastel stolperte ihm nach, den Henkelkorb schleppend und vom schweren Rucksack behindert.

»Stehenbleiben ihr Gauner«, hörten sie den Alten krächzen. »... sonst lass ich den Hund los!«

Die Flüchtenden kümmerten sich nicht um den Mann, sondern rannten den Weg zurück, den sie gekommen waren. Immer näher kamen sie der schmalen Brücke, die über den Wildbach führte. Niemand schien ihnen zu folgen und kein Schuss krachte. Sie glaubten bereits, in Sicherheit zu sein.

Plötzlich war aber der Hund da: Mit wütendem Bellen und gefletschten Zähnen raste er hinter Bastel her, erreichte ihn und sprang ihn an. Bastel wankte, ließ den Korb fallen – Äpfel kollerten quer über den Weg. Der Hund ließ kurz von ihm ab, beschnüffelte das Obst, kam wieder heran, verbiss sich im Rucksack und brachte Bastel zum Stolpern. Das Tier jaulte auf, schnappte wieder zu, zerrte am Tornister. Maximilian hatte die Brücke erreicht. Bastel gelang es, einen der Gurte abzustreifen – schließlich den zweiten. Rappelte sich auf und lief weiter. Maximilian sah, dass der Rucksack erst auf den Boden fiel, dann in die Schlucht kollerte, die von der Brücke überspannt wurde. Am Grund des Grabens schlug er auf einem Stein auf, zerplatze, wurde von der Strömung mitgerissen, tauchte noch einmal kurz auf – um dann endgültig in den grünen, reißenden Fluten des Baches zu verschwinden.

Der Hund blickte ihnen nach, dann der verlorenen Beute – traute sich jedoch nicht, auf die Brücke zu laufen. Er bellte noch wütend, lief danach aber zurück zum Hof.

Die Freunde keuchten.

»Bist du verletzt?«

»Nur ein Kratzer«, Bastels Stimme klang irgendwie kleinlaut.

»Was machst du nur so lange? Ich hab doch gesagt: *Fünf Minuten.*«

»Da stand ein ganzer Korb voller Äpfel ...«

»Nun haben wir Äpfel *und* Gemüse verloren ...«

Von Bastel kam keine Antwort.

»Durch diesen Blödsinn werden wir jetzt die Konserven öffnen müssen!«

Bastel schwieg weiter. In seinem Gesicht lag ein seltsames Flackern.

In Maximilian keimte ein böser Verdacht auf: »Du hast doch nicht – sag, dass es nicht wahr ist!«

»Ich hatte Angst, es würde gestohlen!«, rief Bastel und hob hilflos die Hände.

»Bist du wahnsinnig?«, bellte Maximilian seinen Kameraden an. »Hast du wirklich die Konserven mit dir herumgetragen?«

»Es war finster heute Morgen, und ich hab nicht daran gedacht ...«

»Was alles war im Rucksack?«

»Die Konserven.«

»Was noch?«

»Die Munition.«

»Die ganze Munition? Du Hornochse!«, schrie ihn Maximilian an.

»Acht Schuss, vier habe ich ja immer geladen. Und Wäsche ...«

»Vielleicht auch der Mantel? Dann können wir ja gleich zusammenpacken.«

»Der liegt in der Hütte, ich musste mich in der Nacht ja zudecken ...«

»Das Jagen können wir jetzt schon vergessen, wenn du die Munition einfach wegwirfst.«

Maximilian war sprachlos vor Ärger, aber er versuchte sich zu beruhigen. War das schon das Ende ihrer Flucht, die von Anfang an unter keinem guten Stern stand? Er stand abrupt auf und stapfte ohne ein weiteres Wort zu sprechen und ohne noch einmal stehen zu bleiben bis zu ihrem Versteck, während Bastel mit großem Abstand hinter ihm her trottete.

Nach der Funkstille zwischen den Kameraden, die einen Tag andauerte, hatte die Zerknirschtheit von Bastel schon wieder ein Ende gefunden und Hunger stand erneut auf ihrer Tagesordnung.

»Unser Raubzug hätte bestens funktioniert, wenn nur das Türchen nicht geknarrt hätte ...«

Maximilian fand keine Worte für diese Einschätzung. »Vergiss es – die Gefahr ist einfach zu hoch.«

»Bevor ich hier langsam verhungere, gehe ich lieber das Risiko ein, im Tal an einer Kugel zu sterben.«

»Wir müssten nicht verhungern, wenn du den verdammten Tornister nicht mitgeschleppt hättest!«

»Muss ich mir das jetzt bis zu meinem Lebensende anhören?«

»Durch diese Dummheit haben sich unsere Chancen jedenfalls deutlich verschlechtert.«

»Bei den Hütten auf der Alm wäre das Risiko sicher geringer."

»Auch dort können sich Menschen aufhalten ...«

Sie starrten beide auf den gestampften Erdboden ihres Verstecks.

»Wieso musst *du* eigentlich immer alles entscheiden? Ich möchte dich daran erinnern, dass ich als Oberleutnant rangmäßig über dir stehe.« Bastel schob herausfordernd seine Kinnlade nach vorne.

Maximilian fand, dass ihn das irgendwie einfältig aussehen ließ. »Weil wir uns Fehler wie gestern nicht mehr leisten können. Und weil wir nicht mehr beim *Verein* sind – wie du selber schon festgestellt hast.«

»Was also sollten wir jetzt deiner Meinung nach machen?«

Maximilian war wütend. Nachdem er aber auch keinen besseren Vorschlag vorzuweisen hatte und außerdem selbst bereits wieder Hunger fühlte, lenkte er irgendwann ein und versprach, darüber nachzudenken, in eine der Almhütten einzudringen. Diesmal, so beschlossen sie, wollten sie die Bedingungen vorher genau erkunden.

Das Zeiss-Offiziersfernglas glitt aus dem mit Samt verkleideten Futteral. Maximilian rutschte auf dem Felsvorsprung, auf dem er lag, weit nach vorne und hob das Glas an die Augen. Behutsam ließ er seinen Blick über die unter ihm liegende Almwiese streifen, nahm dann die bereits vom Tal aus erspähten Holzhütten ins Visier. Zwei von ihnen lagen desolat und unbewohnt da – auf einer waren Teile des mit Holzschindeln gedeckten Dachs eingestürzt, bei der anderen sämtliche Fenster zerbrochen. Dreihundert Meter darunter lag die dritte Almhütte, auf die er jetzt seinen Blick richtete. Bald stutzte er, setzte das Fernglas ab, blickte wieder hindurch. Maximilian hatte sich nicht getäuscht: Ganz deutlich konnte er den Rauch erkennen, der vom Kamin in den Himmel stieg. Und am Brunnen daneben einen Melkeimer, den irgendjemand mit der Öffnung nach unten zum Trocknen hingestellt hatte. Das Vieh, das vorher weit verstreut auf dem Gelände graste, lag nun als Herde vereint in einer Senke nahe des Hauses. Menschen aber waren weit und breit nicht zu sehen.

Maximilian war aufgeregt und unschlüssig darüber, ob ihn diese Entdeckung freuen, oder beunruhigen sollte. So friedlich die Szene dalag, so verursachte sie ihm dennoch Unbehagen, weil sie bald nicht mehr umhin kommen würden, in diese Hütte einzubrechen. Und selbst wenn man sie dabei nicht erwischte, würde man den Einbruch früher oder später entdecken und nach ihnen suchen. Besser wäre es in jedem Fall, wenn sie sich in ihrem Versteck selbst versorgen könnten. Aber wie lange würden sie es noch schaffen, sich über Wasser zu halten und wie lange würde es überhaupt notwendig sein, sich noch zu verstecken? Und wie sollten sie ohne Kontakt zu Menschen überhaupt erfahren, wenn dieser Krieg einmal zu Ende war?

Jäh erhob er sich vom Felsvorsprung, packte Feldstecher und Mantel in den Tornister, und stapfte durch den Jungwald zurück zum Versteck.

»Momentan hält sich jemand in dieser Hütte auf«, platzte er beim Betreten ihrer Behausung mit seiner Neuigkeit heraus. »Es steigt eindeutig Rauch aus dem Kamin.« Maximilian zog die schief in den Angeln hängende Rindentüre hinter sich zu, sicherte sie mit einem einfachen Metallhaken und warf den Rucksack zu Boden. »Wir müssen daher im Augenblick alles vermeiden, was uns verraten könnte.« Er ließ sich nieder. »Die erwähnte Hütte würde ich aber im Auge behalten. Der Platz am Felsen ist gut geeignet dafür – man kann von dort fast die ganze Alm überblicken.«

Bastel lag ausgestreckt - den Kopf in die rechte Hand gestützt - auf der harten Bettstatt und starrte in die Flamme, die er entfacht hatte. Über dem Feuer köchelte eine dünne Suppe, bestehend aus Wasser und einem Steinpilz, den er gefunden und in Stücke geschnitten hatte. Obwohl Maximilian ihm empfohlen hatte, sich nicht gehen zu lassen, warf das flackernde Licht tiefe Schatten auf ein von Bartstoppeln übersätes, schmutziges und von Hunger gezeichnetes Gesicht.

»Was hältst du davon?«

»Was soll ich davon schon halten?«, gab Bastel sich bockig.

»Sag mir deine Meinung.«

»Seit wann interessiert dich *meine* Meinung? Du hast ja bis jetzt nie gefragt. Die ganze Scheiß-Flucht war schließlich deine Idee!« Bastel richtete sich auf und blickte Maximilian in die Augen: »Es bleibt uns doch gar keine Wahl, als irgendwo einzubrechen oder nochmals auf die Pirsch zu gehen.«

»In Ordnung, wir könnten das Jagen noch einmal versuchen«, bemühte sich Maximilian, einzulenken. »Aber man wird unsere Schüsse hören. Und außerdem müssen wir jetzt mit Munition sparsam umgehen, nachdem ...« – er verstummte, weil er es für besser hielt, die Sache mit dem abgestürzten Rucksack nicht schon wieder zu erwähnen.

»Verdammt noch mal Max! Ich träume jetzt schon Tag und Nacht von Käse, Speck, Eier, Brot und all den paradiesischen Sachen, die diese Welt zu bieten hat. Mir schwinden bereits die Sinne vor Hunger!« Bastels Äuglein blitzten vor Empörung und Maximilian erkannte, dass er den Gemütszustand des Kameraden ernst nehmen musste.

»Ich verstehe dich ja, aber gib mir noch einen einzigen Tag, an dem wir uns gemeinsam auf die Lauer legen – es wäre ja Selbstmord, etwas zu unternehmen, solange jemand da ist.«

»Mehr als Sterben können wir ja sowieso nicht. Ob an Hunger hier oben, oder im Tal an der Wand, ist schließlich egal!«

»Wir haben es immerhin bis hier oben geschafft! Und diese Behausung ist ein ideales Versteck.« Es gelang Maximilian nur mit Mühe, seiner Stimme einen ruhigen Klang zu verleihen. »Wahrscheinlich ist der Krieg sowieso bald zu

Ende. Wir wären verrückt, wenn wir jetzt aufgeben würden.«

Bastel blickte erneut in die Flammen. Das vom flackernden Feuer beleuchtete Gesicht spiegelte die Konflikte wider, die sich in seinem Kopf abspielten.

Seit die Sonne steil in den Himmel gestiegen war, hatten die Kameraden die Weidefläche zu ihren Füssen beobachtet. Im Laufe der letzten Tage hatten die dunklen Flanken der Alm einem rostroten Schimmer bekommen. Sie konnten nicht wissen, dass dieser Schimmer von einer Pflanze stammte, die von den Einheimischen *Almrausch* genannt wurde. Träge hatten die Männer an diesem Tag die Strahlen der Sonne genossen. Und hätten sie ihren Hunger vergessen können, wäre bei ihnen sogar so etwas wie Ferienstimmung aufgekommen.

Fast feierlich verzehrten sie gegen Mittag das eingemachte Fleisch von Maximilian, das sie als letzte Reserve aufbewahrt hatten. Bastel hatte sich ein wenig beruhigt. Nach dem Genuss von ein paar wilden Zwetschken begann er sogar, von glücklichen Sommern seiner Kindheit zu schwärmen. Er erzählte von Pferdeweiden, einem Gutshof mit riesigen Stallungen und einem Karpfenteich, in dem er das Schwimmen lernte. Von sandigen Dünen und von Hochzeiten, bei denen über hundert Gäste geladen waren und die Musik groß aufspielte. Von vierspännigen Kutschen, die nach Leder, Messing und Pferdedung rochen und einer Schar von Bediensteten, die für Küche, Ställe und Flure zuständig waren. Vom Schlachten von Hühnern und Schweinen sowie den ständig aufflammenden, kleineren oder größere Dramen in seiner verzweigten Familie. Und von Tante Hermine, die eines Tages mit ihren Ersparnissen und dem Chauffeur durchgebrannt war. Sechs Monate später war sie wieder vor der Türe gestanden. Ohne einen einzigen Heller und ohne Chauffeur.

Am Ende seiner Erinnerungen kamen aber wieder die Sorgen zurück und die Ungewissheit darüber, wie es Eltern, Schwestern, Großeltern und Bediensteten jetzt wohl ging. Dies umso mehr, als seit Wochen bekannt war, dass sich die Rote Armee von Osten her langsam, aber stetig auf Pommern zu bewegte.

Kein Mensch weit und breit war indessen den ganzen langen Tag auf der Alm zu sehen gewesen. Kein Rauch quoll mehr aus dem Schornstein, kein Eimer trocknete am Brunnen. Weit verstreut graste wieder das Vieh und monoton klang das Gebimmel der Kuhglocken zu ihnen herauf. In der Mittagshitze legten sich die meisten Kälber dann in den Schatten und waren mit Wiederkäuen und der Abwehr der Fliegen beschäftigt. Maximilian und Bastel vertrieben sich die Zeit mit Vermutungen, wieso überhaupt das Vieh den Sommer hier oben verbrachte – fernab der Höfe, zu denen sie gehörten. Zu einem Ergebnis kamen sie nicht.

Langsam neigte sich der Augusttag, den viele Bauern im Tal zum Einbringen des Heus benutzt hatten, seinem Ende zu. Das Brummen der Bienen wurde leiser. Die Schwalben, die während des Tages die akrobatischsten Künste zur Schau gestellt hatten, flogen heim zu ihren Nestern.

Die Kameraden trotteten zurück zum Versteck. Nach einem neuerlich aufflammenden, heftigen Diskurs über ihre Lage einigten sie sich schließlich darauf, die Alm im Wald versteckt zu umrunden und dann - sollte weiterhin kein Lebenszeichen zu erkennen sein - bei Dämmerung in die unterste Hütte einzudringen.

Sie überprüften die Waffen, machten sich danach auf den Weg. Bald entdeckte Maximilian einen Jägersteig, der wiederum in einen Hohlweg mündete. Diesem Weg folgten sie immer weiter bergab. An einer Stelle, an der die tiefstehende Sonne das Blätterdach des Waldes kaum zu durchdringen vermochte, stießen Sie auf ein einfach gezimmertes Kreuz, auf dem die vergilbte Fotografie eines Burschen prangte. Darüber konnten sie eine knappe Inschrift entziffern:

Am Dreikönigstag a.d.1923 starb hier Alois Hagsteiner.
Der Herrgott sei seiner armen Seele gnädig.

Vertrocknete und vom Wind zerzauste Blumen steckten in einem Glasgefäß, das jemand mit Draht darunter befestigt hatte. Maximilian blickte in das Antlitz des jungen Mannes: Forscher Blick, geschwungener Schnauzbart und schneidiger Hut. Er schien damit sagen zu wollen: Ich bin jung und fesch, was kostet die Welt? Maximilian schätzte, dass der Bursche zum Zeitpunkt der Aufnahme etwa in seinem eigenen Alter gewesen sein musste. Er sah sich um. Wie mag Alois Hagsteiner an diesem - für ihn so verhängnisvollen - Wintertag hier ums Leben gekommen sein?

War er ein Wilddieb, den der Förster mit einer erlegten Gams zur Rede gestellt oder gar aus dem Hinterhalt erschossen hatte? Oder gab es einen Raufhändel, bei dem es um eine junge Sennerin auf der Alm ging? Wahrscheinlicher aber war, dass er beim Fällen oder beim Ziehen von tonnenschweren Holzstämmen einem Unglück zum Opfer gefallen war. Maximilian bedauerte, dass der Verfasser der spröden Zeilen nicht mehr geschrieben und sie damit über die Umstände des Todes von Alois Hagsteiner im Unklaren gelassen hatte.

Immer wieder, soweit dies vom Waldrand aus möglich war, spähten Maximilian und Bastel durch ihre Feldstecher und suchten die Alm nach Menschen ab. Einsam lagen die Hütten da. Nur das weidende Vieh stand herum und bewegte rhythmisch seine Köpfe beim Kauen.

Schließlich verließen die Männer den schützenden Niederwald und stapften, immer wieder um sich blickend, über die saftige Wiese. Ein paar Kälber unterbrachen das Grasen, hoben die Köpfe und glotzten die Eindringlinge neugierig an. Wenige Schritte noch, dann standen die Freunde vor der Hütte, die aus der Nähe betrachtet recht stattlich aussah. Maximilian nahm seine Mauser aus dem Halfter und entsicherte sie. Rund um das Gebäude war eine Einzäunung aus Holzlatten in den Boden geschlagen worden, wohl um das Vieh daran zu hindern, dem Haus zu nahe zu kommen. An einer geeigneten Stelle überstiegen sie den Zaun, sahen sich nochmals um und gingen mit entschlossenen Schritten zum Eingang.

Drei Holzstufen führten Bastel zur Veranda hinauf, dann stand er vor der stabilen Holztür. Schnell musste er allerdings erkennen, dass diese mit einem Holzriegel verschlossen und mit einem massiven Vorhängeschloss gesichert war. Bastel drehte am Türgriff, rüttelte am Riegel. Schlug mit dem Fuß gegen die Tür, riss mehrmals heftig am Schloss, trat zurück und schüttelte den Kopf. Maximilian, der ein paar Schritte entfernt zugesehen hatte, sicherte seine Waffe wieder und steckte sie weg. Dann erklomm er ebenfalls die Stufen, unterzog Schloss und Türe der gleichen Prozedur, wie zuvor Bastel und stieg mit der Erkenntnis wieder herab, dass diese Türe nur schwer zu öffnen sein würde. Sie umrundeten das Haus, um nach einem anderen Eingang suchen. Die drei Fenster waren zu klein zum Eindringen – außerdem mit Gitter geschützt. Die zum Wald gerichtete Wand war mit Brennholz säuberlich bis auf Schulterhöhe zugeschlichtet. An der Rückseite war - mit eigenem, unverschlossenem Tor - ein mit Moos und Steinen bedeckter Stall an die Hütte gebaut worden. Einen Durchgang von diesem Anbau zum Inneren der Hütte schien es aber nicht zu geben.

»Mit einem Eisenhammer könnte man das Schloss vielleicht aufbringen«, vermutete Bastel.

»Und wo willst du diesen Hammer auftreiben?«

»Ich werde jedenfalls von hier nicht weggehen, bevor ich nicht alles versucht habe. Ich kann fast riechen, dass es da drinnen Essbares gibt!«

»Lass uns den Stall noch einmal untersuchen«, schlug Maximilian vor. Die grimmige Entschlossenheit des Kameraden beunruhigte ihn.

Im stockfinsteren Stall roch es übel. Bastel knipste die Taschenlampe an, gebückt durchsuchten sie den Verschlag während sie bis zu den Knöcheln in feuchtem Kuhmist wateten. Eine Türe war nicht zu entdecken. Wie das gesamte Gebäude war auch die Trennwand zur der Hütte aus massiven Fichtenholzbalken gezimmert worden. Die Kameraden waren danach heilfroh, draußen wieder frische Luft atmen zu können.

»Vielleicht sollten wir einen der umgestürzten Bäume als Rammbock verwenden ...«

»Das würde wahrscheinlich so viel Krach machen, dass man uns bis ins Tal zu hören bekäme. Vorher möchte ich doch lieber noch einmal einen Blick auf dieses Schloss werfen.«

Unbemerkt hatte sich die Dämmerung herangeschlichen und die gerade noch im Sonnenlicht glühenden Berge wirkten mit einem Mal bedrohlich und bleiern.

Maximilian bemühte sich, seine Stiefel im Gras vom stinkenden Stallmist zu säubern, während sie erneut zur Vorderseite des Hauses einbogen. Da registrierte sein Unterbewusstsein ein Geräusch, das irgendwie nicht zur Situation passte: Ein Geräusch, das wie das Knacken eines Gewehrschlosses klang. Instinktiv blieb er stehen und seine Augen nahmen etwas wahr, das sein Gehirn nicht einordnen konnte: Die schlanke Gestalt einer Frau. Und die Frau hielt ein Gewehr in der Hand. Und das war genau auf ihn gerichtet. Jetzt passte das Knacken des Hahnes wieder ins Bild. Maximilian hob die Hände. Bastel tat das gleiche und ließ dabei die Lampe fallen. Endlose Sekunden lang war nur das Plätschern des Wassers zu hören, das neben ihnen in den Brunnentrog lief.

Bastel bückte sich, um nach der Taschenlampe zu greifen.

»Keine Bewegung, ich schieß´ sofort!«, ertönte die Stimme einer sehr jungen Frau.

Bastel ließ die Lampe erstarrt liegen und richtete sich, die Hände nach oben gestreckt, langsam wieder auf.

Die Mündung einer Waffe in kurzer Entfernung auf sich gerichtet zu haben, verschaffte Maximilian ein scheußliches Gefühl in der Magengrube. Trotzdem ertappte er sich dabei, die Frau anzustarren. Sie ist hübsch, dachte er erstaunt und gleichzeitig verwirrt – eigentlich noch ein Mädchen, jünger als ich. Das von geflochtenen Zöpfen umrahmte und - gerade erkennbar - mit Sommersprossen behauchte Gesicht ließ Anspannung und Entschlossenheit erahnen. Aber er glaubte auch eine Spur von Ängstlichkeit in ihren dunklen Augen erkennen zu können und war sich bewusst, dass Angst gefährlich sein konnte. Doppelläufige, altmodische Schrotflinte, registrierte Maximilian – und beide Hähne gespannt. Mit Schaudern dachte er daran, welche Löcher eine Schrotflinte auf kurze Entfernungen in einen menschlichen Körper reißen würde. Vermutlich war sie zur Hütte gekommen, als sie hinten im Stall herumgekrochen waren. Dilettantisch und wie blutige Zivilisten hatten sie sich angestellt! Maximilian hätte sich am liebsten geohrfeigt.

Das Mädchen biss auf ihrer Unterlippe herum. »Ihr also seid die Wilddiebe, die hier seit Jahren ihr Unwesen treiben«, stellte sie fest. »Und mindestens drei Menschen habt ihr auch am Gewissen!«

»Wir sind keine Wilddiebe«, stieß Bastel heiser hervor.

»Wer treibt sich sonst hier oben herum? Ich hab schon gesehen, wie ihr versucht habt, in die Hütte einzubrechen«, sagte das Mädchen. »Und alle haben geglaubt, dass es sich bei euch beiden um *eine* Person handelt«, fügte sie hinzu.

»Du irrst dich! Wir sind Offiziere, und auf der Durchreise«, versuchte Maximilian sie zu überzeugen.

»Was habt ihr dann hier zu schaffen? Die Straße ist weit unten im Tal!«

Alle drei starrten sich gegenseitig an und wussten nicht recht, wie es weitergehen sollte.

Maximilian überlegte fieberhaft, sein Halfter aufzureißen und die Mauser zu ziehen. Oder einen Sprung nach vorne zu machen und ihr die Waffe zu entreißen. Aber die Chancen standen schlecht. Die Gefahr, dass sie den Hahn vor Schreck durchziehen würde, war einfach zu groß. Und einen Menschen bei dieser Entfernung zu treffen war bei der Streuung einer Schrotflinte keine Kunst. Die Art wie sie den

Stutzen in der Hand hielt verriet außerdem, dass sie mit der Waffe umgehen konnte.

»Was wirst du mit uns jetzt anstellen?«

»Zu den Gendarmen ins Tal bringen.«

»Wie willst du das schaffen, es wird bald finster!«

»Diesen Weg kann ich auch mit verbundenen Augen gehen – darüber brauchst du dir keine Sorgen zu machen.«

Das klang glaubhaft. Maximilian ging in die Offensive: »Also, ich gebe zu, wir sind nicht gerade auf der Durchreise. Aber wir beide sind wirklich Offiziere. Das kannst du sicher an unseren Uniformen erkennen. Und wir tun hier nichts anderes, als uns zu verstecken, bis dieser Krieg endlich vorbei ist.«

Das Mädchen ließ die Waffe ein wenig sinken, hielt sie aber weiter auf die Männer gerichtet. »Also seid ihr Deserteure – so nennt man das ja schließlich, oder? Das ist übrigens der Schwarze auch: ein Deserteur. Während die Kameraden an der Front ihren Köpfe hinhalten, versteckt *ihr* euch gemütlich hier oben im Wald!«

»Wir haben unseren Kopf lange genug hingehalten, an der Westfront, in Norditalien oder in Monte Casino!« Maximilians Stimme klang laut und hart. „Drei Splitter haben sie mir schon aus der Schulter gezogen. Wie viele andere sind wir einmal begeistert an die Front gezogen. Aber heute wissen wir: Alles ist sinnlos geworden. Und es wird auch nicht mehr lange dauern ...«

»Davon weiß ich nichts – die meisten Männer stehen jedenfalls noch an der Front und leisten ihren Gehorsam«, sagte das Mädchen und presste den Mund in einem Anflug von Bitterkeit zusammen. Dann machte sie einen Schritt zurück. »Der mit der Taschenlampe geht voraus«, sie wies mit der Schrotflinte erst auf Bastel, danach auf Maximilian:

»Dahinter du! Ihr könnt die Hände runternehmen, aber ich sag euch, ich schieß sofort, wenn einer läuft!«

Die Prozession setzte sich in Bewegung. Wieder wägte Maximilian die Chancen ab, die Frau niederzustoßen und dann zu laufen. Aber da sie knapp hinter ihm folgte, würde sie vermutlich einen von ihnen erwischen. Vielleicht gibt es später noch eine Möglichkeit, dachte er. Trotz ihres resoluten Auftretens hatte sie den Fehler gemacht, ihnen die Pistolen nicht abzunehmen. Innbrünstig hoffte Maximilian, dass sich Bastel zu keiner unüberlegten Reaktion hinreißen lassen würde.

Schritt für Schritt marschierten sie im Dunklen den steinigen Weg hinab. Obwohl es kühler geworden war, tropfte ihnen der Schweiß von der Stirne. Bastel stolperte.

»Geh langsam!«, rief Maximilian, hielt an und drehte sich zum Mädchen um: »Wir sind halb verhungert und meinem Kameraden geht es schlecht.«

Ein Gesicht wie eine Madonna, dachte er, als es weiterging. Und mutiger als viele Männer, die er kannte! Vielleicht kann ich mit ihr ins Gespräch kommen? Sie mag Deserteure nicht, das ist schlecht für uns. »Sicher gibt es Männer in deiner Familie, die als Soldaten kämpfen ...« Er blickte zu ihr. Hatte sie genickt? Es schien, als hätte sie irgendwie reagiert. Behutsam versuchte er, den Gesprächsfaden weiterzuspinnen: »Mein Bruder ist 41 schon gefallen«, erzählte er. »Bei der Invasion von Kreta, als Fallschirmspringer. Und mein Vater kämpft in Russland. Aber immerhin, er lebt noch – das hoffe ich zumindest.« Maximilian lauschte, aber sie blieb stumm. »Wer ist bei dir eingerückt?« Maximilian sah ihr fragend in das Gesicht, aber sie schwieg und hielt weiter das Gewehr geradeaus auf ihn gerichtet. Enttäuschung beschlich ihn. »Bist du von hier?«, fragte er. Sie warf ihm einen kurzen Blick zu, schien ärgerlich zu sein über die Fragerei, dann aber wies sie mit der Schrotflinte für einen Moment ins Tal.

»Da unten?«, fragte Maximilian. »Das Dorf am Hang?"
Keine Antwort.
»Wie heißt der Ort?«
»Aurach«, sagte sie und biss sich auf die Lippen.

In Maximilian keimte Hoffnung auf. »Ich glaube fast, wir sind an Aurach schon vorbeigekommen – bei unserem Aufstieg damals. Und was ist das für ein Dorf, das man auf der anderen Seite des Tales sieht?«

»Richtung Pass Thurn? Das ist Jochberg.«

Während sie wieder in Schweigen verfiel, erreichten sie eine Stelle, von der man erste Lichter im Tal blinken sah.

Maximilian blickte dem Mädchen im Licht des Vollmondes ins Gesicht: »Können wir mit dir reden?« Ohne eine Antwort abzuwarten hielt er an. Sie war gezwungen, ebenfalls stehenzubleiben, nahm ihre Waffe aber demonstrativ in die Höhe.

»Ich bin der Max, mein Freund heißt Sebastian«, sagte er und hielt die Arme halb in die Höhe, um zu signalisieren, dass er friedliche Absichten hatte.

Das hübsche Mädchen blieb stumm.

»Hör zu ...«, Maximilian überlegte sich jetzt jedes Wort, das er sprach: »Ich kann verstehen, dass du uns für Verbrecher hältst. Es mag dir auch unrecht erscheinen, dass wir uns verstecken, während die Männer deiner Familie im Krieg noch immer ihr Leben einsetzten. Aber versetze dich bitte in unsere Lage: Seit unserer Ausbildung im Herbst 41 haben wir immer gekämpft.«

»Unsere Männer mussten schon 1939 einrücken – und kämpfen heute noch«, entschlüpfte es dem Mädchen.

»Den Arsch haben wir uns aufgerissen und hätten mehr als einmal verrecken können«, setzte Bastel heftig hinzu. »Wir haben in all den Jahren bewiesen, dass wir keine Feiglinge sind!«

»Viele Offiziere sind der Meinung, dass dieser Krieg verloren ist. Wir haben selbst erlebt, dass es an der Front an allem fehlt: Sprit, Nahrung, Waffen, Munition – einfach an allem«, sagte Maximilian und bemühte sich, bedächtig zu wirken und keinen Druck aufzubauen.

Das Mädchen schwieg.

»Wir leben im Wald versteckt. Und wir haben Hunger. Nur deshalb haben wir versucht, in deine Hütte einzubrechen«, sagte Bastel. »Mit eurem Wilddieb haben wir nicht das Geringste zu tun!«

»In den letzten Monaten hat es hier viele Einbrüche gegeben«, erwiderte das Mädchen kühl. »Vielleicht seid ihr das ja gewesen ...«

»Wir sind noch nicht einmal drei Wochen hier. Ja – wir haben Karotten und Äpfel gestohlen, aber mit den anderen Dingen haben wir nichts zu tun«, beharrte Bastel.

»Du weißt sicher, was mit uns passiert, wenn du uns ablieferst«, übernahm Maximilian wieder. »Wem ist damit geholfen? Wir sind keine Verbrecher, wir haben nur einfach die Schnauze voll!«

Deutlich war der Stundenschlag der Kirche aus dem Tal zu hören.

»Ich mach dir einen Vorschlag!«, fuhr Maximilian jetzt fort und ging langsamer. »Du lässt uns laufen und wir verschwinden aus der Gegend für immer.«

»Du kommst mit uns nicht hinunter ins Tal – wir haben schließlich nichts zu verlieren«, sagte Bastel, der stehengeblieben war und sich zu ihr gedreht hatte.

Im Gesicht des Mädchens arbeitete es. An ihrer Nasenwurzel hatten sich tiefe Falten gegraben. Fast biss sie sich die Lippe blutig. Sie blickte Richtung Tal und wieder auf die Männer vor ihr. Dann atmete sie durch, ließ die Waffe ein wenig sinken.

»Haut ab!«, sagte sie leise und richtete den Gewehrlauf zum Boden, die Hähne blieben gespannt. »Verschwindet von hier! Sie suchen oft nach dem Wilderer – dabei könnten sie leicht auf euch stoßen ...«

»Wir werden uns in Acht nehmen. Erzähle bitte niemandem von uns – auch nicht deiner Familie!«

Sie antwortete nicht und trat zur Seite.

»Alles Gute für dich. Wir brechen dann auf ...«, Maximilian hatte das Bedürfnis, ihr die Hand zu geben, oder mit ihr noch zu reden. Da das mutige Mädchen aber keinerlei Anstalten dazu machte, riss er den Blick von ihr los und setzte sich in Bewegung.

Irgendwie schien sie erleichtert zu sein, die beiden Männer nicht ins Tal bringen und ihrem Schicksal überlassen zu müssen – aber sie behielt das Gewehr mit gespannten Hähnen in der Hand.

Auch Bastel setzte sich in Bewegung. »Darf ich dich noch etwas fragen?« Er blieb im Vorbeigehen vor ihr stehen und blickte sie mit treuherzigen Augen an: »Hast du irgendetwas Essbares dabei? Wir leben seit Tagen nur mehr von Beeren und Wasser.«

Das Mädchen zog ihre dunklen Augenbrauen hoch. »Ich habe nichts bei mir«, sagte sie und verstummte. »Aber ...«

Auch Maximilian hielt wieder an, und schaute ihr ins Gesicht.

Sie zögerte lange, sah von einem zum anderen. »Gut ...«, sagte sie endlich. »Ich war am Weg zur Hütte, dort hab ich

Brot und Käse ...« Sie entspannte und sicherte das Gewehr, und hängte es quer über ihren Rücken.

Die Petroleumlampe, die das Mädchen an den Haken der Decke gehängt hatte, hüllte den Raum in warmes Licht. Während sie den Gesichtern der jungen Menschen, die um den Tisch saßen, einen fast feierlichen Ausdruck verlieh, versank der Rest der aus gehobelten Balken gezimmerten Stube im Dämmerlicht. Es roch nach Fichtenholz und dem Ruß der im Dunkel liegenden Rauchküche.

Maximilian blickte in die Augen des Mädchens, das ihnen staunend und mit spöttischem Lächeln beim Essen zuschaute. Es dämmerte ihm, dass sie das mit Butter dick bestrichene Bauernbrot und den würzigen Käse verschlangen, wie ein Rudel von Wölfen, die wochenlang keine Beute gemacht hatten. Während Bastel die auf einem Holzbrett liegenden Köstlichkeiten weiter in sich hineinschob, bemühte er sich zu mäßigen, schluckte die Bissen, die er aß, bedächtiger und nahm dazwischen einen Schluck aus dem Milchbecher.

»Ich heiße Anna.«

»Maximilian – meine Freunde nennen mich Max.«

»Sebastian von Döring.« Bastel stand halb von der Bank auf und machte kauend den missglückten Versuch einer Verbeugung. »Die meisten sagen Bastel zu mir. Ich stamme aus Schlesien, genau genommen aus Pommern.«

»Ich komme aus München«, ergänzte Maximilian seine Vorstellung. »Wir beide haben uns vor Jahren beim Offizierslehrgang kennengelernt und uns danach lange nicht mehr gesehen.«

»Wieso hat es euch gerade hier her verschlagen? Ist denn der Krieg schon so nahe?"

»Wir sind nicht direkt von der Front geflohen«, antwortete Bastel mit vollem Mund.

Maximilian übernahm es jetzt, von der Zugfahrt und ihrer anschließenden Flucht ins Kitzbüheler Tal zu berichten. Immer wieder musste er sich zwingen, Anna nicht anzustarren. Noch nie in seinem Leben hatte er ein Mädchen von solchem Liebreiz gesehen. Noch nie hat ihn eine junge Frau so beeindruckt.

»Fürchtet ihr euch nicht, erwischt zu werden?«

»Lustig ist unsere Lage nicht, das kannst du uns glauben - aber jetzt können wir daran nichts mehr ändern«, sagte Maximilian und nahm ein Stück Käse in die Hand. »Wir sind begierig nach Neuigkeiten. Kannst du uns etwas vom Kriegsgeschehen erzählen? Weißt du, wo die Amerikaner jetzt stehen?«

»Die Leute sagen nur, dass es schlecht steht. Von den Amerikanern weiß ich nichts – außer, dass sie schon in Frankreich sind«, antwortete Anna. »Im Radio hört man ja nur mehr Parolen und Phrasen.«

»Gibt es sonst irgendetwas Neues?«

»Hier weiß jedenfalls keiner, dass der Krieg bald aus sein soll«, sagte Anna. »Nur, dass es im Juli einen Anschlag auf Hitler gegeben hat – erfolglos. Das haben sie sogar gemeldet.«

»Wahnsinn! Wer traut sich sowas?«, fragt Bastel.

»Namen habe ich mir nicht gemerkt, aber es waren Offiziere der Wehrmacht.«

»Ich hoffe, dass es nicht der Oberst vom Lazarett war ...«

»Stauffenberg!«, sagte Anna, »ich glaube, einer hat Stauffenberg geheißen. Sie haben im Radio von feigen Mördern geredet, und dass die ihren Tod verdienen ...«

»Nie gehört – du Bastel?«

»Stauffenberg? Den kenne ich nicht«, antwortete Bastel. »Sieht man hier viel Uniformierte in der Gegend?«, fragte er wieder an Anna gerichtet.

»Manchmal Fronturlauber. Und viele Verwundete von den Lazaretten in Kitzbühel. Auf der Straße unten gibt's Kolonnen. Wohin die unterwegs sind, weiß hier niemand.«

»Und Feldpolizei, Landsturm, SS?«

»Gendarmen und alte Männer, die sie in Uniformen gesteckt haben. Über die SS weiß ich nichts. Nur, dass sie in Kitzbühel Leute abgeholt haben«, sagte sie.

»Und die Bombenangriffe? Waren die Flugzeuge schon in München?«, fragte Maximilian.

»Zu uns kommen ständig Frauen, um ihren Schmuck gegen Brot, Butter oder Schmalz zu tauschen. Die reden oft über Bomben. Aber ich habe keine Ahnung, woher diese Leute kommen.«

»Was machst du eigentlich hier oben – bewaffnet mit diesem Gewehr?«

Anna stand auf und drehte den Docht der Lampe höher, sodass das Licht wieder heller wurde. Dann holte sie ein Messer, schnitt sich ein Stück Brot ab und steckte es in den Mund.

»Uns gehört der Brandtnerhof unten im Tal«, sagte sie dann kauend. »Zum Hof gehören mehrere Almen, darunter auch diese.« Sie zeigte mit dem Messer unbestimmt nach draußen. »Und nachdem alle Männer im Krieg sind, müssen wir Frauen uns um die Landwirtschaft und die Almen kümmern. Den Stutzen habe ich wegen dem Wilddieb mitgenommen.«

»Warst du vorher schon einmal da?«

»Wieso?«, fragte sie zurück.

»Wir haben die Alm beobachtet.«

»Ja, vorgestern. Aber zwei der Tiere hatten die Räude am Maul. Deshalb musste ich ins Tal, um Viehsalz zu holen – habt ihr mich etwa gesehen?«

»Rauch ist aufgestiegen.«

»Ich hab´ Suppe gekocht ...«

»Das heißt – du gehst öfter herauf?«, fragte Maximilian und hing bang an ihren Lippen.

»Nein, das ist die Aufgabe von der Cilli, unserer Magd – und deshalb müsst ihr beide von hier auch schleunigst verschwinden ...«

Die Männer nickten betroffen.

»In ein paar Wochen ist Viehabtrieb, dann kommt die Cilli mit dem Knecht und treibt die Kälber ins Tal.« Anna stand auf und verschwand im dunklen Teil des Raumes. »Ab Mitte September kann es hier oben Wintereinbrüche geben«, fuhr sie fort, nachdem sie ein paar Äpfel auf den Tisch gelegt und sich wieder gesetzt hatte. »Dann muss das Vieh im Tal sein.«

»Wie lange bleibst du noch?«

»Ich muss noch heute zurück ins Tal, sonst machen sie sich Sorgen.« Anna stand auf und räumte den Tisch ab. »Ich hab noch einen halben Laib Brot, den könnt ihr mitnehmen, und auch die paar Äpfeln ...«

Die Männer erhoben sich von ihren Sitzen. Bastel packte Brot und Äpfel in seine Taschen. Schweigend gingen sie zur Türe.

»Danke Anna«, sagte Maximilian. »Für das Essen – und vor allem, dass du uns vertraut hast. Ich bitte dich nochmal, erzähl niemand von uns.«

»Vor mir braucht ihr euch nicht zu fürchten. Ich sag sicher kein Wort. Aber nehmt euch in Acht! Wir haben Leute im Tal, für die wären Deserteure ein Fressen!«

»Würdest du uns noch einmal helfen, mit Essen oder mit Kleidung?« fragte Bastel. »Wir haben etwas Geld, wir könnten bezahlen ...«

»Das geht auf keinen Fall«, antwortete Anna knapp. »Ich kann wirklich nicht mehr raufkommen; wir haben genug Probleme am Hof.« Mit flinker Bewegung hängte sich die Flinte über die Schulter. Dann wartete sie, bis die Männer den Raum verlassen hatten und drehte den Docht der Lampe herunter, bis die Flamme erlosch. Danach verließ auch sie die Hütte, legte den Riegel, der für Maximilian und Bastel so unüberwindlich gewesen war, vor die Türe und sperrte das Schloss ab.

Verlegen standen die Männer vor der Veranda. Maximilian fühlte ein starkes Verlangen, sie zu umarmen.

»Viel Glück und lasst euch nicht erwischen!« Anna reichte den beiden ihre schmale warme Hand. »Übrigens: Die Stauden hinter dem Weg, das sind Erdäpfel, die hat sich die Sennerin angebaut und nicht ausgegraben. Und noch was: Im Sintersbach, das ist der, über den wir heute gegangen sind, gibt es Forellen. Die haben wir als Kinder unter den Steinen herausgeholt, man muss nur geschickt sein!« Ohne ein weiteres Wort hob sie kurz ihre Hand zu einem Gruß, drehte sich um und ging mit ihrem Rucksack los. Die Männer blickten ihr nach. Sekunden später hatte sie die Dunkelheit verschluckt.

Kühn schwang sich das Wasser über den Felsen, um gleich darauf donnernd in ein natürliches Becken zu stürzen. Aus dem Nebel winziger Tröpfchen, der dabei entstand, zauberten die wenigen Sonnenstrahlen, die ihren Weg bis in die Schlucht fanden, den Hauch eines Regenbogens. Zwischen glatt geschliffenen Steinbrocken hin und her fließend suchte sich das glasklare Wasser seinen Weg aus dem Becken um danach die Reise ins Tal als schäumender Gebirgsbach fortzusetzen.

Bastel hatte die Drillichhose aufgekrempelt und hielt am sandigen Ufer die Füße ins Wasser. Er musste schreien, um das Donnern des Wasserfalls zu übertönen: »Du solltest näher zum Ufer kommen, wenn du einen erwischen willst!«

Maximilian, der inmitten der kniehohen Fluten stand, richtet sich langsam aus seiner gebückten Haltung auf, wischte sich den Schweiß von der Stirne und blickte gegen die Sonne.

Auch drei Tage nach der Begegnung mit Anna spukte die außergewöhnliche Frau noch in ihren Köpfen herum. Am Morgen nach ihrem Treffen hatten sie über das Mädchen gesprochen und bis zum Abend kaum ein anderes Thema gefunden. Sie staunten über ihren Mut, zwei bewaffnete Männer mit einer vorsintflutlichen und primitiven Waffe in Schach zu halten und bewunderten die Art, wie sie auftrat. Sie schwärmten von der Silhouette ihres Körpers, die sie im Halbdunkel gesehen hatten. Genau erinnerte sich Bastel noch an die perfekte Wölbung ihrer Brüste und Maximilian an ihr erstes Lächeln in der Hütte, beim Entzünden der Lampe.

Die ersten zwei Tage nach ihrem Treffen hatten sie außerhalb ihres Versteckes im Dickicht geschlafen, danach glaubten sie sicher sein zu können, dass das Mädchen sie nicht verraten hatte. Die Einlösung ihres Versprechens, rasch aus der Gegend zu verschwinden, hatten sie bald verschoben. Mit vollem Bauch war Bastel wieder leidlich geworden, hatte aufs Neue begonnen, seine Sprüche zu klopfen.

Wenig später allerdings war das Bauernbrot, das ihnen das Mädchen überlassen hatte, verschlungen und Bastel wieder kleinlaut geworden. Den Kartoffelacker, von dem sie gesprochen hatte, konnten sie nicht finden. Mit knurrenden Mägen waren sie dem Bach in ihrer Nähe bergauf gefolgt, bis sie auf den Wasserfall und das bis zu den Knien reichende Bachbett gestoßen waren. Wie von Anna vorhergesagt, hatten sie Fische gesichtet, deren Schuppen in den Farben des Regenbogens schillerten und die wie fliegende Schatten von Stein zu Stein huschten. Es schien aber unmöglich zu sein, so schnell ins Wasser zu greifen, um eine dieser Forellen zu erhaschen.

»Du kannst es gerne selbst versuchen, wenn du so schlau bist«, antwortete Maximilian gereizt. »Diese Tiere sind so flink, dass sie schon beim Ansatz einer Bewegung fliehen.«

»Als Kinder haben wir die Karpfen im Weiher aus dem Wasser geworfen!«, erzählte Bastel. »Dabei haben wir die Hände so lange bewegungslos unter Wasser gehalten, bis einer darüber stand. Danach haben wir sie mit einer blitzartigen Bewegung ans Ufer geschleudert.«

»Blödsinn«, knurrte Maximilian. »Das klappt bei diesen Fischen nie!« Er hatte beobachtet, dass sich die Fische gerne zwischen den Steinen in der Nähe des Ufers aufhielten. Dort hielt er seine flache Hand mit der Fläche nach oben ins Wasser. Nicht einmal eine Minute später stand ein kleines Fischchen über der Hand und schien ihn mit dem linken Auge anzustarren. Maximilian riss die Hand nach oben – und der Fisch war in den Fluten verschwunden.

Dennoch hatte Maximilian das Gefühl bekommen, dass diese Methode funktionieren könnte. Deshalb, und weil er es Bastel zeigen wollte, wiederholte er seine Versuche immer wieder. Beim sechsten oder siebten Versuch flog tatsächlich ein Fisch mit silbernem Bauch auf die angrenzende Sandbank und zappelte dort um sein Leben. Bastel kannte keine Gnade und erschlug das kaum zu fassende Tier mit einem Knüppel.

Schließlich kehrten sie mit einer Beute von drei winzigen und einer stattlichen Forelle zurück zur Rindenhütte. Trotz der Angst, dass man den Rauch entdecken könnte, entfachten sie ein Feuer. Bastel hatte zu Hause gelernt, wie man Fische ausnahm und Maximilian versuchte, die Beute in der verkrusteten Pfanne zu braten. Da sie aber kein Fett hatten, klebte die Haut der Tiere am Pfannenboden fest und verkohlte. Trotzdem war die Mahlzeit irgendwie genießbar. Ein kleines Gefühl von Zufriedenheit übermannte sie. Sie waren nicht satt geworden, aber sie hatten es erstmals geschafft, richtige Nahrung zu beschaffen. Noch besser, stellte Bastel fest, wären die Fische mit Kartoffeln gewesen. Maximilian konnte dem nicht widersprechen.

Langsam schob sich die Dämmerung herein. Gegen Westen, durch die Bäume, konnten sie ein Feuerwerk von Blitzen beobachten, das auf ganzer Front näherkam und das Ende des Sommerwetters verhieß.

»Eigentlich haben wir ja versprochen, von hier zu verschwinden ...«, sinnierte Bastel, zündete sich seine letzte Zigarette an und blies den Rauch nach oben. »Glaubst du, dass uns das Mädchen verpfeift, wenn wir nicht gleich weggehen?«

»Ich hoffe nicht. Aber sie hat ja gesagt, sie kommt nicht mehr herauf. Ich würde ungern ein neues Versteck suchen müssen ...«

»Der Wilddieb könnte gefährlich werden. Und die Frage ist, wie lange wir uns überhaupt noch verstecken müssen. Das, was Anna erzählt hat, klang nicht so, als würde der Krieg schnell zu Ende sein ...«

»Ich glaube immer noch, dass es bald vorbei ist«, log Maximilian.

»Dieser Verrückte gibt sicher erst auf, wenn wirklich alles den Bach runtergeht – das sage ich dir!«

»Aber er braucht Offiziere und die werden sich gegen ihn wenden.«

»Du hast ja gehört, wie es diesem Stauffenberg gegangen ist.«

»Vielleicht haben sie das nur erfunden, um die Offiziere abzuschrecken.«

Während Bastel seine Zigarette fast feierlich ausdämpfte, nahm Maximilian einen Schluck aus der Feldflasche und wirkte dabei nachdenklich.

Die Wetterfront kam allmählich näher. Donnerschläge rumorten über den westlichen Bergen.

»Wir brauchen wintertaugliche Zivilkleidung – mit den Sommeruniformen werden wir nicht weit kommen, wenn es wirklich kalt wird.«

»Und wo sollen wir die herkriegen?«

»Wir werden sie irgendwo holen müssen.«

»Geht das jetzt wieder los?«

»Du hast schließlich diese Idee von der Flucht gehabt, nicht ich ...«

Spät in der Nacht fegte die Gewitterfront mit Sturmböen und Regengüssen heftig über die Rindenhütte – die Kameraden wunderten sich, dass ihr Unterschlupf dabei heilblieb. Als nach einer schlaflosen Nacht dann ein aschfarbener Morgen graute, schüttete es in Strömen. Als nach einem langen und grauen Tag die Dunkelheit wieder hereinbrach, regnete es immer noch. Dasselbe passierte auch am nächsten und am darauffolgenden Tag. Die Temperatur war gefallen; durch die Löcher in den Wolkenschwaden konnten sie erkennen, dass auf den Bergspitzen über ihnen Schnee gefallen war. In der Rindenhütte tropfte es aus allen Ritzen und Löchern. Sie versuchten, Feuer zu machen. Auf Grund der Feuchtigkeit qualmten die Flammen aber so stark, dass sie sie wieder austreten mussten, um nicht zu ersticken. Alles was sie am Körper oder bei sich trugen, war klamm und feucht geworden. Zum ersten Mal seit ihrer Flucht spürten die Männer Frösteln in ihren Knochen. Sie verließen die Behausung nur, um ihre Notdurft zu verrichten oder Wasser zu holen. An Nahrungsbeschaffung war nicht zu denken und der Hunger begann wieder an ihrem Gemüt zu nagen. Die aufgelockerte Stimmung der letzten Tage schlug um in Gereiztheit und in Zänkereien, die gespickt waren mit unterschwelligen Vorwürfen.

Maximilians gesprächiger Optimismus versank schließlich in dumpfem Schweigen. Immer stärker nahm auch ihn ein Gefühl der Ausweglosigkeit gefangen.

Kapitel 7

Aurach bei Kitzbühel, September, Oktober 1944

Während draußen der Morgen dämmerte, löffelten die Brandtnerhof-Leute wie üblich um diese Zeit mit verschlafenen Gesichtern und tief über ihre Teller gebeugt ihre Rahmsuppe. Wortlos wurde ein Brotlaib herumgereicht, von dem sich jeder ein ordentliches Stück abschnitt. Zum Sprechen noch zu müde, war jedes Mitglied der am Tisch sitzenden bäuerlichen Gemeinschaft in eigene Gedanken versunken. Minutenlang waren nur das Kratzen und Klappern der Löffel und das Schlürfen des greisen Knechtes zu hören.

»Bist spät heimgekommen gestern Abend«, durchbrach die Bäuerin an Anna gerichtet das Schweigen. »Ich hab dich gar nicht kommen gehört. War irgendwas auf der Alm?«

Die Angesprochene brockte mit unbewegtem Gesicht ihr Schwarzbrot in die Suppe, rührte um und blickte dann von Teller auf. »Ja, zwei von den Kälbern haben sich im Jungwald verlaufen. Ich hab lang gebraucht, um sie wieder zur Herde bringen.«

»Im Jungwald?« Die Bäuerin zog misstrauisch die Brauen hoch.

»Ein Stück vom Zaun war gebrochen – drüben beim Weg. Hab ihn gerichtet, so gut es halt ging«, sagte Anna ungerührt.

»Mitten in der Nacht?« Kopfschüttelnd strich die Bäuerin mit der Hand über die akkurat geflochtenen und aufgesteckten Haare. Danach klemmte sie mit einer Haarnadel die Strähne fest, die sich gelöst hatte und löffelte weiter ihre

Suppe. Nach ein paar Minuten unterbrach sie neuerlich: »Und wie schaut es mit der Räude aus?«

»Ich glaub, es sind jetzt schon drei, die befallen sind. Ich hab sie von der Herde getrennt und Viehsalz in den Grander gegeben. Sowohl an Mäulern als an den Klauen ist die Krankheit deutlich zu sehen ...«

»Ich mache mir Sorgen.« Mit erstem Gesicht wischte die Bäuerin mit einem Stück Brot die letzten Suppenreste aus dem Teller. »39 haben wir die Maulseuche auch schon gehabt. Am Ende mussten wir die halbe Herde schlachten – obwohl der Viehdoktor damals noch da war.«

Maria stand auf, um Suppe aus der nebenan liegenden Küche nachzuholen. Durch das zum Hof gerichtete Fenster drang das fahle Licht des neuen Tages in die Stube. Vom Stall her war gedämpft das erste Muhen der hungrigen Kühe zu hören.

»Was ist mit der Cilli?", fragte Anna und deutete beiläufig mit ihrem Löffel auf den leeren Platz ihr gegenüber.

»Liegt in der Kammer, sie hat schlimmem Husten«, antwortete die Bäuerin.

»Die Cilli ist gestern in den Aubach gefallen als sie das Vieh auf die Weide getrieben hat«, ergänzte Mariann. »Sie hätte sich umziehen müssen.«

»Was habt´s ihr gegeben?«, fragte Anna.

»Heißen Tee vom isländischen Moos, mit Kandiszucker und Tannensirup«, sagte die Bäuerin. »Schau halt nach ihr Anna, nachher musst mir aber statt der Magd beim Käsen helfen«, fügte sie rasch hinzu.

Nachdem die Bäuerin die an diesem Tag anfallenden Arbeiten wie gewohnt in knappen Sätzen und ohne Duldung von Widerrede zugeteilt hatte, stand einer nach dem anderen auf, um sich seinem Tagwerk zuzuwenden: Maria hinkte in die Küche, Mariann und Rosl machten sich schwatzend auf den Weg in den Stall, der Knecht stapfte zum Holzplatz und die Bäuerin in die Milchkammer.

Anna aber stieg über die steilen Holztreppen in das dunkle Obergeschoß des Wohnhauses, um dort nach Cilli zu schauen. Als sie die Kammer betrat, schreckte die Magd aus einem unruhigen Schlaf hoch. Ihr immer noch gefälliges Gesicht war von Fieber gerötet. Als sie Anna erblickte, zwang sie sich zu einem dünnen Lächeln. Um ihre Augen lagen dunkle Ringe.

»Wie geht es dir Cilli?«, fragte Anna. »Schaust nicht gerade blühend aus.«

»Ist nicht so schlimm«, erwiderte die Magd mit belegter Stimme und drehte sich Anna zu. »Ein bisschen Fieber halt. Morgen komm ich aber sicher zur Arbeit ...«, beeilte sie sich hinzuzufügen, wobei die letzten Worte in einem Hustenanfall untergingen. »Ich muss doch auf die Alm – und wer soll den Käs sonst machen?«

»Mach dir keine Sorgen. *Ich* werde mich kümmern darum.« Anna legte der Kranken prüfend den Handrücken auf die Stirne. »Tut dir was weh?«, fragte sie.

»Nur der Husten«, antwortete Cilli, „und das Fieber halt. Aber ich fühl mich heute schon besser!«

»Magst du was essen? Hast Hunger?«

»Höchstens Durst.« Sie versuchte sich etwas aufzurichten, ein weiterer Hustenanfall schüttelte ihren Körper.

»Die Maria bringt Tee. Brauchst du sonst irgendwas?«

»Die Briefe mit den Bildchen?«, antwortete Cilli nach kurzem Zögern und blickte Anna fragend an. »In der Truhe ...«, sie deutete mit der Hand auf die bemalte Truhe, die unter dem Fenster der Dienstbotenkammer stand. »Kannst du mir *die* geben?«

Anna verstand: Alle heiligen Zeiten bekam Cilli von den Verwandten, die ihren Buben aufzogen, einen Brief mit ein paar Zeilen. Manchmal legten sie auch ein Bildchen des Kindes bei, das auf den Namen Peter getauft worden war. Cilli hütete Briefe und Bilder wie einen Schatz in einer Kassette, die sie in ihrer Truhe verborgen hielt. Behutsam öffnete Anna die Truhe. Unter ein paar Kleidungs- und Wäschestücken, die den gesamten Besitz der Magd darstellten, holte sie eine schwarz lackierte Kassette hervor und legte sie neben das Bett. Dann schüttelte sie der Kranken Bettdecke und Polster auf und verließ die Kammer – nicht ohne versprochen zu haben, am Abend erneut vorbeizuschauen.

In der Küche wies Anna die Maria an, der Kranken einen Salbeitee und - obwohl Cilli keinen Hunger hatte - etwas Suppe hinauf in die Kammer zu bringen. Und sie schärfte Maria ein, während des Tages nach der Kranken zu schauen. Dann band sie sich eine der in der Küche hängenden Schürzen um und folgte der Mutter in die Milchkammer.

Die Milchkammer war im Verbindungsgang zwischen Haupthaus und Stall untergebracht: Weißgekalkte Wände, ein Gestell, auf dem die gewaschenen Milchkannen trocknen konnten und ein Holzofen mit großem Bottich. Es roch nach säuerlicher Milch, Soda und brennendem Holz.

»Wenn es der Cilli morgen nicht besser geht, müssen wir nach dem Doktor schicken.« Anna rührte die erhitzte, mit Lab versetzte Milch im Bottich.

Die Mutter schöpfte sorgfältig die entstandene Molke aus dem Behälter und schüttete sie in den vorbereiteten Blecheimer. Dann richtete sich auf und wischte sich den Schweiß vom Gesicht. »Es gibt im ganzen Bezirk nur mehr einen einzigen Doktor. Und der kommt nur in ernsten Fällen.« Nachdenklich trocknete sie ihre feuchten Hände an ihrer Schürze ab und warf einen Blick in den dampfenden Kessel. »Sollte die Cilli nächste Woche auch noch krank sein, musst halt du wieder auf die Alm!«

»Ich finde, dass sie nicht gut ausschaut ...«

»Gib mir die Modeln rüber, Anna!«

Nachdem die Reste der Lake herausgepresst waren, wurde die breiförmige Masse mit Sorgfalt in Behälter gefüllt, in denen die Laibe nun wochenlang reiften.

Vor dem Krieg hatten sie so viel Käse hergestellt, dass sie dutzende Laibe pro Monat verkaufen konnten. Jetzt, mit den paar Kühen, reichte es kaum für den eigenen Bedarf.

Am Abend dieses Tages, nachdem sie nach Cilli geschaut hatte, deren Gesicht ihr wieder etwas rosiger erschien, und kurz bevor sie einschlief, glitten Annas Gedanken fast zwanghaft wieder zu den Ereignissen der letzten Nacht. Noch einmal gingen ihr die Erlebnisse dieser Nacht durch den Kopf und lösten dabei ein seltsames Aufbäumen der Gefühle aus:

Mit Schrecken dachte sie an jenen Moment, als sie gestern vor der Hütte stehend plötzlich Männerstimmen gehört hatte. Sie war nahe daran gewesen, in Panik zu verfallen. Der Schwarze! – war ihr erster Gedanke. Das ist er jetzt, der Schwarze, ganz sicher! Wer treibt sich *sonst* hier auf der Hochalm herum? Rosl hatte also recht gehabt, mit ihrer Weigerung, auf die Alm zu gehen! Der Schreck hat sie völlig gelähmt. Was hätte der Vater gemacht? Sie zwang sich zum Nachdenken während ihr Herz bis zum Anschlag pochte. Mit Gewalt versuchte sie die rasenden Gedanken zu ordnen: Ich hab doch den Stutzen! Ich muss mich verteidigen. Nein! Noch besser, ich greife ihn an, bevor *er* auf *mich* schießen kann, war ihr in den Sinn gekommen.

Kaum hatte sie den Rucksack mit Viehsalz zu Boden geworfen, das Gewehr vom Rücken gerissen und entsichert, standen sie plötzlich vor ihr: Zwei Männer in Wehrmachtsuniformen, mit Schildkappen am Kopf und Pistolentaschen am Gürtel. Einer groß und schlank, der zweite kleiner und stämmig. Ihr Schock wich einer lähmenden Verwirrung: Den Männern stand - das war leicht zu erkennen - selbst der Schreck ins Gesicht geschrieben. Sie musste sich zwingen, mit fester Stimme zu sprechen: Beide kamen aber zu ihrer unendlichen Erleichterung sofort der Forderung nach, die Hände zu heben. Würden diese jahrelang im Keller gelagerten und feuchten Schrotpatronen im Stutzen überhaupt noch zünden, hatte sie sich gefragt. In der Aufregung vergas sie darauf, ihnen die Waffen abzunehmen. Dann das Geständnis der Männer: Sie seien keine Wilddiebe, sondern Deserteure, noch dazu Offiziere, die sich von der Truppe abgesetzt und im Wald verssteckt hatten. Das klang irgendwie glaubwürdig. Um das eigene Leben zu retten nahm sie sich vor, die beiden mit dem Gewehr im Anschlag ins Tal zu bringen und dort den Gendarmen auszuliefern. Beim Abstieg im Mondlicht erwachte ihre Neugier: Sie wagte, die beiden Männer aus den Augenwinkeln genauer zu mustern: Beide schienen jung zu sein, obwohl sie angeblich Jahre an der Front gekämpft hatten. Eigentlich, so stellte sie fest, schauen sie nicht unsympathisch aus: Der eine, gedrungen, unrasiert, mit ramponierter Uniform und ziemlich preußischem Dialekt. Offenbar von Hunger geschwächt, aber nicht auf den Mund gefallen. Der andere, schlank, mageres Gesicht, Haarsträhnen, die ihm dauernd in die Stirne fielen – und scheinbar der Anführer. Er hatte bald versucht, ein Gespräch zu beginnen. Seine Stimme klang angenehm, der Dialekt war ihr vertraut: Viele Jahre hatten sie am Hof einen aus Straubing stammenden Rossknecht beschäftigt, der ähnlich gesprochen hatte wie er.

Angst plagte sie beim Abstieg, und Riesenärger, dass sie ihnen die Waffen nicht genommen hatte. Da sie sich außerdem ausmalen konnte, welchem Schicksal die Männer entgegengingen, war sie schließlich froh, dass der Große ein Gespräch anzettelte. Es war ihr wohl bewusst gewesen, welches Risiko sie einging, als sie sich dazu überreden ließ, die Männer freizulassen, ja sie sogar zur Hütte zu begleiten und dort zu bewirten. Aber aus einer inneren Eingebung heraus hatte sie ihnen vertraut, ihren Mut, die Truppe zu verlassen schließlich sogar bewundert und Verständnis für ihre Situation empfunden. Als sie sah, wie sie sich auf das Essen stürzten, begriff sie erst, wie ausgehungert die zwei Offiziere waren. Offen und ohne Misstrauen hatten die Männer dann die Geschichte ihrer abenteuerlichen Flucht erzählt.

Es hatte ihr beim schnellen Abschied schließlich leid getan, dass sie den Offizieren nicht weiter helfen konnte und dass sie sie nicht mehr sehen würde.

Anna löschte die Kerze auf ihrem Nachtkästchen. Sie fragte sich, ob die Männer ihr Versteck wohl schon verlassen hatten und weitergezogen waren. Irgendwo in ihrem Herzen regte sich eine winzige Hoffnung, dass dies noch nicht geschehen war – ohne dass sie sagen konnte, warum.

Endlich fiel sie in einen traumreichen Schlaf.

Am nächsten Tag, der wieder sommerlich und mit hoch quellenden Wolken am Nachmittag zu werden versprach, ging es Cilli etwas besser. Sie hustete weniger und aß eine Kleinigkeit. Nur das Fieber war hoch geblieben, sodass an

Aufstehen nicht zu denken war. Unwirsch nahm die Mutter das zur Kenntnis. Nachdem dringend das Heu einzubringen war und Cilli an allen Ecken und Enden fehlte, wurde Rosl zur Gemeindestube geschickt, mit dem Auftrag, von dort aus bei Doktor Gründer in Jochberg anzurufen und ihn um eine Visite am Hof zu ersuchen. Ohne diesmal zu murren stapfte Rosl los. Nachdem der Bürgermeister nach vielen Versuchen dann endlich eine Verbindung zustande gebracht hatte, konnte Rosl aber nur die Frau des Doktors erreichen. In unfreundlichem Ton verwies diese darauf, dass ihr Mann nunmehr als einziger Arzt zwischen Kitzbühel, St. Johann und Mittersill übergeblieben war und sie unmöglich sagen könne, ob überhaupt, und wann er Zeit für ihre Magd hätte. Immerhin notierte sie aber Namen und Adresse der Patientin.

Cilli wurde am Morgen dieses letzten heißen Tages des Sommers mit dem Nötigsten versorgt und Maria musste trotz ihres verkrüppelten Beines mit zur Heuernte fahren.

Als die Leute am Abend müde und hungrig zum Hof zurückkamen, ging es Cilli schlechter. Sie fieberte und hustete schwer während Anna ihr mit Maria gemeinsam das schweißnasse Nachthemd wechselte, die Brust einrieb und zum Lüften das Fenster kurz öffnete. Die Magd schien sich danach wohler zu fühlen. Wieder war sie sicher, ihre Arbeit bald aufnehmen zu können.

Spät am Abend als man sich am Hof schon zum Schlafen richtete, fuhr der Doktor mit seiner Horch-Limousine in den Hof. Er hatte müde Augen, trug schwer an seiner Arzttasche und wollte gleich zur Patientin gebracht werden. Anna führte ihn in die Kammer. Dort befragte er Cilli kurz nach ihren Beschwerden, maß schweigend Temperatur und Blutdruck, blickte in Hals und Rachen, klopfte der Patientin auf Brust und Rücken, hörte sie mit dem Stethoskop ab und bat Anna ohne weiteren Kommentar, der Patientin wieder das Hemd überzustreifen. Dann stieg er mit ihr die Treppen hinab und betrat die Stube, in der die Bäuerin schon gewartet hatte.

»Ich kann kaum was für sie tun«, sagte der Doktor mit gerunzelter Stirn. »Sie hat wohl eine schwere Lungenentzündung. Die Sulfonamid-Tabletten, mit denen wir sowas behandeln, erhält jetzt nur mehr die Wehrmacht.« Er nahm seine Nickelbrille kurz ab, rieb sich müde die Nasenwurzel, hauchte die Brillen an und putzte sie mit dem Taschentuch. »Dieses Wundermittel der Amerikaner - *Penicillin* heißt es - wäre geeignet, aber das haben wir schon gar nicht.« Er setzte die Brille wieder auf. »Ich schreibe ein Rezept für Hustensaft und einem Laudanum gegen die Schmerzen.« Dann riss er einen Zettel vom Block, den er aus der Tasche gezogen hatte und kritzelte mit der Feder einige kaum leserliche Worte. Danach stand er auf, nahm Käse und Butter, die man ihm als Honorar angeboten hatte, dankend an. »Wenn es die Zeit erlaubt, schaue ich morgen oder übermorgen nochmals nach ihr!« Er nahm Käse und Butter in die linke, seine schwere Tasche in die rechte Hand, eilte zum Auto und verließ den Hof.

Anna verbrachte die folgende Nacht auf dem Stuhl neben dem Bett von Cilli. Immer wieder wischte sie der Kranken den Schweiß vom Gesicht und flößte ihr Kräutertee ein. Die Magd sprach manchmal wirr, manchmal klar verständlich von der Kindheit, vom Vater, vom Ahnl und von ihrem Peterle, das sie weggeben hatte müssen. Immer wieder hustete sie schwer und es war erkennbar, dass ihr der Husten Schmerzen verursachte. In den Morgenstunden atmete sie endlich befreiter.

Beim Frühstück setzte Anna in einem Disput mit der Mutter durch, dass sie nach Kitzbühel fahren durfte, um dort in der Apotheke die verschriebenen Medikamente zu besorgen. Währenddessen brachen alle anderen ein letztes Mal zur Heuernte auf.

Als Anna der Cilli später den Hustensaft einflößte, erschien diese gelöst, fast heiter. Ihre Augen glänzten, das Gesicht war seltsam aufgeschwemmt, die Haut von marmorner Farbe und mit Schweiß bedeckt. Der Husten war seltener aber sichtbar schmerzhaft geworden. Kurz ergriff sie die Hand von Anna, blicke sie an, sprach verwirrt vom »Peterle« und bat, sie möge sich ums »Brüderl« kümmern. Anna dämmerte bald, was sie damit gemeint hatte. Wieder schlief Cilli ein.

Gegen Abend konnte man im Westen ein Wetterleuchten beobachten. Hunderte von Blitzen erhellten den immer düsterer werdenden Himmel. Langsam gesellten sich grollende Donner dazu. Danach setzte Sturm ein. Prasselnd klopfte der Regen ans Fenster, während die Leute in der dämmrigen Stube um den Tisch hockten und aus vieljähriger Erfahrung davon sprachen, dass jetzt das Ende dieses Sommers gekommen war.

Nach dem Essen nahm Anna einen Teller mit Gröstel und stieg die Stufen zu Cilli empor. Nachdem sie sich ans Bett gesetzt hatte, erschrak sie heftig:

Cilli lag da, mit offenem Mund und offenen Augen. Starr blickte sie auf einen fernen Punkt jenseits der Kammer – der Glanz ihrer Pupillen war gebrochen. Sie hatte im sechsunddreißigsten Jahr ihres Lebens aufgehört zu atmen. Am Bett lag ein Rosenkranz. Mit beiden Händen aber hielt sie ein schwarz-weißes Bildchen so fest an die Brust gedrückt, als wolle jemand das Kind ihr entreißen.

Tief hingen die Wolken über dem Tal und versperrten den Blick auf die umliegenden Berge. Das Häuflein von Menschen, das sich im hintersten Winkel des Friedhofes eingefunden hatte, war dem Dauerregen, der das Tal seit Tagen heimsuchte, schutzlos ausgeliefert. In kleinen Bächlein lief er dem betagten Dechant über den Kopf und tropfte von Wange und Nase. Ebenso wie seine zwei Ministranten war er in schwarz-weiße Messgewänder gekleidet. Das hell klingende Totenglöckchen übertönte seit Minuten das Krächzen der Raben auf den umliegenden Bäumen. Ohne Musik, ohne Kirchenchor und ohne jeglichem Gepränge war man dabei, Cäcilia Stallinger zu begraben, die alle als Cilli gekannt hatten.

»... Asche zu Asche, Staub zu Staub ..., wir bitten den Herrn, unsere Schwester Cäcilia in Gnaden aufzunehmen, ... requiescat in pacem – sie ruhe in Frieden und die Erde möge ihr leicht sein!« Die paar persönlichen Worte, die der Geistliche wie es üblich war, noch anfügte, zeigten, dass er Cilli kaum gekannt hatte. Rasch kam er deshalb zum Ende: »In Ewigkeit ...«,

»... Amen«, antwortete die kleine Gruppe, die sich um das offene Grab versammelt hatte, im Chor. Man bekreuzigte sich. Außer den Leuten vom Brandtnerhof waren nur Burgi, sowie die Bürgermeisterin und einige weitschichtige Verwandte Cillis zum Begräbnis gekommen. Der noch lebende Vater aus Mittersill und die Pflegeeltern von Peterle, die man in aller Eile verständigt hatte, waren aus Gründen, die man nicht kannte, ferngeblieben.

Rasch glitt der schmucklose Fichtensarg in die Grube, die jemand in letzter Minute gegraben hatte. Anna, die bis jetzt Haltung bewahrt hatte, schluchzte in ihr Taschentuch.

Auch die Schwestern sowie Maria und Burgi konnte man weinen hören. Mit versteinertem Gesicht stand die Bäuerin vor dem Grab und ließ eine Hand voll Erde auf den hohl klingenden Sarg poltern. Eine nach der anderen folgte ihrem Beispiel und da es keine eigentlichen Verwandten gab, denen man kondolieren hätte können, sammelte man sich danach vor der Kirche. Das Totenglöckchen verstummte. Die Ministranten schleppten das tragbare Holzkreuz und die Kerzen in die Sakristei und der Pfarrer hatte es eilig, ins Trockene des Pfarrhofes zu kommen. Im Hintergrund begann der Totengräber mit seiner trostlosen Arbeit.

Den sonst im Ort üblichen, einfachen Leichenschmaus beim Hallerwirt hatte die Bäuerin ausgeschlagen.

Daher kehrte man im Gänsemarsch zurück zum Hof. Während die Anderen der Arbeitsalltag wieder einholte, saß die Bäuerin noch mit Anna und Burgi zusammen in der Stube und trank - was selten vorkam - süßlichen Malzkaffee. In der Ecke unter dem Kreuz flackerte eine Kerze. Während Burgi sich noch genau an den Tag erinnerte, an dem Cilli als Kind auf den Hof gekommen war und Anna schilderte, wie die Verstorbene nach den Bildern von Peterle verlangt hatte, verlor die Bäuerin keinen Gedanken mehr an die Magd, die mehr als zwanzig Jahre am Hof gelebt und geschuftet hatte.

»Es ist kaum möglich, mit so wenig Leuten die Wirtschaft zu führen«, beklagte sie sich. »Vor fünf Jahren waren wir noch neun gesunde Menschen am Hof, jetzt sind wir zu fünft. Der Hias ist keine große Hilfe mehr und die Maria kann auch nicht alles machen!«

»Es wird schwer sein, jetzt jemanden zu kriegen«, bemerkte Burgi.

»Auf den anderen Höfen bekommen sie Hilfe vom Bund Deutscher Mädchen, manche haben Zwangsarbeiter«, sagte Anna. »Wieso wir nicht?«

»Auf sowas braucht ihr gar nicht zu hoffen.« Burgi machte eine wegwerfende Handbewegung. »Als Ortsgruppenleiter hat der Oberleitner die Macht, diese Dinge zu lenken, wie es ihm beliebt. Und wir haben schon vor dem Krieg nicht zu seinen Freunden gehört.«

»Uns hat er bereits schikaniert, als die Männer noch da waren«, sagte die Bäuerin und stellte ihre Tasse hart auf den Tisch. »Der Alois hat sich nie ein Blatt vor den Mund genommen und ihm seine Meinung gesagt.« Sie schwieg kurz. »Das war wohl auch der Grund dafür, dass er und der Bub dann die ersten waren, die rekrutiert worden sind ...«

»Du weißt ja noch, wie sie unseren Buben behandelt haben – damals als er im Wirtshaus einen Witz erzählt hat, der ihnen nicht gepasst hat«, fügt Burgi hinzu.

Anna rührt ihren Kaffee um. Die zwei Offiziere auf der Alm, so grübelte sie, die würden wohl gerne am Hof arbeiten – für Kost und eine Schlafstelle im Stadel. Aber daran war nicht zu denken.

»Könnt ihr denn nicht mit dem Aufhauser reden?«, fragte Burgi. »Gegen den hat selbst der Oberleitner keine guten Karten.«

»*Der* würde uns schon helfen ...«, sagte die Mutter nachdenklich.

»Aber *den* werden wir nicht bitten«, widersprach Anna und schaute trotzig durch das Fenster auf die nebelverhangenen Berge. »Ich möchte dem Aufhauser auf *keinen* Fall irgendwas schuldig sein!«

»Hast du den Franzi noch am Hof, Burgi?«, fragte Mutter.

»Aber der ist halt erst dreizehn ...«

»Vielleicht könnte er statt der Cilli auf der Alm aushelfen?«

»Um die Alm kann ich mich kümmern Mutter!«, warf Anna rasch ein. »Aber der Hias braucht dringend Hilfe.«

»Den Franzi könnte ich euch schon schicken. Wenigstens solang ihr sonst niemand habt«, sagte Burgi. »Seit wir kaum Vieh mehr haben, ist wenig zu tun am Hof. Und wir hätten einen Esser weniger.«

So kam es, dass Anna, zwei Tage nach dem Begräbnis, mit schwerem Rucksack und mulmigem Gefühl wieder auf die Alm aufbrach. Der Regen hatte aufgehört. Ein kühler und bockiger Nordwind riss Löcher in die Wolkendecke, sodass immer wieder ein paar Sonnenstrahlen durchbrachen.

Beim Aufsteigen stellte sie sich erneut die Frage, ob sich die Deserteure wohl noch in ihrem Versteck aufhielten oder weitergezogen waren. Von einer Eingabe geleitet und ohne dass sie einen Grund dafür nennen könnte, hatte sie vor dem Aufbruch heimlich noch ein paar Sachen in den Rucksack gepackt: Den alten Wetterfleck von Vater, einen löchrigen Walkjanker ihres Bruders, zwei Brote und einen Laib Käse. Allerdings – selbst wenn die Offiziere sich noch in der Gegend aufhalten sollten, hatte sie keinerlei Vorstellung darüber, wie sie mit ihnen Kontakt aufnehmen und die Sachen überbringen sollte.

Bei der Hütte angekommen, entfachte sie Feuer, stellte Wasser für einen Tee auf und aß eine Kleinigkeit. Danach wandte sich dann den Aufgaben zu, die zu erledigen waren: Sie kontrollierte die aus groben Holzplanken errichteten Zäune, trieb die Herde am Almgrund zusammen, zählte die Tiere und untersuchte sie. Mit Erleichterung stellte Anna fest, dass – zumindest auf den ersten Blick – bei keinem weiteren Kalb Zeichen der Krätze zu erkennen waren. Bei den in der kleinen Koppel abgetrennten Tieren aber leuchteten an den Mäulern und Hufen deutlich die Merkmale der Seuche.

Immer wieder ließ Anna ihren Blick über das Gelände schweifen, ohne zu wissen, wonach sie suchte.

Nach Einbruch der Dämmerung zog sie sich in die Hütte zurück, bereitete sich ein einfaches Mahl und legte sich schlafen.

Am nächsten Morgen rieb sie die kranken Tiere mit Öl ein, füllte Viehsalz nach und legte die Zuleitungsrinne zum Brunnen frei, die mit Erdreich verstopft war. Einer plötzlichen Idee folgend holte Anna einen Korb mit verschließbarem Deckel aus der Stube, packte Kleidungsstücke, Käse und Brot hinein und stellte ihn so auf den Brunnen, dass ihn das Vieh nicht erreichen konnte. Dann stemmte Anna Rucksack und Gewehr auf den Rücken und begann ihren Abstieg ins Tal.

Als sie auf halber Höhe des Weges eine mit Gestrüpp überwucherte Wiese überquerte, spürte sie ein Vibrieren der Luft. Verwirrt über diese Erscheinung verlangsamte Anna die Schritte. Das Vibrieren nahm zu, wurde zum Dröhnen, schwoll schließlich an zu einem vielstimmigen Heulen schwerer Motoren. Während sie verstört um sich blickte, überkam sie ein Gefühl, als würde das Geräusch nicht nur in ihre Ohren und in die Gedärme dringen sondern ihren ganzen Körper erbeben lassen.

Erstarrt blieb sie stehen, legte den Kopf in den Nacken und blickte ungläubig auf einen Himmel, der übersät war von zahllosen, in der Sonne glänzenden Punkten. Jedes der glitzernden Objekte bewegte sich mit gleicher Langsamkeit Richtung Norden und zog weiße Streifen hinter sich her.

Flugzeuge, schoss es ihr in den Kopf. Hunderte von Flugzeugen! Sie hatte schon einmal zwei Flugzeuge erblickt, die im Tiefflug übers Tal geheult waren und die die Leute aufgrund der Balkenkreuze schnell als Jäger der Luftwaffe ausgemacht hatten. Aber diese Flugzeuge flogen unendlich hoch, sahen bedrohlich, ja überirdisch aus und schienen den ganzen Himmel über dem Tal zu bedecken.

Erschrocken vergrub Anna ihr Gesicht in den Händen. Sie war unfähig, einen Gedanken zu fassen und in sicherer Erwartung, dass jetzt ein Hagel von Bomben auf sie, das Dorf und die ganze, ihr bekannte Welt stürzen und sie alle vernichten würde.

Minuten vergingen, nichts dergleichen geschah. Im Gegenteil – ganz langsam verebbte das Dröhnen; die Schwingung der Luft ließ nach, verschwand schließlich ganz und hinterließ ein leeres Gefühl im bebenden Körper. Kein Lüftchen regte sich mehr, die Raben hatten aufgehört zu krähen und die Schafe auf der Wiese hatten aufgehört zu fressen. Alle hoben ihre Köpfe und schwiegen. Totenstille hatte sich über das Land gelegt.

Und nur die Tiere mit ihren geschärften Sinnen konnten wahrnehmen, was den Menschen im Tal verborgen blieb: Kaum hundert Kilometer nördlich entluden die Bomber ihre tödliche Fracht.

Franzi kam zu Fuß und ohne Gepäck am Hof an. Alles, was er besaß, trug er am mageren Körper: Löchrige Schuhe, eine Hose, die längst zu klein geworden war, zwei Hemden, die er übereinander angezogen hatte und eine Joppe, die ihren Namen nicht verdiente. Er war für sein Alter relativ groß, hatte ein vom Wetter verbranntes Gesicht mit hellgrauen Augen, Haare, die ins Gesicht hingen und einen Kopf, den er zu gebrauchen wusste. Wie viele Kinder, die auf Almen und Höfen Tirols ihren Dienst versahen, war er der Sohn einer Magd, die für ihn nicht sorgen konnte und deshalb froh war, dass er sein karges Auskommen schon im Kindesalter selbst verdingte. Auf Betreiben eines ihm unbekannten Onkels war er schon als Neunjähriger am Hof von Burgi gelandet.

Nachdem ihm die Bäuerin ordentliche Schuhe und die Lodenhose von Xaver verpasste hatte, wurde Franzi zu Hias geschickt, dem er von diesem Tag an zur Hand ging und sich alsbald als geschickte, aber ewig hungrige Arbeitskraft erweisen sollte.

Anna, die die stets fröhliche Cilli immer noch schmerzlich vermisste, war froh, jetzt den Buben im Haus zu haben und den Knecht entlastet zu sehen.

Wo es ging, bemühte Anna sich, Neuigkeiten über die Kriegslage zu erhaschen. Sie horchte am Volksempfänger, achtete auf das Gerede der Leute und befragte den Hausierer. Den hatte sein Weg wieder einmal am Hof vorbeigeführt, wo er in der Küche - wie üblich - von Maria mit Brotsuppe verköstigt wurde. Wie andere Leute auch, wusste der von Ort zu Ort ziehende und mit jedem Gerücht vertraute Kleinhändler davon zu berichten, dass die Alliierten dem Reich immer näher rückten, Paris verloren und Rommel in Ungnade gefallen sei. Er hatte gehört, dass die Kriegsmaschinerie des Reiches stocke und mit eigenen Augen gesehen, dass eine Menge von Menschen auf der Flucht und die Kitzbüheler Lazarette mit Soldaten überfüllt waren. Hinter vorgehaltener Hand murmelte er, dass die Gestapo wegen der aussichtslosen Kriegslage und dem Attentat auf Hitler noch konsequenter gegen »innere Feinde« vorgehen würde. Von einem nahen Kriegsende aber hatte er nichts gehört.

Der Oktober 1944 stellte sich mit mildem Herbstwetter ein. Während am Morgen eine graue Nebeldecke über dem Tal lastete, schaffte es eine schon deutlich geschwächte Sonne die Nebel am Vormittag zu lockern und bis zum Läuten der Mittagsglocken schließlich gänzlich aufzulösen. Die Laubbäume verloren ihre ersten, rostrot und gelb verfärbten Blätter. Die Stare sammelten sich in riesigen Schwärmen und auf den Gipfeln der Tauern leuchtete das Weiß des ersten Schnees. Durch die klare Luft drangen die Farben und Gerüche, die die Natur zu bieten hatte, jetzt noch intensiver in die Sinne der Menschen als im Flirren des dunstigen Sommers.

Auf den Höfen, die noch Ochsen oder ein Pferd im Stall hatten, wurden notdürftig die Äcker gepflügt und von den Wiesen das letzte Heu eingebracht. Auf den Feldern brannte trockenes Laub und das Gestrüpp der geernteten Kartoffeln.

Der oft schon im August eintretende, kurze Kälteeinbruch mit Schnee bis auf die Almen herab war in diesem Jahr ausgeblieben. Trotzdem begannen die ersten Bauern mit dem Abtrieb des Viehs von den höher liegenden Weiden.

An einen Almabtrieb wie er früher einmal Brauch gewesen war – mit klingender Harmonika, geschmücktem Vieh, Schnaps und festlich gekleideten Menschen war im fünften Kriegsjahr nicht mehr zu denken.

Am Brandtnerhof wurde anstelle von Cilli jetzt die Anna damit beauftragt, in den nächsten Tagen die Vorbereitungen für den Abtrieb zu treffen. Ein paar Tage später würde sie dann das Vieh gemeinsam mit Hias und Franzi zu Tal und in den heimatlichen Stall treiben.

Am späten Vormittag kam wieder ein blauer Brief vom Gericht. Nichts Gutes ahnend riss die Bäuerin das Schreiben auf und las während ihre Miene erstarrte: Die offizielle, amtliche Anklage war von einem Staatsanwalt namens Dr. Gieseke *von Gerichts wegen* und *aufgrund erdrückender Beweislast* nun gegen sie eingebracht worden. Wegen *wiederholtem Vergehen gegen das deutsche Volk*, wie im Schreiben stand. *Elisabeth Fischbacher, vulgo Brandtnerhofbäuerin in Aurach, Hausnummer 31*, so war im gerichtlichen Schreiben weiter zu lesen, *wird aufgefordert, am 9. Jänner 1945, um 9 Uhr zur Hauptverhandlung vor Gericht in Kitzbühel zu erscheinen, andernfalls sie von Amts wegen zur Verhaftung ausgeschrieben und vorgeführt würde.* Als Kläger und beeideter Zeuge werde geladen: *Joseph Oberleitner, Ortsgruppenleiter der NSDAP und von Beruf Landwirt.* Der Strafrahmen betrage, so wurden sie aufgeklärt, *zwischen zwei und fünf Jahren Straflager.* Rechtsmittel dagegen waren nicht zulässig. Gezeichnet war die Anklage von: *Kreisgericht Kitzbühel. Dr. Adolf Urbanek, Kreisrichter. Im Namen des deutschen Volkes. Heil Hitler.* Die kaum leserliche Unterschrift wurde verdeckt von einem mächtigen Rundstempel mit Hakenkreuz.

»Der Oberleitner, dieser Gauner!«, entfuhr es der Bäuerin bitter. »Ich hab´s ja gewusst!«

»Wieder einmal der Oberleitner ...«, echote der Briefträger kopfschüttelnd. Ohne seinen üblichen Schnaps abzuwarten, hängte er seine Posttasche quer über die Schulter und knatterte davon.

»Was gibt es, Mutter?«, fragte Mariann.

»Angezeigt hat er uns, der Lump!«, schimpfte die Bäuerin. »Und dieses Mal ist es ernst. Es gibt eine Anklage gegen mich. Er selbst ist der Zeuge. Wahrscheinlich wird er Lügengeschichten auftischen und bei einer Verurteilung werden sie mich ins Straflager stecken.«

»Können wir uns dagegen nicht wehren, Mutter?« Mariann war entsetzt.

»Spann den Wagen an, Mariann. Ich sag *dem* jetzt meine Meinung.«

»Überleg dir das noch«, flehte ihre Tochter. »Oder, nimm wenigstens die Anna mit, Mutter. Ich hab Angst ...«

»Dann sag du der Anna Bescheid und ich spann derweil den Wagen an.«

Der Hof vom Oberleitner lag hundert Meter von der Landstraße entfernt und konnte sich - was die Größe des Gebäudes und den zum Hof gehörigen Flächen an Land betraf - bei Weitem nicht mit dem Brandtnerhof messen. Vor dem Krieg hatte der Oberleitner auch eine Gaststube und einen Krämerladen betrieben. Beides hatte er schließen müssen. Seit langer Zeit lasteten Schulden auf Haus und auf Hof.

Schon in den Dreißigerjahren - nach dem frühen Tod seiner Frau - hatte er sich der Bewegung von Adolf Hitler angeschlossen, war zu einem glühenden Verehrer geworden und hatte bald ein Grüppchen Gleichgesinnter um sich geschart. Die Leute im Dorf verfolgten das anfänglich mit Gleichgültigkeit, aber nach dem Anschluss teilte sich die Bevölkerung dann in drei Gruppen: Diejenigen, die Sympathisanten Hitlers geworden waren, eine Gruppe, die offen ihre Ablehnung kundtat und die Gruppe derjenigen, die ihr Maul hielten, weil sie Ruhe haben wollten. Innerlich war der Parteisoldat Oberleitner bald verbittert, weil ihm ein Aufstieg zu höheren Funktionen versagt geblieben war. Im Laufe der Jahre aber hatte er gelernt, die Macht auszukosten, die er als Ortsleiter der NSDAP nun auch über diejenigen hatte, die ihn noch vor wenigen Jahren kaum beachtet, oder gar abfällig als Pleitebauern bezeichnet hatten. Seit sich das Kriegsgeschehen zu Ungunsten des Reiches entwickelte, war sein Hass auf die Nazi-Gegner, die in seinen Augen die einzigen Schuldigen an der Misere waren, weiter gestiegen.

Vor dem Oberleitner-Hof waren zwei Männer damit beschäftigt, Brennholz von einem Leiterwagen zu laden. Ein Hüne mit geschorenem Haupt hielt in seiner Arbeit inne. Seine zerlumpte, kittelartige Jacke musste einst Teil einer russischen Uniform gewesen sein. Noch bevor Anna oder die Mutter ein Wort an ihn richten konnte, deutete er zum Haus und sagte: »Bauer in Stube!« Dabei machte er mit der Hand eine Bewegung, die wohl »Essen« bedeuten sollte. »Stube«, wiederholte er nochmals und rollte die Augen. Der zweite Mann starrte die Frauen an, ohne den Mund aufzumachen.

»Ich will ihn sprechen«, herrschte die Bäuerin die beiden Zwangsarbeiter an. »Gebt ihm Bescheid, oder ich hole ihn selber heraus!«

Nervös stieg das Pferd von einem Fuß auf den anderen, schüttelte unwillig sein Haupt und schnaubte.

Endlich löste sich der Hüne aus seiner Erstarrung. Er schien die Bäuerin verstanden zu haben, warf noch einen misstrauischen Blick auf die Frauen und verschwand im Haus.

Der Oberleitner war ein Mann von etwa sechzig Jahren. Sein unsteter Gesichtsausdruck signalisierte eine Mischung von Minderwertigkeitskomplex und Bosheit. Die Nickelbrille und der kurz geschnittene Oberlippenbart, den er trug, erinnerten an sein Idol Heinrich Himmler. Seinen Oberarm zierte eine Hakenkreuz-Binde und eine Serviette bedeckte seine braune Krawatte – man hatte ihn offensichtlich beim Mittagsmahl gestört.

»Da schau her! Du bist es also Brandtnerhofbäuerin, was willst du?«, fragte er unangenehm berührt, weil er ahnte, was auf ihn zukam.

»Du weißt genau, wieso ich da bin, Oberleitner!«, fuhr ihn die Bäuerin an. »Was ist das für eine Gemeinheit, die du jetzt wieder im Schilde führst?«

»Was meinst du?«, gab er sich unwissend.

»Du weißt genau, was ich meine!«

»Wegen dem Schwarzschlachten?« Der Oberleitner versuchte, beherrscht zu wirken. »Ich sag dir was Brandtnerbäuerin, nimm dich in Acht! Was ihr da macht, ist ein Verbrechen.«

»Deine Behauptung ist gelogen!«

»Ihr wisst genau, dass ihr jede Schlachtung anmelden und das Fleisch dann abliefern müsst – bis auf den Teil halt, der euch zusteht!« Jetzt stieg er die Stufe von der Haustür herunter und machte ein paar Schritte auf die Frauen zu. »Überall herrscht Hunger, aber ihr lasst es euch gut gehen, auf euren protzigen Höfen da oben!«, er machte eine unbestimmte Handbewegung Richtung Dorf und verzog verärgert sein Gesicht.

»Und was ist mit *dir*, Oberleitner?«, rief die Bäuerin. »Unsere Männer müssen in einem Krieg kämpfen, den sie nicht haben wollten und du sitzt gemütlich hier mit deinem Vieh und deinen Zwangsarbeitern!« Sie wies auf die Männer, die vor dem Holzwagen Maulaffen feilboten.

»Das sind keine Zwangsarbeiter.« Der Ortsgruppenleiter wandte sich seinen Gehilfen zu. »Stimmt´s Juri?«

Juri glotzte seinen Bauern stumm an, da er kein Wort verstanden hatte.

»Und warum hat man dann einen erschossen, als er geflüchtet ist?«

»Mutter!«, unterbrach Anna und griff ihr auf den Arm, um sie zu besänftigen.

»Habe ich vielleicht nicht recht?«, fragte die Bäuerin mit empörter Miene und richtete sich wieder an den Ortsleiter: »Wir können nicht einmal mehr unsere Leute ordentlich ernähren, nachdem sie uns wieder Vieh genommen haben.« Sie zeigte mit ihren Finger direkt auf den Oberleitner: »Auf deine Anzeige hin!«

»Das geschieht euch zurecht!«

»Wenn unsere Männer da wären, dann würdest du dir so etwas nicht trauen, du Lump!«

»Mutter, wir fahren jetzt«, mischt sich Anna nochmals lautstark ein.

»Ich werde schon dafür sorgen, dass du eine ordentliche Strafe ausfassen wirst!« Oberleitners Stimme kippte jetzt.

»Wart nur auf das Kriegsende Oberleitner; dann werden sie dich und deine Leute zum Teufel jagen!«

Der Oberleitner warf ihr einen langen Blick zu – in seinem Gesicht zuckte es, wie Blitze in einem schweren Gewitter. Als hätte es ihm plötzlich die Stimme verschlagen ging er mit staksigen Schritten zur Haustüre, unter der er sich noch einmal umdrehte: »Du kannst dich auf was gefasst machen, Brandtnerin!« Dann verschwand er im Haus.

Verstört saßen Mutter und Tochter am Kutschbock, während der Braune nach Hause trabte.

»Wir hätten nicht hinfahren sollen, Mutter.«

»Ich hab ihm das einmal sagen müssen!«

»Die Situation macht mir Angst«, sagte Anna.
»Vielleicht können wir mit dem Richter reden ...«
»Ich glaube nicht, dass man von diesen Richtern Gerechtigkeit erwarten kann.«
»Wir könnten es versuchen.«
»Es gibt wahrscheinlich nur einen, der gegen den Oberleitner was ausrichten könnte ...«

Kapitel 8

Auracher Hochalm, September/Oktober 1944

Vom Licht des frühen Tages, das sich seinen Weg durch die Ritzen bahnte, wurde Maximilian aus dem Schlaf gerissen. Um seine Lebensgeister zu wecken, streckte er sich mehrmals, holte tief Luft und ließ den Atem hörbar entweichen. Bastel neben ihm, der im Schlaf wieder unverständliches Zeug gesprochen hatte, unterbrach jäh sein Schnarchen, warf sich auf der harten Bettstatt herum und prustete wie ein aufgetauchtes Walross. Für kurze Zeit herrschte beunruhigende Stille. Dann war, anfangs leise, bald aber durchdringend und laut wieder das rasselnde Atmen des Gefährten zu hören. Leise stand Maximilian auf und nahm einen Schluck aus der Feldflasche. Danach nahm er das zerfledderte Büchlein, das er gerade zum vierten Mal las zur Hand und legte sich damit wieder nieder. Er ließ den Kopf auf das Wäschebündel sinken, das er als Polster benutzte, deckte sich so gut es ging mit dem Feldmantel zu, schlug seinen *Hauptmann von Köpenik* auf und begann zu lesen. Nach ein paar Seiten ließ er das Buch sinken und seine Gedanken schweiften zurück zu ihren Problemen:

Sieben Tage waren seit der Begegnung mit dem Mädchen schon wieder vergangen. Nach kurzer Hochstimmung, hervorgerufen durch das Festessen mit Anna und durch spärliche Erfolge beim Sammeln von Nahrung im Wald, waren sie erneut von der harten Realität ihres Lebens fernab der Zivilisation eingeholt worden. Forellen, die sie hin und wieder aus dem Wasser holten und Pilze, die aufgrund der

Jahreszeit nun manchmal zu finden waren, enthoben sie des ärgsten Hungers. Das herbstliche Wetter jedoch, das nach Durchzug der Gewitter im Land Einzug gehalten hatte, machte ihnen zunehmend zu schaffen. Über Nacht war es in der Behausung klamm und feucht geworden und wenn es ihnen nach vielen Versuchen einmal gelang, ein Feuer zu entfachen, entwickelte dieses mehr Qualm, als Wärme. Die letzten Zigaretten waren geraucht und Bastels Feuerzeug hatte mangels Brennstoff den Geist aufgegeben. Eine Idee, wie sie Feuer machen sollten, wenn auch Maximilians Benzinfeuerzeug leer sein würde, hatten sie nicht. Das letzte Stückchen Kernseife, das sie besaßen, war auf die Größe einer Münze geschrumpft. Ungewohnte und rohe Kost im Wechselspiel mit Phasen des Hungerns bescherte ihnen rebellierende Mägen und Gedärme; Eintönigkeit und Langeweile schlugen ihnen auf das Gemüt – vor allem dann, wenn das Wetter ein Verlassen der Behausung nicht zuließ. Bastels Sprüche waren versiegt und hatten Kleinmut und Schweigen Platz gemacht.

Schleichend wurde ihnen bewusst, dass weder ihre feldgrauen Offiziersuniformen, noch die Ausrüstung, die sie ausgefasst hatten, für ein Überwintern in dieser Höhe geeignet waren.

Ihre blauäugige Hoffnung, dass der Krieg ein schnelles Ende finden würde, war wie Schnee in der Frühlingssonne geschmolzen. Mit Wucht traf sie die Erkenntnis, damit in eine Lage geraten zu sein, deren unabwendbare Folgen sie sich gar nicht auszumalen wagten.

Tag für Tag suchten sie mit dem Fernglas die Almwiese ab, in der vagen Hoffnung, die junge Frau würde doch noch einmal auftauchen und ihnen helfen – auf welche Weise auch immer. Und täglich kehrte sie mit langen Gesichtern zurück. In der Finsternis ihres Verstecks stritten sie stundenlang darüber, wie sie der beklemmenden Situation entrinnen könnten und Bastel hielt dabei - wieder einmal - mit Vorwürfen nicht hinter dem Berg. Einen einfachen und gefahrlosen Ausweg indessen schien es nicht zu geben. Langsam hatten sie sich mit dem Gedanken vertraut gemacht, sich wieder der Gefahr nächtlicher Einbrüche im Tal aussetzen zu müssen.

Ohne Erwartungen stapften sie in einem stundenlangen Marsch zum direkt hinter ihrem Versteck aufragenden Berggrad, um die Gegend dahinter zu erkunden. Entmutigt mussten sie erkennen, dass es in dieser Richtung nur weitab liegende Berge und Täler gab. Die nächste winzige Siedlung, die sie erblicken konnten, lag viele Kilometer entfernt und für sie kaum erreichbar. Todmüde und spät in der Nacht erreichten sie wieder ihre Behausung.

Als sie einen Tag später unterwegs gewesen waren, um Heidelbeeren zu pflücken, wurden sie Zeugen einer Erscheinung, die ihre Gefühle weiter aufwühlte: Mit schaurigem Motorengeheul, das sie lange vor ihrem Erscheinen ankündigte, dröhnte eine Armada amerikanischer B-17-Bomber über ihre Köpfe hinweg. Neben den Erinnerungen an die Front, die diese Maschinen auslösten, geriet Maximilian wieder in Sorge um die Mutter. Wahrscheinlich, so vermutete er, waren die Amerikaner bereits so weit vorgerückt, dass sie nun von Süden kommend auch München erreichten. Innbrünstig hoffte er, dass die Mutter die heulenden Sirenen ernst nehmen würde. Als er einen der Bomber mit dem Fernglas ins Visier nahm, stellte er erschauernd fest, dass diese *Fliegenden Festungen* ihren Namen mehr als verdienten und die deutschen Jäger, soweit es überhaupt noch welche gab, gegen diese waffenstrotzenden

Ungetüme wohl nur wenig ausrichten konnten. Und selbst wenn der eine oder der andere Bomber vom Himmel geholt werden könnte, gäbe es hundert andere, die ihre Mission mit tödlicher Präzision erfüllten.

Bastel hatte mit offenem Mund versucht, die glänzenden Punkte am Himmel zu zählen, war dabei aber kläglich gescheitert. Schließlich schätzten sie beide, dass es drei Wellen mit etwa je vierzig B 17 gewesen sein mussten. Lange nachdem der letzte Bomber aus dem Blickfeld verschwunden war, klang ihnen noch das Dröhnen in den Ohren.

Wortlos stapften sie mit ihren bis an den Rand mit Heidelbeeren gefüllten Feldgeschirren am Waldrand entlang in die Richtung ihres Verstecks. Dabei warfen sie mit ihren Ferngläsern einen beiläufigen Blick auf die Alm, die man von dieser Stelle aus überblicken konnte.

Bastel entdeckte als erster den auffälligen Gegenstand: „Wirf einmal einen Blick auf diesen Brunnen, mein Lieber!"

»Da steht doch irgendwas ...«, bemerkte jetzt auch Maximilian.

»Es scheint ein Weidenkorb zu sein!« Bastel hatte eine Hand vom Glas genommen und deutete damit nach unten. »Solche Körbe haben wir früher fürs Picknick verwendet.«

»Vor zwei Tagen habe ich auch geschaut – da ist das Ding jedenfalls noch nicht dort gestanden.«

»Es *muss* jemand da sein – vielleicht ist dieses Mädchen doch noch gekommen?«

»Zu sehen ist aber weit und breit niemand ...«

»Nur das Vieh, aber das frisst wie immer.«

»Das Behältnis könnte gestern abgestellt worden sein, während wir auf diesem Berggrad waren.«

Eilends schafften sie die gefüllten Essgeschirre zum Versteck, um sich sogleich wieder aufzumachen und auf die

Lauer zu legen. Ernüchtert gelangten sie ein paar Stunden später zur Überzeugung, dass sich niemand auf der Weide unter ihnen aufhielt. Sie beschlossen, die Nacht abzuwarten und am nächsten Tag zu erkunden, was es mit dem rätselhaften Korb auf sich hatte.

Unter lautem Räuspern, Husten und Schnaufen erwachte der Freund neben Maximilian und schaute ihn an. Die wenigen Haare auf seinem Kopf wiesen in alle Himmelsrichtungen.

»Wie spät ist es?«

»Vermutlich später Vormittag.« Maximilian legte jetzt sein Buch endgültig zur Seite.

»Ich hab schlecht geschlafen ...«

»Du hast wieder einmal im Schlaf gesprochen, manchmal sogar ziemlich laut«, berichtete Maximilian.

»Hast du was verstanden?«

»Einmal hast du geschrien. Irgendwas wie: hammer, oder so ähnlich ...«

»Broghammer«, sagte Bastel.

»Und? Was soll das heißen?«

»Ein Oberfeldwebel: In seinem Zivilberuf Metzger – aber im Krieg ein Schwein.«

»Und wieso?«

»Er hat seine Leute ohne Rücksicht ins Feuer gehetzt – dafür haben sie ihn gehasst.«

»Solche Typen hat es auch bei uns gegeben.«

»Er hatte schon das Eiserne Kreuz: Eines dieser Himmelfahrtskommandos, bei dem die Hälfte seiner Leute krepiert sind.« Bastel verzog sein Gesicht. »Der Mann wollte unbedingt zur SS. Die haben ihn aber nicht genommen, weil er zu klein für sie war.«

»Und von dem hast du geträumt?«

»Er hat ein böses Ende genommen«, murmelte Bastel.

»Hat es ihn erwischt?«

»Ein Schuss.«

»Viele wurden erschossen ...«

»Der Schuss ging aber in den Rücken und kam wohl von hinten. Einige mussten dafür vors Kriegsgericht ...«, erzählte er und verfiel dann in Schweigen.

»Es gibt Frühstück, Euer Hochwohlgeboren.« Maximilian wies auf das Feldgeschirr. »Könnten Herr Baron dann aufstehen, damit wir endlich zur Alm kommen?«

Wenig später starrten die Männer mit flauem Gefühl im Magen auf die allzu vertraute Almhütte vor ihnen. Wieder war sie verschlossen und verriegelt. Aber diesmal rüttelten sie nicht am Schloss, schlugen nicht gegen die Tür, sondern wendeten sich zielstrebig dem Brunnen daneben zu.

Nachdem sie den mysteriösen Weidenkorb so vorsichtig geöffnet hatten, als hätte eine verborgene Bombe darin explodieren können, stand beiden Männern plötzlich Freude in die von Entbehrung gezeichneten Gesichter geschrieben: Brot, Käse und ein paar Kleidungsstücke kamen zum Vorschein. Sie waren überzeugt, dass jemand diese Dinge für sie bereitgestellt hatte – und dieser *jemand* konnte niemand anderes sein als das Mädchen, das noch vor zwei Wochen mit einem Gewehr auf sie gezielt hatte. Sie untersuchten das Behältnis nach einer Botschaft der Spenderin, aber nichts war zu finden.

Wie ein Pflänzchen, das aus der Erde bricht, keimte wieder Hoffnung in den Herzen der Männer auf, die zuletzt von Angst und heftigen Zweifeln geschüttelt worden waren. Hoffnung darauf, jetzt Unterstützung aus dem Tal zu bekommen und so ihre waghalsige Flucht doch noch heil überstehen zu können.

»Diese Anna wird uns helfen!«, war Bastel überzeugt.

»Diese paar Sachen bedeuten nicht viel ...«

»Ich habe gleich bemerkt, welchen Eindruck ich auf dieses Mädchen gemacht habe, mein Lieber«, Bastels Gesicht strotzte vor Selbstzufriedenheit.

Zurückgekehrt, ließen sich Maximilian und Bastel Brot und Käse herzlich schmecken. Ausgelassen stießen sie mit Quellwasser auf die - wie sie glaubten - jetzt wieder freundliche Zukunft an. Nach einem Dessert, das neben einer Hand voll Heidelbeeren noch aus Apfelspalten bestand, ließen sie sich auf den Moospolstern der nahe gelegenen Waldlichtung nieder und genossen in heiterer Stimmung die Herbstsonne. Bastel, der sich seit Langem wieder einmal rasiert hatte, ließ es sich nicht nehmen, in die gespendete Lodenhose zu schlüpfen, den Wetterfleck überzuwerfen, damit wie ein Pfau auf und ab zu stolzieren und Grimassen zu schneiden.

Nachdem er sich wieder gesetzt hatte, erzählte er erstmals Näheres von seiner frisch angetrauten Frau, die sich, so war er überzeugt, zuhause nach ihm verzehrte und Maximilian ließ sich nach beharrlichem Drängen des Kameraden gar ein paar Sätze über eine Romanze entlocken, die er während der Offiziersausbildung in Zwickau erlebt hatte. Die blonde Lazaretthelferin, die aus Mecklenburg stammte, war damals in der Nachbarkaserne stationiert gewesen. Kennengelernt hatte er das junge Fräulein beim Garnisonsball seines Ausbildungsregiments.

Maximilian richtete sich aus seiner Liegeposition ein wenig auf und stützte sich auf seinen Ellbogen: »Merkst du wie sich die Bedürfnisse der Menschen verschieben?«, fragte er. »Wenn wir an der Front in der Scheiße gesteckt sind, bangten wir um das nackte Überleben. Kaum waren wir einen Kilometer von der Front entfernt, hatten wir nur einen Wunsch: Essen, Trinken und Schlafen. Und als unsere Einheit einmal zehn Kilometer zurückgezogen wurde, haben wir uns nach Frauen gesehnt.«

»Ich habe schon immer Bedürfnis Nummer zwei und drei gleichzeitig gehabt«, sagte Bastel und überraschte Maximilian, nachdem er ein paar Minuten geschwiegen hatte, mit einer Gegenfrage: »Glaubst du eigentlich, dass es einen Gott gibt?«

»Wenn es so etwas geben sollte, wie einen Gott oder vielleicht ein anderes übergeordnetes System, dann hat uns dieses *etwas* jedenfalls in den letzten vier Jahren nicht verwöhnt«, antwortete Maximilian. »Oder *wir* haben irgendetwas falsch gemacht. Und wenn es so etwas wie Gerechtigkeit geben sollte, dann wohl nur eine, die in einer anderen, uns unbekannten Ebene stattfindet, aber nicht in dieser Welt.«

Aufgrund des lange nicht mehr erlebten Sättigungsgefühls fielen sie schließlich am helllichten Tag in einen erquickenden Schlaf.

Zwei Tage vergingen, ohne dass sich auf der Alm außer den Kälbern irgendetwas bewegte. Von ihrem Beobachtungsposten aus konnten sie erkennen, dass sich im Tal Tag für Tag ein zäher Nebelteppich bildete, der gegen Mittag aufriss und sich erst nachmittags ganz auflöste. In ihrer Höhe wurde es in den Morgenstunden bereits empfindlich kalt. Die Blätter und Nadeln von Buchen, Eichen, Ahornbäumen und Lärchen verfärbten sich erst rot, dann gelb, um dann schließlich gänzlich abzufallen.

Tags darauf hatte Bastel erneut schlecht geschlafen, war übellaunig und trotz Maximilians Ermunterungen nicht bereit, aufzustehen und mitzukommen.

Daher machte sich Maximilian an diesem klaren Septembermorgen alleine auf den Weg, um über den steinigen Pfad, den er mittlerweile fast auswendig kannte, zu ihrem Felsen zu gelangen. Schon beim Eintreffen und mit freiem Auge konnte Maximilian erkennen, dass sich eine Person am Holzstoß der Almhütte zu schaffen machte. Bäuchlings ließ er sich auf den Felsen nieder um dort seinen Feldstecher mit aufgestützten Ellbogen und ruhiger Hand nach unten zu richten, ohne selber gesehen zu werden. Jetzt ging die Person Richtung Hütte und es war unschwer zu erkennen, dass es die schlanke Gestalt des Mädchens war. Sein Herz pochte bis zum Hals.

Ich muss Bastel Bescheid geben, schoss es ihm in den Kopf. Er sprang vom Boden auf und steckte das Glas in den Rucksack. Dann aber entschied er sich - einer spontanen Eingebung folgend - seine Schritte nicht zurück zu ihrer Behausung zu lenken, sondern geradewegs zum mittlerweile vertrauten Hohlweg, der zur Alm und der Hütte führte. Von innerer Unruhe getrieben hastete er über unwegsames, steiles Gelände um den Weg abzukürzen. Bastel fühlt sich heute nicht wohl – ich kann ihm ja später darüber berichten, redete Maximilian sich ein. Aber er wusste instinktiv, dass der Kamerad mit dieser Entscheidung alles andere als einverstanden sein würde.

»Ich hab schon vermutet, dass ihr noch da seid«, rief Anna über ihre Schulter als sie ihn kommen sah, blieb stehen und stellte ihren Eimer ab. »Ihr habt doch versprochen, unseren Wald zu verlassen!« Kerzengerade und schlank stand sie da, im blau-grünen Kleid, das ihr bis zu den Knöcheln reichte und blickte ihm entgegen, ihre Hand gegen die blendende Sonne gerichtet.

Sie sieht bezaubernd aus – noch hübscher als in der Erinnerung, registrierte sein Herz, als Maximilian vor ihr Halt machte, die Feldkappe abnahm und unter den Arm klemmte. Mit Unbehagen hatte er allerdings auch den nicht gerade freundlichen Ton in ihrer Stimme registriert. »Zuerst möchte ich dir danken …, für all diese Sachen«, stotterte er, nachdem er sekundenlang um eine Antwort gerungen hatte. »Du weißt schon – die vom Brunnen.«

»Es ist gefährlich …, für uns alle«, sagte sie.

»Über den Käse haben wir uns riesig gefreut«, murmelte Maximilian und knetete seine Kappe. »Und das Gewand wird gute Dienste leisten.«

Sie zögerte, schien verwirrt zu sein über seine Antwort und nestelte am Schürzenband herum. »Es wäre wirklich besser, wenn ihr …«

»Wir haben den Korb nicht gleich gefunden«, unterbrach sie Maximilian wieder, strich sich verlegen eine Strähne aus der Stirne und ging einen Schritt zur Seite, damit sie nicht weiter gegen die Sonne schauen musste.

»Ich hab mir gedacht, ihr könnt es vielleicht brauchen«, sie musste jetzt nicht mehr blinzeln, bemühte sich aber, ihre Unsicherheit unter einem strengen Blick zu verbergen.

Maximilian sah ihr direkt ins Gesicht. Die Sommersprossen rund um die Nase verliehen ihr einen kindlichen Ausdruck. »Es hat uns wirklich gerettet!« Er konnte nicht anders als sie wieder anzustarren. »Bastel hat die Hose auch schon …«

»Mehr habe ich für euch nicht tun können …«, sagte sie und stockte dann wieder.

»Es war jedenfalls ...«, obwohl sich die Gedanken in Maximilians Kopf überschlugen, wollte sich kein gerader Satz einstellen. Die magere Konversation versiegte.

»Glaub mir, es ist wirklich gefährlich«, sagte sie nochmals leise.

Enttäuschung beschlich ihn: »Wenn du unbedingt möchtest, dann hauen wir heute noch ab ...«

Anna blieb stumm, stieg von einem Fuß auf den anderen und schlug ihre Augen zu Boden.

»Also dann ...«, Maximilian strich die Kappe lange und ungeschickt glatt, um sie danach endlich aufzusetzen.

Sie blickte auf den Eimer neben sich und rieb sich heftig die Nase.

Eine Kuh war herangetrottet und beäugte neugierig die zwei seltsamen Menschen, die sich gegenüberstanden und anschwiegen.

»Obwohl ...«, sagte Maximilian, der sich ein Herz gefasst hatte.

»Ich hab hier Milch, die ist frisch gemolken«, sagte Anna schnell und deutete auf den Eimer. »Magst du was trinken?« Ihre Züge waren weicher geworden – fast schon entspannt. »Oder eine Jause vielleicht?«

Maximilian nickte bedächtig, während sein Herz heimlich jubelte. »Da sag ich nicht nein!«

»Wollen wir zur Hütte gehen?«, fragte sie. Ein kleines Lächeln huschte über ihr Gesicht als sie ihn mit den dunklen Augen fragend anblickte.

»Natürlich ..., gerne«, Maximilian löste sich aus seiner Erstarrung. Ihr Lächeln hatte in ihm ein behagliches Gefühl von Wärme ausgelöst. Ritterlich nahm er den Milcheimer vom Boden auf und trug ihn, hinter ihr hergehend, zum Haus.

Gemeinsam schleppten sie dort eine einfache Holzbank auf die Veranda und stellte sie so an die Hauswand, dass zwei Personen mit Blick auf das Tal sitzen und das Geländer als Tisch benutzen konnten. Dann bat Anna Maximilian, Brot zu schneiden, während sie selbst Butter, Käse, ein Stück mit von Fett durchzogenem Speck und Radieschen auf ein Holzbrett packte, dazu Milch in zwei Becher füllte. Die Köstlichkeiten wurden nach draußen getragen. Nach ungelenker Erörterung, wer rechts und wer links sitzen sollte, nahmen sie einträchtig nebeneinander Platz, begannen zu essen und blinzelten in die milde Septembersonne. Ein Windhauch trug den Geruch von Akelei und Almrausch an ihre Nasen.

»Ich freue mich, dass du doch noch gekommen bist«, sagte er.

»Das hat leider einen traurigen Grund.« Ein Schatten fiel über ihr Gesicht. »Die Cilli hätte kommen sollten, aber sie ist krank geworden.« Anna stockte und senkte ihren Blick. »Und dann ist sie ganz plötzlich gestorben«, sagte sie leise. »Ich hab sie gern gehabt.«

»Das tut mir leid. War sie eine Schwester von dir?«

»Fast wie eine Schwester«, sagte sie, atmete tief aus und hob wieder den Kopf. »Aber das Leben geht weiter ..., die Cilli hätte es sicher so haben wollen – sie war eine lebenslustige Person.«

»Stammen all diese Sachen von eurem Hof?«, fragte Maximilian nach einer langen Pause.

»Alles – bis auf das Brot. Das holen wir bei Nachbarn, die noch einen Backofen haben«, antwortete Anna. Danach begann sie von der Milch- Käse- und Butterherstellung bei ihr zu Hause, von ihrer Familie, von der verstorbenen Magd und den anderen Bewohnern des Hofes zu erzählen.

Maximilian berichtete von seiner Heimatstadt, den Eltern, dem gefallenen Bruder und von den Jahren, die er an der Front erlebt hatte.

»Wo hast du deinen Kameraden heute gelassen Maximilian?«, fragte sie nach einer Pause, in der sie einen Schluck aus ihrem Becher genommen hatte.

Mit Freude registrierte er, dass sie sich seinen Namen gemerkt hatte. »Der Bastel, ich meine Sebastian – er fühlte sich heute elend und wollte nicht mitkommen«, sagte Maximilian und hatte dabei ein schlechtes Gewissen, weil das nicht ganz der Wahrheit entsprach.

»Er wird das vielleicht bedauern ...«, Anna machte eine Handbewegung über die am Tisch stehenden Köstlichkeiten.

»Das fürchte ich auch. Wie ich ihn kenne, wird er mir Vorwürfe machen.«

»Dein Freund hat auf mich einen ziemlich ausgehungerten Eindruck gemacht.« Sie lächelte schelmisch.

»Kann ich verstehen – und wenn er nichts zu futtern hat, bekommt er schreckliche Laune. Es ist dann nicht einfach, mit ihm auszukommen ...«

»Du Armer!«

»Dafür ist er der Größte, wenn er satt ist.«

Anna lachte und ihre Augen blitzten. Maximilian säbelte noch zwei Scheiben vom Brotlaib ab. Eines davon reichte er Anna weiter, die dankend annahm.

»Ihr seid in der alten Holzknechtshütte oben, oder ...?«, fragte sie kauend und deutete unbestimmt nach oben.

Maximilian zögerte kurz, bevor er antwortete: »Mitten im Wald gibt es eine primitive Behausung, die ist mit Rinde gedeckt.« Verstohlen schaute er sie von der Seite her an, während sie Butter auf das Brot strich. Das Profil ihres Gesichtes und des schlanken Halses bildeten einen hellen Kontrast zur Holzwand dahinter. Das zweiteilige Trachtenkleid lag eng am Körper an, sodass es die Taille betonte. Sie erinnerte ihn an Zarah Leander in dem Film, den er damals im Lazarett gesehen hatte. Aber sie war keine Schauspielerin aus dem Kino und keine Fotographie aus einem Magazin, sondern sie war ein Mädchen aus Fleisch und Blut und saß direkt neben ihm – unglaublich!

»Ja, das ist sie! Sie wurde gebaut, als dort Holz geschlagen wurde, ich war noch ein Kind damals. Hab gleich vermutet, dass ihr dort seid«, sagte Anna während sie ihm noch ein Stück Brot anbot. Die Silhouette ihrer im Nacken zu einem Knoten verschlungenen Haare glänzte im Gegenlicht der Sonne.

Schweigend aßen sie und blickten ins Tal, das jetzt zum Teil schon im bläulichen Schatten der Berge lag.

»Wo liegt hier euer Dorf?«, fragte Maximilian, stand auf und beugte sich vor, um besser nach unten blicken zu können.

»Aurach kann man von hier aus nicht sehen. Da drüben...«, sie setzte den Milchbecher ab, wies sie auf Ansiedlung auf der gegenüberliegenden Talseite, »... das ist Jochberg. Im Süden kommt man zum Pass Thurn und dahinter nach Mittersill, das liegt aber schon im Gau Salzburg. Dahinter liegen dann die höchsten Berge des Reiches. Zum Beispiel der Großglockner. Auf der anderen Seite im Norden...«, jetzt zeigte sie auf ein schroff aufragendes Gebirgsmassiv, das von der Sonne rötlich gefärbt wurde, »...siehst du den Wilden Kaiser«.

Anna schnitt ein Stück Käse vom Laib ab und schob es in den Mund – ihre nackten Unterarme berührten sich dabei kurz. Wortlos schaute sie zu ihm auf und lächelte ihn an.

Bei Maximilian hatte die knisternde Berührung mit ihrer warmen Haut einen wohligen Schauer ausgelöst. Er lächelte zurück, verlor sich in ihren Augen und spürte den Drang, sie in die Arme zu nehmen.

»Leider hab ich keine gute Nachricht was den Krieg betrifft«, sprach sie leise und ihr Lächeln erlosch.

Maximilian wandte seinen Blick von ihr ab.

»Keiner glaubt an ein schnelles Kriegsende«, sagte sie.

Die zwei jungen Menschen schwiegen wieder und blickten geradeaus ins Tal.

»Vielleicht dauert es ja länger als gedacht, aber das Ende kommt bestimmt«, sagte Maximilian fast trotzig und setzte leise dazu: »Es wird nur immer schwieriger, hier zu überleben ...«

»Ich würde euch gerne helfen, das musst du mir glauben.« Annas Züge waren ernst geworden und sie wandte ihm den Kopf wieder zu. Über ihrer Nasenwurzel hatten sich senkrechte Falten gebildet. »Aber ich hab schreckliche Angst, meine Familie damit in Gefahr zu bringen«, sagte sie. »Wir stehen im Visier einiger Fanatiker im Dorf. Wenn jemand von denen mitbekommt, dass wir euch helfen, hätten *die* das größte Vergnügen, uns bereits am nächsten Tag ans Messer zu liefern.«

»Das verstehe ich natürlich.«

Maximilian begann, umständlich an seinem Rucksack zu nesteln, während Anna angestrengt Brösel von ihrer Schürze streifte.

»Deshalb werden wir auch rasch von hier verschwinden«, sagte er.

Eine Wolke hatte sich vor die Sonne geschoben und ein kühler Windstoß ließ sie plötzlich frösteln. Vom Wald her war der Schrei eines Falken zu hören.

»Gut, dann ...«, Maximilian schnürte seinen Rucksack zu. »Ich muss gehen – Bastel macht sich sicher schon Sorgen.« Er fasste den Rucksack und machte Anstalten, aufzustehen.

»Warte einen Moment!« Sie legte ihm die Hand auf seine Schulter und bedeutete ihm, noch sitzen zu bleiben. Dann packte sie Käse, Speck und Brot in ein kariertes Tuch, das sie geholt hatte, verknotete es und drückte Maximilian den Beutel in die Hand.

»Ich möchte mich bei dir bedanken ...«, sagte der. »Für alles, was du für uns getan hast.« Er stand endgültig auf, schulterte umständlich den Tornister und vermied es, sie anzusehen.

»Ich werde dich ein Stück begleiten«, sagte Anna kurz entschlossen. »Das Feld mit den Erdäpfeln – das muss ich dir schließlich noch zeigen.«

Einsilbig stapften die jungen Leute über einen bunten Laubteppich, der aufstob wie trockener Schnee, wenn sie mit ihren Schuhen eintauchten. Herbstlich modriger Geruch umgab sie.

»Ich komme noch einmal auf die Alm, in den nächsten Tagen, um das Vieh ins Tal zu bringen ...«

Sie mussten über einen zersplitterten Baumstamm steigen, der bei einem Unwetter über den Weg gefallen war. Er gab ihr dabei hilfreich die Hand. Für kurze Zeit blinzelte die Sonne zwischen den Wolken hervor und die Bäume warfen lange Schatten.

»Sehen wir uns dann noch einmal?«, frage sie.

»Ich weiß nicht, ob wir dann noch hier sind ...«, Maximilian merkte, dass seine Stimme belegt klang. Er räusperte sich und ließ seine Schultern hängen. Dann spürte er, dass sie seine Hand ergriff. Ein paar Schritte gingen sie Hand in Hand den Weg entlang. Wie auf ein geheimes Zeichen hin blieben sie stehen. Er nahm sie in die Arme und sie küssten sich.

Aufgewühlt setzte Maximilian einen Schritt vor den anderen. Fichten, Farne und Sträucher, Dickicht, moosigen Grund, das tobende Wasser und das Harz der Bäume roch, hörte und spürte er, als wären sie Teil eines Traums. Die Abkürzung ließ er links liegen um den Schwebezustand, in dem er sich befand, zu verlängern. Dieses Mädchen hatte ihn völlig in ihren Bann gezogen: Selbstbewusst, klug und gertenschlank. Ihr Handeln und ihr Sprechen wirkten ungekünstelt und herzlich, trotz ihrer Jugend schienen sie einer gefestigten Persönlichkeit zu entspringen. Und sie besaß ein Gesicht, wie ein Engel. Er sah die Szene, in der er auf sie zuging während sie gegen die Sonne blinzelte, immer und immer wieder vor sich. Maximilian hatte sich in diese Frau verliebt – und sie hatte ihm zu verstehen gegeben, dass es ihr ähnlich erging.

Das aufwallende Glücksgefühl wurde rasch wieder verdrängt von Bitterkeit und Sorgen: Sie würden sich nur noch ein einziges Mal sehen. Aufgrund ihrer Angst um die Familie schloss sie weitere Hilfe aus und hatte ihn gebeten, bald ihr Versteck zu verlassen. Ihre aufwallende Beziehung war - genau betrachtet - von vorne herein zum Scheitern verurteilt. Die Lage war hoffnungslos: Sie waren fahnenflüchtige Offiziere der Wehrmacht, die sich im letzten Winkel dieses Reiches verstecken mussten und ihre Annahme, dass der Krieg bald zu Ende sein würde, hatte sich endgültig als falsch erwiesen.

Er stellte sich vor, dieser Krieg wäre vorbei oder hätte nie stattgefunden: Anna und er hätten sich in einem Cafe´ verabreden, ins Kino oder zum Tanzen gehen oder Hand in

Hand durch den Park spazieren können. Vielleicht hätte man sich Briefe geschrieben, Geschenke ausgetauscht, Blumen gekauft, sich den Eltern vorgestellt oder heimlich Verlobungsringe besorgt. Zum Wochenende hätten sie sich mit Freunden treffen können oder sie wären mit den Fahrrädern aufs Land gestrampelt und hätten am Ufer eines Sees Picknick gehalten.

All das würde er mit Anna nie erleben können. Maximilian fühlte schmerzliche Wehmut im Herzen. Dass sie sich ohne Krieg nie über den Weg gelaufen wären, übersah er dabei völlig.

Aber sie hatte noch einmal auf der Alm zu tun und es war ihr Wunsch, sich mit ihm zu treffen. All seine Sehnsüchte und Hoffnungen waren auf dieses *eine* Treffen gerichtet als er die letzten Meter zur Rindenhütte zurücklegte. Bastel saß davor auf einem Baumstumpf und sah ihm mit verstörter Miene entgegen. Maximilian ahnte nichts Gutes.

»Wo kommst du jetzt her? Ich habe mir Sorgen gemacht!«

»Drei Mal darfst du raten.«

»Es gibt nicht viele Möglichkeiten ...«, erwiderte Bastel.

»Gute Nachrichten – Ich habe etwas mitgebracht!«, Maximilian holte das Ess-Paket aus dem Rucksack und warf es dem Kameraden zu. »Alles gehört dir!«

»Hast du's wieder beim Brunnen gefunden?«

»Nein – ich hab sie getroffen.«

»Du hast sie getroffen? Das Mädchen? Und mir nichts davon gesagt?«

»Du warst müde heute Morgen!«

»Und warum nicht?«

»Was – warum nicht?«

»Warum bist du alleine gegangen? Wir haben schließlich bisher alles zusammen gemacht!«

»Entschuldige Bastel, du warst derjenige, der heute nicht mitkommen wollte! Ich hab dich schließlich gefragt.«

»Ich habe nicht gewusst, dass du hinunter gehst!«

»Das wusste ich zuerst auch nicht.«

»Hast du gegessen?«

»Ja, ich hab mit ihr gemeinsam gegessen«, sagte Maximilian.

Bastel schwieg und schaute ihn mit finsterer Miene an. Die Kaumuskeln an seinen Wangen bewegten sich unkontrolliert. »Hast du sonst noch etwas gemeinsam mit ihr gemacht?«

Maximilian machte einen schnellen Schritt auf seinen Kameraden zu und sah ihm direkt in die Augen: »Was soll diese blöde Frage? Du gehst mir gehörig auf die Nerven!«

»Hoppla! Diese Antwort beweist doch, dass was passiert ist!«

»Es geht dich nichts an, aber ich sag es dir trotzdem: Ja, ich hab mich in sie verliebt – das ist passiert und sonst gar nichts.«

»Du hast dich in sie *verliebt?*«, fragte Bastel gedehnt. »Und weiß sie auch schon von ihrem Glück?«, setzte er höhnisch hinzu.

»Sie weiß es.«

»Du glaubst, sie weiß es?«

»Das geht dich einen Dreck an! Ich habe es satt, mit dir darüber zu diskutieren, noch dazu in diesem Ton! Du bist ein Flegel und kein Freiherr!«

Bastel schwieg mit beleidigter Miene, dann fuhr er plötzlich auf: »Jetzt ist mir klar, warum du mich nicht mitgenommen hast: Ich sollte dir nicht in die Quere kommen –

plötzlich bin ich der lästige Dritte.« Er nahm den Proviant, stapfte in die Hütte und schlug die Türe hinter sich zu.

Verärgert ging Maximilian zum nahegelegenen Bach, wusch sich das Gesicht mit kaltem Wasser und füllte seine Feldflasche. Er trank einen Schluck, ging zurück und setzte sich wieder vor die Hütte. Wie schön wäre es, jetzt eine Zigarette rauchen zu können, dachte er sich.

Mit Knarren flog die Türe auf und Bastel trat wieder ins Freie. »Ich nehme an, dass uns deine neue Freundin jetzt helfen wird, über den Winter zu kommen?«

Jetzt war es Maximilian, der zuerst schwieg und sich keine Mühe machte, seinen Ärger zu verbergen: »*Nein*, sie wird uns auf Dauer nicht helfen können, weil sie Angst um ihre Familie hat.«

»Sie lässt uns also in Stich?« Bastel kam näher und kniff die Augen zusammen. »Wie soll das mit euch und mit uns dann weitergehen?«

»Es wird gar nicht weitergehen, ich werde mich mit Anna noch einmal treffen, dann werden du und ich aus dieser Gegend verschwinden. Das haben wir schließlich versprochen.«

»Ich kann mich nicht daran erinnern, etwas versprochen zu haben!«, protestierte Bastel. »Wieso sollten wir das hier aufgeben?« Er wies mit der Hand auf die Rindenhütte.

»Weil wir uns hier auf Grund und Boden von Annas Familie befinden.«

»Du meinst, wir müssen wieder ins Tal, wo uns auf Schritt und Tritt jemand begegnen kann, der nach Papieren fragt?«

»Oder wir wandern über den Grad nach Osten. Auf der anderen Seite des Berges liegt schon der Gau Salzburg, sagt Anna.«

»*Sagt Anna*«, äffte Bastel seinen Kameraden nach. »Und sagt Anna auch, dass ihr euch noch einmal treffen sollt?«

»Sie kommt in zwei Tagen noch einmal, um den Abtrieb des Viehs vorzubereiten. Wir haben aber nur wenig Zeit, weil ein Jungknecht nachkommt, um mit ihr die Kälber ins Tal zu bringen.«

»Das heißt, du willst dann wieder alleine runtergehen?«

»*Ich* bin es, der mit ihr verabredet ist.«

»Ich möchte sie aber auch sehen«, beharrte Bastel.

»Ich glaube aber nicht, dass sie *dich* sehen möchte.«

Bastel wandte sich ab und schwieg – und Maximilian hätte in diesem Moment viel dafür gegeben, diesen Satz zurücknehmen zu können weil er fühlte, dass er damit seinen Freund gekränkt und den Grundstein zu einem tiefen Zerwürfnis gelegt hatte.

Die zwei Tage bis zu seinem Rendezvous krochen lähmend und langsam dahin. Maximilian konnte kaum Schlaf finden. Trotz seiner Bemühungen um Frieden mit Bastel, die immer mehr Kraft kosteten, brachen die Zänkereien mit dem Kameraden immer wieder aus. Bald war er der unterschwelligen Vorwürfen und Eifersüchteleien überdrüssig geworden und machte sich alleine auf zu ausgiebigen Streifzügen in die Umgebung.

Der Spätherbst bescherte ihnen zwar trockene und milde Tage, aber empfindlich kalte Nächte. Bastel hatte die Vorräte, die Maximilian mitgebracht hatte, bald aufgegessen und lag erneut den ganzen Tag untätig auf seiner Bettstatt herum.

Mit klopfendem Herzen, notdürftig geglätteter Uniform, matt glänzenden Stiefeln und gekämmtem, aber trotzdem widerspenstigem Haar verließ Maximilian am Morgen des vereinbarten Tages ihr Versteck.

Er hatte ein flaues Gefühl im Magen, als er auf der Veranda der Hütte stand. Er spürte Sehnsucht, sie zu sehen, zu berühren und zu umarmen. Mit ihr zu sprechen, mit ihr zu lachen, mit ihr tausend Dinge zu tun. Alle widrigen Umstände waren in weite Ferne gerückt.

Aber die Hütte war verschlossen. Maximilian ließ seinen Blick über die weiten Grasmatten streifen. Weit und breit war kein Mensch zu sehen. Er zermarterte sich sein Gehirn. War es der richtige Tag, die richtige Uhrzeit? In zwei Tagen, hatte sie gesagt. Und sie würde am Morgen schon da sein. Maximilian versuchte sich zu beruhigen, sicher hatte sie sich verspätet.

Aber sie tauchte auch eine Stunde später und bis Mittag nicht auf. Hoffend und bangend harrt er auch den Nachmittag aus.

Traurig und den Kopf voll mit tausend Überlegungen, wieso sie nicht gekommen sein mochte, machte er sich bei aufziehender Dämmerung wieder auf den Weg zu ihrer Rindenhütte. Die Stiefel hatten umsonst geschimmert und er nahm gar nicht wahr, dass ihm die sorgsam gekämmten Haare jetzt wieder kreuz und quer in die Stirn fielen. Enttäuscht stapfte er den Hohlweg bergan.

Bastel stand nach einer Biegung plötzlich im Weg und grinste ihn an.

»Hat dich deine Liebste versetzt?«, fragte er. »Oder dir gar den Laufpass gegeben?«

Maximilian blieb stehen, atmete durch und widerstand seinem Drang, ihm einen Schlag zu versetzen. »Spionierst du mir neuerdings nach?«

»Nach einem einzigen Treffen, bei dem noch dazu *gar nichts* passiert ist – die große, große Liebe schon wieder vorbei?« Bastel schüttelte mit gespieltem Bedauern den Kopf. »Das ist aber wirklich tragisch, mein Lieber ...«

»Ich bin sicher, sie war verhindert.«

»Ich glaube, ich muss dir endlich einmal ein paar Tipps über Frauen geben.«

»Spar dir deine saublöden Sprüche!«, ärgerte sich Maximilian.

»Du musst einfach schneller zur Sache kommen, im Krieg bleibt keine Zeit für Gefühlsduselei!«

»Halte deinen Mund! Ich sage dir das jetzt nur mehr ein einziges Mal!« sagte Maximilian nahe an seinen Kameraden gerückt und mit gefährlich leiser Stimme.

Bastel war klug genug, keine Antwort zu geben.

Wortlos setzten sie sich in Marsch.

Nach ein paar Schritten blieb Maximilian wieder stehen: »Morgen, gleich nach Sonnenaufgang, werden wir unsere Sachen packen und dieses Tal verlassen.« Seine Miene verriet Entschlossenheit. »Wir werden über den Grad ins Tal im Osten absteigen. Es liegt abgelegener, dort suchen wir einen Unterschlupf in tieferer Lage. Ich bin sicher, wir werden was finden, aber wir müssen uns beeilen, sonst kommt uns der Winter in die Quere.«

»Das ist doch Wahnsinn, hier alles aufzugeben – nur weil du jetzt gekränkt bist!«

»Ich werde jedenfalls mein Versprechen halten und morgen von hier abhauen ...«

Ein Ast knackte im Halbdunkel – sie fuhren beide herum.

Ein menschlicher Schatten stürmte plötzlich durch das dichte Gestrüpp davon. Maximilian nahm im Unterbewusstsein eine schwarze Feldkappe wahr und begann zu laufen: »SS!«, schrie er Bastel zu. »Wir müssen ihn kriegen, sonst liefert er uns ans Messer!«

Maximilian hastete durch den Wald, sah den Mann zwischen Stämmen vor sich. Kam ihm näher. Ein Ast schlug ihm ins Gesicht. Er taumelte, kam auf die Beine. Bastel trampelte weit hinter ihm. Der Schatten schlug einen Haken. Maximilian schnitt ihm den Weg ab. Verpasste ihn. Setzte zu einem Hechtsprung an, erwischte ihn an seiner Schulter. Der Schatten taumelte und fiel. Maximilian warf sich auf ihn, zwang ihn zu Boden. Hielt ihn fest, mit eisernem Griff. Jetzt keuchte Bastel mit der Taschenlampe heran, blieb stehen und zog seine Mauser.

»Du kannst auslassen, ich hab ihn im Visier«, schrie er.
Der Uniformierte lag - das Gesicht zu Boden gerichtet - im Blaubeergestrüpp. Maximilian ließ ihn zögernd aus, behielt ihn im Auge, richtete sich auf. Der Mann am Boden rührte sich nicht.

Bastel richtete den Kegel seiner Lampe auf ihn. »Aufstehen!«
Die Gestalt machte keine Regung. Er kann doch nicht tot sein, fragte sich Maximilian.

»Steh auf, sonst schieße ich.«

Der Körper regte sich. Der Bursche rappelte sich auf, hob ganz langsam die Hände über die Schulter und drehte sich um.

Bastel machte mit erhobener Waffe einen Schritt auf ihn zu und leuchtete ihm ins Gesicht: Das Gesicht eines Jungen starrte sie an. Bleich, schmutzig, hohlwangig und mit vor Schreck geweiteten Augen. Feldgrauer Mantel und schwarze Kappe, die auf abstehenden Ohren saß.

Bastel war der erste, der seine Sprache wieder fand: »Der soll von der SS sein?«

»Wer bist du? Was hast du hier zu suchen?«, herrschte Maximilian ihren Gefangenen an.

Der Bursche schwieg verängstigt.

»In welcher Einheit dienst du?« fragte Maximilian.

Keine Antwort.

»Bist du desertiert?«

»Gib uns Antwort!«, bellte ihn Bastel an. »Warum trägst du eine SS-Kappe?« Er ging näher an den Jungen heran und zielte genau auf seinen Kopf.

Der blieb aber stumm, schloss nur die Augen und erwartete sein Ende.

»Du kannst uns vertrauen, wir werden dir nichts tun. Vielleicht können wir dir sogar helfen«, sprach nun Maximilian in freundlichem Ton zu ihm.

Der öffnete wieder die Augen, blickte erst Maximilian, dann Bastel lang an, murmelte Unverständliches.

»Setz dich«, sagte Maximilian. »Möchtest du etwas essen?«

Er nickte. Maximilian kramte ein Stück Brot aus der Tasche und reichte es ihm. Der junge Mann stürzte sich darauf wie ein Verhungernder.

»Also ...«, sagte Maximilian mit ruhiger Stimme. »Du bist abgehaut, oder?«

Er nickt wieder fast unmerklich, während er kaute.

»Wo kommst du denn jetzt her?«

»Saalfelden«

»Und was machst du hier?«

»Ich muss nach Kufstein.«

»Wieso nach Kufstein?«

»Eine Schwester lebt da ...«

»Und die schwarze Kappe?«

»Kriminellenkolonne – die haben solche Kappen.«

Maximilian und Bastel zogen sich ein Stück zurück während sie den Jungen beobachteten.

»Und – was machen wir jetzt mit ihm?«, fragte Bastel mit leiser Stimme.

»Wir müssen ihm helfen, ich bin sicher, er ist ein Deserteur, wie wir.«

»Aber wir haben doch selbst nichts!«

»Immerhin etwas Brot und wir könnten Kartoffel ausgraben, ich weiß jetzt, wo die sind.«

»Was ist, wenn er uns verrät?«

»Wir werden die Hütte ohnehin verlassen.«

»Und wie sollen wir ihm helfen, wenn wir morgen früh abhauen wollen?«

Maximilian überlegte, rieb sich die Augen und wischte die Haare zurück: »Gut, er soll seine Geschichte erzählen. Wenn sie glaubwürdig klingt, verschieben wir unseren Abmarsch um einen Tag und er kann bei uns ausruhen und sich ordentlich sattessen ...«

Der junge Mann behauptete, er hieße Robert, sei siebzehn Jahre alt und stamme aus Klagenfurt – ganz im Süden der Ostmark. Wie ein Häufchen Elend saß er vor ihnen und blickte sie verängstigt an. Er besaß nichts, außer der Uniform, die er am Leib trug, eine mit Wasser gefüllten Feldflasche und seinem Feldgeschirr. Von Maximilian dazu aufgefordert, begann Robert stockend von den Ereignissen zu erzählen, die ihn schließlich an diesen abgelegenen Ort geführt hatten:

»Noch vor einem Jahr habe ich ein normales und geordnetes Leben geführt, bin täglich in Klagenfurt ins Gymnasium gegangen, hab mich mit Freunden getroffen ...«, begann er seine Erzählung.

Irgendwie hatte sich ein Freundeskreis von elf Gymnasiasten - davon vier Mädchen - zusammengefunden, der sich an Nachmittagen und Abenden traf und dem Robert angehörte. Da es kein Kino, und keine Tanzcafés in Klagenfurt mehr gab, traf man sich in der Wohnung eines Freundes, dessen Eltern ständig verreist waren und hört dort Jazzmusik. Niemand wusste, wer diese Platten mitgebracht hatte. Später borgte man sich gegenseitig verbotene Bücher: Zuckmayer, Mann, Brecht und andere. Bei den Treffen wurde oft getrunken, gegrölt und gesungen. Manche begannen sich in beschwipstem Zustand über den Führer lustig zu machen. Einer stieg auf einen Sessel, scheitelte sein Haar und hielt sich einen schwarzen Kamm so an die Oberlippe, dass er aussah, wie Adolf Hitler. Er imitierte die Stimme des Führers und sein rollendes »r« und hielt Ansprachen, die für schallendes Gelächter sorgten. Danach wurde zur Musik von Duke Ellington getanzt und hitzig diskutiert. Das ging so lange, bis zwei Burschen aus der Gruppe begannen, Gedichte gegen die Nazis zu schreiben und im Schulhof unter der Hand zu verteilen.

Um vier Uhr morgens holte die Gestapo Robert aus dem Bett. Die Mutter weinte, der Vater verwies lautstark darauf, dass er Mitglied der Partei war. Das sei lobenswert, würde aber wohl nichts ändern, meinte einer der Polizisten. Robert hatte keine Ahnung, was ihm bevorstand. Die Männer brachten ihn ins Polizeigefängnis von Klagenfurt. Der einzige Gegenstand in seiner Zelle war eine harte Holzpritsche. Drei Tage kümmerte sich niemand um ihn. Er bekam einen Krug mit Wasser, sonst nichts. Wieder rissen sie ihn in der Nacht aus einem unruhigen Schlaf, schleppten ihn in einen karg möblierten Raum. Dort fesselten sie ihm die Hände am Rücken und banden ihn so an den Heizköper, dass er nicht sitzen, aber auch nicht stehen konnte. Erst eine Stunde später betraten zwei Männer das Zimmer. Ruhig und sachlich erklärte einer mit Anzug, dass sie von ihm nur ein paar Informationen – wie zum Beispiel Einzelheiten über diese »konspirativen Treffen« bräuchten. Das meiste wisse man ohnehin. Danach würde alles den gewohnten Weg gehen. Robert zögerte, etwas zu sagen. Ohne Ansatz schlug ihm der andere Mann ins Gesicht und schilderte im Detail, was man zu tun gedenke, sollte er sich nicht als »kooperativ« erweisen: Schläge am Rücken, Zigarettenglut auf der Haut und Nadeln unter die Fingernägeln. Robert war kein Held, das gab er zu. Was sollte schon dabei sein, amerikanische Platten zu hören? Er erzählte von den Treffen. Wer genau dabei war, wollten sie wissen und wer den Führer beleidigt und wer die Hetzschrift verfasst hatte. Das wisse er nicht, lies Robert vernehmen. Wachen schleppten ihn in einen Raum im Keller, der nur von einer nackten Glühbirne erleuchtet war und banden ihn dort auf einen Tisch. Er erbrach vor Angst. Nannte ein paar Namen. Aber das war nicht genug. Sie würden ihm die Hoden abschneiden, drohten sie ihm. Aber nein! Keine Angst – davon sterbe man nicht! Nur halt ... Sie zogen ihm die Hosen herunter. Schnell fantasierte Robert von Dingen, die er gehört hätte, endlich ließen sie ab von ihm. Seine Hoffnung, damit davongekommen zu sein, erfüllte sich nicht. Schon drei Tage später traf er die anderen im Gerichtssaal von Klagenfurt. Die Verhandlung dauerte kaum eine Stunde: Alle – auch die Mädchen, waren zu je sechs Jahren Kerker verurteilt worden. Man brachte sie zurück in die Zellen. Drei Wochen passierte nichts. Ohne weitere Erklärung mussten die jungen Leute dann plötzlich in geschlossene Wagen steigen, in denen sie unter scharfer Bewachung nach Wien gebracht wurden. Das Urteil sei aufgehoben worden, teilte man ihnen dort mit. Die Jugendlichen schöpften Hoffnung, was sie aber nicht wussten: Ein *neuer* Prozess – diesmal vor dem Volkgerichtshof, begann. Wegen *Vorbereitung zum Hochverrat*. Gefesselt und im Laufschritt wurden sie in den Saal getrieben. Rechtsanwälte waren wieder nicht zugelassen – wegen der *Schwere des Verbrechens*, wie man erklärte. Hosenträger und Gürtel hatte man ihnen abgenommen. Dann kamen die Richter. Blutrot gekleidet schritten sie zu ihren Plätzen. Wurde einer der Angeklagten gefragt, hatte er sich zu erheben. Die Hosen rutschten weg. Man erlaubte ihnen nicht, sie zu halten. Am Ende mussten alle aufstehen. Die Richter setzten sich ihre Kopfbedeckungen aufs Haupt. Einer verlas die Urteile mit lauter, schneidender Stimme: Sieben von ihnen waren mit lebenslangem Zuchthaus bestraft worden. Vier der Schüler aber hatte man, *im Namen des Deutschen Volkes* zum Tode verurteilt. Robert gehörte zu ihnen. Die zwei Mädchen, die sterben sollten schrien entsetzt auf, als ihre Namen vorgelesen wurden. Nie in seinem Leben würde er je diese Schreie vergessen, erzählte Robert, beugte sich nach vorne und bedeckte sein Gesicht mit den Händen. Nach ein paar Minuten sprach er leise weiter: Wofür habe ich diese Strafe bekommen, hatte er sich gefragt. Wahrscheinlich - so vermutete Robert - waren andere beim Verhör einfallsreicher gewesen als er und hatten ihn damit belastet. Sofort trennte man sie in zwei Gruppen. Robert konnte vor Angst kaum Atmen. Die Todeskandidaten wurden hintereinander gestellt und aneinander gefesselt. Da begriff er mit blankem Entsetzen: Sie sollten auf der Stelle hingerichtet werden! Schon trieb man sie wieder im Laufschritt durch das Gebäude, schließlich in einen düsteren Raum, drei Stockwerke tiefer. Robert konnte nichts Besonderes erkennen im Raum. Dann schob man einen Vorhang zur Seite und alle konnten es sehen: Das Schafott. Er war der vorletzte in der Reihe. An Einzelheiten konnte er sich nicht mehr erinnern, da er das Bewusstsein verlor. Er kam zu sich. Man schleifte ihn vorwärts. Dann verlas man ihm nochmals das Urteil: Aufgrund der untadeligen Akten des Vaters war sein Urteil auf »Scheinhinrichtung« und zwanzig Jahre Kerker gemildert worden. Vorher habe man ihm das natürlich nicht zur Kenntnis bringen können. Man bedaure. Dasselbe wiederfuhr auch dem Mädchen, das hinter ihm in der Reihe mehr wankte als stand. In der Zelle gewann Robert wieder sein Bewusstsein. Bereits einen Tag später zerrten sie ihn abermals in eine Schreibstube. Junge Männer brauche man in diesen Zeiten am Schlachtfeld und nicht im Kerker, teilte ihm ein Uniformierter mit. Deshalb würde er ab sofort zur Wehrmacht überstellt. Zu einer Spezialeinheit allerdings – wo nur Kriminelle wie er ihren Dienst versahen. Der Offizier zwinkerte ihm jovial zu. Robert wurde tags darauf in Uniform mit einer schwarzen Kappe gesteckt und mit anderen auf einen Lastwagen verladen. Seine neuen Kameraden weihten ihn in die »Spezialaufgaben« ein, die nun vor ihnen lagen: Mienen räumen, Bomben entschärfen und Stürmen in vorderster Front. Himmelfahrtskommandos also, bei denen man ständig überwacht wurde und kaum überlebte. Nach der Abfahrt fuhren sie stundenlang in stockdunkler Nacht. Ein Ziel nannte man ihnen nicht. Auf dem offenen Wagen gab es Wachen vorne und hinten. Robert sah, dass die Wachen immer wieder einnickten. In der letzten Reihe sitzend, nahm Robert all seinen Mut zusammen - zu verlieren hatte er nicht viel - und sprang in voller Fahrt vom Wagen in die Finsternis. Er rollte sich ab, kam mit Schürfwunden davon, lauschte und war auf das Ärgste gefasst. Aber es gab keinen Alarm. Die Wachsoldaten pennten, und die anderen Kameraden blieben stumm. Als der Morgen graute, sah Robert, dass er sich im Gau Salzburg befand. *Saalfelden* war ihm ein Begriff. Zu den Eltern konnte er nicht, da würden sie zuerst suchen. Eine seiner Schwestern war in Kufstein verheiratet. Ob sie Robert verstecken würde war mehr als ungewiss, aber eine andere Wahl hatte er nicht. Einmal hatten sie Robert beinahe gefasst, aber freundliche Bauern halfen ihm weiter. Über einen kleinen Ort namens *Hinterglemm* kam er vorbei an einem winzigen See und über einen steilen Anstieg dann hierher.

»Ich war auf dem Weg ins Tal, da hab ich Stimmen gehört und mich versteckt. Als sie näher kamen, hab ich die Flucht ergriffen – den Rest kennt ihr ja selbst.«

Maximilian und Bastel schwiegen betreten. Ohne darüber zu sprechen, waren sie sich einig, dass man diese Geschichte nicht erfinden konnte und dass man Robert zumindest für einen Tag Unterschlupf gewähren musste.

Gemeinsam stapften sie zu ihrem Versteck und gaben Robert Brot und Heidelbeeren zum Essen. Dann teilten sie ihm einen Schlafplatz zu.

Am nächsten Tag gruben sie gemeinsam mit ihren bloßen Händen Erdäpfel aus dem Feld, das Anna Maximilian gezeigt hatte. Den geschenkten Wetterfleck als Behältnis nutzend schleppen sie die schmutzigen Knollen zurück ins Versteck. Bastel wusch sie dort und kochte so viel, wie er in der Blechpfanne unterbringen konnte. Gierig stürzten sich die Männer auf die heißen, ungeschälten Köstlichkeiten.

»Wieso müssen wir dieses Versteck gerade jetzt verlassen?«, begann Bastel wieder zu maulen. »Mit diesen Kartoffeln können wir doch problemlos über den Winter kommen.«

Maximilian schluckte langsam hinunter. »Die Kartoffeln können uns nicht vor der Kälte schützten«, sagte er. »Vor allem aber wiederhole ich nochmals: Wir haben Anna versprochen, von hier wegzugehen, um ihre Familie nicht in Gefahr zu bringen.«

»Da wussten wir aber noch nichts von den Kartoffeln.«

»Dieses Thema ist für mich abgeschlossen!«

Robert meldete sich leise: »Wenn ihr von hier Richtung Osten gehen wollt, kann ich euch einen Rat geben: Außerhalb des ersten Dorfes auf das ihr stößt, auf einem Hang, liegt ein kleiner Bauernhof, der von einem alten Ehepaar bewirtschaftet wird. Sie heißen Lois und Lena. Ihr einziger Sohn ist gefallen – die haben vor nichts mehr Angst. Die Alten haben selbst wenig, aber sie nehmen euch vielleicht für ein paar Wochen auf ...«

Während sich Bastel und Robert ausruhten, trieb es Maximilian zum Felsen. Dort ließ er sich nieder und suchte unruhig immer und immer wieder die Alm und die Hütte ab. Keine Person und kein Lebenszeichen waren zusehen.

Was mag nur passiert sein? War Anna krank geworden? Hielten sie die Probleme, die sie angedeutet hatte, davon ab, auf die Alm zu kommen? Oder wollte sie ihn nicht mehr sehen? Morgen würden sie aufbrechen, dann war die letzte Chance, Anna jemals zu treffen, endgültig vorbei. Bis spät in der Nacht hockte Maximilian in sich gekehrt am Felsen und starrte in die Dunkelheit. Mit Leere im Herzen stapfte er schließlich zurück zur Rindenhütte.

Kapitel 9

Aurach bei Kitzbühel, Oktober 1944

Von Wörgl kommend führt der Schienenstrang der Eisenbahn eng am westlichen Stadtrand von Kitzbühel vorbei, beschreibt eine aberwitzige Kurve quer übers Tal um sich dann im Osten dem Bahnhof der Stadt zu nähern.

Am Vorplatz des Bahnhofs - hinter dem Postautobus und neben ein paar abgestellten Limousinen - stand Anna neben ihrem Gespann. Sie hatte es übernommen, Mariann abzuholen, die quasi in Vertretung der Familie für drei Tage nach Innsbruck gereist war. Dort war Tante Adelheid nach fünfundachtzig Lebensjahren unter großer Anteilnahme zu Grabe getragen worden.

In dichte Dampfwolken gehüllt fuhr dass Züglein in den Bahnhof ein, während eine kaum verständliche Ansage durch den Lautsprecher schnarrte. Der Braune schnaubte unwillig und bäumte sich auf. Eine Minute später löste Mariann sich aus den Schwaden und kam mit einem Lächeln im Gesicht auf Anna zu, deren Miene ihr ungewöhnlich erst vorkam.

»Schreck dich jetzt nicht Mariann, aber es ist was passiert«, sagte Anna, nachdem sie sich begrüßt und das Gepäck verstaut hatten und der Braune dann losgetrabt war.

Marianns Lächeln erstarb, erschrocken presste sie die Hand auf den Mund und blickte Anna bang ins Gesicht: »Um Gottes willen – sag, was ist denn? Ist schon wieder wer gestorben?«

Sie antwortete nicht gleich, als müsste sie erst überlegen, wie sie es schonend formulieren sollte: »Als die Maria vorgestern in aller Herrgottsfrüh zum Stall ging, hat sie einen Mann weglaufen gesehen«, sagte Anna dann und Mariann hing an ihren Lippen. »Gleichzeitig ist ihr ein Geruch aufgefallen – ein Geruch, wie von Rauch oder versengtem Holz. Sie riss die Stalltür auf, da stand ein Teil schon in Flammen. Während sie noch ›Feuer, Feuer!‹ schrie, hat sie bereits begonnen, das Pferd und die Kühe herauszutreiben. Kurze Zeit später stürzten alle auf den Hof und haben gemeinsam gelöscht. Es war ein Glück, dass man mit dem Schlauch aus der Milchkammer Wasser in den Stall spritzen hat können – und vor allem, dass kein Wind gegangen ist. Der pechschwarze Rauch ist kerzengerade in die Höhe gestiegen und war bis ins Dorf hinunter zu sehen. Deshalb sind bald auch die paar Alten von der Feuerwehr mit dem Spritzenwagen gekommen und haben geholfen.«

Mariann weinte hemmungslos. »Und, wie schaut es jetzt aus?«, fragte sie mit tränenerstickter Stimme und blickte mit banger Miene zur Schwester.

»Das Wohnhaus ist – Gott sei Dank – heilgeblieben, die Scheune auch. Aber der Stall ist fast ganz ausgebrannt und überall stinkt es erbärmlich nach Ruß und nach Rauch. Niemand ist verletzt, den Kühen ist nicht viel passiert, drei Schweine sind aber jämmerlich zu Grunde gegangen, ihr Quieken war weithin zu hören – ein Geräusch, das ich lange nicht vergessen werde, das kann ich dir sagen.« Die Erinnerung daran ließ Anna verstummen. Dann fasste sie sich und sprach weiter: »Auch heute haben wir noch nach Glutnestern gesucht, starker Wind hätte sie wieder anfachen können. Wir haben der Maria viel zu verdanken – dass sie so früh aufgestanden ist und auch so rasch reagiert hat, man darf gar nicht daran denken, was sonst noch passiert wäre.«

»Was ist mit dem Mann, der weggelaufen ist?«

»Maria hat ihn nicht gut gesehen; sie weiß nur, er war groß und hatte einen geschorenen Kopf – es war halt noch ziemlich dunkel als sie ihn zu Gesicht bekam.«

»Wie hat es die Mutter aufgenommen und die Rosl?«

»Nur mit Mühe hab ich sie davon abhalten können, einen Blödsinn zu machen und auf der Stelle zum Oberleitner zu fahren. Die Rosl und die anderen haben sich wieder beruhigt.«

»Was kann man gegen so eine Gemeinheit tun?«

»Der Bürgermeister ist heraufgekommen und wir haben ihm alles gezeigt. Aber er ist nur herumgestanden, hat den Kopf geschüttelt und von schlechten Zeiten gemurmelt. Der nächste, der aufgetaucht ist, war der Gendarm. Ohne einen Kommentar hat er ein paar Notizen in sein Büchlein geschrieben, auch das, was die Maria über den Mann zu sagen gehabt hat. Ich glaube aber nicht, das dabei was herauskommt.«

Mit klappernden Hufen zog das Pferd das Gefährt neben der Ache entlang. Die Landstraße lag staubig und trocken vor ihnen. Wagen für Wagen kam ihnen eine Kolonne von Militärfahrzeugen entgegen. Fröstelnd zog Anna ihren Umhang enger an den Körper. In ihrem Gesicht war zu erkennen, dass sie noch irgendwas drückte.

»Der Brand betrifft mich auch noch in einer anderen Angelegenheit ...«

»Was meinst du damit?«

»Ich wollt darüber schon früher mit dir reden, Mariann.«

Diese blickte die Schwester beunruhigt von der Seite her an.

»Ich kann´s einfach nicht aushalten, die Sache für mich zu behalten ...«

»Wovon redest du?«

»Mariann, ich muss dir was erzählen, aber versprich mir bitte hoch und heilig, der Mutter niemals ein Wort davon zu sagen!«

Mariann machte sich jetzt ernsthaft Sorgen.

»Ich habe jemanden kennengelernt – einen Mann. Er ist schon Leutnant, aber ein sehr junger«, Anna zögerte, weiterzusprechen. »Und ich mag ihn wirklich sehr gerne ...«

»Anna!«

»Er ist groß, freundlich und sanft, hat braune Augen und ich fühle mich schon wohl, wenn ich ihn nur sehe.«

»Du hast doch den Johann! Das halbe Tal beneidet dich um den.«

»Der Johann macht mir Angst – er trinkt oft, dann wird er grob und laut.«

»Ich trau mich gar nicht daran zu denken, was die Mutter dazu sagen würde.«

»Sie darf es nie erfahren!«

»Wie hast du diesen Leutnant denn überhaupt kennengelernt?«

Wieder zögerte Anna. »Das ist ja da das Problem: Der Maximilian - so heißte er - versteckt sich in der Nähe unserer Alm.«

»Ein Leutnant, der sich im Wald versteckt?«

»Eigentlich sind es zwei. Beide sind Offiziere. Sie sind von ihrer Einheit geflüchtet und ich hab sie vor unserer Almhütte getroffen.«

Körperhaltung und Gesichtsausdruck von Mariann verrieten Unbehagen und Skepsis. »Und wie triffst du dich mit ihm?«

»Wir haben bis jetzt erst ein paar Stunden miteinander verbracht – da sind wir vor der Hütte in der Sonne gesessen und haben nur über uns und die ganze Welt geredet. Wir hätten für vorgestern ausgemacht, dass wir uns wieder treffen ...«

»Der Tag, an dem es gebrannt hat?«

Anna nickte. »Ich *muss* ihn einfach wiedersehen, aber ich kann erst morgen wieder auf die Alm und hab Angst, dass er dann nicht mehr da ist.«

»Wieso sollte er nicht mehr da sein?«

»Ich hab den beiden geraten, den Wald möglichst schnell zu verlassen – wegen der Gefahr mit dem Oberleitner, du weißt schon. Aber jetzt hoff ich halt, dass sie doch noch geblieben sind ...«

Mit verstörtem Gesicht starrte Mariann nach vorne, als sie sich dem Hof näherten. Immer noch stieg vom geschwärzten Stallgebäude dünner Rauch auf; an den Stellen, wo früher Fenster und die Türe saßen, klafften ihnen nun schwarze Löcher entgegen. Beißender Brandgeruch lag über dem gesamten Anwesen. Das Vieh stand, an lange Ketten gehängt, im Vorhof und fraß Heu, das man am Boden verteilt hatte. Gerätschaft die gerettet werden konnte, lag herum. Ein paar alte Männer mit rostroten Jacken und verbeulten Helmen rollten Schläuche auf und räumten eine altmodische Pumpe zusammen. Franzi und der Knecht waren dabei, einen rußigen Balken zu schleppen und grüßten mit einem Nicken ihrer Köpfe.

Die Mutter kam Anna und Mariann entgegen. Ihr von Ruß und Schweiß verschmiertes Gesicht wirkte müde, aber sie ging aufrecht und schien ungebrochen zu sein. Maria hinkte hinter ihr her über den Hof.

»Gut, dass du da bist, Mariann!« Die Mutter wischte sich mit einem Schürzenzipfel den Schweiß von der Stirne. »Zieh dir das grobe Gewand an. Kannst gleich der Rosl helfen, die Scheune auszuräumen, damit wir Platz für das Vieh kriegen.«

»Zuerst einmal – grüß dich Mutter«, murmelte Mariann. »Ich soll dir Grüße vom Onkel und den Vettern bestellen. Es waren viele Leute bei der Beerdigung, fast alle haben nach dir gefragt ...«

»Wir werden den Stall ganz neu aufbauen müssen, meint der Hauptmann von der Feuerwehr«, sagte die Mutter an Anna gerichtet. »Der war einmal Zimmermann und muss es wohl wissen – und der Aufhauser hat eine Botschaft geschickt: Er habe vom Feuer gehört und bietet uns wieder einmal seine Hilfe an.«

»Du kennst ja meine Meinung zum Viehhändler: Wenn wir jetzt Hilfe von dem annehmen, stehen wir ewig in seiner Schuld.«

»*Diesmal* lass ich mich aber von dir nicht mehr davon abbringen.« Die Augen der Bäuerin blitzten. »Und *diesmal* werde ich es dem Lump heimzahlen!«, fügte die Mutter erregt hinzu.

»Mutter, ich versteh dich ja«, sagte Anna. »Aber wir sollten die Angelegenheit erst nüchtern bereden und nicht im Zorn auf die Spitze treiben. Ich bin sicher, auch der Vater hätte so gehandelt. Es ist schon so viel Schaden angerichtet worden und wir wissen bis jetzt eigentlich gar nichts über die Ursache.«

»Wir müssen uns schützen. Und es gibt nur einen, der uns dabei helfen kann. Jetzt müssen wir einfach seine Hilfe annehmen! Gleich morgen in der Früh fahren wir zum Aufhauser und reden mit ihm.«

»Mutter! Ich muss morgen auf die Alm.« Die Stimme von Anna klang bittend.

»Du kannst übermorgen gehen.«

»Das geht nicht!«

Die Bäuerin musterte ihre Tochter verwundert. »Wieso soll das nicht gehen?«

»Ich muss doch die kranken Tiere versorgen!«

Mariann warf Anna einen warnenden Blick zu und schüttelte unmerklich den Kopf, dann nahm sie ihr Gepäck auf und ging damit zum Wohnhaus.

Die Mutter aber schien eine Entscheidung getroffen zu haben: »Je früher, desto besser! Anna, lass gleich den Braunen angespannt. Ich werde mich waschen und umziehen, dann fahren wir halt heute noch zum Viehhändler.«

Das prächtige Gebäude lag etwas abseits der Straße und ragte inmitten von altem Baumbestand empor. Über einem gemauerten Erdgeschoss erhoben sich zwei weitere Stockwerke, die man einst aus mächtigen Holzstämmen gezimmert hatte. Darüber zogen sich die Balkonbrüstungen mit kunstfertigem Schnitzwerk rund um das Haus; mehr als zwanzig Fenster konnte man allein an der Vorderfront zählen. Jedes der Fenster war flankiert von grün gestrichenen Läden. Hoch oben am Dach thronte das in Tirol obligate Türmchen und ein geschmiedeter Hahn, der sich nach dem Wind ausrichtete. Keramiktöpfe mit Geranien, Petunien und Gerbera, die bei der Einfahrt standen, sorgten für einen freundlichen Eindruck. Gemalt mit geschnörkelten Buchstaben prangte der alte Namen des Hofes über dem rot-weißem Tor: *Granderhof*

Fast ehrfürchtig standen Anna und die Mutter vor dem Tor, da hörten sie von Innen schon die dröhnende Stimme des Hausherren:

»Welcher Glanz in unserer bescheidenen Hütte!« Der Viehhändler persönlich erschien in der Türe – er musste sie schon vom Fenster aus gesehen haben. Ein Schäferhund schwänzelte um ihn herum und bellte sie an.

»Der Knecht wird sich gleich um euer Ross kümmern«, sagte er und rief dann dem Hund zu: »Sitz Arco, sitz!« Dann machte er eine einladende Geste: »Brandtnerbäuerin, Anna, kommt doch rein! Ich hab nicht gerechnet mit einem Besuch von euch.« Er drehte sich um und rief in das Haus: »Zenzi, wir haben Besuch!«

Seit die Frau vom Aufhauser vor Jahren gestorben war, führte Zenzi, eine mollige Vierzigjährige mit adrettem Gesicht, die Wirtschaft am Hof. Manche behaupteten, dass Zenzi mehr, als nur Haushälterin war. Vom Viehhändler selbst war darüber nichts zu erfahren. Nachdem Zenzi kurz aus dem Inneren des Hauses aufgetaucht war und die Frauen begrüßt hatte, verschwand sie wieder in der Küche, um Speck, Brot und einen Krug Südtiroler Rotwein heranzuschaffen. Mittlerweile führte Aufhauser die Frauen in eine geräumige Stube und forderte sie auf, sich ans Ende eines Tisches zu setzten, an dem gut zwanzig Personen ihren Platz hätten finden können. Anna ließ ihren Blick durch den Raum schweifen: Neben dem ausladenden und turmhohen Ofen fiel ihr vor allem die riesige Anzahl an Jagdtrophäen ins Auge, die die Wände zierten: Hirsche, Rehböcke, Gamsböcke, ja sogar die Hörner der seltenen Steinböcke waren vertreten. Außerdem ausgestopfte Auerhähne und Murmeltiere, sowie Fotos, auf denen Aufhauser abgebildet war – in Jagdtracht und stolz posierend neben allerlei erlegtem Hochwild.

»Hab schon gehört, dass der Feuerteufel bei euch gewütet hat. Sicher habt ihr jetzt alle Hände voll zu tun«, tönte der Hausherr und zündete sich eine neue Zigarre an. »Ja, ja, viel Gesindel zieht momentan durch unser Tal ...«, sinnierte er, und ließ nachdenklich Zeigefinger und Daumen über seine Barthaare streichen.

»Du, Aufhauser ...«, Die Bäuerin rückte auf ihrem Stuhl entschlossen nach vorne.

»Aber«, fuhr der Angesprochene fort, »es gibt, gottseidank, auch erfreuliche Nachrichten:« Seine Miene hellte sich auf. Ohne die Worte der Bäuerin überhaupt wahrzunehmen, griff er zu einem Feldpostbrief, der am Fensterbrett neben ihm lag. »Erst gestern ist vom Buben wieder Post gekommen.« Umständlich entnahm er seiner Brusttasche eine schmale Lesebrille und klemmte sie sich auf die Nase. Dann öffnete er das Kuvert und zog einen mehrseitigen Brief hervor. Verloren blätterte er darin, las er ein paar Zeilen, blätterte wieder. »Er hat einen Orden bekommen, vom Kommandanten persönlich!« Aufhauser blickte auf und nahm die Lesebrille wieder ab. »Und es könnte sogar sein, dass er für ein paar Tage nach Hause kommt, nur der Zeitpunkt ist noch ungewiss.« Er richtete seinen Blick auf Anna: »Ich bin sicher, du freust dich darüber – oder?«

Zenzi stellte in diesem Moment die Jause am Tisch ab und entband Anna vorerst davor, eine Antwort auf die gestellte Frage geben zu müssen. Die Haushälterin verteilte Teller, Besteck und die Gläser: »Guten Appetit, wünsch ich allseits!«

Der Hausherr schob den Brief zur Seite. Danach herrschte kurzes Schweigen, das die Bäuerin nutzte:

»Aufhauser, wir möchten mit dir eine andere Sache bereden: Jemand hat uns angezeigt, mit Lügengeschichten wegen angeblich illegalem Schlachten von Vieh. Ich hab jetzt eine Klage vom Gericht am Hals und kann mich gegen diese Lügen nicht wehren. Der, der uns angezeigt hat, schikaniert uns seit langem. Du kannst dir vorstellen, wen ich meine!«

Der Viehhändler zog seine Stirne in Falten und wiegte den Kopf.

»Da gibt es noch was ...«, fuhr die Bäuerin fort. »Der Teufel, der uns den Hof angezündet hat - wir hätten alle verbrennen können, wenn die Maria an dem Tag nicht so früh aufgestanden wäre - dieser Lump also, der hatte geschorene Haare, genauso, wie man es auf Bildern von Zuchthäuslern kennt. Und solche kurz geschorene Haare hat hier im ganzen Tal niemand, außer den Ruthenen vom Oberleitner – ich selbst habe vor Kurzem einen von ihnen gesehen, sie nennen ihn Juri.«

»Das ist eine gewagte Anschuldigung!«

»Das ist die Wahrheit, Aufhauser. Aber wir sind machtlos gegen den Gauner!« Die Bäuerin richtete sich auf, sah Aufhauser geradewegs in die Augen und klopfte mit dem Fingerknöchel auf die Tischplatte. »Du hast angeboten, uns zu helfen – und jetzt sind wir da, weil wir deine Hilfe brauchen!«

Die Pendeluhr am anderen Ende der Stube tickte. Aus der Tiefe des Hauses hörte man Gesprächsfetzen von Zenzi. Unberührt lagen Speck, Brot und die zu einem Küchlein geformte Butter vor ihnen.

Der Viehhändler räusperte sich ausgiebig. »Das ist nicht so einfach Brandtnerbäuerin«, sagte er endlich. »Eine Gerichtssache liegt außerhalb meiner Möglichkeiten.« Er zupfte wieder an seinem Bart. »Was anderes wäre es natürlich, wenn Anna und der Bub zumindest verlobt wären ...«, murmelte er vor sich hin. »Dann könnte ich vielleicht den Hermann in Berlin anrufen, es wäre dann ja eine Familienangelegenheit – sozusagen.«

Anna starrte mit reglosem Gesicht auf den Teller vor sich.

»Die Sache mit der Hochzeit haben wir schon beredet – wir machen das nach dem Krieg«, sagte die Mutter.

»Aber eine Verlobung ist ja keine große Sache, dann wär es halt abgemacht und besiegelt. Wenn ihr einschlagt, ist diese Angelegenheit schnell erledigt«, erwiderte der Viehhändler.

Zwei Paar Augen waren jetzt auf Anna gerichtet.

»Gebt mir Zeit zum Überlegen ...«

»Was gibst da zum Überlegen? Am Johann soll es nicht liegen. Der weiß, was er an dir hat.«

»Trotzdem, Aufhauser«, sagte Anna. »Ich werde darüber nachdenken und dann Bescheid geben ....«

Die Mutter presste ihre Lippen zu einem schmalen Strich zusammen, aber sie sagte kein Wort.

Kapitel 10

Auracher Hochalm, Oktober/November 1944

»Gekochte Kartoffel hat man bei uns am Gutshof nur an die Schweine verfüttert«, sagte Bastel verächtlich und stopfte sich eine der heißen Knollen in den Mund.

»Wir haben sie seit Kriegsbeginn häufig gegessen«, überraschte der wortkarge Robert diesmal mit einer Antwort. »Manchmal zusammen mit einem winzigen Stück Butter und einer Prise Salz.«

Maximilian beteiligte sich nicht am Gespräch. Er musste sich dazu zwingen, seinen Magen vor ihrem Aufbruch mit ungewissem Ziel noch einmal vollzuschlagen. Während er kaute, ließ er seinen Blick schweifen: Fensterloser Raum, gestampfter Erdboden, primitive Kochstelle und ungehobelte Fichtenbretter, das war alles. Im Sommer hatten sie hier an stickiger Hitze gelitten, im Spätherbst an Kälte, Zug und Feuchtigkeit. Fast immer waren sie in diesem Verschlag hungrig gewesen – und trotzdem hatten sie sich irgendwie geborgen gefühlt. Auch wenn er es sich - vor allem Bastel gegenüber - nicht anmerken ließ: Auch ihm fiel es schwer, dieses Versteck nach fast fünf Monaten Aufenthalt aufzugeben. Er bedauerte auch, Robert wieder seinem Schicksal überlassen zu müssen.

Schmerz in Form von bleierner Schwere im Sonnengeflecht überkam ihn jedoch, wenn er an Anna dachte. Er hatte sich das Gehirn in schlaflosen Stunden zermartert, aber keine vernünftige Begründung dafür gefunden, wieso sie nicht mehr erschienen war und ihn über die Umstände darüber im Dunklen ließ. Nur zweimal hatte Maximilian

Anna zu Gesicht bekommen, nur drei Stunden mit ihr verbracht, sie nur ein einziges Mal geküsst und dennoch wusste er schon jetzt, dass er dieses Mädchen sein Leben lang nicht mehr vergessen würde.

Die drei Männer in ihren feldgrauen Uniformen machten sich unter einem bedeckten Himmel zum Aufbruch bereit. Die Rindenhütte vor ihnen duckte sich ins Unterholz, wie eine verletzte Kreatur. Drohend ragten die Fichtenstämme, die im Lauf der Jahre fast alle Äste verloren hatten, dahinter auf und höhnisch kreischte ein Schwarzspecht im Dunkel des Waldes. Bastel hatte seinen Wetterfleck verknotet, mit Kartoffeln angefüllt und ihn wie eine bauchige Tasche über die Schulter gehängt. Mit dem Rest stopfte sich Robert die Taschen voll. Maximilian steckte die Mauser in die Pistolentasche, danach wuchtete er den Tornister auf den Rücken und schloss die Gurten über der Brust.

Sie hatten ausgemacht, Robert noch ein Stück des Weges zu begleiten – um dann umzukehren und die Gegend endgültig über die Berge nach Osten und damit Richtung Salzburg zu verlassen. Die kleine Gruppe setzte sich in Bewegung. Nach wenigen Minuten stießen die Männer auf den Jägersteig, der Richtung Alm führte. Bald hatten sie die Kuppe erreicht, von der man einen Teil des Tales überblicken konnte. Sie hielten an. Maximilian zeigte und erklärte Robert so gut es ging den Steig in das Tal und den Weg, der an Kitzbühel vorbei nach Norden und vielleicht irgendwann nach Kufstein führte. Sie warnten ihn davor, der Landstraße oder menschlichen Ansiedlungen zu nahe zu kommen, gaben ihm Tipps, wie er sich Nahrung beschaffen und wo er nächtigen könne. Zur Verabschiedung reichten sie ihm in bewegter Stimmung die Hand und wünschten ihm Glück. Wie es ihm die Ausbildner beigebracht hatten, salutierte

Robert, der wieder seine schwarze Kappe trug, vor den beiden Offizieren.

Da wurde Maximilian plötzlich von einer Bewegung aufgeschreckt. Er griff nach der Mauser. Nur hundert Meter unter ihnen eilte jemand mit wehendem Rock den steinigen Steig herauf, den Robert gerade in Begriff war, abwärts in Angriff zu nehmen. Es war eine Frau, wie aus der Kleidung deutlich zu erkennen war.

Es war Anna.

Sie kam näher, blickte auf, stutzte, winkte nach oben. Behände sprang sie über das Geröll, kürzte den Weg ab durch ein Feld mit kleinwüchsigen Bergkiefern und Blaubeergestrüpp. Maximilian konnte sehen, dass sie lächelte. Sein Herz machte einen Sprung und sein Körper wurde von Wärme überflutet.

Nun hatte Anna das Plateau erreicht, auf dem sie standen, kam direkt auf Maximilian zu und umarmte ihn. Er genoss es, ihren Körper zu spüren und träumte davon, sie nie mehr loszulassen.

»Anna! Wieso bist du nicht mehr gekommen?«, fragte er nachdem er wieder Luft geschöpft hatte.

Sie ließ ab von ihm. »Jemand hat bei uns am Hof Feuer gelegt – aber davon erzähl ich dir später.«

Bastel machte einen Schritt auf Anna zu und starrte sie an.

»Den Bastel kennst du ja schon«, sagte Maximilian und wies auf seinen Kameraden. »Und das ist Robert! Er hat Schreckliches mitgemacht, ist ebenfalls auf der Flucht und möchte sich nach Kufstein durchschlagen, weil dort seine Schwester lebt.«

Anna gab beiden freundlich die Hand und musterte den blassen Jungen mit den abstehenden Ohren, trat dann einen Schritt zurück: »Ich bin allein auf der Alm. Wenn ihr wollt, könnt ihr mit mir zur Hütte kommen. Ich hab Kletzenbrot mitgebracht.« Ein Lächeln huschte über ihr Gesicht: »Es ist mir noch gut in Erinnerung, wie verhungert die Herrn Offiziere bei unserer letzten Zusammenkunft gewesen sind.«

»Nur zu gerne«, antwortete Bastel wie aus der Pistole geschossen, obwohl sie gerade erst Kartoffeln in sich hineingestopft hatten »Da sagen wir keinesfalls nein!«

Maximilian hätte Anna jetzt lieber für sich allein gehabt, entschloss sich aber diesmal, Bastel nicht zu widersprechen, da sie die Einladung an alle gerichtet hatte.

»Sollen wir dann gleich aufbrechen?« Anna schaute die Männer fragend an.

Unterwegs griff sie nach Maximilians Hand und blickte lange zu ihm auf. In ihrem Blick lag Wärme und Klarheit. Unwillkürlich verzögerten sie ihre Schritte bis Bastel und Robert außer Hörweite gerieten.

»Schreckliche Geschichte mit dem Brand bei euch! Wer hat das Feuer gelegt?«

»Ein Teufel mit geschorenen Haaren. Vermutlich ist er aber nur Handlanger unseres Widersachers, des Ortsgruppenleiters.«

»Was genau ist passiert?«

Anna schilderte die Geschehnisse, erzählte auch von der Klage wegen dem Schwarzschlachten, verschwieg aber den Aufhauser. »Sei mir nicht böse, dass ich erst heute kommen hab können.«

»Ich verstehe dich nur zu gut, Anna.« Maximilian war kurz stehen geblieben, sah ihr in die Augen und schüttelte ungläubig den Kopf: »Wärst du nur fünf Minuten später angekommen, hätten wir uns nie mehr gesehen.«

»Davor hab ich Riesenangst gehabt.« Anna drückte seine Hand, dass es ihm fast wehtat. »Aber es ist kein Zufall, dass wir uns doch noch getroffen haben – unser Schicksal hat es einfach so gewollt.«

Die beiden gingen weiter.

Maximilian wurde ernst. »Wir sind heute aufgebrochen, um über den Berggrad nach Osten zu ziehen. Nur weil wir Robert seinen Weg zeigen wollten, sind wir noch ein Mal in deine Richtung marschiert. Und natürlich will ich deine Familie jetzt erst recht nicht zusätzlich gefährden«, fügte er leise hinzu.

Jetzt war es Anna, die stehen blieb und sich zu ihm drehte: »Aber *ich* möchte jetzt, dass ihr bleibt!« Sie stampfte mit dem Fuß in den Boden. »Wir werden uns nicht alles gefallen lassen und müssen diesen Gaunern endlich die Stirn bieten. Mehr könnt ihr uns ohnehin nicht mehr in Gefahr bringen, als wir es jetzt schon sind.« Ihr Körper und ihr Gesicht verrieten trotzige Entschlossenheit und ihre Augen funkelten.

»Du meinst es gut Anna, aber ...«

»Ihr müsst nur gut auf Euch aufpassen – versprichst du mir das?«, fragte sie leise.

Maximilian nickte. Schweigend gingen sie weiter. »Wie sollen wir den Winter überleben?«

»Darüber habe mir schon Gedanken gemacht. Es wird nicht einfach sein, aber wir können das schaffen!«

»Deine Familie wäre damit einverstanden?«

»Die einzige, die Bescheid weiß, ist Mariann, die ältere meiner zwei Schwestern.«

»Und ich kann auch Bastel nicht im Stich lassen – obwohl es immer schwieriger wird, mit ihm.«

»Was ist mit diesem Jungen?«

»Robert hat schreckliche Monate erlebt und ist dem Tod gerade noch von der Schaufel gesprungen. Er will weiterziehen, weil er glaubt, dass ihn seine Schwester in Kufstein verstecken wird, ich hege da aber meine Zweifel. Jedenfalls wäre es gut, wenn er sich ein paar Tage erholen könnte, bevor er weiterzieht.«

Sie erreichten die Alm, die Kameraden warteten bereits vor der Hütte.

»Ich habe eine Filzdecke mitgebracht. Wenn ihr wollt, können wir uns hier auf die Wiese setzen und alle miteinander das Kletzenbrot schmecken lassen ...«, schlug Anna vor.

»Was ist Kletzenbrot? Ich glaube, so etwas gibt es bei uns nicht«, fragte Maximilian.

Anna lachte: »Du solltest es kosten!«

Das *Kletzenbrot* erwies sich als köstlich süß und fruchtig schmeckende Spezialität, die aus Brotteig, Haselnüssen und getrockneten Birnen - in Tirol *Kletzen* genannt - bestand. Das Wetter war kühl, aber trocken und gut genug, um die Jause auf der Wiese einzunehmen. Wie hingeworfen saßen und lagen sie rund um den rot-braun glänzenden Brotlaib, den Maximilian mit seinem Offiziersmesser zerteilte, während Anna Wasser in Becher goss, die sie zuvor schon mit einem Löffel Himbeersirup versehen hatte. Kühe, die sich manchmal den vier quasselnden und lachenden Menschen näherten, vertrieb Anna mit seltsamen Rufen, die die Tiere scheinbar verstanden. Sie und Maximilian saßen eng nebeneinander und warfen sich immer wieder verstohlene Blicke zu.

Maximilian erzählte den beiden anderen kurz vom Vorschlag Annas, nun doch hierzubleiben und mit ihrer Hilfe im alten Versteck zu überwintern.

»Mein Plan war es ohnehin, hier zu bleiben.« Bastel hatte seine Großspurigkeit wiedergewonnen. »Die Nahrungsbeschaffung haben wir im Griff – nur einer von uns hat stur darauf bestanden, wegzugehen«, sagte er und blickte auf seinen Kameraden.

»Anna wird versuchen, uns mit dem Nötigsten zu versorgen«, sagte Maximilian.

»Wichtig ist nur, dass ihr euch um Brennholz kümmert. Das Wetter kann schnell umschlagen und die Winter hier oben sind kalt und lang«, sagte Anna.

»Harte Winter können mich nicht schrecken«, sagte Bastel, der seinen Blick nicht von Anna ließ. »Ich komme, wie ihr wisst, aus Ostpreußen, wo meine Familie einen großen Gutshof besitzt. Dort gibt es oft wochenlange Winterstürme. Dann müssen auch die riesige Herden in Unterkünfte gebracht werden.«

»Von der Cilli müsste noch Brennholz bei der Almhütte liegen. Einen Teil davon könnt ihr verwenden – es ist nur mühsam, das Holz zu eurer Rindenhütte hinauf zu schleppen.«

»Ich kann dabei helfen«, meldete sich erstmals Robert zu Wort.

Die Diskussion plätscherte dahin. Aufgezogen wie ein Uhrwerk riss Bastel das Gespräch immer wieder an sich, wobei er nicht vergaß, so zwischendurch seine aristokratische Abstammung zu erwähnen.

Maximilian, der die körperliche Nähe von Anna genoss, hielt sich zurück und schwieg. Viele Probleme der nächsten Wochen und Monate waren nicht gelöst, aber er hatte keine Lust, sich darüber mit Bastel in hitzige Diskussionen zu verwickeln. Diese Dinge würde er in Ruhe mit Anna bereden. »Gibt es was Neues vom Krieg, Anna?«

»Sie melden, dass die Bomber immer weiter ins Reich eindringen, auch kleinere Städte wie Pforzheim sind schon betroffen. Es ist schwer, sich ein Bild zu machen, aber es sieht so aus als wären die Alliierten schon im Elsass. Angeblich wurden die Engländer von der Wehrmacht am Rhein wieder zurückgeschlagen. Die Russen ...«, Anna blickte auf Bastel und stockte. »Die Russen stehen scheinbar an der Grenze zu Ostpommern. Das geben sie im Radio zu. Die Lage ist allgemein nicht gut, das können sie auch nicht mehr verschweigen. Die Menschen haben Angst. Der Vater hat geschrieben, dass es für niemanden mehr Fronturlaub gibt und manchmal kommen sie tagelang nicht mehr zum Schlafen. Im Dorf haben sie Siebzigjährige zum Volksturm rekrutiert. Das zeigt wohl am besten wie die Lage steht ...«

Maximilian strich seine Haare zurück und massierte nachdenklich die Schläfen, während Bastel noch immer mit Essen beschäftigt war. Stetig plätscherte Wasser in das nahe Brunnenbecken.

»Leider muss ich heute rechtzeitig wieder im Tal sein«, durchbrach Anna das Schweigen und begann die Becher einzusammeln. »Durch den Brand ist viel zu tun und ich möchte die Mutter auch nicht beunruhigen.«

Bastel setzte zu einer Äußerung an, aber Maximilian kam ihm zuvor: »Also ist es ausgemacht, dass wir unser altes Versteck wieder beziehen?«

»Das haben wir ohnehin schon beschlossen, aber ...«

Maximilian unterbrach Bastel ein zweites Mal: »Also gut. Bastel und Robert – könnt ihr so gut sein, voraus zur Hütte zu gehen? Ich komm dann nach ...«

Während sich Robert vom Boden erhob und die Brösel von der Hose klopfte blieb Bastel sitzen und starrte Maximilian an. Sein Blick ließ erahnen, dass er die Bitte als Demütigung empfunden hatte. Betont langsam stand er endlich auf, warf seinen Feldmantel trotzig über die Schulter und stapfte davon – ohne noch ein Wort zu sagen. Robert stolperte ihm nach.

Der Schleier, der den Himmel überzogen hatte, schien dünner zu werden. Kühler Wind kam auf. Leise brummend überquerte ein einzelnes Flugzeug das Tal.

»Ich muss mich für das Benehmen von Bastel entschuldigen.« Maximilian schüttelte verärgert den Kopf. »Ich hab mich während unserer Ausbildung mit ihm angefreundet, da waren wir lange Zeit im gleichen Zimmer untergebracht. Damals hat er mit seinen frechen Sprüchen oft den ganzen Zug zum Lachen gebracht. Ich mag ihn noch immer, aber jetzt macht er mir zunehmend Sorgen. Oft ist er launisch, manchmal völlig unberechenbar. Seit sich Robert bei uns versteckt, hat es wenigstens keine offenen Streitereien mehr gegeben.«

Anna richtete ihren Oberköper etwas auf und stütze sich auf ihren Ellbogen: »Ich kann dir noch etwas verraten: Dein Freund verschlingt mich mit seinen Blicken – ich wette, da ist auch Eifersucht im Spiel.«

»Glaubst du wirklich?«

Statt einer Antwort wiegte sie den Kopf.

»Das würde manches erklären ...«

Gemeinsam hoben sie Becher und Teller vom Boden auf, falteten die Lodendecke zusammen und schlenderten zurück zur Hütte. Maximilian betrachtete sie von der Seite. Er liebte die Art wie sie ging. Er liebte die ungezwungene Art wie sie sprach. Er liebte es wie sie die Dinge anpackte. Besonders aber liebte ihr Lächeln.

»Wieso gaffst du mich an?«

»Ich kann mich nicht sattsehen an dir.«

Nachdem auch Becher und Krug verstaut waren, setzten sie sich eng nebeneinander auf die Verandastiege. Maximilian zog die Decke über ihre Schultern.

»Wie willst du es schaffen, auch im Winter auf die Alm zu kommen, wenn doch deine Mutter nichts von uns wissen darf?«

»Unser Stall ist ausgebrannt. Ich werde der Mutter also den Vorschlag machen, die Kälber hier oben zu lassen und im Schafstall auf der Rückseite der Almhütte unterzubringen. Heu dürfte genug da sein, noch von Cilli. Dann müsste alle paar Tage jemand heraufkommen, um das Vieh zu füttern.«

»Geht das im Winter? Ich meine, ist der Weg überhaupt passierbar?«

»Vor ein paar Jahren hat uns ein Wintereinbruch schon im September erwischt. Da mussten wir es auch so machen – allerdings damals nur für einige Wochen. Als der Schnee zu tief war, sind wir mit Pferd und Schlittern heraufgefahren.«

Eine Pause entstand.

»Am liebsten würde ich dich gar nicht mehr ins Tal lassen«, flüsterte Maximilian und drückte sie an sich.

»Wie gerne würde ich bei dir bleiben!«, flüsterte Anna zurück.

In diesem Moment bildete sich genau in der Richtung, in die sie beide blickten, eine winzige Öffnung im schwarzgrauen Himmel. Ein Strahl der Sonne brach hindurch, bildete Reflexe an den Wolkenrändern und färbte ihre Umgebung in warmes, goldenes Licht. Maximilian drehte den Kopf und sah das erleuchtete Gesicht Annas vor sich. Ihr Mund hatte sich zu einem Lächeln halb geöffnet. Er musste sie einfach küssen.

Die Kameraden waren dabei, ein Loch im Hüttendach abzudichten, als Maximilian auf die Hütte zuging. Genauer betrachtet, kniete Robert am Dach und mühte sich ab, während Bastel von unten her mehr oder weniger hilfreiche Kommandos erteilte.

»Aaaah ..., geruhen Herr Leutnant uns wieder zu besuchen?«, rief ihm Bastel schon von Weitem entgegen.

Maximilian runzelte die Stirne »Was soll diese Frage? Ich glaube nicht, dass ich dir Rechenschaft darüber schuldig bin, wann ich komme und gehe.«

»Es wäre nur hilfreich, zu wissen, ob wir mit dir noch rechnen können ...«

»Zu deiner Beruhigung: Du *kannst* – warum auch nicht?« Maximilian wandte sich ab und stapfte verärgert zum Hütteneingang. Dort öffnete er den Riegel der Tür, drehte sich dann aber noch einmal zu Bastel um: »Im Übrigen hast du es mir zu verdanken, dass wir den Winter jetzt hier verbringen können.«

»Vielen Dank Kamerad! Schließlich habe ich es ja auch dir zu verdanken, dass ich in diese Scheiße überhaupt hineingeraten bin.«

»Du hast offensichtlich schon vergessen, dass du ohne mich jetzt als Infanterist im Dreck und im Feuer stecken würdest: Wenig Essen und Schlaf, ständige Lebensgefahr, zerfetzte Kameraden, Schmutz, Kälte, Nässe, Strapazen und schreiende Vorgesetzte. Wäre dir das angenehmer? Ganz abgesehen von der Möglichkeit, mittlerweile schon krepiert zu sein!«

»Dem Krepieren sind wir auch hier schon ziemlich nahe gekommen und die Chancen darauf stehen noch immer recht gut.«

In den folgenden Tagen sprach Maximilian mit Bastel nur das Nötigste und es war erkennbar, dass dieser ahnte, dass er zu weit gegangen war. Gemeinsam mit Robert schleppte Maximilian Brennholz von der Alm zum Versteck, während Bastel versuchte, mit Moos die Spalten der Wände abzudichten. Alle Versuche Maximilians, Robert in ein längeres Gespräch zu verwickeln, scheiterten. Seit der Schilderung seiner Leidensgeschichte, hatte der Siebzehnjährige kaum gesprochen. Er ordnete sich Bastel, der ihn wie seinen Adjutanten behandelte, bereitwillig unter und schien mit seiner Lage zufrieden zu sein. Mit neugierigen Augen beobachtete Robert Maximilian, wenn dieser eines seiner zerfledderten Bücher aus dem Tornister nahm und darin las. Maximilian bot ihm deshalb eines zum Lesen an, was dieser rasch annahm.

Als sie am Abend des nächsten Tages von der Pilzsuche zurück zur Hütte stapften, peitschte ihnen ein kalter Wind Regen ins Gesicht. Die Männer zogen sich in ihr Versteck zurück. Während der Regen auf das Dach prasselte, begann Maximilian mit dem Bleistiftstummel am Rand einer herausgerissenen Buchseite Dinge aufzuschreiben, die sie dringend brauchten. Anna hatte ihnen angeboten, die benötigten Artikel zu besorgen, soweit sie konnte:

Zündhölzer
Seife
Decken
Topf zum Kochen von Wasser
Öl oder Butter zum Braten
Salz
Brot

Käse
Socken
Jacke
Wetterfleck
Lampe u. Petroleum
Batterien für die Taschenlampen
Spaten oder Schaufel

Der Sturm hatte sich in der Nacht gelegt. Als sie sich am Morgen träge von ihren Pritschen erhoben, steckte ihnen ungewöhnliche Kälte in den Knochen. Beunruhigende Stille umgab sie. Maximilian angelte sich seinen Mantel, warf ihn über und nahm die Feldflasche zur Hand, um Wasser zu holen. Die Türe ließ sich nach außen nicht öffnen. Er drückte mit aller Kraft dagegen und sah dann, warum:

Der erste Schnee war gefallen. Knöcheltief lag die weiße Pracht am Boden, auf den Ästen, den umgestürzten Baumstämmen und auf ihrem Tischchen, das sie vor der Hütte aus herumliegenden Balken gezimmert hatten. Zwischen den aufreißenden Nebelfetzen konnte man erkennen, dass die gesamte Umgebung mit Schnee bedeckt war.

Sie hatten einen Vorgeschmack davon bekommen, was sie in den nächsten Monaten erwartete.

»Wie sollen wir es schaffen, bei solchen Verhältnissen über den Winter zu kommen?«, fragte Bastel, stülpte sich den Wetterfleck über die ramponierte Uniform, warf sich wieder auf die Bettstatt, rollte sich dort zusammen und zog den Kopf ein.

»Was hast du erwartet? Ich glaube nicht, dass das schon alles ist, was der Winter hier oben zu bieten hat«, äußerte sich Maximilian vorsichtig. »Aber ich vertraue darauf, dass Anna uns helfen wird.«

»Es war eine Schnapsidee, den Winter hier oben verbringen zu wollen«, knurrte Bastel in seiner Höhle.

»Hast du eine bessere?«

»Unsere Ausrüstung ist einfach nicht geeignet.«

»Die Kameraden in Russland sind nicht viel besser ausgerüstet und müssen dort schon den fünften Winter überstehen. Und der Winter in Leningrad wird kaum milder sein, als der hier in Tirol.«

»Was machen wir, wenn unsere Quelle einfriert?«

»Wir schmelzen Schnee auf dem Feuer. Ich glaube allerdings, dass der Bach bei der Lichtung nicht völlig einfrieren wird. Dort können wir immer Wasser holen, müssen halt ein Stück weiter gehen.«

Bastel dreht sich zur Wand – für ihn war das Gespräch damit beendet.

Robert macht sich auf, um wieder ein Paket mit Holz von der Alm zu holen.

Maximilian hockte auf der Pritsche und grübelte. Beim Schreiben der Liste hatte sich eine Idee in seinem Kopf festgesetzt: Seine Bücher, das war ihm bewusst geworden, wiesen viele Leerseiten und unbedruckte Ränder auf. Um Ärger und Angst abzubauen, die ihn oft nächtelang quälten, beschloss er, diese weißen Stellen zu nutzen und ein Tagebuch zu schreiben: Er kramte den Stummel und eines der Bücher aus dem Tornister und versuchte sich auf einem der Leerblätter aus den *Leiden des jungen Werthers* sogleich mit einer ersten, unbeholfenen Eintragung:

13. November 1944: Über Nacht ist es Winter geworden. Schätze, dass ca. 20 cm Schnee gefallen sind. Erstmals ist es empfindlich kalt. Obwohl Bastel Hose und Wetterfleck von Anna zusätzlich zur Feldkleidung angezogen hat, jammert er über die Kälte, verfällt in Trübsinn und macht mir wieder Vorwürfe. Ich bemühe mich, geduldig zu bleiben, weiß aber nicht, wie lange ich seine Launen noch aushalten werde. Jetzt bin ich froh, dass Robert da ist. Der spricht wenig, hilft wo es geht und scheint weder gute, noch schlechte Launen zu kennen. Irgendwie ist er mir sympathisch, vor allem wenn ich daran denke, was er in seinem Alter schon mitgemacht hat. Mir ist selbst bange vor dem Winter, aber das darf ich nicht zeigen. Nur noch ein Tag bis zu meiner nächsten Verabredung mit Anna! Ich kann es kaum erwarten und hoffe, dass sie diesmal wirklich kommt. Bastel werde ich erst morgen vom Treffen erzählen. Die Dinge, die mir Anna vom Brand ihres Stalles und von der Klage gegen ihre Familie erzählt hat, beunruhigen mich.

So schnell der Spuk kam, war er wieder vorbei. Den beiden Tagen mit Winterwetter waren Wind und deutlich mildere Temperaturen gefolgt. Die Berge über ihnen schimmerten noch in verwaschenem Weiß, aber in der Höhe in der sie sich aufhielten, waren nur mehr wenige Schneeflecken übrig geblieben. Schmelzwasser und einsetzender Regen hatten Waldboden und Wiesen in Schlamm und Sumpf verwandelt und die Wege mit Pfützen übersät.

Kleine Bächlein rannen ihm von der Schirmkappe ins Gesicht und von dort in seinen aufgeweichten Kragen. Die mit feuchtem Laub verklebten Stiefel sanken immer wieder ein: Der Boden unter seinen Füßen hatte sich in eine weiche, rutschige Masse verwandelt.

Anna war schon da, als Maximilian die Stufen zur Veranda hochstürmte und die Hütte betrat. Verliebt begrüßten sie sich. Er klopfte die Nässe vom Mantel und nahm seine triefende Kappe ab.

»Kannst du gleich wieder aufsetzen!«

»Was hast du vor?«, fragte er verdutzt.

»Das wird nicht verraten!« Anna war mit weitem Lodenmantel bekleidet und zog die Kapuze über den Kopf.

»Wo willst du hin?«

Anna lachte ihm nur zu, schob ihn sanft aus dem Haus und sperrte die Tür hinter sich zu. »Du wirst schon sehen!« Sie nahm Maximilian die Kappe aus der Hand, setzte sie ein wenig schief auf seinen Kopf, stellte ihm den Mantelkragen hoch und salutierte übermütig. »Melde gehohrsamst Herr Leutnant! Wir machen einen kleinen Ausflug in Richtung Tal«, schnarrte sie dann, eine Männerstimme imitierend.

»Bist du sicher, dass das gescheit ist?«

Anna zog einen Schmollmund, wischte ihm mit einer zärtlichen Bewegung ein paar Regentropfen aus dem Gesicht und gab ihm einen dicken Kuss auf den Mund: »Vertrauen sie mir einfach, Herr Leutnant!«

Maximilian zog ihr die Kapuze ins Gesicht, sodass sie nichts mehr sehen konnte und zog sie fest an sich.

Wie zwei kleine Kinder stapften sie wenig später den Weg zum Tal bergab, der Maximilian von ihren »Raubzügen« schmerzlich vertraut war. Sie hielten sich an den Händen und ließen die Arme dabei schwingen. Immer wieder tauchten sie völlig in den Nebel ein. Dann blieben sie stehen, hielten sich fest und küssten sich. Später rissen die Schwaden wieder auf, gaben kurz den Blick auf das Tal frei. Mit traumwandlerischer Sicherheit führte ihn Anna immer weiter bergab. Wieder bewunderte er ihre Sicherheit und die Art, den steilen Weg wie eine Gazelle zu bewältigen. Mit Schaudern dachte Maximilian daran, dass er hier mit Anna schon einmal gegangen war. Damals war sie ihm gefolgt und hielt ein geladenes Gewehr in der Hand.

»Wie weit ist es noch?«

»Nicht mehr weit.«

Manchmal hatte Maximilian Mühe, Anna zu folgen. Er nahm wahr, dass es nun nicht mehr bergab ging und sie ein abgeerntetes Getreidefeld überquerten. Sekundenlang verschluckte sie völlig der Nebel – dann stand Anna plötzlich wartend wieder am Weg und lächelte ihm zu. Oder sie pfauchte ihn von der Seite her an wie ein dunkles Gespenst. Als er nach ihr griff, war sie schon wieder in den milchigen Schwaden verschwunden, um sich kurz darauf von hinten zärtlich an ihn zu klammern.

Maximilian bemerkte, dass sie plötzlich auf einer schmalen Holzbrücke standen, tief darunter toste der Bach. Ein mulmiges Gefühl beschlich ihn. »Kannst du mir sagen, wo wir hier sind?«

»Fast da!«

Die Umgebung, die er nur schemenhaft wahrnahm, kam ihm bekannte vor. Ein Hund schlug jetzt im Hintergrund an und rasselte an seiner Kette. Abrupt blieb Maximilian stehen.

»Was hast du?«, Anna nahm ihn an der Hand und zog ihn weiter.

Durch die Schleier waren plötzlich die vertrauten Umrisse eines Hauses zu erkennen. Sie näherten sich dem Gebäude. Ein bäuerlicher Gemüsegarten war durch den milchigen Dunst zu erahnen und ein Türchen aus Holz.

»Anna, bitte hör zu ...«

»Komm, man wartet schon auf uns!«

Er ließ sich in einen dunklen Gang ziehen.

»Burgi!«, rief Anna. »Wir sind jetzt da!«

Göttlicher Geruch umgab sie plötzlich und ließ Maximilians Knie weich werden.

»Anna warte«, machte er einen letzten, kläglichen Versuch.

»Geht gleich hinein ...«, war eine Frauenstimme aus dem Hintergrund zu hören. »Ich bin sofort bei euch.«

Anna öffnete eine Tür und geleitete Maximilian in eine gemütliche Stube. Der Kachelofen in der Ecke strahlte trockene Wärme aus, und ein quadratischer, für drei Personen gedeckter Tisch zog Maximilians Blick auf sich. Das Fensterbrett hinter der Sitzbank hatte jemand mit herbstlichen Blumen geschmückt.

»Zieh deinen nassen Mantel aus und häng ihn zum Ofen.« Auch Anna legte ihren Umhang ab und warf ihn über eine Eisenstange neben dem Kachelofen, die offensichtlich diesem Zweck diente. Erst jetzt erkannte Maximilian, dass sie in festliche Tracht, mit langem schwarzem Rock und blassblauer Schürze, gekleidet war. Er musste an die Frauen denken, die sie damals im Wald versteckt beim Kirchgang beobachtet hatten und die ganz ähnliche Kleidung getragen hatten. Noch einmal regte sich sein schlechtes Gewissen und das Verlangen, ihren Diebstahl im Garten neben dem Haus zu beichten.

Die Tür ging auf – eine kleine, rundliche Frau mittleren Alters und mit freundlichem Gesicht stürmte herein und beäugte den Gast in der Uniform neugierig.

»Burgi, das ist er, mein Maximilian!«, sagte Anna und fuhr an Maximilian gerichtet fort: »Das ist die Burgi. Sie ist Taufpatin und gleichzeitig eine Freundin von mir – und sie weiß Bescheid über uns.«

»Willkommen im Hausleitenhof!«, sagte Burgi mit herzlichem Lachen und reichte ihm die Hand.

Maximilian schämte sich zu Tode, diese Frau bestohlen zu haben.

»Ich hab der Burgi über uns erzählt, und nachdem wir sonst nirgendwo hingehen können, hat sie uns zu sich eingeladen ...« Anna hakte sich bei der Gastgeberin unter. »Burgi ist außerdem eine gute Köchin!«

»Aber nein – die Wahrheit ist, dass meine Magd bei uns kocht und die ist lange Zeit in einer Wirtshausküche gestanden.«

Sie nahmen nebeneinander auf der Bank hinter dem Tisch Platz. Burgi brachte vergorenen Most aus Äpfeln und Birnen, von dem Maximilian nach dem Anstoßen einen ausgiebigen Schluck machte. Entspannt wurde über Unterschiede zwischen dem heimischem und bayrischem Essen geplaudert. Dann stellte Burgi drei Teller mit Suppe auf den Tisch, in denen Fladen aus Brot und geschmolzenem Käse schwammen, die *Kaspressknödel* genannt wurden. Anna schenkte kühlen Most nach.

Maximilian schloss die Augen und wusste in diesem Moment nicht, wie ihm geschah; fühlte sich, als träume er nur – von einer paradiesischen Oase inmitten einer verwüsteten, gefahrvollen Welt.

Er öffnete wieder die Augen: Noch immer sah und fühlte er den vom Kachelofen mit knackendem Holz geheizten und vom gelblichen Schein der Lampe erhellten Raum mit seinen vertäfelten Wänden und nahm die Stimmen freundlicher Menschen wahr. Über all dem schwebte ein göttlicher Duft von Zirbenholz und würzigem Essen. Der säuerlich-süß schmeckende Most war ihm in den Kopf gestiegen. Wenn er aber diesen Kopf nur ein klein wenig nach rechts wandte, erschien der Traum endgültig in Phantasie zu versinken: Neben ihm sah er das von Kerzenlicht beleuchtete Antlitz von Anna. In ihren Augen lag ein magisches Glühen und er spürte gleichzeitig die Wärme ihres Körpers.

Irgendwo in seinem Hinterkopf regte sich aber der Funken einer Ahnung, dass Träume wie dieser zu schön waren, um sie festhalten zu können.

Nach der Suppe stellte Burgi Tiroler Gröstel mit Speck und schließlich – als süßen Abschluss einen Kaiserschmarrn mit Zwetschkenkompott auf den Tisch. Man sprach über das Rezept, um einen solchen Schmarrn zuzubereiten, man sprach über den Winter, der unmittelbar bevorstand und die Ernte, die gerade noch rechtzeitig eingebracht worden war. Maximilian erzählte von seiner Heimatstadt München und vom Oktoberfest und Burgi von den Mühen, einen der höchstgelegensten Höfe im Tal zu bewirtschaften. Schließlich, und wohl unvermeidlich in diesen Zeiten, kamen sie auf den Krieg zu sprechen, dessen schreckliches Ende sich am Horizont abzuzeichnen schien. Bald aber versiegte das Gespräch. Das Geschirr wurde abgeräumt, Most noch einmal nachgeschenkt, dann verschwand die Hausfrau taktvoll in die Küche.

Der Abend dämmerte durch die Fenster und irgendwo im Haus spielte jemand auf einer Harmonika. War das der Alte, den sie kennengelernt hatten – mit einem Gewehr in der Hand? Hin und wieder hörte man Holz im Kachelofen knacken. Die Verliebten hielten sich fest an den Händen und tauschten zärtliche Worte.

»Ich würde jetzt gerne mit dir zur Almhütte gehen«, flüsterte Anna. »Aber ich muss nach Hause, damit die Mutter keinen Verdacht schöpft ...«

Beide Kameraden schliefen tief und fest, als Maximilian sich auf die Bettstatt fallen ließ. Lange noch klang das Erlebte in seinem Herzen nach, bevor er endlich einschlief.

Die am Morgen erwarteten, anzüglichen Lästereien von Bastel blieben aus. Missmutig, aber ohne jegliche Bemerkung oder Frage zu Maximilians Rendezvous zog Bastel mit Robert los, um im nahen Wald Brennholz zu sammeln. Schmutz und Schlamm waren ein Problem geworden, seit der Regen den Boden im Umkreis ihrer Behausung völlig aufgeweicht hatte. Maximilian schnitt deshalb Reisig von den Bäumen und legte es in dicken Schichten rund um die Hütte auf.

»Wann kriegen wir endlich die Sachen?«, konnte Bastel sich nicht verkneifen zu fragen, nachdem er mit ein paar dürren Ästen zur Hütte zurückgekehrt war.

Maximilian legte sein Buch zur Seite, das er soeben zur Hand genommen hatte. »Was soll das? Ich habe Anna die Liste mit den Sachen erst gestern übergeben können. Wieso fragst du also heute schon danach?"

»Wann kommt sie wieder?«

»Sie wird in ihrer Hütte einheizen, damit wir den Rauch sehen können, wenn sie zurück ist. Du musst im Übrigen damit rechnen, dass sie nicht alle der aufgeschriebenen Sachen beschaffen kann.«

Robert schleppte einen Berg von Holz auf seiner Schulter daher, schlichtete es mit Sorgfalt an die Hüttenwand und setzte sich dann zu den anderen. Maximilian hatte das Gefühl, als wären die hohlen Wangen des jungen Kameraden in den wenigen Tagen, die er bei ihnen war, etwas voller geworden.

»Willst du immer noch zu deiner Schwester weiterziehen?«, fragte ihn Maximilian.

»Was sollte ich sonst machen?«

»Bist du sicher, dass sie dich verstecken wird?«

Der Junge zögerte mit einer Antwort.

»Lebt sie auf einem Bauernhof?«, fragte Maximilian weiter.

»Ihr Mann hat, glaub ich, eine Mühle geerbt ...«

»Möchtest du nicht lieber bis zum Kriegsende hierbleiben?«

Robert blickte auf Bastel.

Der kniff erst unwillig die Augen zusammen, gab sich dann großzügig und blieb stumm.

Irgendwo am Berg krachte plötzlich ein Schuss und die Männer zuckten zusammen.

Maximilian sprang auf und blickte in die Richtung, aus der der Schuss gekommen sein musste. »Das waren nicht mehr als ein paar hundert Meter Entfernung!«

Alle drei hielten jetzt den Atem an und lauschten angestrengt, aber es war nichts mehr zu hören.

»Sind die schon auf der Suche nach uns?«, fragte Bastel und seine gönnerhafte Miene war verflogen.

»Anna hat doch von diesem Wilderer erzählt – es könnte sein, dass der geschossen hat, um ein Reh oder eine Gams zu erlegen.«

Bastel und Maximilian beschlossen, die Hütte von nun an nicht mehr ohne geladene Waffe zu verlassen.

Kapitel 11

Aurach, November 1944

Als der Brandtner-Bauernhof anno 1863 nach einem Totalbrand vollkommen neu gemauert und gezimmert worden war, bestand die Hof-Gemeinschaft noch aus mehr als dreißig Personen. Neben der achtköpfigen Bauernfamilie lebten und schufteten auf dem Anwesen noch Küchenhilfen, Mägde, Sennerinnen, Ross-, Holz- und Jungknechte sowie Hütebuben, Vorfahrer und Erntehelfer. Aus diesem Grund wies der Wohntrakt des Hofes im ersten und zweiten Obergeschoß auch eine entsprechend große Anzahl von Kammern auf, die früher von zwei bis drei Dienstboten geteilt wurden.

Eine dieser Kammern, die man über steile Holztreppen und einem spärlich beleuchteten Gang erreichte, war seit Jahren Anna zugeteilt. Sie war gerade groß genug, um eine karge Ausstattung unterzubringen: Enges Bett, schmalbeiniger Tisch, Sessel sowie Truhe und ein Kasten, der von der Großmutter stammte und mit kunstfertigen Malereien versehen waren.

An diesem Sonntagmorgen kniete Anna vor der geöffneten Truhe und kramte darin herum. Sorgfältig schlichtete sie Wäschestücke von einem Platz auf einen anderen. Während sie eine bestickte Bluse zur Hand nahm und glatt strich richtete sie sich auf und blickte zu Mariann, die lässig zurückgelehnt am Bett saß und ihre Beine baumeln ließ.

»Wenn du ihn erst einmal gesehen hast«, sagte Anna, »dann wirst du auch so denken, wie ich: Er sieht schneidig aus in seiner Offiziers-Uniform und hat in seinem Alter schon eine Kompanie mit vierzig Soldaten geführt! Und er ist ein Mann zu dem man aufschauen kann – nicht nur, weil er so groß ist. Ich mag es, wenn er gegen seine widerspenstigen Haare kämpft. Und ich fühl mich einfach geborgen, wenn ich bei ihm bin.«

»Wie kannst du das alles schon wissen – in so kurzer Zeit?«

»Mir kommt vor, als würde ich ihn schon ewig kennen.« Anna legte die Bluse sorgfältig gefaltet wieder in die Truhe. »Trotz seines Ranges ist er ein wenig schüchtern. Am Anfang musste ich ihm einen kleinen Stoß geben«, sagte Anna und schmunzelte. »Aber das hat sich schnell geändert. Ich glaube, auch er liebt mich sehr ...«

»Der Johann ist doch auch groß und stark.«

»Höchstens grobschlächtig wie sein Vater! Und wenn der Johann im Wirtshaus sitzt, dann sucht er Streit und man muss man sich vor ihm fürchten – mit *ihm* aber kann ich lachen und glücklich sein. Maximilian ist ruhig und freundlich.« Anna zog ein schillerndes Tuch aus der Truhe, legte es sich um die Schulter, stand auf und drehte sich. »Wie findest du das, Mariann?«

»Es ist viel zu bunt für dich, du hast doch das moosgrüne, das steht dir besser ... Und was ist mit diesem anderen Offizier?«

»Sebastian? Der ist kleiner, gedrungen und etwas älter. Und er ist ein Baron oder so etwas Ähnliches. Er starrt mich ständig an und redet eigenartiges Zeug. Ich finde ihn auch nett, aber ein bisschen unheimlich, Max hat mir erzählt, dass er furchtbar launisch sein kann«, sagte Anna, entnahm der Truhe eine fliederfärbige Schürze, richtete sich wieder auf, band sie um, stützte die Hände in die Hüften und ging damit auf und ab. »Wie gefällt sie dir?«

»Ja, die ist hübsch. Ich weiß gar nicht, wieso du sie in der Truhe versteckst. Ich könnte diese Schürze gut brauchen. Kannst du sie mir borgen?«

Anna nickte.

»Und wie soll das mit euch jetzt weitergehen?«

»Das Problem ist, dass sie ohne Unterstützung den Winter nicht überleben können – ich werde ihnen deshalb irgendwie helfen müssen. Dazu brauche ich wahrscheinlich auch deine Hilfe, Mariann. Und das Schwierigste wird sein: Ich muss die Mutter dazu bringen, die Kälber im Winter auf der Alm zu lassen, damit ich mich mit ihm treffen kann!«

»Anna pass auf, dass du es nicht übertreibst! Wenn die Mutter das mit dem Leutnant erfährt, dann möchte ich nicht in deiner Haut stecken! Sie rechnet fix damit, dass du den Johann heiratest.« Mariann hatte sich aufgesetzt und die Füße wieder auf den Boden gesetzt.

»Ich lasse mir von ihr nichts vorschreiben! Wenn der Vater da wäre, würde er mir sicher helfen.« Das vorgereckte Kinn Annas verriet Widerspenstigkeit, sie nahm die Schürze ab, faltete sie sorgfältig und legte sie neben Mariann auf das Bett.

»Aber du weißt doch, wir brauchen den Aufhauser!«

Anna schloss die Truhe mit einer heftigen Bewegung und ihre Augen funkelten. »Was hat das mit mir zu tun?«

»Das weißt du genau!«

»Soll ich mir deshalb mein ganzes Leben verderben? Ich mag ihn nicht!«

»Anna hör mir bitte zu: Ich freue mich ja für dich über diesen Leutnant. Und wenn du mich brauchst, werde ich dir auch helfen. Irgendwie kann ich dich sogar verstehen, aber ...«

»Ich werde den Johann nicht heiraten!«

Auf Marianns kindlicher Stirne hatten sich Falten gebildet: »Du kannst die Mutter jetzt nicht im Stich lassen! Was soll aus uns werden, wenn man sie einsperrt? Wir können auch den Hof ohne sie nicht führen.« Sie stand abrupt auf, nahm die Schürze in die Hand und wandte sich zur Türe. »Ich hoffe wirklich, du überlegst dir das gut!«, sagte sie, dann blickte Mariann noch einmal zur Schwester: »Sei pünktlich unten, damit wir rechtzeitig in die Kirche kommen.« Sie schloss die Türe hinter sich.

Die nach der Messe abgehaltene Chorprobe war kurzfristig auf Wunsch vom Herrn Pfarrer und im Hinblick auf die nahende Adventzeit angesetzt worden. Die Probe auf der Orgelempore im hinteren Teil des Kirchenraumes wurde wie immer vom siebzigjährigen Volksschullehrer Schweiger geleitet, der gleichzeitig Organist und Chorleiter des Ortes war: Gemeinsam wurden ein paar Lieder gesungen und ein Choral neu eingeübt. Hell, aber dünn erklangen die Stimmen der Frauen. Die fehlenden Bass- und Baritontöne wurden vom Chorleiter selbst gebrummt oder von der verstimmten Orgel imitiert. Recht zufrieden sei er, bemerkte anschließend der Herr Dechant, der, in einer der Kirchenbänke sitzend, zugehört hatte. Aber im Hinblick darauf, dass der Advent praktisch vor der Tür stehe, halte er es für angebracht, von nun an jeweils am Dienstagabend weitere Proben einzuschieben. Das wurde von den Sängerinnen zur Kenntnis genommen, worauf sich die meisten der Frauen verabschiedeten und der Herr Pfarrer sich in Vorfreude auf das Mittagessen in den Pfarrhof zurückzog. Burgi und Aloisia, ihre Magd hatten es - einer festen Regel folgend - an diesem Tag übernommen, die Kirche mit Tannenreisig zu schmücken. Die Frauen vom Brandtnerhof waren geblieben, um ihnen dabei zur Hand zu gehen. Anna band die duftenden Zweige unter die Jahrhunderte alten Bildstöcke. Feierlich lag die Kirche vor ihr: Barocker Altar mit gedrehten Säulen an beiden Seiten, bunte Heiligenbilder an den Wänden und eine Kanzel mit üppig vergoldeten Girlanden. Der hohe Kirchenraum und die Fenster mit den nach oben spitz zusammenlaufenden Linien zeugten davon, dass die Kirche vor langer Zeit in gotischem Stil gebaut und erst viel später mit barockem Schmuckwerk versehen worden war.

Rasch war der freiwillige Dienst erledigt. Gemeinsam setzte man sich noch in die Sakristei, wo der Herr Pfarrer eine Kanne mit Blümchenkaffee und ein paar Tassen bereitgestellt hatte. Messgewänder für den Priester und die Ministranten hingen sorgsam gefaltet an den Wänden. Die Nische gegenüber füllte ein gut verschlossener Schrank, in dem liturgische Gerätschaft verwahrt wurde.

»Habt ihr den Stall jetzt schon ausgeräumt?«, fragte Burgi während sie sich Kaffee einschenkte und die Kanne wieder auf das Tablett stellte.

»Eine furchtbare Arbeit bei all dem Ruß und Schmutz!«, sagte die Brandtnerbäuerin, während sie Milch in ihren Kaffee schüttete. »Und ein Gestank, den man einfach nicht mehr los wird.« Sie nippte an der Tasse: »Das schrecklichste aber waren die verbrannten Tiere. Ich möchte so etwas nie wieder machen müssen!«

»Und das Wohnhaus ist heil geblieben?«

»Gottseidank! Wir haben immer noch den Brandgeruch im Haus, aber sonst ist nichts passiert – das haben wir nur der Maria zu verdanken. Der Franzi war mit der Leiter auf dem Dach und hat es überprüft, es scheint in Ordnung zu sein.«

»Was macht ihr jetzt mit dem Vieh?«

»Das bringen wir schon irgendwie unter am Hof.«

»Mutter, die Kälber können wir doch im Stall auf der Alm lassen«, sagte Anna mit ruhiger Stimme. »Das haben wir auch früher schon so gemacht!«

»Wozu? Wir müssen nur den Geräteschuppen ausräumen, dann können wir sie dort unterbringen«, sagte die Mutter und ihre Stimme klang verwundert.

»Und wo willst du Tröge hernehmen?«

»Irgendwas wird sich finden ..., auf der Alm hätten wir ja auch kein Heu zum Füttern!«

»Das stimmt nicht!«, platzte Anna heraus, dämpfte aber sofort ihre Stimme. »Die Cilli hat Heu vorbereitet – und damals haben wir Heu sogar hinaufgebracht!«

»Damals haben wir noch das Maultier gehabt.«

»Jetzt haben wir den Braunen, der macht das auch!«

Die Bäuerin schien irritiert zu sein, zog die Brauen hoch und warf Anna einen verwunderten Blick zu.

»Mutter, was willst du mit den kranken Tieren machen, die jetzt oben sind?«, fragte Mariann.

Die Mutter blieb eine Antwort schuldig.

»Elisabeth, ich würde das Vieh auf *keinen* Fall von der Alm holen«, mischte sich Burgi energisch ein. »In kürzester Zeit sind *die* wieder da und holen euch das letzte Kalb vom Hof.«

Jetzt legte die Mutter ihre Stirne in Falten und schien nachzudenken.

»*Ich* kann mich um die Alm kümmern.« Annas Stimme klang fast eindringlich.

»Wir haben die Kälber noch nie den ganzen Winter über auf der Alm gelassen«, sagte die Mutter. »Ich glaube nicht, dass wir das schaffen würden.« Eine kurze Pause trat ein. »Aber die Gefahr, dass sie wieder kommen ist groß, da hast du wohl recht Burgi.« Sie senkte den Kopf und schien nachzudenken.

Annas Blick hing an ihren Lippen.

Die Mutter schaute auf: »Ich muss die Sache noch überschlafen.«

Eng und schattig zogen sich die Windungen des Saukasergrabens dahin. Der Boden des Taleinschnittes war gerade breit genug für den schäumenden Bach und einen kaum befestigten Weg, der immer wieder über Holzbrücken die Seite wechselte. Dann aber verbreiterte sich der Graben und schaffte Platz für ein paar Gebäude: Sägewerk, Schuppen, Lager, Wohnhaus und eine ausgedehnten Fläche, auf der zahllose Stapel von geschnittenen Brettern, Balken, Pfosten und Rundhölzern auf Kundschaft warteten. Schon beim Näherkommen schlug einem der Geruch von geschnittenem Holz entgegen und das Geräusch der auf und ab schlagenden Säge, die von der Naturgewalt des Wassers angetrieben wurde, war deutlich zu hören.

Anna lenkte den Braunen zum Lagerplatz und ließ ihn dort halten. Hias und Franzi, die am hinteren Ende des Leiterwagens saßen und die Beine herabbaumeln ließen, sprangen vom Wagen.

»Wartet hier, ich suche den Onkel.«

»Grüß dich Anna«, erklang eine belegte weibliche Stimme von der Säge her. »Den Onkel wirst du vergeblich suchen.« Eine verhärmt aussehende Frau mit grober Arbeitskleidung kam aus dem offenen Tor auf sie zu. »Erst im Juni haben sie ihn eingezogen«, sagte sie mit tränenerstickter Stimme. »Und vor einer Woche habe ich nun das Schreiben bekommen, dass er gefallen ist – angeblich als ›Held‹ in den Hügeln der Ardennen!«

Anna grüßte die Tante und kondolierte betroffen. Zu einem belanglosen Gespräch fehlten ihr die Worte. Auf ihre Frage hin erzählte Anna der Tante Einzelheiten über die Brandstiftung am Hof, von der sie schon gehört hatte und dass sie jetzt Balken bräuchten, zum Abstützen des beschädigten Stallgebäudes.

»Ihr könnt euch nehmen, was ihr braucht, ihr müsst das Holz nur selber aufladen; ich habe nur mehr einen Arbeiter und den Buben da, und die stehen beide am Sägegatter.«

Bald waren die Pfosten in der richtigen Länge gefunden und auf den Wagen geladen, Anna bedankte sich bei der Tante, versuchte hilflos ein paar passende Worte zu finden und versicherte, dass sie der Mutter die Nachricht über den Tod des Onkels überbringen werde. Dann machte man sich wieder auf den Weg. Der führte sie aus dem Graben heraus und auf den Pass zu, um in Jochberg beim Krämer noch Nägel, Schrauben, Klampfen, einen Spaten sowie Lampenöl und neue Dochte zu kaufen.

Im Schritt zog der Braune den Leiterwagen die Landstraße in Richtung Passhöhe hinauf. Anna und Franzi waren abgestiegen und gingen neben dem Fuhrwerk einher. Sie wurden von Motorrädern der Wehrmacht überholt. Eine Herde mit Kälbern kam ihnen entgegen, die, von einer Alm kommend, zu ihrem Stall im Tal trotteten. Die wuchtige Kirche von Jochberg kam in Sicht. Schließlich hatte man die Anhöhe erreicht und fuhr am Friedhof vorbei in die Ortschaft ein. Auf dem Platz gegenüber dem *Schwarzen Adler* wurde gerade eine weitere Herde zum Brunnen getrieben. Während sich Hias darum kümmerte, dass auch das Pferd Wasser bekam, liefen Anna und Franzi über die Straße zum Krämer, der wie auch der Metzger und der Bürgermeister des Ortes den Namen Krimmberger trug. Die

Glocke, die von der aufgehenden Türe angeschlagen wurde, rief eine Gestalt aus der Tiefe des Raumes hervor. Der hagere Mann zupfte an seinem Arbeitskittel, legte eine glimmende Zigarette auf das Pult, das ihn von seiner Kundschaft trennte und erkundigte sich nach ihren Wünschen. Anna las ihre Liste vor. Lampenöl gebe es seit Monaten nicht mehr, schnarrte das Männchen, alles andere zauberte er irgendwie aus dem Laden hervor. Statt Reichsmark nahm er lieber Speck und Butter als Bezahlung, rang sich ein dünnes Lächeln ab und verschwand wieder in der Versenkung.

Im Schneckentempo und mit halb gezogener Kurbelbremse ging es wieder Richtung Tal hinab. Die Straße war über weite Strecke mit Kuhmist bedeckt. Knapp nach der Abzweigung, die sie zur rechten Hand nach Aurach führte, wurden sie Zeuge einer Erscheinung, die Anna vor Wochen schon einmal erschreckt hatte: Ein Schwarm von Bombenflugzeugen flog, diesmal Richtung Süden und offensichtlich auf dem Heimweg, über das Tal. Der Braune hielt ruckartig an. Die Augen der drei Menschen waren auf den Himmel geheftet: In lockerer Formation dröhnten die Flugzeuge, die diesmal nicht glänzten, sondern als dunkle Schatten unter dem bedeckten Himmel erschienen, auf sie zu. Anna riss unwillkürlich den Arm hoch um es den anderen zu zeigen: Einer flog niedriger, als die anderen, zog einen dunklen Schweif von Rauch hinter sich her. Immer steiler nach unten neigte sich seine Bahn. Ein Punkt, ein zweiter, ein dritter löste sich von der Maschine. Gebannt starrten sie auf das Ungetüm, das langsam um seine Längsachse zu kippen begann und auf den waldigen Hügel zuraste. Ein dumpfer Knall ertönte, kurz blitzte Feuer auf, zerborstene Teile rasten weiter und schlugen in den Wald ein. Dann Ruhe. Eine pechschwarze Rauchsäule begann von der Absturzstelle aufzusteigen. Auch ein Teil des Waldes schien Feuer gefangen zu haben. Über dem Tal aber schwebten plötzlich drei graue Pilze am Himmel und sanken ganz langsam zur Erde. Anna sah, dass einer der Pilze vom Wind in ihre Richtung getrieben wurde. Ein Mensch schien darunter zu hängen. Noch nie in ihrem Leben hatten sie je einen derartigen, fliegenden Pilz gesehen, aber Anna ahnte, dass das ein Fallschirm war. Nur hundert Meter von ihnen entfernt schlug der Mensch auf den Boden, rollte sich ab, blieb liegen. Der Fallschirm wurde kurz vom Wind noch einmal aufgeblasen, fiel dann in sich zusammen. Irgendwo am Talboden und im Wald waren die anderen Fallschirme verschwunden.

Anna war die erste, die sich aus der Erstarrung löste. Sie sprang vom Wagen und rannte auf den Menschen zu. Ihr war klar, dass es sich bei den Männern, die vom Flugzeug in letzter Sekunde abgesprungen waren, um die Besatzung eines feindlichen Bombers handelte. Eines Bombers, der Tod und Zerstörung über Menschen gebracht hatte und vermutlich von der Flak oder den Jägern der Luftwaffe getroffen worden war. Der feindliche Soldat bewegte sich, sah Anna auf sich zukommen, versuchte sich aus den unzähligen Leinen, in die er verwickelt war, zu befreien. Da ihm das nicht gelang, schnitt er einige davon mit einem Messer ab, stand mühsam auf, versuchte zu fliehen. Aber er hinkte, hatte offensichtlich Schmerzen, drehte sich schließlich um, blickte Anna entgegen und hob hilflos die Hände.

»Bist du verletzt?«

Ein sehr junges Gesicht blickte Anna mit ängstlichen Augen entgegen. Blut rann über seine Stirne. Kurz geschnittene, rötliche Haare lugten unter seiner Schirmmütze hervor. Langsam ließ er die Hände sinken. Gefährlich oder grausam, wie feindliche Soldaten von der Propaganda oft dargestellt wurden, sah er nicht aus. Eher wie ein Bursche aus dem Nachbardorf – nur mit einer grünlichen Uniform bekleidet, wie Anna sie noch nie gesehen hatte: Dicke, gefütterte Jacke mit aufgenähten Taschen und einem Band, auf dem ein Name eingestickt war: *Lt. Scott Freeman.*

»I am member of the crew ..., of this crashing airplane«, sprach der Soldat mit der seltsamen Uniform und zeigte auf die Absturzstelle.

Anna verstand kein Wort.

»Is this the German Reich?«, er richtet einen Arm hilflos auf die Umgebung.

»Bist du verletzt«, wiederholte Anna und deutete auf das Blut am Kopf. Hias und Franzi waren nachgekommen und starrten sprachlos auf den fremden Soldaten.

Der Uniformierte schaute sie nur an und zuckte mit den Schultern.

»Vielleicht kann ich helfen!« Anna zeigt auf seine blutende Stirne.

Der Mann humpelte einen Schritt auf Anna zu und verzog dabei das Gesicht.

»I have pain in my leg.«

»Bist du Engländer?«

Er blickte sie verständnislos an.

»England?«

»England? Äh! No, no, Miss, USA! I'm an American!«

»Ah, Amerikaner!«

»Oh! Jes American«, bestätigte der jung Mann. Ein Grinsen huschte über sein blutverschmiertes Antlitz und Anna bemerkte, dass er Sommersprossen hatte – genau wie sie.

»You are very nice ..., are you German? No? Italian? Do you have a drink of water?«, fragte er und fuhr mit der Zunge über seine aufgesprungenen Lippen.

Von der Straße her raste mit aufheulendem Motor ein Lastwagen auf sie zu. Anna blickte sich um. Der Wagen hielt mit einem Ruck direkt vor ihnen; ein paar Leute vom Volkssturm, mit verknitterten Uniformen und lächerlichen Mützen kletterten herab. Gesichter aus dem Dorf und der Umgebung. Die Männer richteten sofort ihre Karabiner auf den verletzten Soldaten.

Als letzter stieg ein schmächtiger Mann aus dem Fahrzeug, lies die Tür hinter sich offen stehen. Nickelbrille, braunes Waffenhemd, verkniffener Zug um den Mund und eine Pistole in der Hand. Anna erkannte ihn sofort.

»Schlagt ihn tot, diesen Hund!«, rief der Oberleitner den Leuten zu. »Der hat tausende deutscher Frauen und Kinder auf dem Gewissen!«

Der feindliche Soldat hatte wieder die Arme hochgerissen, hielt sie jetzt aber über Kopf und Gesicht, um sich zu schützen. Es war zu spät, um die schimmernde Waffe am Gürtel aus dem Halfter zu ziehen. Ein Gewehrkolbenhieb traf ihn an der Schulter, ein zweiter am Kopf. Aus der Platzwunde rann das Blut in Strömen. Der Junge ging in die Knie. Ein weiterer, verheerender Schlag, er sackt zu Boden, rollte sich instinktiv ein, versuchte, den Kopf mit den Armen zu verbergen.

»Seid ihr wahnsinnig?«, rief Anna und riss einen der Männer zurück.

»Was hast du hier zu schaffen?«, schrie der Oberleitner sie an und richtete die Waffe auf sie. »Ich kenn dich – du bist eine der Hexen vom Brandtnerhof!«

»Und *du* bist ein Unmensch, Oberleitner!«

»Komm Anna!«, sagte Hias mit seiner heiseren Stimme und stellte sich zwischen sie und den Ortsgruppenleiter, ohne dessen gezogene Waffe zu beachten.

»Machst du jetzt mit dem Feind gemeinsame Sache?«, geiferte der Oberleitner in die Richtung von Anna. »Kollaboration nennt man so etwas wohl – oder? Das trifft sich ja gut, denn mit euch habe ich sowieso noch ein Hühnchen zu rupfen!«

Hias ergriff Annas Hand und zog sie zurück. Nahm sie sanft an der Schulter, drehte sie weg von den Männern und schob sie behutsam zum wartenden Gespann. Der Braune wieherte und stampfte als wäre auch er entsetzt.

Der Soldat schrie im Hintergrund mit kaum menschlicher Stimme. Dumpf waren die Schläge und das Knacken der brechenden Knochen zu hören. Das Schreien wurde leiser und zu einem kindlichen Wimmern, erstarb schließlich ganz.

Immer noch hagelte es Schläge.

Anna riss sich los und schrie den Männern zu: »Was seid ihr für Menschen? Teufel ..., ja Teufel seid ihr alle!«

Der greise Knecht dreht sie abermals weg vom grausamen Geschehen, legte den Arm um sie und führte sie zum Wagen. Anna begann zu weinen, zu zittern, schließlich haltlos zu schluchzen. Ihr Körper bebte und konnte sich lange nicht beruhigen. Hias hängte ihr seinen Janker um die Schultern. Franzi stand stumm neben ihr, sein Gesicht war bleich wie Kreide. Plötzlich rannte er weg und übergab sich im Graben daneben.

Dann zog sie der Braune nach Hause zurück. Anna saß wie betäubt am Bock. Die Schwestern und die Mutter kamen auf sie zugelaufen als sie in den Hof einbogen. Der Absturz des Flugzeuges war auch hier nicht unbeobachtet geblieben.

Lange stand Anna da und kein Wort kam ihr über die Lippen. Auch Hias und Franzi blieben stumm.

»Der Onkel ist tot«, sagte Anna schließlich mit tonloser Stimme. »Gefallen nach nur drei Monaten Kriegseinsatz.« Dann zeigte sie Richtung Tal: »Und unten am Grund haben sie gerade einen wehrlosen Amerikaner erschlagen.«

Kapitel 12

Auracher Hochalm November 1944

Am oberen Rand der Lichtung musste vor Jahren ein Orkan gewütet haben, der auch die mächtigsten Bäume wie Strohhalme umriss. Geknickte Baumstämme und Äste lagen dort wie in einem Urwald kreuz und quer durcheinander und moderten vor sich hin. Nadeln und Laub waren längst abgefallen, neues, grünes Blattwerk, Sträucher und Moos dazwischen wieder hochgerankt.

Die trockenen Stämme, Äste und Stauden ließen sich leicht brechen, waren daher als Feuerholz gut geeignet – auch deshalb, weil sie noch immer keine Axt besaßen.

Maximilian und Bastel waren an diesem letzten Novembertag des Jahres 44 bereits zum dritten Mal aufgebrochen, um in diesem Bruch weiteres Holz für den Winter zu beschaffen, während Robert sich zur Alm aufgemacht hatte, um von dort Brennholz zur Hütte zu schleppen.

»Bastel, pass auf, ich werfe jetzt einen Ast hinunter«, rief Maximilian, der auf einem geknickten und schräg verkeiltem Baumstamm stand und sich mit der Hand am Nachbarbaum festhielt.

»Ich habe diese Scheiße langsam satt! Wozu brauchen wir so viel Holz?« Bastel stand unten und hatte die Hände demonstrativ in seine Hosentaschen gesteckt. »Und wann kommt Anna endlich mit den Sachen, die sie uns versprochen hat?«

»Versprochen hat sie gar nichts. Sie wird *versuchen,* uns Essen und Kleidung zu organisieren – das ist aber auch für sie nicht so einfach.«

»Du hast leicht reden: Während *ich* tagelang diese Kartoffel-Pampe reinwürgen muss, wirst du ja von der Prinzessin mit Köstlichkeiten verwöhnt. Schaut *so* deine Kameradschaft neuerdings aus?«

»Anna hat mich mitgenommen, ohne mich vorher über ihre Absicht einzuweihen, aber es wäre wohl besser gewesen, ich hätte dir davon gar nichts erzählt«, sagte Maximilian mit verärgerter Miene.

»*Anna hat mich mitgenommen ...*«, äffte Bastel seinen Kameraden nach. »Sie hätte mich auch mitnehmen können! Ich war wirklich naiv, mich von dir in dieses Fiasko hineinziehen zu lassen!«

»Dieses Thema hängt mir zum Hals heraus, Bastel. Lass mich zufrieden mit deiner ewigen Jammerei! Du bist ein freier Mensch und hättest dich ja auch anders entscheiden können.«

»Ich hätte es mittlerweile schon irgendwie geschafft, eine Verletzung abzukriegen. Nicht gefährlich – gerade so, dass ich jetzt warm und gemütlich im Lazarett liegen und mit einer Karbol-Maus schäkern könnte.«

»Du weißt genau, was einem Selbstverstümmler blüht, das unterscheidet sich kaum von dem der Deserteure: Der eine wird mit, der andere ohne Augenbinde erschossen.«

Bastel schwieg nur kurz: »Also, wann kommt jetzt dein *Schätzchen* wieder vorbei?«

»Das habe ich schon hundert Mal wiederholt: ich weiß es nicht.«

»Aber ich verrate *dir* jetzt was: Dieses Luder hat im Tal einen Schatz und du bist hier nur ihr Lückenbüßer!«, sagte Bastel und grinste. »Sozusagen, der Mann für zwischendurch – oder sie hat dich bereits vergessen und lacht mit ihrer nächsten Eroberung schon über die Affäre mit dir!«

Schlagartig war Zorn in Maximilian hochgestiegen und hatte sekundenschnell seinen Vorsatz, die Beherrschung niemals zu verlieren, zunichte gemacht. Alles in ihm drängte darauf, Bastel einen wuchtigen Schlag zu versetzten, ihn körperlich und mit Worten zu verletzen. Er sprang vom Baum aus direkt auf den Kameraden zu. Keuchend ballte er die Fäuste, aber die Vernunft schlug Alarm: Wenn ich jetzt zuschlage, schaffe ich mir einen tödlichen Feind, schoss es ihm in den Kopf. Und ich richte Schaden an, der nie wieder zu kitten sein wird. Maximilian packte den Kameraden grob an der Jacke und blickte in ein Gesicht, aus dem jegliches Grinsen verflogen war. Er spürte den Drang, Bastel wenigstens mit beiden Händen nach hinten zu stoßen, um ihn am Rücken liegen zu sehen. Nur mit fast übermenschliche Anstrengung gelang es ihm, sich zu beherrschen. »Du Wicht!«, schrie er. »Dein Problem ist, dass du ohne es zuzugeben in Anna verknallt bist. Und weil du sie nicht kriegst, bist du gekränkt und machst sie jetzt schlecht!«

Aus den Augenwinkeln sah Maximilian, dass Robert im Hintergrund aufgetaucht war und wie ein Wiesel über Baumstämme und Wurzeln sprang – einen Sack über die Schulter geworfen.

»Anna ist da!«, rief der Junge von weitem und blieb wie angewurzelt stehen, als er die Situation erfasste.

Bastel stand der Schreck ins Gesicht geschrieben, keuchend rang er nach Luft. Seine Mundwinkel hingen nach unten, das rundliche Gesicht war rot angelaufen und sein Doppelkinn trat stark hervor. »*Ich?* In sie *verknallt*?«, schrie er mit sich überschlagender Stimme – um dann plötzlich hysterisch aufzulachen: »So einen Schwachsinn hab ich schon lange nicht mehr gehört.« Sein Lachen erstarb so schnell wie es gekommen war. Mit verzerrtem Antlitz drehte er sich um und stapfte davon, ohne ein weiteres Wort zu verlieren.

»Anna hat uns jede Menge mitgebracht«, stammelte Robert und ließ den Sack von der Schulter gleiten, als Bastel bei ihm vorbeistürmte, ohne ihn zu beachten.

Als Maximilian auf Robert zuging, blickte ihn dieser fragend an. Maximilian schüttelte nur den Kopf. Schweigend gingen sie zusammen zum Versteck zurück.

»Anna wartet auf uns ..., sie ist ein tolles Mädchen«, sagte Robert.

Bastel lag auf dem Bett, starrte zur Decke und schwieg. Maximilian und Robert öffneten den Jutesack, paradiesische Sachen tauchten auf: Brot, Käse, luftgetrockneter Speck, eine warme Strickweste, ein weiter Lodenumhang, Hosen, Socken, sogar Unterwäsche und ein Baumwollhemd. Außerdem: Zündhölzer, Salz und ein Fläschchen mit gelblichem Rapsöl.

Nachdem Bastel den Wetterfleck und die Hose von Anna damals schon an sich genommen hatte, übergab Maximilian die Lodenhose, die ihm ohnehin zu kurz war, an Robert. Außerdem die Strickweste. Den Umhang, die Unterwäsche, sowie Hemd und Socken behielt er für sich, zog sie gleich an und machte sich danach mit pochendem Herzen auf den Weg.

Wie ein kleiner Junge lief er den Weg hinab, übersprang Hindernisse, hechtete über Zäune, ging dann aber gemessenen Schritts auf Anna zu, die gerade dabei war, die Kühe in eine Art Koppel zu treiben.

Sie umarmten sich. Ein flüchtiges Lächeln huschte über Annas Antlitz, das aussah, als wäre es an diesem Tag mit einem Schleier verhangen.

»Was hast du Anna?«, entfuhr es Maximilian.

»Ich muss dir was sagen.«

»Was ist denn? Ist wieder etwas passiert?« Maximilian fühlte einen Stich im Herzen.

»Warte, ich hol mir nur mein Tuch und wir gehen ein Stück!«

Dann nahm sie seine Hand, zog ihn einen Steig entlang, den er noch nicht kannte. Sein Herz pochte nicht mehr, sondern hämmerte ihm in der Brust.

»Bitte, sag mir ...«

»Gleich, wir sind fast da!«

Der Wald lichtete sich, und der Weg wand sich auf eine Anhöhe, von der aus man seinen Blick vom Kaisergebirge im Norden bis zu den Gipfel der Tauern im äußersten Süden schweifen lassen konnte. Einfach gezimmert hatte irgendjemand vor langer Zeit eine Bank genau an dieser Stelle errichtet. Anna setzte sich und zog ihn zu sich. Über dem Gebirgsrücken gegenüber hatte sich der von einem dünnen Schleier überzogene Himmel blutrot gefärbt.

»Du weißt, dass die Mutter sehr streng ist«, begann Anna. »Und sie darf aus bestimmten Gründen nichts von dir wissen. Deshalb wollte ich sie dazu überreden, die Kälber im Winter auf der Alm zu lassen, damit ich zu dir kommen kann.«

»Ja, und?«

»Sie hat überlegt, dass wir die Scheune am Hof für die Kälber herrichten.«

Maximilian starrte Anna an.

»Burgi hat versucht, mir zu helfen und heute hat die Mutter schließlich ihren Entschluss gefasst: Schon morgen treiben wir einen Teil der Herde von der Alm ab.« Anna fasst Maximilians Hand und schaut ihm in die Augen.

»Aber sieben der Kälber, darunter die kranken, werden den Winter über im Stall hinter der Almhütte bleiben – als eiserne Reserve, falls sie uns die anderen im Tal auch noch wegnehmen.«

»Und das bedeutet?«

»Dass ich einmal pro Woche heraufkommen muss, um sie zu füttern ...«

»Wirklich?«, rief Maximilian aus.

Statt einer Antwort schlang sie ihre Hände um seinen Nacken, zog ihn zu sich und küsste ihn. Erleichterung und Freude übermannten Maximilian.

»Und da gibt es noch etwas ...«

»Wieder was Gutes?«

Anna lächelte verlegen und nestelte am Umhang. »Möglich?« Sie nagte auf den Lippen herum. »Ich bleibe heute hier, denn morgen kommt der Franzi und treibt mit mir das Vieh ins Tal«, sagte sie. »Und wenn du willst ...«, sie zögerte, wurde ein bisschen rot und suchte nach passenden Worten: »Wenn du also willst, kannst du bei mir in der Hütte übernachten.«

Maximilian rückte zu ihr und küsste sie zärtlich.

Die Dämmerung hüllte sie ganz langsam ein. Kein Laut regte sich.

»Ich habe gestern was Schreckliches erlebt«, sagte Anna leise. »Und ich habe das Bedürfnis, dir davon zu erzählen – vielleicht geht´s mir dann besser.«

Anna erzählte vom Tod des Onkels, vom Absturz des brennenden Bombers, den auch die Kameraden von oben beobachtet hatten, vom feindlichen Soldaten, der mit dem Fallschirm gelandet war und der schrecklichen Geschichte, die dann folgte.

»Der Anführer dieser Leute war wieder dieser Ortsgruppenleiter, du weißt ja ...«

Lange schwiegen die beiden in die Dämmerung hinein. Nachdem es kälter geworden war, legte Maximilian seinen Lodenumhang über Annas Schultern. »Danke übrigens für die Sachen, die du gebracht hast. Sollen wir zurückgehen? Wird es dir zu kalt?«

»Bleiben wir doch noch ein bisschen, ich mag diese Stelle – schon als kleines Mädchen bin ich gerne auf dieser Bank gesessen ...«

Maximilian erzählte vom heftigen Streit mit Bastel und redete sich seinen Frust von der Seele.

»Ich kann deinen Ärger verstehen!«

Maximilian streichelte ihr Gesicht.

Das letzte Rot glomm über den Bergen im Westen. Ohne dass man es hören konnte, hatte es wieder zu regnen begonnen.

»Ich hab dich lieb.«

»Und ich dich erst ...«

Umschlungen gingen sie zur Hütte zurück und genossen dort das wärmende Feuer. Anna richtete eine Kleinigkeit zum Essen, während Maximilian Holz von draußen holte. Gemeinsam deckten sie den Tisch, stellten ein paar Zweige als Schmuck in die Mitte und begannen zu essen. Anna kam ihr erstes Zusammentreffen vor der Almhütte in den Sinn:

»Ich muss gestehen, dass ich mich damals sehr beherrschen musste, um nicht vor Angst zu zittern«, sagte sie, während sie ein Stück Speck vom Jausen-Brett aufspießte.

»Besonders gut ist es mir auch nicht gegangen«, gab Maximilian zu. »Obwohl ich vom Krieg her gefährliche Situationen eigentlich gewohnt war.«

»Und noch was kann ich dir heute sagen ...« Anna lächelte mit verschmitzter Miene. »Die Munition im Stutzen war so feucht, dass sie vermutlich gar nicht gezündet hätte.«

Maximilian verschluckte sich fast am Bissen, den er gerade kaute: »Wahnsinn – was hatte ich doch für ein Bauchweh, als du diese Flinte auf mich gerichtet hast!«

»War ich vielleicht froh, wie du mich dann überredet hast, euch freizulassen!« Anna lachte und ihre Augen glänzten im Licht der Petroleumlampe.

»Trotzdem, dein Mut hat uns mächtig beeindruckt! Sogar Bastel, der sonst nur von eigenen Vorzügen spricht, war von dir überwältigt.«

»Ich hätte gar nicht gewusst, was ich im Tal mit euch anstellen sollte!« Sie beugte sich über den Tisch zu ihm, nahm sein Gesicht zwischen die Hände und gab ihm einen Schmatz auf den Mund.

»Bleib so«, trug Maximilian ihr auf: »Ich muss jetzt endlich einmal deine Sommersprossen zählen!«

»Nein!«, rief Anna, zog den Kopf zurück und bedeckte ihr Gesicht mit den Händen. »Ich mag sie nicht, ich hasse sie! Schon in der Schule haben sie mich damit gehänselt! Sie sind auch der Grund, wieso ich jeden Spiegel meide!«

»Du bist verrückt!«, sagte Maximilian und nahm sich einen roten Apfel vom Brett. »Es gibt auf der ganzen Welt kein hübscheres Gesicht als deines! Ich könnte es Tag und Nacht betrachten.« Maximilian rückte ihr nahe und schaute sie an. »Gut, dass ich kein Bild von dir besitze – ich würde es ständig anstarren ...«

Das Gespräch verebbte. Man schaute sich in die Augen. Dann entzündete Anna eine Kerze und drehte den Docht der Petroleumlampe so lang herunter bis sie erlosch. Sie nahm die Kerze in die eine Hand und zog Maximilian mit der anderen in die kleine Kammer nebenan, die geheizt wurde durch das Herdfeuer auf der Rückseite der gemauerten Wand.

Ein schmales Bett stand längsseits des Raums. Ein winziges Fenster mit karierten Vorhängen glänzte gegenüber.
»Glaubst du, du schaffst es, hier mit mir zu übernachten?«, fragte Anna und lächelte.
»Ich hab schon an tausend Mal schlechteren Plätzen geschlafen ...«
Anna stellte die brennende Kerze, die den größten Teil des Raumes im Dunkeln ließ, auf die Truhe beim Fenster.
Verlegen stand man sich gegenüber.
Maximilian fasst sich ein Herz, schälte sich aus seiner neuen Kleidung und der Unterwäsche, legte sich ins Bett und schaute nun Anna zu, die sich ganz langsam entkleidete. Er bewunderte ihren nackten, schlanken Körper, der im Flackern der Kerze nur schemenhaft erkennbar war. Geschmeidig rutschte sie zu ihm unter die Decke, fühlte sich warm an, und weich und fest zugleich. Die Liebenden drückten sich eng aneinander, ein endloser Kuss versiegelte ihre Münder. Liebevoll berührten und streichelten sie sich an den intimsten Stellen der Körper.
Die Welt rund um sie, mit all ihren Schrecken, war in diesem Moment in der Dunkelheit versunken und in unendliche Ferne gerückt. Eine winzige, von flackernder Kerze erhellte Kammer war zum Mittelpunkt des Universums geworden. Liebe und Zuneigung mündeten fließend in Leidenschaft und nie zuvor erlebtes Glück. Keine Raserei überkam sie, kein lichterloh Brennen, sondern ein Glühen und ein Eingehen auf den anderen, als würde man sich ewig kennen und ein miteinander Verschmelzen von Körper und

Seelen – ein Genießen des Paradieses bis zur letzten Sekunde.

Seelig, zufrieden und müde hielt man dann inne. Die Augen glänzten im Schein der Kerze vor Glück. Anna erhob sich, blies das Licht aus und rutschte zurück in die warme Höhle. Ineinander verschlungen schliefen sie ein.

Kapitel 13

Aurach, Dezember 1944

Der vor der Türe stehende Winter veränderte das Leben auf dem Hof: Kein Roggen war mehr zu schneiden, kein Heu einzubringen, kein Vieh auf Weiden oder Almen zu treiben, keine Felder zu pflügen, keine Äcker zu bestellen, keine Wiesen zu mähen, keine Kartoffel auszugraben und kein Obst oder Gemüse mehr zu ernten.

Stattdessen zogen der Knecht und Franzi in den Wald, um dort Bäume zu fällen und Äste zu schneiden, gingen auf verschneite Weiden, um die Zäune zu richten, blieben am Hof um Brennholz zu stapeln, das Dach der Scheune zu dichten und ein neues Gatter für den Hühnerstall zu bauen. Die Bäuerin erlaubte es Hias sogar, einmal im Monat zum Hallerwirt zu schlurfen um dort im Kreis anderer Knechte einen Krug Bier zu trinken und sein Pfeifchen am Glühen zu halten.

Die Frauen des Brandtnerhofs kümmerten sich weiter um den Stall, das Vieh, die Milch, den Speck und den Käse. Sie kümmerten sich um Besorgungen, die Selchkammer und die Vorräte im Keller. Sie verarbeiteten das im Herbst geerntete Obst zu Kompott und Marmelade und stampften Kraut in den Bottich.

An manchen Abenden saßen sie mit anderen Frauen des Dorfes in der Stube, stopften, strickten, stickten, fertigten Weihnachtsschmuck aus Reisig und Stroh und schwatzten um die Wette.

So war es auch an diesem langen Dezemberabend: Neben den Frauen des Brandtnerhofs hockten Burgi, die Angerbäuerin, die Bürgermeisterin und zwei weitere Frauen des Kirchenchors rund um den Tisch, verrichteten routiniert ihre Handarbeit und kosteten gelegentlich von rotbackigen Äpfeln oder ledrigen Birnen, die Anna am Tisch bereitgestellt hatte. Ruhig sprang das Gespräch zwischen den Frauen hin und her. Mit bedrückten Gesichtern äußerte man sich über Berichte, wonach die Sowjetarmee Ostpommern eingenommen und dabei laut Sondermeldung im Radio unsägliche Gräuel angerichtet hatte. Ratlos sprach man über die Nachricht, dass die Alliierten im Rheinland bereits die ersten Städte des Reichs wie Koblenz und Aachen eingenommen hatten und dass das Bombardement deutscher Städte kein Ende zu nehmen schien. Und darüber, dass die Sprecher im Radio gleichzeitig nicht müde wurden zu beschwören, dass man die Feinde mit *„heldenhaftem Einsatz von Wehrmacht und Luftwaffe"* bald wieder aus dem Vaterland werfen würde. Daran glaubte allerdings niemand mehr in der Runde.

Die Stimmung der Frauen schwankte zwischen Angst vor dem Ungewissen, das auf sie zukam und der Hoffnung, dass dieser schreckliche Krieg endlich seinem Ende entgegenging und ihre Männer und Söhne heimkommen würden. Sie ahnten zu diesem Zeitpunkt noch nicht, dass viele ihrer Männer auch nach dem Kriegsende nicht zurückkommen, sondern noch Monate und Jahre in Kriegsgefangenschaft verbringen sollten.

Langsam sprang das Gespräch über auf Themen des Alltags: Die fünfte Kriegsweihnacht stand vor der Türe und man überlegte wie man mit einfachsten Mitteln zumindest einen Hauch von Weihnachtsstimmung herbeizaubern konnte. Man tratschte aber auch über Gerti, die Kellnerin des Hallerwirts, die ein Kind erwartete und niemand wusste, von wem. Weit und breit gab es keinen Mann, den man verdächtigen konnte. Und davon, dass in Reith wieder einmal in einen Hof eingebrochen worden war. Alle waren sich einig darüber wer als einziger als Täter in Frage kam: Der Schwarze. Ein paar Schauergeschichten über den Schwarzen folgten, in denen Holzknechte vorkamen, erschossene Aufseher und verletzte Gendarmen, sowie über Zeugen, die dies oder jenes »ganz sicher« beobachtet oder gehört haben wollten.

Abrupt wechselte die Bürgermeisterin das Thema, schaute von ihrer Strickerei auf und sagte: »Beim Metzger hab ich gehört, dass man dir ja demnächst gratulieren kann«, sagte sie, ihren Blick auf Anna gerichtet. »Das sind ja wenigstens einmal gute Nachrichten.«

»Was meinst du damit?«, fragte diese mit böser Ahnung und blickte von ihrer Strickerei auf.

»Alle reden doch davon, dass du bald Verlobung feiern wirst, mit dem Buben vom Aufhauser. Der Viehhändler selbst hat das schon im Wirtshaus erzählt.«

Anna rang um Fassung. »Das ist ...«

»Wir sind uns fast einig!«, unterbrach sie die Mutter. »Ich habe deswegen schon dem Alois ins Feld geschrieben; seine Zustimmung steht zwar noch aus, das ist aber sicher nur Formsache.«

Burgi und Mariann warfen betretene Blicke auf Anna.

»Eine bessere Partie findet man nicht, hier im Tal. Es gibt wohl viele, die dich um diese Heirat beneiden.« Die Bürgermeisterin hatte in ihrer Arbeit innegehalten. »Anna, ich gratuliere dir herzlich!«

Anna warf die Strickerei, an der sie gearbeitet hatte, auf den Tisch, stürmte wortlos aus den Raum, ließ die nun ratlos dreinschauenden Frauen zurück und polterte zu ihrer

Kammer, wo sie sich auf das Bett warf und ihr Gesicht in den Händen vergrub.

Minuten später hörte sie Schritte die Stiegen herauf und auf ihre Kammer zu kommen. Die Mutter trat ein, eisgrau und kühl ihre Augen, die Muskulatur der Wangen gespannt. Sie blieb in der Mitte des Raumes stehen und stützte die Arme in die Hüften:

»Stell dich nicht so an, Anna! Ich weiß schon, dass du Angst hast, weil er manchmal im Wirtshaus sitzt und dann poltert.« Die Mutter ging mit festen Schritten in der Kammer auf und ab, blieb dann vor dem Bett stehen: »Aber das tun doch alle Männer! Glaubst du, dass Vater noch nie betrunken nach Hause gekommen ist?«

»Davon will ich nichts hören!«

»Jetzt, wo du erwachsen bist kann ich dir sagen, dass dein Vater auch noch ganz andere Sachen gemacht hat ...«

»Was hat das mir zu tun?", fragte Anna und setzte sich auf.

»Ich bin sicher, der Vater stimmt zu, dann ist es ausgemacht.«

»Aber ich lass das nicht gelten!«, Anna schlug mit der Faust ans Bettende und ließ dann den Kopf hängen.

»Anna, du kennst ja meine Einstellung zum Aufhauser«, sagte die Mutter ein wenig versöhnlicher und begann, ihre Wanderung fortzusetzen. Abrupt blieb sie wieder stehen und schaute auf ihre Tochter: »Aber wir dürfen ihn nicht vor den Kopf stoßen – er ist der reichte und mächtigste Mann hier im Tal!«

»Soll die Mariann ihn doch heiraten!«

»An *dir* haben sie einen Narren gefressen, der Bub und sein Vater – der Johann, der könnte hundert andere haben...«

»Aber ich will ihn nicht!«, Anna nahm das Kissen und vergrub ihren Kopf darin.

Die Bäuerin setzt sich auf das Bettende und schwieg, dann sagte sie langsam und in eindringlichem Ton: »Du weißt, dass ich bald vor Gericht stehe. Und keiner kann wissen, was dieser Teufel noch alles im Schilde führt. Wenn du der Verlobung nicht zustimmst, bist du auch für die Folgen verantwortlich!« Die Stimme der Mutter war unversöhnlich geworden. »Vorige Woche haben sie die Schmiedinger Bäuerin ins Lager nach Dachau geschickt und du weißt, dass der Aufhauser der einzige ist, der uns jetzt noch helfen kann.«

Anna richtet sich ruckartig vom Bett auf: »Wir verschieben die Sache, bis der Vater kommt, so war es schließlich ausgemacht!«

»Dann ist es zu spät!«, Die Mutter verließ ohne ein weiteres Wort die Kammer und schlug die Türe hinter sich zu. Anna vernahm noch ihre harten Schritte am Gang und auf der Treppe.

Beim morgendlichen Frühstück hatte die Mutter mit Anna kein Wort gesprochen, ihr später keine Aufgaben zugeteilt, sie behandelt als wäre sie Luft. Von Rosl erfuhr sie, dass am Abend nicht mehr über die Angelegenheit gesprochen wurde, die Frauen aus dem Dorf aber bald ihren Heimweg angetreten hatten und Mutter kurz danach mit versteinertem Gesicht zu Bett gegangen war. Außerdem gab ihr Rosl zu verstehen, dass sie einfach nicht begreife, wieso sie sich so gegen eine Hochzeit mit dem Johann sträube. Sie sei noch zu jung, um das zu verstehen, antwortete Anna und ergriff dabei mit liebevoller Geste die Hand ihrer Schwester. Das Leben sei eben viel komplizierter, wenn man älter werde.

Anna war einerseits froh, mit keiner anderen Aufgaben betraut worden zu sein da es Freitag war, der Tag, an dem sie sich auf der Alm um die Kälber kümmern sollte. Andererseits hatte sie ein flaues Gefühl im Magen und der Mutter gegenüber ein schlechtes Gewissen.

Nachdem sich die anderen ihrem Tagwerk zugewandt hatten, spannte Anna den Braunen vor den Pferdeschlitten, gabelte mit Hilfe von Franzi so viel Heu auf die Ladefläche, wie möglich war und verzurrte es mit Balken und Seilen. Ohne dass es jemand wahrnahm, zog sie ein Bündel aus einem Versteck in der Scheune hervor und stopfte es unter das Viehfutter auf den Schlitten. Dann verlud sie ihren Rucksack und kletterte auf den Kutschbock. Der Braune wieherte als wäre er hoch erfreut, zog an und es ging raus aus dem Hof. Am Anfang folgten sie im Trab einem Weg mit bereits gegrabenen Kufenspuren. Nachdem das Gespann aber den Bauernhof von Burgi passiert hatte, stapfte der Braune durch jungfräulichen Schnee. Anna wurde geblendet von der gleißenden Winterlandschaft. Immer wieder wenn der Weg unter tief hängenden Ästen durchführte, rieselte ihr Schnee auf die Schultern und in den Kragen. Das Pferd, das dem Weg im verschneiten Gelände mit sicherem Instinkt folgte, wechselte in den Schritt. Der Pfad wurde enger, steiler und die Fahrt unruhiger; Anna musste sich manchmal mit beiden Händen festhalten, um nicht vom Kutschbock zu fallen. Am allerletzten und steilsten Stück vor der Alm nahm sie die Zügel in die Hand, stieg vom Schlitten ab und stapfte neben dem Braunen einher. Noch eine Kuppe, noch eine Biegung, dann kamen Alm und Hütte in Sicht. Maximilian saß bereits auf der Veranda und las in einem seiner unvermeidlichen Bücher. Fünfzig Meter davor ließ sie die Zügel schleifen und das Fuhrwerk einfach stehen, sprang ab, lief auf ihn zu und stürmte in seine Arme. Ohne Aufforderung war der Braune mit dem Schlitten einfach stehen geblieben und schaute dem seltsamen Treiben der beiden Menschen verständnislos zu.

Wie sie es liebte, von den Armen dieses großen Mannes umarmt und gedrückt zu werden! Sie reckte sich hoch, um ihn zu küssen. Trotz seiner Größe war er zärtlich und sanft.

»Ich wusste nicht, dass man den Weg hierher so komfortabel zurücklegen kann«, rief Maximilian lachend als er wieder zu Atem gekommen war.

»Du wirst dieses Gefährt heute noch zu schätzen wissen, mein Lieber«, erwiderte Anna geheimnisvoll. Sie hatte sofort bemerkt, dass er sich an ihre Anweisung gehalten und Uniform mit Mantel und Offizierskappe angezogen hatte. Diebisch freute sie sich auf sein Gesicht, wenn sie ihm ihr Vorhaben verraten würde.

»Was führst du heute wieder im Schilde?«

Auf diese Frage hatte sie gewartet: »Zuerst die Arbeit, dann das Vergnügen«, sagte sie mit schelmischem Lachen.

»Aha«, sagte Maximilian. »Es hat also etwas mit Vergnügen zu tun.«

»Ich hoffe schon.«

Gemeinsam luden sie erst den Schlitten ab, misteten den stinkenden Stall aus, füllten das Heu aus dem Tal in die Gatter und frisches Wasser in die Tröge und versorgten die kranken Tiere mit Viehsalz und Streu. Verstauten schließlich den Proviant, den Anna wieder mitgebracht hatte, in der Hütte und nahmen einen Imbiss.

»Anna, ich muss dir noch was erzählen«, sagte Maximilian beim Essen. »Ich war mit Robert vor zwei Tagen früh am Morgen unterwegs, um einen Hasen zu schießen.«

»Habt ihr einen erwischt?«

»Leider nein – aber wir haben eine sonderbare Beobachtung gemacht: Ein Rehkitz stand am Bach und ein Schuss ist gefallen.« Maximilian strich sich die Haare aus der Stirne. »Und ein Mann ist plötzlich aufgetaucht: Langer, bis zum Boden reichender Mantel, Hut und darüber ein Tuch am Kopf – in der Hand Bergstock und Flinte. Er hat das Kitz weidmännisch getötet und ausgeweidet. Ein Gesicht konnte ich nicht erkennen, nur einen Bart.«

»Der Schwarze!«, rief Anna erschrocken. »Ich habe diese Geschichte mittlerweile schon für eine Erfindung gehalten.«

»Vielleicht ist manches erfunden oder übertrieben, aber ich bin jetzt überzeugt, dass es diesen Wilderer wirklich gibt.«

»Wer könnte das sonst gewesen sein? Der Förster, der Revierjäger und die Aufseher sind alle im Krieg. Ich darf das niemand erzählen, sonst kommen sie herauf und suchen hier alles ab.«

»Du darfst vor allem nicht mehr auf die Alm kommen, ohne deinen Stutzen mitzunehmen. Und besorg dir bitte trockene Munition!«

»Das mit den Patronen wird nicht einfach sein – wo soll ich die hernehmen?«

Gemeinsam räumten sie den Tisch ab. Dann schüttelte Anna alle Bedenken ab, holte ihren Rucksack vom Schlitten, zog sich die blaue Arbeitsschürze aus, die sie über ihrem Dirndlkleid angezogen hatte, entfernte das Kopftuch, überprüfte im spiegelnden Fenster den Sitz ihrer gebundenen Zöpfe und drehte sich kokett hin und her.

Maximilian schaute ihr zu. Sein Gesicht zeigte Verblüffung: »Was machst du denn da?«

»Wir gehen tanzen, mein Schatz.«

»Tanzen ...? Wohin?«

»Heute ist Freitag.«

»Ja, und?«

»Am Freitag gibt es in Kitzbühel Fünf-Uhr-Tee in der *Tenne*«

»In Kitzbühel?« Er blickte sie ungläubig an.

Anna lachte, holte ein paar Utensilien aus dem Rucksack und stapelte sie auf den Tisch. »Komm her mein Schatz, ich muss dich verarzten.« Dann begann sie seinen Kopf mit Verbandszeug zu umwickeln, sodass sein linkes Auge völlig bedeckt war. »In Kitzbühel gibt es momentan drei Lazarette, die im Krankenhaus und in den großen Hotels untergebracht sind.« Als nächstes schiente sie ihm den rechten Arm und umwickelte ihn fest mit Mullbinde. »Es wimmelt deshalb in der Stadt von verletzten Soldaten.«

»Glaubst du, dass das eine gute Idee ist?«, fragte Maximilian wieder einmal.

»Diese armen Teufel haben schließlich auch das Recht, einmal mit einem Mädchen auszugehen.« Ohne auf seine Frage einzugehen holte Anna noch einen Krückstock und drückte ihn Maximilian in die Hand: »Der ist vom Großvater, im Alter hat er sich schon schwer beim Gehen getan.«

Ein gequältes Grinsen leuchtete in Maximilians Gesicht auf – was gut zu Verband und Krückstock passte. Dann gingen sie zum Schlitten, saßen auf und zogen eine Decke über die Beine.

Im Trab zog das treue Pferd den Schlitten über das letzte Stück des Schleichwegs, der sie zur Stadt gebracht hatte. Nicht weit von ihnen entfernt leuchteten die Lichter von Kitzbühel.

»Brrrr«, machte Anna und zog die Zügel an. Der Braune wurde langsamer, blieb stehen und schnaubte.

Maximilian sah sie bewundernd von der Seite an. »Ich staune, wie du mit dem Pferd umgehen kannst!«

Anna zog die Kurbelbremse an. »Sie müssen jetzt absteigen, Herr Leutnant! Es ist besser, sie humpeln den Weg bis zur Einmündung alleine, danach nach rechts bis zum Stadttor. Dort wart' ich auf Sie.«

Wenig später hatte sie den Braunen an der Stadtmauer getränkt, gefüttert, eine warme Decke über ihn geworfen und neben den anderen Pferden, die dort warteten, angebunden. Sie rieb ihm noch freundschaftlich die Nase, klopfte ihm auf den Hals, marschierte dann zum Stadttor.

»Du hast recht«, empfing sie Maximilian erleichtert. »Es wimmelt hier wirklich von verwundeten Soldaten. Und es sind auch Offiziere darunter!«

Ohne zu antworten hängte sie sich bei ihm ein und stützte ihn beim Gehen mit dem Stock behutsam und zärtlich. Ein paar Soldaten kamen ihnen entgegen, blickten sie neugierig an und beneideten den Kameraden wohl um sein Mädchen. Anna bekam nun doch ein mulmiges Gefühl, sagte Maximilian aber davon nichts und bemühte sich um einen gleichgültigen Gesichtsausdruck. Die Soldaten salutierten im Vorbeigehen vor Maximilian, er salutierte mit der »gesunden« Hand zurück. Sie lächelte ihn erleichtert an, er grinste zurück.

Langsam wanderte das Paar über den engen langgezogenen Stadtplatz, *Vorderstadt* genannt. Schon hundert Meter vor der *Tenne* konnte man Fetzen von Musik erhaschen. Sie stiegen ein paar Stufen hinunter und betraten das Lokal, das weithin bekannt war. Während in der Zwischenkriegszeit hauptsächlich betuchte Touristen das Lokal frequentierten, waren es jetzt »Gäste« in Uniform: Verletzte und rekonvaleszente Soldaten und Offiziere aller Waffengattungen, die sich ein paar Tage erholen durften, bevor sie wieder an die Front gebracht wurden.

Man fand einen kleinen Tisch in der Nische und ließ sich dort nieder. Maximilian lehnte den Krückstock - gut sichtbar - zur Seite. Der Saal war fast restlos gefüllt, anwesende Frauen konnte man allerdings an den Fingern abzählen: Einige von ihnen waren in Tracht gekleidet und schienen aus der Umgebung zu kommen, manche trugen graue Ausgehuniformen von Lazaretthelferinnen. Ein Kellner kam an den Tisch. Erstaunt stellten sie fest, dass man sogar Bier oder Wein bei ihm bestellen konnte. Dahinter könne nur die Absicht stehen, die Leute bei Laune zu halten, meinte Maximilian. Auf einem Podest neben dem Eingang saß die bescheidene Kapelle: Zwei alte Männer, von denen einer Gitarre und einer Trompete spielte und ein etwa dreizehnjähriger Junge, der seiner Ziehharmonika mit erstaunlicher Virtuosität warme Töne entlockte. Der Wein wurde serviert, Anna und Maximilian blickten sich in die Augen und stießen mit ihren Gläsern an. Der billige Veltliner schmeckte ihnen wie kostbarster Champagner. Unter dem Tischchen hielten sie sich an den Händen, nippten am Wein und sahen sich um. Einige Paare bevölkerten eine Art von »Tanzfläche«, einem Platz des Saales, von dem man einfach die Tische weggeräumt hatte. Die Musik kroch wie Balsam in ihre Herzen. Bei einem Walzer rappelte sich Maximilian in seinen Bandagen auf, verbeugte sich kurz, wie sie es in der Offiziersschule gelernt hatten, und bat Anna um den Tanz. Aufgrund Maximilians »Verletzungen« etwas ungelenk, aber selig verloren sie sich im Dreivierteltakt und drehten sich, bis die Welt um sie herum verschwamm. Anna genoss es, von ihm geführt zu werden, sich an ihm festhalten zu können. Selbst wenn die Erde jetzt gebebt hätte, oder Feuer am Dach ausgebrochen wäre – sie hätte es nicht bemerkt. Die Musik machte Pause. Atemlos, aber glücklich gingen sie zurück zum Tisch.

Sie scherzten, lachten und tanzten, und der Wein tat das seine. Hin und wieder wagte es einer der anwesenden Soldaten, an den Tisch zu treten, die Hacken zusammenzuschlagen und Maximilian korrekt um einen Tanz mit seiner Begleiterin zu bitten: »Herr Leutnant, gestatten sie mir, die Dame zu einem Tanz zu entführen?« Maximilian lehnte jedes Mal ab – die Galane zogen sich schmollend zurück. Manch einer der Anwesenden wunderte sich vielleicht, wie leichtfüßig der Leutnant mit seiner schweren Verletzung das Tanzbein schwang.

Die Stunden verflogen. Anna war glücklich und stolz auf ihren feschen Leutnant. Als es am schönsten war, die Kapelle die dritte Wiederholung von *Lilli Marlen* spielte und der ganze Saal mitsang, stieß Anna ihren Maximilian an: »Wir haben einen weiten Weg vor uns, wir sollten aufbrechen.«

Verschwitzt, und von Tanz und Alkohol beseelt verließen sie die *Tenne* und traten in die frische Luft hinaus, um dann beschwingt in Richtung Stadttor zu wandern. Anna erzählte Maximilian, was sie von Kitzbühel wusste. Im trüben Licht einer Straßenlaterne wurden sie von zwei Uniformierten überholt. Die Männer blieben abrupt stehen, drehten sich zu ihnen um und salutierten kurz. Einer schaute Maximilian scharf ins Gesicht:

»Militärpolizei! Wo kommen sie um diese Zeit her, Herr Leutnant?«

»Wir waren tanzen, ist das jetzt auch schon verboten?«, Maximilian bemühte sich um einen dienstlichen Ton.

»Darf ich fragen, wo sie dienen?«

Die sonst so mutige Anna fühlte sich, als hätte sie einen Tritt in den Magen bekommen und hatte große Mühe, ihre Angst zu verbergen und einen gleichgültigen Gesichtsausdruck zu bewahren.

Maximilian richtete sich trotz seiner »Verwundungen« auf und meldete mit fester und ruhiger Stimme: »Leutnant Stöger, 12. Infanterieregiment, Herr Feldwebel.«

»Wo steht ihr Regiment zur Zeit?«, fragte der andere.

Maximilian zögerte. Anna fühlte sich, als würde sie den Boden unter den Füßen verlieren.

»Ich wurde bei Monte Cassino verwundet und dann nach Kitzbühel gebracht, wo das Regiment derzeit steht, ist mir nicht bekannt.«

»Da liegen sie aber schon lang im Lazarett – Monte Cassino ist doch schon Monate her!«

»Der Arm ..., aber vor allem das Auge – ich wurde mehrmals operiert!«

»Welches Lazarett?«

Anna stockte der Atem.

»Mann! Nennen sie gefälligst korrekt meinen Rang, wenn sie mich anreden!«, herrschte Maximilian den Feldwebel an, statt zu antworten. »Und nehmen sie Haltung an, wenn sie mit einem Offizier sprechen – hat man Ihnen das nicht beigebracht? Wie ist ihr Name, ihre Einheit?«

»Oberfeldwebel Barburek, Herr Leutnant. Feldpolizei, 6. Stabskompanie.« Der Mann schlug seine Hacken zusammen und salutierte.

Kurzes Schweigen.

»Sie dürfen abtreten, Oberfeldwebel«, sagte Maximilian harsch. »Ich werde für diesmal auf eine Beschwerde verzichten.«

»Passen sie bitte auf, dass sie den Zapfenstreich nicht versäumen, Herr Leutnant!«, sagte der andere und salutierte ebenfalls; dann verschwanden sie so schnell in der Dunkelheit, wie sie erschienen waren.

»Blödmann«, hörten sie den einen noch in der Dunkelheit sagen.

»Aber famoses Mädchen«, den anderen. »Leutnant müsste man halt sein ...«

Anna, der es bis jetzt gelungen war, ihre Gesichtszüge zu beherrschen, fröstelte plötzlich, begann am ganzen Körper zu zittern und zu beben, schmiegte sich eng an Maximilian. »Das hätte böse enden können«, flüsterte sie und machte sich Vorwürfe, dass sie ihn in eine so gefährliche Situation gebracht hatte.

Maximilian schien das zu ahnen, legte den Arm fest um sie, um sie zu beruhigen und zu wärmen. »Die glücklichen Stunden heute mit dir waren mir jedes Risiko wert!«

»Es war großartig, wie du ihn abgefertigt hast«, sagte Anna mit klappernden Zähnen. »*Sie dürfen abtreten, Feldwebel*«, ahmte sie ihn mit künstlich tiefer Stimme nach. Dann ergänzte sie: »Ich bin stolz auf dich«, und drückte sich noch enger an ihn.

Er war fest eingeschlafen, als sie der Braune - ohne dass sich Anna viel darum kümmern musste - gemächlich wieder zurück auf die Alm zog. Der Schnee knirschte unter den Kufen ihres Gefährts. Kalt und weiß lag das Tal vor ihr, unter einem schwarzen Himmel, der von Millionen von Sternen bedeckt war. Die frische Luft tat ihr gut. Behutsam deckte sie Maximilian zu und beobachtete sein vom Mond beschienenes und im Schlaf so jungenhaft wirkendes Gesicht. Sie berührte ihn zärtlich und strich ihm ein paar Haare zurück.

Was für ein unglaublicher Zufall, dass ich diesen Menschen kennenlernen durfte, dachte sie. Das Schicksal hat es gut gemeint mit uns, hat in diesem Fall gute Laune gezeigt. Dafür muss ich dankbar sein.

Aber sie haderte gleichzeitig mit diesem Schicksal, weil es die Umstände so unbarmherzig und ausweglos eingerichtet hatte, wie sie jetzt dalagen:

Sie wendete ihren Blick von Maximilian ab und blickte auf die prächtige kalte Landschaft. Die Mutter wird niemals akzeptieren, dass ich jemanden anderen als Johann heirate, war ihr bewusst. Sie wagte nicht einmal, daran zu denken, wie Mutter reagieren würde, wenn sie von Maximilian erführe.

Du kannst sie jetzt nicht im Stich lassen, hämmerte das Gewissen ihr ein. Du kannst einfach nicht zulassen, dass dieser Teufel gewinnt und dass sie die Mutter ins Straflager schleppen!

Anna sehnte sich plötzlich nach dem Vater. Sie war immer seine Prinzessin gewesen und er war es auch, der früher alle Probleme für sie gelöst hatte. Wenn er jetzt da wäre, würde er eine Lösung finden.

Anna hob ihren Kopf und richtete den Blick auf den fahlen Mond. Sie war sich ganz sicher, dass der Vater irgendwo in den Weiten Russlands jetzt unter einem Baum saß und den gleichen Mond anblickte, wie sie. »Komm bald zurück, Vater«, flüsterte sie. »Ich brauche dich dringend! Mein ganzes Leben hängt davon ab.«

Anna konnte nicht ahnen, dass noch Jahre vergehen würden, bis ihr dieser Wunsch erfüllt wurde.

Der niedrige Himmel hinter den Fenstern lastete an diesem Montag grau und schmutzige auf der Landschaft. Ohne Unterlass krächzten die Kolkraben von der mächtigen Erle auf der Rückseite des Hofes. Die Luft roch nach Schnee. Vom Stall, der jetzt in der Scheune untergebracht war, hörte man das aufgeregte Quieken der Schweine und Ferkeln, die von Maria gerade gefüttert wurden.

In der Stube war es so düster, dass Anna am helllichten Tag die Lampe entzündet hatte. Wieder einmal war sie dabei, Haushaltstabellen zu schreiben, Summen zu bilden und diese mit Tinte säuberlich in das Formular einzutragen, das noch vor Weihnachten an die Finanz-Prokuratur der Gauleitung für Tirol-Vorarlberg gesendet werden musste. Nachdem die Tinte getrocknet war, faltete sie den Vordruck sorgfältig zusammen und schrieb eine Anschrift auf das vorbereitete blassblaue Kuvert.

Die Türe ging auf und die Mutter trat in die Stube.

»Das trifft sich gut, du musst hier in der letzten Zeile unterschreiben, Mutter!«

Die Bäuerin setze ihren Namen auf das Schriftstück, erhob sich, zog einen Feldpostbrief aus der Schürzentasche und legte ihn auf den Tisch.

»Von Vater?«

Ohne Antwort verließ die Mutter den Raum. Anna riss den Brief an sich und blickte auf den Absender:

Obergefreiter A. Fischbacher, 2.Artilleriekomp., 6. Bataillon Wehrgruppe Ost.

Er war also von Vater. Mit großer Unruhe begann Anna zu lesen:

Meine Lieben zuhause!
Vorgestern habe ich erst Euren Brief vom 12. September bekommen, herzlichen Dank dafür. Es freut mich, dass es Euch gut geht und das Heu eingebracht ist. Das mit Cilli tut mir leid. Die Lage hier ist wenig erfreulich: Wir haben vor Tagen Smolensk verlassen müssen, seitdem treibt uns der Iwan vor sich her. Täglich müssen wir weiter, weil sie uns eng im Nacken sitzen. Heute ist der erste Tag, an dem wir in einem zerbombten ukrainischen Nest wieder Stellung bezogen haben. Alle Bewohner sind geflohen. Zuerst vor uns und jetzt vor der russischen Artillerie. Ich sitze in einer verrußten Ruine, die einmal eine Schule gewesen sein muss und nutzte die Gefechtspause, um Euch zu schreiben. Die Kameraden neben mir sind dabei, mit Sesseln und Schulbänken ein wärmendes Feuer am Brennen zu halten. Nachdem wir tagelang bei strömendem Regen im Schlamm versanken und sogar die Panzer stecken geblieben sind, ist das Wetter jetzt zwar besser, aber sehr kalt geworden. Da der Himmel wieder klar ist, fürchte ich, dass auch die feindlichen Flieger wieder kommen und uns die Hölle heiß machen werden. Durch unsere ewige Flucht konnten keine Feldküchen mehr aufgebaut werden, wir leben daher von karger Marschverpflegung: Zwanzig Gramm Mettwurst und zwei Stück Brot pro Tag, an Gefechtstagen gibt es oft gar nichts. In der Ferne ist schon wieder das Grollen der feindlichen Artillerie zu hören! Bei uns in der Kompanie hat es einen Tiroler gegeben, mit dem ich mich angefreundet habe. Ein Schmied aus Fieberbrunn. Gestern hat es ihn erwischt: Lungendurchschuss, die Schulter zerschmettert. Ich weiß nicht, ob er es schaffen wird. In Teilen der Einheit ist die Ruhr ausgebrochen. Die Leute sind halt entkräftet, haben Hunger und frieren. Oft kommen wir tage-

lang aus den nassen Sachen nicht heraus, müssen mit drei, vier Stunden Schlaf am Tag auskommen. Einen Weihnachtsfrieden wie in den ersten Kriegsjahren wird es heuer wohl nicht mehr geben, das gönnen die Russen uns nicht. Wahrscheinlich werden wir wieder im Unterstand mit einer Kerze sowie ein paar Keksen als Extraration feiern. An einen Heimaturlaub ist überhaupt nicht zu denken. Wir alle hier bangen auch dem Jahreswechsel entgegen. Was wird uns dieses neue Jahr 1945 wohl bringen? Unsere Lage hier ist jedenfalls mehr als verzweifelt, auch die Offiziere laufen schon mit ratlosen Gesichtern herum.

Schreibt mir bitte, so oft ihr könnt! Briefe aus der Heimat sind das einzige, auf das wir uns noch freuen, auch wenn sie oft wochenlang unterwegs sind. Fallen in Tirol schon die Bomben? Ich mache mir darüber Sorgen. Habt ihr das Vieh gut von der Alm gebracht? Wie geht es Georg? Ist er immer noch an der Westfront? Wo genau steht seine Einheit? Könnt ihr ein Bild von euch machen lassen und es mir schicken?
Ich muss jetzt aufhören, der Feind kommt immer näher, man hört bereits den Gefechtslärm. Leider müssen wir schon wieder abrücken. Alle Mann werden an den MG- und Artillerie-Stellungen gebraucht.
Das Heimweh macht mich krank.
Bitte passt gut auf Euch auf!

Alles Liebe wünscht Euch
Vater

PS: Habt ihr meine letzte Post bekommen? (geschrieben am 18. Sept.) Könnt ihr mir Wehrmachtsberichte schicken? Wie steht es an den anderen Fronten? Hier lässt man uns darüber völlig im Dunkeln.

Anna schaute vom Brief auf. Nochmals trat die Mutter in die Stube: »Die Maria hat mich gebeten, dass sie ein paar Wochen zur kranken Schwester nach Reith fahren darf.«

Anna war überrascht und erfreut, dass die Mutter wieder mit ihr sprach.

»Was hat denn die Schwester von der Maria?«

»Die Mariann wird auf die Alm gehen. Dich brauch ich jetzt am Hof für die Küche.«

»Sie kann doch mit dem Ross nicht umgehen!«

»Dann wird sie es lernen.«

»Und sie hat Angst vor dem Wilddieb!«

»Aber das sind doch nur Märchen …«

Kapitel 14

Brandtner Hochalm Dezember 1944

Eine seltsam friedliche Stimmung hatte sich über die Landschaft gelegt – die dicht vom Himmel schwebenden Flocken schienen seit Stunden jegliches Geräusch zu ersticken; es war als wäre die ganze Welt in bauschige Watte verpackt. Mittlerweile hatte der Schnee Kniehöhe erreicht und es schneite heftig weiter.

Weil es Maximilian in der Enge der Rindenhütte nicht mehr ausgehalten hatte, war er dick vermummt nach draußen geschlüpft und hatte mit dem Spaten von Anna damit begonnen, den Platz vor der Hütte freizuschaufeln. Es störte ihn dabei nicht im Geringsten, dass die geräumte Fläche nach kürzester Zeit bereits wieder mit zentimeterdickem Flaum bedeckt war.

Wenig später war Robert nachgekommen. Er wirkte verängstigt.

»Was hat du?« fragte Maximilian.

»Bastel hat schlechte Laune, weil der Proviant wieder einmal knapp wird.«

»Es gibt doch noch Speck und hartes Brot, das müssen wir halt mit etwas Wasser aufweichen, und wir haben die Äpfel!«

»Nicht gerade viel für den Weihnachtsabend – meint Bastel.«

»Was will er denn? Kaviar und Gänseleberpastete haben wir nicht, aber wenn wir gerecht teilen, werden wir alle satt. Wir haben sogar die Kerze von Anna, die wir anzünden können. Ein bisschen Reisig besorgen wir uns noch, davon gibt es hier wirklich genug.« Maximilian unterbrach seine schweißtreibende Arbeit und richtete sich auf. Ärgerlich wischte er sich mit dem Ärmel übers Gesicht. Jedes Mal, wenn er ausatmete, bildete sich ein feiner Nebel vor seinem Mund. »Außerdem wird Anna übermorgen kommen und dann sicher wieder Proviant mitbringen.«

»Das habe ich ihm auch gesagt«, Robert nahm Maximilian den Spaten aus der Hand und machte sich daran, einen schmalen Weg zum Bach zu schaufeln, wo sie regelmäßig ihre Feldflaschen füllten. »Es ist nur, weil es jetzt unmöglich ist, Kartoffeln auszugraben oder sonst was zu finden.«

»Bis übermorgen wird niemand verhungern und Weihnachten können wir alle noch oft genug feiern – nach dem Krieg!«

Maximilian ahnte in diesem Moment nicht, dass er sich mit dieser Prophezeiung irrte.

Robert schwieg betreten, als würde ihn etwas bedrücken.

»An der Front war Weihnachten auch nicht gerade lustig, das kannst du mir glauben!«

»Das ist es nicht«, sagte Robert.

»Was meinst du dann?«

»Bastel.«

»Was ist mit ihm?«

»Wenn Anna auf der Alm ist und du bist bei ihr, dann ist er gereizt und lässt seine Wut an mir aus.«

»Das sieht ihm wieder ähnlich!« Maximilian schüttelte den Kopf. »Ich könnte mit ihm über diese Sache reden – aber ich fürchte, dass ihn das noch mehr aufbringen könnte.«

»Ist schon in Ordnung, ich halte das aus«, sagte Robert nach einer Pause. »Glaubst du, dass wir noch mehr Schnee kriegen werden?«

»Keine Ahnung«, sagte Maximilian. »Anna hat erzählt, dass es hier oben große Schneemengen geben kann – trotzdem hoffe ich, dass es bald aufhört. Ich weiß nicht, ob sie sonst noch kommen kann.«

Sie waren bei »ihrem« Bächlein angekommen. Über dem Wasser hatte sich eine dünne Eisschicht gebildet, auf der die weiße Pracht bereits liegengeblieben war und eine dicke Schicht gebildet hatte. Nach ein paar wuchtigen Schlägen mit der Schaufel brach das Eis, darunter gurgelte klares, eiskaltes Wasser.

Die Kameraden füllten ihre Feldflaschen, hängten sie an die Koppel und stapften, da sie sonst nichts zu tun hatten, in großem Bogen in Richtung Sintersbacher Wasserfall, um dort nach dem Rechten zu schauen. Manchmal, wenn sie am Weg bei Ästen oder Stauden anstreiften, brachen ganze Lawinen von Schnee auf sie nieder. Aber der Schneefall wurde dünner, versiegte schließlich ganz. Durch die aufreißenden Wolken konnte man erste Blicke auf die jetzt glänzenden Berge erhaschen. Maximilian atmete auf.

Trotz Kälte und Schnee stürzte die Fontäne des Wasserfalls unverdrossen über den Felsen in das Becken darunter. Nur die Ränder des kleinen Teiches waren von dünner Eisschicht bedeckt. Maximilian schlug ein Loch, hielt kurz die Hand in das Wasser, zog sie rasch wieder zurück. Das Wasser war schneidend kalt.

»Max!«, rief Robert plötzlich von der anderen Seite des Baches.

»Ja?«

»Schau dir das an!«

Maximilian umrundete das vereiste Becken, dann sah auch er die Spur im Schnee: Sie war halb zugeschneit, aber dennoch deutlich zu erkennen, führte zum Wasser und von dort wieder zurück in den Wald. Und sie stammte von einem Menschen.

»Es sieht so aus, als wäre hier jemand gegangen«, stellte Maximilian fest. »Und es kommt wohl nur einer dafür in Frage!«

»Der treibt sich schon verdammt nahe an unserem Versteck herum!«

»Das macht auch mir langsam Sorgen.«

»Und weißt du, was das heißt?«, fragte Robert.

»Dass du die Hütte nicht mehr alleine verlassen solltest Robert, und dass Bastel und ich nie die Mauser vergessen dürfen – auch wenn wir nur Wasser holen.«

»Das auch. Aber der Mann könnte unseren Spuren zur Hütte folgen. Vielleicht kommt er ja öfter zum Wasserfall.«

Maximilian stimmte ihm zu. »Ich glaube, die alten Spuren sind schon wieder mit Schnee bedeckt. Vielleicht sollten wir aber versuchen, beim Zurückgehen ein Stück über die Steine des Baches zu springen und das Bachbett erst weiter unten zu verlassen.«

Robert nickte stumm. Die beiden Männer setzten sich Richtung Bachbett in Bewegung und überwanden schließlich eine Strecke von etwa hundert Meter indem sie entlang des umspülten Schotterbetts des Bachufers gingen oder, wo das nicht ging, von Stein zu Stein sprangen. An einer vereisten Stelle rutschte Maximilian von einem der umtosten Steinbrocken ab und glitt bis zum Knöchel in den schäumenden Bach. Mit einem Satz sprang er zum Ufer, zog sich an den Stauden die schneebedeckte Böschung hinauf. Das eiskalte Wasser verursachte am Fuß einen schneidenden Schmerz und in kürzester Zeit waren Schuh und Socke zu einem Eisklumpen gefroren. So schnell es ging, hasteten sie quer durch das Dickicht ihrem Versteck entgegen. Maximilian biss die Zähne zusammen. Sollte er doch lieber stehen bleiben und versuchen, den Schuh vom Fuß zu reißen? Er blickte an sich hinunter und sah, dass Stiefel und Verschnürung gefroren und mit einer Eisschicht überzogen waren. Nachdem er auf dem Fuß kaum mehr auftreten konnte, humpelte er weiter. Maximilian rutschte aus, fiel in den Schnee. Robert zog ihn wieder hoch, stützte ihn, schleppte ihn durch den Wald. Maximilian spürte mittlerweile den Fuß nicht mehr und machte sich Sorgen um seine Zehen. Im Lazarett hatte er Kameraden gesehen, die von der russischen Front gekommen waren und denen sie wegen Erfrierungen die Zehen oder den ganzen Fuß abschneiden mussten. Sie erreichten den Weg. Noch einmal strauchelte er. Schließlich stolperten sie auf die Hütte zu.

Bastel fuhr erschrocken auf, als sie hineinstürzten. Maximilian ließ sich auf die Bettstatt fallen und versuchte sofort, das Schuhwerk zu öffnen. Schnell erkannte er aber, dass der eisige Klumpen nicht nachgab. Er hielt den Fuß Richtung Feuer, aber die Gefahr, dass der Stiefel zu brennen begann, war zu groß. Sein Blick fiel auf den Wasserkessel, der über der Glut hing. Kurz entschlossen nahm er ihn und ließ das heiße Wasser behutsam über den dampfenden Schuh rinnen. Die Eiskruste löste sich. Maximilian öffnete sorgfältig die Verschnürung, riss Schuh und Socke vom blau angelaufenen Fuß. Rieb Zehen und Fuß mit einem trockenen Lappen. Langsam wechselte die Farbe der Haut von Blau zu Rot; Sohle, Ballen und die Zehen begannen zu kribbeln und der Schmerz kam wieder. Trotzdem durchströmte Maximilian große Erleichterung, als er sah, dass er die Zehen wieder bewegen konnte. Robert brachte ihm vorgewärmte Socken.

»Was ist passiert?«, fragte Bastel.

Wortkarg berichtete Robert von ihrer Entdeckung am Wasserfall und dem schwierigen Marsch zurück.

Weihnachtsstimmung wollte am Abend des 24.Dezember 1944 in ihrer Unterkunft nicht aufkommen. Bastel döste am Nachmittag wie fast immer auf seiner Pritsche. Robert war noch einmal in den Wald gestapft, hatte ein paar Tannenzweige abgeschnitten, vom Schnee befreit, in die Hütte gebracht und den Tisch, den sie aus Balken gezimmert hatten mit der Kerze, Reisig und ihren Äpfeln geschmückt. Maximilian, dem es noch nicht gelungen war, den geschwollenen Fuß in den Schuh zu zwängen, sorgte humpelnd dafür, dass ein ordentliches Feuer brannte, das ihnen Wärme und flackerndes Licht bescherte. Als es draußen dämmrig wurde, entzündete er behutsam ihre Kerze. Schweigend saßen sich die Männer gegenüber. Der Schein des Feuers ließ ihre Gesichter zerfurcht und bewegt erscheinen. Dann aßen sie bedächtig Speck und Brot auf, nahmen die Äpfel vom Tisch und verspeisten auch die.

Maximilian, der sich am Nachmittag überlegt hatte, Bastel anzubieten, alles im Streit gesagte zu vergessen und den unseligen Zwist zu beenden, blickte in das von Feindseligkeit erfüllte Gesicht des Kameraden und brachte kein Wort über die Lippen. Sicher würde der frühere Freund mit zynischer Antwort reagieren, dachte er sich. Und er würde gereizt antworten, der Streit wieder eskalieren.

Robert meldete sich schüchtern: Er habe ein einem der Bücher von Maximilian eine Weihnachtsgeschichte gefunden und könnte diese vorlesen.

»Wozu?«, fragte Bastel und damit war die Sache erledigt.

Von weit her und gedämpft war das Geläut von Kirchenglocken zu hören. In der armseligen Unterkunft herrschte

Schweigen. Die Männer weilten mit ihren Gedanken bei den Familien zu Hause. Maximilian war, als könne er das Bohnerwachs des guten Zimmers riechen und vor sich das Lametta auf dem Bäumchen schimmern sehen. Er hörte das Bimmeln des Glöckchens, mit dem Vater die Kinder ins Zimmer rief und das Knistern von Seidenpapier beim Auspacken der bescheidenen Geschenke. Und die Stimme des Bruders, der beim Singen von *Stille Nacht, heilige Nacht* immer die anderen mit seiner Bariton-Stimme übertönt hatte.

Seine Gedanken schweiften zurück zu Anna. Sie hatte ihm erzählt, dass es bei ihr am Hof eine schlichte Feier gab – mit Familie, Knechten und Mägden, sowie mit einem Bäumchen und selbst angefertigten Gaben. Anschließend gab es Würstelsuppe. Dann machten sich alle auf den Weg - so hatte sie berichtet - um mit Laternen in der Hand zur Weihnachtsmette in die Kirche des Ortes zu stapfen, die um Mitternacht begann. Was hätte er dafür gegeben, jetzt bei ihr sein zu können!

Klirrend kalt, aber auch strahlend schön kündigte sich der nächste Tag an. Maximilian platzte fast vor Freude, Anna zu sehen, verzichtete auf das obligate, harte Brot als Frühstück und packte wenige Habseligkeiten in den Tornister. Bastel beobachtete ihn von der Seite, schaffte es aber immerhin, sich jeglicher Bemerkung zu verkneifen.

Dann eilte Maximilian durch den tiefen Schnee hinab in Richtung Alm. Die Strahlen der Sonne und das strahlende Weiß rings um ihn blendeten ihn so stark, dass er immer wieder die Hand an die Augen legen musste. Was hatte sich dieses verrückte Mädchen für heute wieder einfallen lassen? Unbändig sehnte er sich danach, Anna auf sich zulaufen zu sehen und ihrer Stimme zu lauschen, den Geruch ihrer Haut einzuatmen, sie zu fühlen und an sich zu drücken. Und er freute sich wie ein kleines Kind, mit ihr gemeinsam ein verspätetes Weihnachtsfest zu feiern.

Endlich bog er Richtung Hütte: Ein paar Spuren davor verliefen sich in verschiedenen Richtungen. Anna aber war nirgendwo zu entdecken. Kein Rauch am Kamin, die Veranda war leer, die Hütte verriegelt. Maximilian folgte der Fußspur zum rückwärtigen Stall. Die Kälber blickten ihn zufrieden wiederkäuend und neugierig an. Maximilian fühlte einen Knoten im Magen: Jemand hatte Wasser nachgefüllt, frisches Heu lag in der Futterrinne. Er schloss die Stalltüre hinter sich, eilte nach vorne, blickte abermals auf die verschneiten Spuren im Schnee: War Anna schon dagewesen? Ausdrücklich hatte sie ihn darauf hingewiesen, dass sie wegen Weihnachten in dieser Woche einen Tag später kommen würde – also einen Tag nach dem Heiligen Abend. Maximilian setzte sich auf die Stufen zur Veranda. Wäre Anna früher gekommen, hätte sie sich bemerkbar gemacht oder ihn im Versteck aufgesucht, sinnierte er.

Maximilian wartete eine Stunde, eine zweite. Weil ihm kalt geworden war, zog er Runden um das Haus, klopfte sich auf Brust und Oberschenkel um sich aufzuwärmen. Gedankensplitter schossen ihm durch den Kopf: Wieso war sie nicht gekommen? Wieso hatte sie ihm keinerlei Botschaft geschickt? Hatte Anna Probleme? Wenn ja, welcher Art Probleme könnten das sein? Am liebsten wäre er ins Tal gelaufen, um diese Frage zu klären, aber die Mutter durfte ja nichts wissen von ihm – wieso eigentlich nicht? Weil er eine Gefahr für sie darstellte? Oder gab es vielleicht andere Gründe? Über andere Gründe wollte er nicht nachdenken, aber neue Fragen drängten sich auf. Nein ausgeschlossen –

war er sich jetzt wieder sicher. Er kannte seine Anna. Sie war geradlinig und offen. Sie würde ihm nichts vormachen und nichts verheimlichen!

Enttäuscht stapfte er schließlich zurück. War er vorher leichtfüßig gelaufen, bereitete ihm nun jeder Schritt unendliche Mühe. Erst jetzt wurde ihm bewusst, wie tief der Schnee schon geworden war. Schließlich trat er in die vom Feuer verqualmte Rindenhütte ein, schleuderte den Rucksack achtlos auf den Boden, warf sich auf die Bretter seiner Pritsche. Schloss die Augen.

»Was ist los?«, fragte Bastel sofort. »War sie nicht da?«

Robert blickte ihn beunruhigt an.

»Und was ist mit dem Proviant?«, wollte Bastel wissen.

»Wir haben heute keinen Proviant und werden deshalb nicht sterben.«

»Ich habe gewusst, dass es schiefgeht«, Bastel richtete sich vom Bett auf und seine Augen funkelten.

»Wahrscheinlich hat sie wegen des vielen Schnees nicht kommen können. Ich bin aber sicher, sie kommt morgen oder übermorgen«, log Maximilian. »Ihr könnt die Reste vom Brot, die noch da sind, essen – ich hab sowieso keinen Hunger.«

Bastel konnte sich nicht beherrschen: »Hättest du nur auf mich gehört!«

»Halt deinen Mund!«, herrschte ihn Maximilian an und fürchtete, dass er sich bei weiteren Provokation auf den Kameraden stürzen würde.

Aber der hatte die Gefahr erkannt, blieb stumm, zog sich an und verließ die Hütte.

Anna kam auch am nächsten Tag nicht. Den Tag danach wanderte Maximilian wieder auf die Alm, setzte sich auf die

Veranda, ging Runde um Runde um das Haus herum, wartete bis zum Nachmittag. Mit innerlicher Leere stieg er durch den Wald zurück. Es graute ihm vor Bastels Hohn und den Diskussionen darüber, wie es jetzt weitergehen sollte. Unwillkürlich ging er langsamer, um seine Ankunft hinauszuschieben. Trotzdem konnte er schon ihre Behausung durch das Dickicht erkennen als ihn das Geräusch eines knackenden Zweiges zusammenzucken ließ. Er riss die Pistole aus dem Halfter.

»Willst du mich erschießen?«, hörte er die Stimme Annas durch den Wald schallen.

»Um Gotteswillen!«, rief Maximilian, steckte die Mauser weg und eilte auf sie zu. »Ich hab mir Sorgen gemacht.« Sie umarmten sich.

»Probleme mit der Mutter ...«, sagte Anna, nachdem sie sich voneinander gelöst hatten und zuckte mit den Schultern. »Maria, unsere Magd, muss die kranke Schwester pflegen. Deshalb hat die Mutter bestimmt, dass ich kochen muss und die Rosl sich um das Vieh auf der Alm kümmert – obwohl sie solche Angst dabei hat.«

»An den Spuren habe ich gesehen, dass jemand da war.«

»Ja, das war die Rosl. Aber als sie heimkam, hat sie einen Aufstand gemacht: Sie fürchte sich vor dem Schwarzen, komme mit dem Pferd nicht zurecht, der Schnee sei zu hoch und die Ballen zu schwer ..., am Ende hat die Mutter nachgegeben und mich wieder geschickt.« Anna lehnte sich an ihn, umschlang seinen Körper und blickte zu ihm auf. »Was hältst du davon, zur Alm zurückgehen?«

Nur zu gerne drehte Maximilian um. Sich jetzt nicht mit Bastel ärgern zu müssen sondern mit Anna Hand in Hand durch den Schnee zu stapfen versetzte ihn in Hochstimmung. »Ich sehe es nicht gerne, dass du ohne Gewehr unterwegs bist Anna«, tadelte er sie trotzdem leise. »Du weißt ja, wegen dem Wilddieb ...«

Vor der Hütte befahl sie ihm mit strengem Ton, stehen zu bleiben und zu warten, bis sie ihn rufen würde. Sie aber ging hinein in die Hütte. Nach wenigen Minuten steckte sie den Kopf aus der Türe und winkte ihm zu.

Nachdem er zur Veranda hinaufgestiegen war, stieß sie die Hüttentüre auf, ging zur Seite und ließ Maximilian eintreten:

Feiner Wachskerzengeruch schlug ihm entgegen. Die schlichte Stube erstrahlte in feierlichem Licht. Kerzen standen auf dem Fensterbrett, dem Kasten, dem Tisch und in der Rauchküche. Ein paar aber schimmerten auf einem Bäumchen, das auf dem Geschirrschrank Platz gefunden hatte. Dazwischen hingen winzige Lebkuchen und Äpfelchen, sorgfältig an roten Schleifen befestigt. Ein Stern aus Stroh schmückte die Spitze der winzigen Tanne.

Der Tisch war gedeckt und ein kleines Päckchen, eingewickelt in weißes Seidenpapier, lag in der Mitte.

»Mir fehlen die Worte«, sagte Maximilian. »So eine feierliche Bescherung habe ich noch nie erlebt!«

»Die Kerzen habe ich von einer Frau aus Innsbruck bekommen, ich musste ihr dafür fast zwei Kilo Butter geben«, sagte Anna und konnte ein wenig Stolz nicht verhehlen.

Sie hielten sich ganz fest an den Händen.

»Obwohl wir heute schon den 26. Dezember haben, wünsche ich dir frohe Weihnachten!«, sagte Anna. Sie nahm das Päckchen vom Tisch und überreichte es ihm.

Ganz vorsichtig und ohne das Papier zu zerreißen öffnete er das Geschenk. Selbstgestrickte Fäustlinge und eine blauweiß gesprenkelte Wollmütze kamen schließlich zum Vorschein.

»Ich danke dir vielmals ...«, sagt er und musste sich bemühen, nicht vor Rührung zu stammeln. »Wertvoller ist mir noch nie ein Geschenk erschienen, als dieses!«

»Die habe ich an den Abenden gestrickt, an denen die Frauen des Dorfes bei uns zusammengesessen sind.«

»Leider habe ich keine Möglichkeiten gehabt, dir auch etwas zu besorgen.« Maximilian zog etwas aus der Hosentasche, das er mit einer leeren Seite seines Soldbuches umwickelt hatte. »Deshalb ich möchte ich dir diese Münze schenken. Sie stammt aus dem vorigen Jahrhundert, ist nicht viel wert, aber ich trage sie als Andenken an die Großmutter bei mir.«

»Die kann ich doch nicht annehmen ...«

»Ich habe noch eine zweite Münze dieser Art, und die erinnert mich jetzt ewig an dich!« Aus der anderen Hosentasche holte er eine weitere, etwas kleinere Münze hervor und zeigte sie Anna. »Und ich möchte, dass dich dieser Gulden immer an mich denken lässt – was auch immer passiert!«

Anna wischte sich verstohlen über die Augen.

Die Verliebten begannen zu essen und erzählten sich gegenseitig von Weihnachtsbräuchen ihrer Familien, sprachen über Schwestern, Onkeln, Tanten und die beiderseits verstorbenen Großeltern. Später fassten sie sich über dem Tisch an den Händen, schlossen die Augen und dachten an ihre Väter, den Bruder von Anna und an Maximilians Mutter, die bittere Weihnachten an der Front oder einsam zu Hause verbringen mussten.

Dann hatte Anna eine Idee: »Wir haben heute eine sternenklare, mondhelle Nacht und du musst schließlich deine Geschenke ausprobieren. Magst du mit mir zu unserer Bank spazieren?«

Sie zogen sich an. Maximilian setzt sich die neue Mütze auf den Kopf und schlüpfte in die Fäustlinge. »Wunderbar warm!«, berichtete er.

Einträchtig wanderten sie - manchmal nebeneinander, manchmal hintereinander gehend - durch den tiefen knirschenden Schnee. Deutlich waren jetzt die schneebedeckten Berge und die Matten des Tales im kalten Mondlicht zu sehen; dunkelblau schimmerten die bewaldeten Streifen dazwischen. Ein paar gelbe Lichter blinkten vom Dorf herauf – blass blitzten die Sterne von einem tiefschwarzen Himmel über ihnen.

»Wie schön wäre es, wenn die Welt jetzt anhalten würde und du ewig bei mir bleiben könntest«, sagte Maximilian, nachdem sie die Bank von Schnee befreit und sich gesetzt hatten.«

Anna schwieg. Es erschien ihm als wäre wieder ein ernster Zug über ihr hübsches Gesicht gehuscht. »Heute Nacht kann ich immerhin bleiben«, sagte sie und lächelte wieder. »Und wenn ich ständig bei dir wäre, würdest du meiner wahrscheinlich bald überdrüssig werden!« Sie lachte und zog Maximilian die Haube über die Augen.

Der schob sie zur Stirne zurück, stand auf und warf dafür eine Hand voll Schnee nach ihr. Sie rächte sich indem sie aufsprang und anfing, ihn mit Schneebällen zu bewerfen.

»Na warte!«, rief Maximilian und schoss zurück. Als ihn ein lockerer Schneeball traf, lief er auf sie zu, gab ihr einen Schubs und ließ sich mit ihr in den knietiefen weichen Schnee fallen. Dort kullerten sie minutenlang im Mondlicht herum wie Kinder am Schulhof. Im Schnee liegend hielten sie dann inne und blickten sich in die Augen.

»Endlich kann ich deine Sommersprossen einmal aus der Nähe betrachten«, triumphierte Maximilian und bedeckte ihr Gesicht mit Küssen.

»Sollten wir nicht zur Hütte gehen?«, flüsterte Anna ganz nahe an seinem Gesicht. »Sonst finden sie uns am Ende im Frühling eng umschlungen, aber erfroren hier am Boden!« Sie blickte ihn mit gespielter Betrübtheit an.

»Das wollen wir auf keinen Fall riskieren«, flüsterte Maximilian zurück. »Wo es doch in deinem Bett so kuschelig warm ist ...« Er rappelte sich auf, zog Anna mit beiden Armen hoch und klopfte ihr den Schnee vom Umhang.

Dann machten sie sich schweigend auf den Weg zurück und verbrachten die Nacht glückselig in der Hütte.

Schon sehr früh am nächsten Morgen packte Anna zusammen, holte das Pferd aus dem Stall und spannte es an. »Es fällt mir schwer, das jetzt zu sagen ...«, sagte Anna beim Abschied und stockte. »Aber ich weiß nicht, wann wir uns wieder sehen können. Sollte es Probleme geben, werde ich Mariann bitten, dir eine Botschaft zu überbringen.«

»Was für Probleme?«, fragte Maximilian.

»Hier, hinter dem Brennholz gibt es ein Versteck«, fuhr Anna fort, statt eine Antwort zu geben. Sie nahm ein paar Scheiter vom Stoß, dahinter kam eine Öffnung zum Vorschein. »Schau hier nach, wenn du da bist. In diesem Kästchen würde ich auch Proviant hinterlegen lassen«, fügte sie hinzu. »Und der Schlüssel, der liegt immer hier ...«, sie zeigte auf einen verwitterten Blumentrog an der Brüstung.

Irgendwie bildete Maximilian sich ein, als könne Anna ihm beim Abschied nicht in die Augen schauen. Sie löste sich von ihm, stieg auf das Gefährt und fuhr los – ohne noch einmal einen Blick nach hinten zu werfen.

Hatte da eine Träne in Annas Gesicht geglitzert, fragte sich Maximilian, der mit einem Sack voll Proviant und - wieder einmal - in aufgewühlter Stimmung den Rückweg zu den Kameraden antrat.

Kapitel 15

Aurach, Jänner 1945

Der erste Tag des Jahres 1945 begann mit stürmischem Wind aus Südwest, der wärmere Temperaturen mit sich brachte und die Wolkendecke über dem Pass Thurn immer wieder aufriss. Während der Schnee in tiefen Lagen sogar für kurze Zeit zu schmelzen begann, verwandelte er sich in der Umgebung des Brandtnerhofes zu einer pappigen Masse, die hartnäckig an den Schuhen klebte und schwer auf den Dächern lastete.

Alles sonst ging seinen gewohnten Gang. Die Sondermeldungen im Radio unterschieden sich durch nichts von denen des vergangenen Jahres: Sie unterbrachen alle dreißig Minuten mit Fanfarenstößen die Berieselung mit Operettenmusik und berichteten minutenlang von Kämpfen an Oder und Neiße und in Pommern, außerdem von Schlachten rund um Budapest, Prag und Bologna, von angeblichen Kriegsverbrechen der Roten Armee, von schwerer Bombardierung der Städte Heilbronn und Stuttgart, sowie von der Versenkung eines belgischen Truppentransporters durch deutsche U-Boote. Aber auch von der Operation »Nordwind«, mit der man die Alliierten wieder zurückzuschlagen gedenke.

Die Leute vom Hof waren am gestrigen Tag früh zu Bett gegangen und am Morgen des jungen Jahres wie immer zeitlich aufgestanden – ohne des Jahreswechsels in irgend einer Weise besonders zu gedenken. Nur bei der gemeinsamen Frühsuppe hatte man sich bang gefragt, was ihnen dieses weitere Kriegsjahr wohl bringen würde. Niemand hatte konkrete Vorstellungen darüber. Und obwohl sich die Leute nichts mehr als Frieden wünschten, saß eine dumpfe Angst in ihren Herzen, vor dem, was ihnen bei einem verlorenen Krieg blühen würde. Nach dem kurzen gemeinsamen Gebet, bei dem sie für sich und ihre Männer im Feld den Schutz des Herrgotts erflehten, gingen sie auseinander.

Die Bäuerin ließ anspannen und fuhr auf Besuch zur verwitweten Schwägerin im Saukasergraben. Die anderen wandten sich ihren Tagesaufgaben zu – schließlich war dieser Tag im Kalender als normaler Montag und nicht als Feiertag eingetragen. Anna hatte es übernommen, für die wenigen Menschen, die noch am Hof waren, ein Essen zu kochen.

»Hast du Ahnung Anna, wann die Maria wieder kommt?«, fragte Mariann, die am Geschirrschrank lehnte und ihre Arme vor der Brust verschränkt hatte.

»Das wird wohl noch dauern ...«

»Du weißt, dass es nur mehr wenige Tage sind, bis die Mutter vor dem Richter steht?«, fragte Mariann nach einer Pause.

»Glaubst du, ich wüsste das nicht?«, sagte Anna aufbrausend, während sie Kartoffeln schälte und danach in einen Topf warf, der auf dem Herd stand.

»Und, wie lange willst du noch warten?«

»Wieso geht ihr alle immer auf mich los?«

»Nur du kannst ihr helfen!«

Anna legte Holz in den Herd nach.

»Du musst dich endlich entscheiden, Anna!«

»Ich werde Johann nicht heiraten, das weißt du doch!«

Mariann stellte sich zur Schwester an den Herd: »Der Johann ist eingerückt!«, sagte sie leise. »Der leistet seinen

Militärdienst – irgendwo, weit weg von Tirol! Vielleicht kommt er ja auch gar nicht mehr zurück.«

»Ja und?«

»Der Viehhändler will doch nur, dass du versprichst, dich mit seinem Sohn zu verloben. Du musst ja nicht vom Heiraten reden ...«

Anna warf die letzte Kartoffel ins kochende Wasser, wischte sich die Hände an ihrer Schürze ab und drehte sich zu Mariann um: »Du redest schon wie die Mutter.«

»Weil ich meine Gründe dazu hab!«

»Und ich hab meine Gründe, anderer Meinung zu sein als ihr!«

»Du kannst dich mit deinem Leutnant ja weiterhin treffen ...«, Mariann sprach mit sanfter, aber eindringlicher Stimme und stellte sich nun ganz eng neben die Schwester: »Du musst dem Aufhauser nur sagen, was er hören will – wer weiß schon, was nach dem Krieg dann passiert?«

Anna setzte einen neuen Topf am Herd auf, füllte ihn mit Wasser und schwieg.

»So schlimm kann eine Verlobung mit dem Johann doch nicht sein!«

»Ohne Maximilian hat das Leben für mich keinen Sinn mehr."

»Tu es für die Mutter – und für uns alle ...«

Hinter der versteinerten Miene Annas überschlugen sich die Gendanken und zerrissen sie fast. »Du brauchst nicht glauben, dass mir das alles egal ist, ich hab schon schlaflose Nächte deswegen.« Anna schüttete mit zerfurchter Stirne Salz in das kochende Wasser und rührte danach um. »Ich weiß langsam überhaupt nicht mehr, was ich denken und was ich machen soll.«

»Uns läuft aber die Zeit davon!«

»Glaubst du, ich wüsste das nicht?«, sagte Anna laut und stampfte mit dem Fuß auf.

»Dann unternimm endlich etwas!«

Anna unterbrach ihre Arbeit, stützte sich mit den Händen gegen den Herd und starrte lange auf die nackte Wand dahinter »Der Oberleitner!«, sagte sie dann. »Ich werde mit dem noch einmal reden – ohne dass die Mutter dabei ist.«

»Anna, überleg dir das. Du kennst ihn, mit dem ist nicht zu spaßen!«

»Aber auch der weiß, wie die Lage jetzt steht. Vielleicht ist er ja vernünftiger, wenn die Mutter nicht dabei ist – wer weiß?«

»Soll ich dich begleiten?«, fragte Mariann mit ängstlichem Blick.

»Ich werde schon allein mit dem fertig, es ist am besten, ich gehe noch heute.« Anna ballte die Fäuste, um sich Mut zu machen. Trotzig holte sie Sauerkraut aus einem Holztrog und ließ es ins kochende Wasser gleiten.

Nach dem Essen räumte sie den Tisch ab und schaffte Ordnung in der bäuerlichen Küche. Danach suchte sie ihre Kammer auf, zog das gute Gewand an, steckte den Hut mit Nadeln an die verknoteten Zöpfe, warf sich den Sonntagsumhang über und machte sich - da die Mutter mit dem Gespann unterwegs war - zu Fuß auf den Weg ins Tal.

Nach einem Marsch, der wegen des Schnees über eine Stunde gedauert hatte, erreichte sie das Anwesen des Ortsgruppenleiters. Kein Mensch war am Hof zu sehen. Anna betrat das Haus, tauchte in einen dunklen Gang ein und öffnete die erste Tür, auf die sie stieß. Die Küche lag dahinter. Eine blutjunge Magd drehte sich zu ihr um und blickte sie fragend an. Ihr Bauer sei beim Wirt gegenüber, gab sie dann schüchtern Bescheid. Anna ging quer über den Hof auf das Gasthaus Leitmayr zu, einer Spelunke, die, weil sie nahe der Landstraße lag, meist von durchfahrenden Holzknechten und Tagelöhnern besucht wurde.

Anna stand vor dem Eingang des schäbigen Gebäudes, zögerte, atmete dann tief durch. Mit klopfendem Herzen stieß sie die Türe auf und trat ein in einen Raum mit winzigen Fenstern, dunklen verrauchten Wänden und niedriger Decke.

Geschrei, Tabaksqualm und Bierdunst schlugen ihr entgegen. Als Anna in den Raum kam, verstummte der Lärm schlagartig. Durch die Rauchschwaden konnte sie erkennen, dass der Oberleitner inmitten eines Dutzends seiner Kumpane am Stammtisch saß und sie durch seine Nickelbrille wie einen bösen Geist anglotzte. Unzählige Bierkrüge, Schnapsgläser sowie überquellende Aschenbecher bedeckten den langen Tisch. Viele der Männer trugen Uniformjacken der Landwehr mit schlampig geöffneten Krägen. Manche der Gesichter waren Anna bekannt, unter ihnen einer, der Dorfgendarmen, der auch beim Angriff auf den amerikanischen Soldaten dabei gewesen war. Neben einer Theke im Hintergrund der Stube hantierte ein mit Schürze bekleideter Wirt mit Gläsern herum – sonst gab es keine Gäste im Raum.

Alle Augen waren auf sie gerichtet. Der Oberleitner sah schlecht aus, sein Gesicht war vom Alkohol gerötet, wie die Visagen der anderen Männer auch; in der Rechten hielt er eine qualmende Virginia-Zigarre, von der Asche auf den Boden bröselte.

»Donnerwetter!« rief er mit schwerer Zunge, als er sich endlich gefangen hatte. »Die Prinzessin vom Brandtnerhof steigt von ihrem hohen Ross und gibt uns die Ehre.«

»Oberleitner, ich möchte mit dir reden!« Anna bemühte sich, laut und fest zu sprechen, was ihr nicht wirklich gelang.

»Was gibt es denn?«

»Komm mit mir hinaus, ich habe dir was zu sagen!«

Kurze Stille trat ein, alle blickten auf den Ortsgruppenleiter in ihrer Mitte.

»Sie hat mir etwas zu sagen ...«, äffte *der* Anna nach und blickte in die Runde. Gelächter brach aus. Höhnische Bemerkungen wurden gebrüllt, manche schlugen sich schallend auf die Schenkel.

Anna überkam ein unangenehmes Gefühl. Sollte sie den Rückzug antreten?

»Du hast hier keine Befehle zu erteilen!«, herrschte sie der Gruppenleiter nun an. »Wenn du was willst von mir, kannst du es hier vorbringen. Das sind alles Organe der hiesigen Ortspartei!« Er schwenkte seinen Arm über die Männer, die sie anglotzten wie ein exotisches Tier.

»Es geht um die Mutter ...«

»Da schau her!« rief der Oberleitner. »Zuerst behandeln sie dich jahrelang wie Dreck, jetzt kommen sie und winseln vor Angst!«

»Oberleitner, du weißt ganz genau, dass deine Behauptungen nicht stimmen.«

»Ich hab euch Großbauern da oben noch nie leiden können!«

»Deine Klage ist reine Schikane – du musst sie zurücknehmen und zwar sofort!«

»Einen Dreck werde ich machen!«

»Und *du* warst es auch, der unseren Hof anzünden wollte!«

»Was? Du bist wohl völlig ...«

»Einer deiner Knechte wurde erkannt!«

»Und? Was beweist das schon? Aber du kannst dich gerne beschweren – der Gendarm sitzt schon da!« Oberleitner wies grinsend auf den Ortsgendarm zu seiner Rechten, während seine Männer wieder lachten und sich zwischendurch einen Schluck genehmigten.

»Eure Sache steht schlecht Oberleitner, ich würde den Mund nicht mehr so voll nehmen. Vielleicht tut dir das ja später noch leid!«

»*Unsere* Sache steht schlecht?« Wieder blickte er in die Runde, die aufjaulte, dann wieder auf Anna: »*Eure* Sache steht schlecht! Schon dein Vater war ein Feind unserer Bewegung. Dafür, und für eure Arroganz wird die Bäuerin jetzt büßen – darauf kannst du wetten!«

Anna erschrak über den blanken Hass, der ihm ins Gesicht geschrieben war.

Oberleitner aber setzte nach: »Und wenn etwas schlecht steht, dann nur deshalb, weil es Leute mitten unter uns gibt wie euch!«

Die Männer stimmten ihm zu, johlten, schrien durcheinander und warfen ihr obszöne Schimpfwörter an den Kopf. Die Stimmung heizte sich weiter auf. Der Oberleitner war aufgesprungen, wies mit dem Zeigefinger auf sie und schrie: »Wir sind immer noch die Herren hier im Land und nicht ihr!«

»Sieg Heil!« rief einer und riss seinen Arm hoch. »Sieg Heil!«, brüllten alle im Chor. »Sieg Heil, Sieg Heil!«

Anna lief ein Schauer über den Rücken. Sie wich unwillkürlich zurück. »Ihr habt Krieg und Elend über die Menschen gebracht, und trotzdem seid ihr immer noch unbelehrbar, ihr seid einfach …, einfach wahnsinnig!«, rief sie aufgebracht.

»Du glaubst wohl, mit deiner hübschen Larve kannst du dir alles erlauben!«, schrie Oberleitner und kam einen Schritt auf sie zu. »Auch von dir gibt es Gerüchte, denen man nachgehen müsste ...«

Anna wich zurück, stieß auf einen, der sich hinter sie gestellt hatte und sie am Arm festhielt. Alle sprangen jetzt auf, stierten sie an, rückten ihr näher und umstellten sie von allen Seiten. Sie versuchte, sich zu befreien, ein braun Uniformierter fasste an ihre Brust, ein zweiter an ihr Gesäß. Es gelang ihr, sich loszureißen – jetzt aber umklammerte sie ein nach Schweiß und Bier stinkender Mann von hinten um den Bauch. Ihr Hut fiel zu Boden, wurde von Stiefeln zertrampelt. Anna war umstellt von betrunkenen, aufgestachelten Männern. Sie wand sich, trat um sich wie ein Pferd – konnte der Umklammerung starker Männerhände jedoch nicht entkommen. Aus den Augenwinkeln nahm sie wahr, dass sich der noble Wirt in ein Nebenzimmer verzogen hatte.

Der Oberleitner kam ihr ganz nahe und starrte sie mit rotumränderten Augen anzüglich an. Speichel rann ihm vom Mundwinkel. Anna wurde schlecht vom üblen Atem des Mannes »Was ist los, mein Täubchen?«, fragte er und versuchte Annas Wange zu streicheln. »Du bist plötzlich so still. Hat dich gar dein Mundwerk verlassen?« Mit triumphierender Miene zog er sie an sich und versuchte, ihr zwischen die Schenkel zu greifen.

Aus einem Reflex heraus holte Anna aus und trat ihm mit voller Wucht zwischen die Beine. Der Gruppenleiter schrie auf, stieß lautes Heulen aus und stürzte zu Boden. Der Mann, der sie umklammert hatte, ließ kurz von ihr ab und beugte sich besorgt über den sich windenden Oberleitner.

Geistesgegenwärtig schlug Anna noch einmal um sich, stieß einen Alten mit Bart nieder, hastete zur Türe und in den hellen Tag hinaus.

»Haltet das Weibsbild!«, hörte sie jemand von drinnen schreien. Ein paar Gestalten wankten ihr nach, grölten – ließen schließlich von ihr ab.

Sie lief fast eine halbe Stunde ohne anzuhalten den steilen Weg bergan. Tränen von Scham und Wut liefen ihr über die Wangen. Dann blieb sie stehen, rieb sich minutenlang mit Schnee Gesicht und Hände, trocknete sich danach mit ihrem Taschentuch ab; gefasster setzte sie den Weg fort.

Das Haus lag ruhig und dunkel in der Dämmerung da. Der Pferdeschlitten stand nicht an seinem Platz, die Mutter war also von ihrer Ausfahrt noch nicht zurückgekommen. Anna hörte Hämmern aus der Scheune: Hias und Franzi waren dabei, Futterkrippen zu zimmern. In der halbdunklen Stube stand Rosl und putzte den Schirm der Lampe über dem Esstisch.

»Wo ist die Mariann?«

Rosl deutete mit der Hand nur nach oben, ohne sich um die Schwester weiter zu kümmern. Sie begab sich ohne Umweg über die Stiege in das Obergeschoss.

»Anna!«, rief Mariann aus, nachdem diese die Türe hinter sich geschlossen hatte. »Was ist los mit dir? Du bist blass wie eine Leiche, warum trägst du den Sonntagsstaat? Und wo ist dein Hut?«

Anna nahm den Umhang ab, warf ihn achtlos auf den Stuhl, setzte sich zu ihrer Schwester auf das Bett und nahm die Haarnadeln aus den Zöpfen. »Mariann, du musst mir einen Gefallen tun: Schau, dass *du* künftig das Vieh auf der Alm betreuen kannst«, sagte Anna mit heiserer Stimme.

»Niemand kann sagen, wie die Mutter diese Sache entscheidet ...«

»Ich werde Proviant für die Männer besorgen. Du musst ihn unbedingt jedes Mal mitnehmen und auf der Alm verstecken – wo genau, dass sag ich dir noch.«

»Heißt das, dass du ...«

»Wir brauchen jetzt die Hilfe vom Aufhauser.«

»Du warst also schon bei diesem Ortsgruppenleiter?«

»Er und seine Leute sind einfach ...«, Anna starrte auf die groben Bohlen unter ihren Füssen. »Und Schweine sind sie auch!"

»Haben sie dir was getan?«, fragte die Schwester entsetzt.

»Ich hab ihn getreten und konnte gerade noch rechtzeitig fliehen.«

»Du hättest nicht alleine hingehen dürfen«, stellte Mariann fest und legte mit einer zärtlichen Bewegung ihre Hand auf die Schulter der älteren Schwester. »Ich mache mir Vorwürfe. Und wir müssen der Mutter Bescheid geben – gleich wenn sie kommt!«

»Und du versprichst mir, die Männer auf der Alm zu versorgen? Ich kann sie jetzt unmöglich im Stich lassen.«

»Ich mach das – aber nur für dich«, sagte Mariann leise.

»Versprich mir bitte auch, der Mutter nichts davon zu erzählen! Ich mache mir auch Sorgen, weil der Oberleitner eine komische Bemerkung gemacht hat ...«

»Vielleicht hat euch jemand gesehen?«

Vom Hof herauf waren Stimmen zu hören. Anna warf einen Blick durch das Fenster: Die Mutter war vorgefahren, Franzi spannte gerade das Pferd aus.

Kurze Zeit später hörten sie die Mutter die Stiege heraufkommen, um zu ihrer Kammer zu gehen.

Mariann blickte ihre Schwester fragend an, Anna nickte kurz.

»Mutter!«, rief Mariann, nachdem sie vor die Türe getreten war. »Kannst du kurz zu uns hereinschauen?«

Wortlos betrat die Bäuerin die Kammer, zog die Brauen hoch, als sie Anna am Bett sitzen sah und stellte die Tasche ab, die sie in der Hand gehalten hatte.

»Mutter, ich möchte jetzt, dass wir mit dem Aufhauser reden«, sagte Anna mit tonloser Stimme.

Die Mutter schaute sie an, verzog keine Miene. »Gleich morgen, nach dem Frühstück soll der Franzi anspannen. Ob wir ihn aber so schnell erreichen, ist fraglich.« Dann wandte sie sich zur Türe.

»Die Anna war noch einmal beim Oberleitner!«, sagte Mariann.

Die Mutter drehte sich nochmals um, Anna erzählte kurz von ihrem Erlebnis.

»Ich hätte nie erlaubt, dass du alleine hingehst«, sagte sie und verließ endgültig die Kammer.

»Der Valentin ist heute nach Innsbruck gefahren«, sagte die Zenzi, als Anna mit der Mutter am Anwesen Aufhausers eintraf und nach dem Viehhändler fragte. »Aber er wollte vorher noch einen Schoppen beim Auwirt nehmen, vielleicht erwischt ihr ihn noch.«

Der Auwirt war nur einen Katzensprung entfernt, da der Schnee aber so weit geschmolzen war, dass die Kufen des Pferdeschlittens am Asphalt der Straße knirschten, mussten sie absteigen und neben dem Braunen zu Fuß gehen.

»Das Automobil steht noch da!«, rief Anna, als der Weg einen Blick zum Gasthof freigab, der sich direkt neben die Landstraße duckte.

Sie betraten die Gaststube. Als einziger Gast saß der Viehhändler einsam an einem Tisch und ließ sich Jause und sein Bier schmecken.

Überrascht schaute er auf, als Mutter und Tochter auf ihn zugingen.

»Das ist eine Überraschung!«, polterte er laut durch den Raum. »Setzt euch her zu mir.« Er winkte mit den Armen. »Ich hoffe, dass ihr gute Nachricht habt.«

Die Frauen nahmen die Umhänge ab, setzten sich an den Tisch.

»Kann ich euch zu einem Imbiss einladen? Was wollt ihr trinken?«

»Nur ein Glas Bier für mich«, antwortete die Mutter.

»Für mich nichts«, sagte Anna.

»Wir möchten etwas bereden mit dir«, begann die Mutter stockend, nachdem die Kellnerin ihre Bestellung aufgenommen hatte. »Die Anna hat über dein Angebot nachgedacht …«

»Wie schon gesagt, es soll ihr Nachteil nicht sein …«

»Ist schon recht, Aufhauser«, unterbrach ihn die Mutter mit einer abweisenden Handbewegung. »Aber vorher müssen wir über diese andere Sache reden …«

»Was meinst du, Brandtnerbäuerin?«

»Diese Anzeige vom Oberleitner und dem Gericht.«

Der Viehhändler verzog sein Gesicht. »Das ist schwirig – Gericht ist immer ganz schwierig.«

»Du brauchst doch nur den Ortsgruppenleiter zurückzupfeifen!«

»Aber wenn es schon bei Gericht anhängig ist …«, der Aufhauser machte ein Gesicht, als hätte er Zahnweh.

»Die Anna wäre jetzt bereit, einer Verlobung zuzustimmen.«

»Ich habe aber nichts von Hochzeit gesagt«, fiel ihr Anna ins Wort.

Der Viehhändler wiegte den Kopf und machte Bewegungen, als würde er kauen. Falten kräuselten seine Stirne.

»Du wirst mich doch nicht im Stich lassen, Aufhauser? Du weißt, welche Strafe mir droht!«

»Ihr hättet es nicht so weit kommen lassen dürfen, das sage ich euch!«

»Der Oberleitner ist ein Gauner! Er schikaniert die Leute, die er nicht leiden kann. Aber auf uns hat er es besonders abgesehen. Und wir alleine können uns nicht wehren gegen ihn.«

»Ja ich weiß, er schießt manchmal über das Ziel hinaus, hat auch in der Partei keinen guten Ruf«, sagte der Aufhauser in ungewohnt jämmerlichem Ton. »Aber in ein laufendes Gerichtsverfahren einzugreifen ...«, er schüttelte den Kopf, »Das ginge nur mit Hilfe von ganz oben.«

»Die hast du doch?«

Aufhauser wand sich wie eine kriechende Schlange.

»Gestern haben der Ortsgruppenleiter und seine Leute versucht, Anna körperlich was anzutun!«

»Dieser Narr!« Auf Aufhausers Stirne bildeten sich zwei tiefe Zornesfalten. »Dieser Armleuchter!«, donnerte er noch einmal. Dann schüttelte er heftig den mächtigen Kopf und schien nachzudenken. »Also – versprechen kann ich überhaupt nichts«, sagte er dann. »Aber ich bin gerade unterwegs zum Gauleiter in Innsbruck und wenn Anna mir ihr Wort gibt, werde ich versuchen, mit ihm darüber zu sprechen. Nur – Ihr könnt euch vorstellen, alle haben jetzt andere Sorgen – besonders die ganz oben. Ich weiß wirklich nicht, ob ich was erreichen kann ...« Er hob hilflos Schulter und Arme.

Der Schlitten hatte wieder Schnee unter den Kufen, nur sehr langsam kamen sie dem Hof näher.

»Glaubst du, dass er es schaffen wird?«, fragte Anna.

»Er wird es versuchen«, antwortete die Mutter knapp.

»Wie oft hat er von seiner guten Beziehung zu Göring geprahlt? Aber damit dürfte es wohl nicht weit her sein.«

»Das fürchte ich auch.«

»Ich habe *so* gehofft, dass er den Oberleitner einfach zurückpfeifen kann!«

»Niemand weiß genau, welche Rolle der Aufhauser in der Partei wirklich spielt. Er hat ja immer nur Andeutungen gemacht«, sagte die Mutter und machte eine resignierende Bewegung mit der Hand.

»Wir haben noch zwei Tage, Mutter. Vielleicht passiert bis dahin noch was«, versuchte Anna, ihr Mut zu machen.

»Was soll noch passieren? Ich werde denen jedenfalls die Stirn bieten und nicht winseln«, sagte die Mutter und ihr Gesicht zeigte wieder Entschlossenheit. »Obwohl ich mir in Wirklichkeit völlig hilflos vorkomme«, fügte sie leise hinzu. »Und Angst habe vor dem, was auf mich zukommt – man hört schreckliche Dinge von diesen Lagern ...«

»Und ich komme mir vor, als hätte ich dem Teufel meine Seele verkauft«, sagte Anna und zog fröstelnd die Decke über ihre Schultern.

Genau wie das Gefängnis daneben platzte auch das Bezirksgericht Kitzbühel aus allen Nähten. Daher fand die Gerichtsverhandlung nicht, wie es Anna erwartet hatte, im Gerichtssaal, sondern in einem der größeren Büros statt. Der Richter, ein hagerer, kleiner Mann mit dicken Brillengläsern, thronte mit roter Robe hinter einer Art Schreibtisch. Zu seiner Rechten ein Ankläger in schwarzem Amtsgewand, zu seiner Linken der Bürodiener, den Anna bei ihrem Gerichtstermin schon kennengelernt hatte und daneben ein Wachmann mit Pistole und einer Handfessel am Gürtel. Ein Verteidiger war nicht vorgesehen, weil es sich hier um ein *Verbrechen gegen das deutsche Volk* handelte, wie in der Anklage stand. Die Wand dahinter war von einer Hakenkreuzfahne bedeckt, darunter prangte der Spruch: *Im Namen des deutschen Volkes!*

Direkt vor dem Richter, auf einem unbequemen Stuhl musste die Mutter als Angeklagte Platz nehmen. Wenn sie etwas gefragt wurde, musste sie aufstehen. Blass, schmal und mit versteinertem Gesicht saß sie vor dem Richter.

Beim Aufbruch im Morgengrauen hatte sie eine Tasche mitgenommen, in der sie persönlichen Gegenstände, Zahnbürste und Unterwäsche eingepackt hatte. Tags zuvor hatte sie Anna in wichtige Angelegenheiten eingeweiht, die sie zum Führen des Hofes brauchte und sie über Vermögens- und Erbverhältnisse des Anwesens belehrt.

Hinter dem Stuhl der Angeklagten befanden sich drei weitere Sitzreihen. In der ersten saß der Oberleitner mit verschränkten Händen und kaum verhohlener Zufriedenheit, dahinter Anna – dunkel gekleidet und mit der Hoffnung, als Zeugin aussagen zu dürfen.

Obwohl Zuschauer offiziell nicht zugelassen waren, füllte eine Hand voll Freunde des Ortsgruppenleiters die letzte Reihe.

»Angeklagte, sie werden beschuldigt eines Verbrechens, gegen das deutsche Volk!«, sprach der Richter mit hoher schneidender Stimme. »Stehen sie gefälligst auf, wenn ich mit ihnen spreche!«, fuhr er die Mutter an, die sich rasch erhob und nicht wusste, was sie mit den Händen machen solle – sie schließlich mit einer fahrigen Bewegung vor der Brust verschränkte.

»Wie stehen sie da?«, schrie der Richter gleich wieder auf. »Sie befinden sich hier als Angeklagte vor einem deutschen Gericht und nicht im Wirtshaus bei ihnen zuhause!«

Die Mutter nahm die Hände zuerst nach vorne, ließ sie schließlich rechts und links vom Körper hängen.

»Herr Ankläger, ich bitte um das Plädoyer!«

Dieser nahm seine Unterlagen zur Hand, stand auf und begann seine Anklage wie eine Leier vorzulesen.

»Wer hat ihnen erlaubt, sich zu setzen«, bellte der Richter die Mutter einmal mehr an. Diese stand auf. Anna sah, dass ihre Gesichtsmuskeln aufs Äußerste gespannt waren, bedeckte ihr Gesicht mit beiden Händen und hoffte inbrünstig, dass die Mutter ihre Beherrschung nicht verlieren würde.

Im Protokoll des Anklägers war die Rede davon, dass die »Brandtnerbäuerin aus Aurach mehrmals und trotz Ermahnung Schweine, Hühner und Rinder geschlachtet hatte, ohne dies - wie vorgeschrieben - bei der Gemeinde zu melden und den vorgeschriebenen Teil von achtzig Prozent bei der Kreisleitung abzuliefern.« Dies sei gerade in Notzeiten wie diesen ein kapitales Verbrechen am gesamten deutschen Volk. Er fordere gemäß den Notversorgungsgesetzen vom siebzehnten März 1942 daher, »... die Angeklagte entsprechend zu bestrafen – auch, um ein deutliches Signal zu setzen an die vielen Versorgungsbetriebe in Tirol, die es mit den Schlachtvorschriften des Öfteren nicht so genau nehmen.« Der Ankläger setzt sich und kritzelte Notizen in seine Unterlagen.

»Das ist eine Lüge!«, rief die Mutter.

»Was fällt ihnen ein? *Sie* sprechen gefälligst nur, wenn sie gefragt werden!«, unterbrach sie der Richter mit schneidender Stimme und zeigte mit dem Finger auf die Mutter.

Der Oberleitner wurde aufgerufen und höflich um seine Aussage gebeten während die Mutter barsch aufgefordert wurde, sich zu setzen. Der Gruppenleiter salutierte zuerst stramm, führte danach ausschweifend aus, dass sich die Bauern vom Brandtnerhof schon immer der Partei gegenüber feindlich verhalten hätten, damals gegen den Anschluss gewesen seien und andere Leute zum Widerstand überredet hätten. Obwohl sie die reichsten Bauern im Ort wären, hätten sie das Schwarzschlachten als Mittel zum Widerstand gegen das deutsche Vaterland und den Führer eingesetzt.

Wieder ließ sich die Mutter dazu hinreißen, einen Zwischenruf zu machen und wurde prompt vom Richter zurechtgestutzt: »Wenn sie zu dumm dafür sind, sich die einfachsten Regeln zu merken, lasse ich sie aus dem Raum entfernen!«

Die Mutter ließ nun den Kopf hängen – ihr Widerstand schien gebrochen.

Stakkato-artig setzte der Oberleitner seine Aussage fort und behauptete, dass er mehrmals Schwarzschlachtungen beobachtet hätte. Danach wurde er vom Richter wieder zum Setzen aufgefordert. »Diese Aussage stammt ...«, diktierte er dem anwesenden Protokollanten, »...von einem öffentlichen Organ, dem Ortsgruppenleiter der NSDAP von Aurach in Tirol.« Dann wandte er sich nach links: »Herr Staatsanwalt, stelle fest, dass diese Angelegenheit weit über den vorher von ihnen skizzierten Rahmen hinausgeht.« Danach klopfte er mit seinem Bleistift auf den Tisch, als müsste er für Ruhe sorgen und fuhr fort: »Hier geht es um

Sabotage und Verrat am Vaterland. Deshalb wird auch der Strafrahmen neu und völlig anders zu bemessen sein! Sind sie meiner Meinung, Herr Staatsanwalt?«, fragte der Richter und blickte kurz nach links.

Der Staatsanwalt widersprach nicht, Miene und Körperhaltung signalisierte aber Unbehagen.

»Was haben sie zu dieser Feststellung zu sagen?«, wandte sich der Richter mit plötzlich weicher Stimme an die Mutter, um sie gleich darauf anzufahren: »Scheinbar begreifen sie es nicht anders: Aufstehen! Und wieder setzten.« Mutter setzte sich langsam. »Und auf!« schrie der Richter. »Und nieder, und auf!« Wie ein Hampelmann musste die Mutter seinem Gebrüll folgen. Anna hatte ihren Blick zum Boden gesenkt und ballte die Fäuste so stark, dass ihre Finger weiß und gefühllos wurden.

Oberleitner und seine Kameraden amüsierten sich köstlich.

Machtlos musste Anna den Demütigungen der Mutter zusehen. Waren das noch Menschen, fragte sie sich und wusste, dass die Mutter hier nicht die geringste Chance auf ein faires Verfahren und auf ein gerechtes Urteil haben würde. Was würde diesen Dämonen noch alles einfallen? Nackte Angst überfiel sie.

Die Mutter durfte dann stockend und immer wieder vom Richter unterbrochen, noch ein paar Sätze sagen – die der Mann mit der roten Robe zum Gaudium der Zuhörerschaft sofort ins Lächerliche zog.

»Die Sachlage ist eindeutig! Wir können dann zum Urteil kommen«, sprach der Richter nach kurzem Gemurmel mit dem Staatsanwalt laut und setzte seine Kappe auf.

Anna drohte den Boden unter ihren Füßen zu verlieren. Sie wusste, dass eine drakonische Strafe folgen würde.

»Angeklagte, erheben sie sich, es ergeht folgendes Urteil:«, sprach der Richter – als plötzlich ein Telefon neben dem Protokollanten läutete. »Wer gibt hier bei einer Verhandlung ein Gespräch durch?«, schrie der Richter. »Stellen sie gefälligst fest, welcher Hornochse das ist!«, herrschte er den Protokollanten an.

Der hob zögerlich ab und lauschte in den Hörer. »*Wer*?«, hörte man ihn fragen. Sekunden verrannen. »Jawohl!«, sagte der Beamte dann und duckte sich plötzlich, »Jawohl..., wird gemacht!« Wortlos nickte er, reichte den Hörer an den Richter weiter: »Für Sie, Herr Rat!«

»Sind sie wahnsinnig, Mann!«, bellte der, nahm aber den Hörer an das Ohr: »Doktor Heidenreich, – welcher Trottel stellt ein Gespräch hier durch?« Auch er lauschte ein paar Atemzüge lang, dann straffte sich sein Körper. »Wer...? Der Herr *Reichsfeldmarschall*? Machen sie hier Witze, Mann?« Plötzlich sprang er auf – wie von einer Tarantel gestochen, schlug die Hacken zusammen. »Heil Hitler Herr Reichsfeldmarschall, melde gehorsamst..., welcher Fall? Jawohl Herr Reichs..., jaaah, der wird hier gerade verhandelt.« Der Richter lauschte angestrengt in den Hörer, verbeugte sich eckig. »Jawohl..., verstehe..., ja wenn das so ist, Herr Reichsfeldmarschall..., na..., natürlich!« Wieder eine tiefe Verbeugung. »Wenn sich der Herr Feldmarschall persönlich davon überzeugt haben, jawohl, selbstverständlich, Herr Reichsfeld..., Heil Hitler! Herr...« Der Richter schlug noch einmal die Hacken zusammen, legte dann ganz langsam den Hörer auf. Setzte sich, streifte seine Robe glatt, blickte auf die Angeklagte vor sich, die immer noch stand und bedeutete ihr mit einer kleinen Handbewegung, sich zu setzten. Sein Gesicht war lang und schmal geworden.

Für Sekunden herrschte völlige Stille im Raum.

Mit beunruhigter Miene starrte der Oberleitner auf den Richter.

Vor Angst vergaß Anna zu atmen, wagte nicht daran zu denken, was das Gespräch zu bedeuten schien. Die Mutter saß aufrecht am Stuhl und wie zur Säule erstarrt.

Der Richter schien sich sammeln zu müssen, beugte sich dann ganz nahe zum Staatsanwalt und flüsterte mit ihm. Auch der warf seinen Blick jetzt auf die Mutter und Anna.

Dann richtet sich der Richter auf, räusperte sich, schien einen ganzen Kloss verschluckt zu haben, ergriff endlich das Wort: »Wie ich soeben von höchster Stelle erfahre ..., gibt es ein gewisses Interesse der Reichskanzlei an diesem Fall. Als Präzedenzfall, sozusagen ...«, fügte er hinzu und hüstelte. »Deshalb hat der Herr Reichsfeldmarschall persönlich eingehende Erhebungen über die hier Beklagte durchführen lassen.« Der Mann in Rot blickte auf sein Pult, als könnte er von dort etwas ablesen. »Diese Untersuchung hat wohl die völlige Integrität der Angeklagten ergeben.« Ohne aufzublicken fügte er dann beiläufig hinzu: »Die Klage ist daher abzuweisen, die Verhandlung geschlossen!«

Niemand sagte etwas. Die Mutter beugte sich nach vorne, verbarg ihr Gesicht in den Händen. Der Ortsgruppenleiter schüttelte unablässig den Kopf.

Anna fühlte, dass ihr Tränen über die Wangen liefen.

Jeden Blickkontakt zur Angeklagten meidend packte der Richter seine Akten zusammen und stelzte aus dem Raum. Staatsanwalt, Protokollant und Wachtmeister folgten ihm stumm. Der Oberleitner und seine Kameraden schlichen davon, wie geprügelte Hunde.

Dann ging Anna zur Mutter, die noch immer regungslos saß und legte ihr die Hand auf die Schulter. Gemeinsam verließen sie das Gerichtsgebäude.

»Bitte erzähle in deinem ganzen Leben nie jemand, was hier passiert ist«, sagte die sonst so harte Frau ganz leise zu ihrer Tochter.

Langsam und wie betäubt gingen sie durch das Stadttor zur Haltestelle des Postbusses. Anna trug den vorbereiteten Koffer der Mutter und wischte sich mit dem Ärmel über die Augen.

Ein Auto preschte an ihnen vorbei – so knapp, dass sie fast zur Seite springen mussten. Bremste scharf. Setzte zurück. Eine Scheibe wurde nach unten gekurbelt: »Bin auf der Fahrt nach Kufstein«, röhrte der Aufhauser. »Hab schon alles gehört – ist gut ausgegangen, oder?«

Anna nickte nur. »Ich dank dir, Aufhauser«, sagte sie leise und ohne ihn anzuschauen.

»Ich habe noch eine Nachricht über die du dich freuen wirst«, posaunte er dann. »Der Johann kommt am Mittwoch – und am Samstag wird Verlobung gefeiert!«

Keine der Frauen war zu einer Antwort fähig.

»Wir müssen ein wenig improvisieren, aber kommt´ doch einfach um sieben zum Schwarzen Adler nach Jochberg! Leider muss ich schon wieder ...« Die Scheibe ging nach oben, der Motor heulte auf.

Anna stand da, mit dem Koffer der Mutter in ihrer Hand, und war zu keiner Regung fähig. Ich habe mich mit dem Teufel auf einen Handel eingelassen, dachte sie wieder. Und jetzt fordert er meine Seele ein.

Kapitel 16

Auracher Hochalm, Februar 1945

Die Kälte war Maximilian in alle Glieder gekrochen. Immer wieder versuchte er den Lodenumhang, den er über den Mantel geworfen hatte, vorne enger zu schließen. Nach dem Wärmeeinbruch Anfang Jänner, war es nun empfindlich kalt geworden. Geschneit aber hatte es seit Wochen nicht mehr.

Obwohl seine Hoffnung, Anna je wieder zu sehen, kaum mehr vorhanden war, konnte er es nicht lassen, sich weiter Tag für Tag auf dem jetzt mit schmutzigem Schnee gepolsterten Felsen niederzulassen und nach unten zu starren. Was war wieder passiert? Schon beim Abschied hatte sie sich seltsam verhalten. Die Traurigkeit, die ihn gefangen hatte, wurde aber zur Qual, wenn er daran dachte, dass die plausibelste Erklärung die war, die Bastel vor Wochen mit Häme vorhergesagt hatte: Es gab jemand anderen im Tal, den Anna verschwieg. Wieso schickte sie ihm keine Botschaft, keine Erklärung? Hätte er das nicht verdient? Wieso schwieg sie? Hatte sie ein schlechtes Gewissen? Irgendwie passt das alles aber nicht zu *der* Anna, die er kannte.

Auch Sorgen begannen wieder zu nagen. Sorgen darüber wie sie ohne ihre Hilfe hier überleben sollten. Alle drei waren sie zermürbt vom ewigen Auf und Ab ihrer Lage. Zwei Tage zuvor war Bastel auf die Jagd gegangen und hatte tatsächlich einen Schneehasen erlegt. In überschwänglicher Laune hatte er sich selbst dafür gefeiert. Dieser Treffer hatte ihnen immerhin Nahrung für zwei Tage gesichert und die Hoffnung genährt, dass sie jetzt im Winter auf diese Weise doch hin und wieder Fleisch beschaffen könnten. Allerdings – sie besaßen zusammen jetzt nur mehr sieben Patronen, die sie dafür verwenden konnten. Drei davon, so hatte er beschlossen, würde er als eiserne Sicherheitsreserve für sich behalten. Und was sollten sie *dann* essen?

Maximilian fror. Er stand auf, hob das linke und rechte Knie abwechselnd in die Höhe, trabte am Stand und klopfte die zu Fäusten geballten Hände auf Schultern und Brust, um sich zu wärmen. Mit Blick nach unten hielt er jäh inne:

Ein Pferdeschlitten war am Waldrand aufgetaucht und bewegte sich auf die Hütte zu: Anna war doch wieder gekommen! Maximilian riss das Fernglas an die Augen, suchte zitternd die Hütte, schwenkte das Glas nach links und nach rechts bis er einen vergrößerten Blick auf das Gefährt werfen konnte. Sie saß sehr aufrecht am Bock des Schlittens, bekleidet mit Mantel, Kapuze und hochgezogenem Schal. Aber er stutzte, war das überhaupt Anna? Verunsicherung beschlich ihn. Er versuchte, sein Zittern in den Griff zu bekommen und stützte sich ab, jetzt sah er mehr: Ein freundliches Gesicht, das Annas Antlitz täuschend ähnlich sah. Aber irgendwie breiter, pausbäckiger, der Körper ein wenig mollig. Die Person war beim Haus angekommen, stieg ab, lud ein paar Sachen von der Ladefläche und brachte sie dann ins Haus. Sie schob die Kapuze nach hinten: Blonde Zöpfe kamen zum Vorschein. Enttäuschung lähmte Maximilian. Das musste eine der Schwestern von ihr sein, Mariann oder Rosl.

Aber warum war Anna nicht selbst gekommen, warum schickte sie die Schwester? Konnte er einfach nach unten gehen und mit dem Mädchen sprechen? Maximilian wusste, dass Rosl nicht eingeweiht war. Es hielt ihn nicht mehr am Felsen, daher beschloss er, sie zu beobachten und gleichzeitig am Rande des Waldes nach unten zu schleichen. Das Mädchen schien sich umzublicken, verschwand dann im Stall, kam später wieder heraus und begab sich in die Hütte. Während er im Wald und durch den Schnee nach unten lief, manchmal ausrutschte, manchmal fiel, verlor er sie aus den Augen.

Als er wieder freien Blick hatte, lud sie etwas auf das Gefährt, stieg auf den Bock, ließ die Zügel schnalzen und fuhr hastig los. Wenig später verschwand sie auf dem Weg, der ins Tal führte.

Maximilian stand jetzt keuchend vor der Hütte, sein Atem bildete lange Nebelschwaden. Deutlich konnte er die Spuren von Mädchen, Pferd und Fuhrwerk erkennen. Er stapfte um die Ecke, räumte hastig ein paar Holzscheiter vom Stoß und steckte seine Hand in die Öffnung:

Sie hatte wieder Proviant geschickt – einen ganzen Korb voll! Maximilian durchsuchte das Behältnis: Ganz oben lag eine aktuelle Ausgabe der *Tiroler Nachrichten*: *Rote Armee steht schon in Pommern,* stand mit großen Lettern auf der Titelseite. Darunter langer Text und ein paar Bilder. Er überflog die Zeilen – aber keine Botschaft für ihn war dabei. Maximilian nahm den Korb aus dem Versteck und suchte alles ab. Würste, Speck, Brot, sogar Butter und Salz, aber kein Zettel, keine Brief und kein Hinweis darauf, was passiert war. Er war ratlos. Welche Schlüsse musste er daraus ziehen?

Die Kameraden standen vor der Rindenhütte, diskutierten und gestikulierten als er zurückkam.

»Unser Bach ist jetzt endgültig eingefroren!«, empfing ihn Bastel mit vorwurfsvollem Ton, als wäre das Maximilians Schuld. »Was willst du jetzt unternehmen?«

»Dann müssen Robert und ich halt zum Wasserfall, dort können wir die Flaschen sicher füllen«, erwiderte Maximilian. »Und, wir haben wieder Proviant für mehrere Tage bekommen.«

»Von Anna?«, fragte Bastel und hob überrascht seinen Kopf. »Wieso bist du dann nicht bei Ihr?«

»Was geht dich das an?«, brauste Maximilian auf. »Ein anderes Mädchen war da, eine ihrer Schwestern vielleicht.«

»Ein anderes Mädchen?« fragte Bastel.

»Was ist mit *ihr*?«, fragte Robert.

»Ich sage es ehrlich – ich weiß es nicht. Wir sollten den Proviant jedenfalls gut einteilen weil es ungewiss ist, wann wir wieder was bekommen. Ja, und eine Zeitung von Vorgestern lag noch dabei, ich glaube, die ist für dich.« Maximilian holte das Blatt aus der Tasche und reichte es wortlos an Bastel.

Der nahm die *Tiroler Tageszeitung* in die Hand uns las mit versteinertem Gesicht den Artikel auf der Titelseite. Dann legte er sie beiseite, warf sich den Wetterfleck über und stapfte wortlos in den Wald.

»Die Russen haben Ostpommern erobert. Für kurze Zeit wurden sie wieder zurückgedrängt. Dabei ist man dann auf furchtbare Szenen gestoßen: Tote Kinder und vergewaltigte Frauen ...«, sagte Maximilian leise.

»Das ist schrecklich«, stammelte Robert. »Ist das Bastels Heimat?«

»Seine Eltern besitzen ..., besser gesagt, besaßen wohl dort einen Gutshof.«

»Das tut mir leid für ihn.«

»Mir auch. Allerdings ist bei den geschilderten Gräueltaten vermutlich auch ein Teil Propaganda dabei, um bei der Bevölkerung den Willen zur Verteidigung zu stärken«, sagte Maximilian. »Und wir werden wahrscheinlich alle damit rechnen müssen, dass der Feind früher oder später unsere Heimat erobert.« Dann fügte er leise hinzu: »Tote und vergewaltigte Frauen gab es - man muss es sagen - leider auch auf unserer Seite der Front ...«

Maximilian und Robert räumten die Lebensmittel an ihren Platz in der Hütte und gerade als sie begannen, sich um Bastel Sorgen zu machen, kam er zurück und warf sich wortlos auf seine Pritsche.

»Es tut mir leid«, sagte Maximilian. »Aber ich bin sicher, deine Frau und deine Verwandten konnten rechtzeitig fliehen.«

»Auch mir tut es leid«, fügte Robert hinzu.

Maximilian stand auf, zog den Mantel an und schnallte sich die Koppel um. »Ich gehe zum Wasserfall und werde die Feldflaschen füllen.«

»Ich gehe mit«, sagte Robert.

Diesmal geschickter als beim ersten Mal nutzten sie den steinigen Rand des Baches, um zum Weiher zu gelangen, aber neue Spuren waren diesmal weit und breit nicht zu sehen.

»Vielleicht ist der Wilddieb in eine andere Gegend weitergezogen. Es ist auch schon lang kein Schuss mehr gefallen«, überlegte Maximilian.

Sie füllten nacheinander die verbeulten Feldflaschen und setzen sich auf einen Baumstamm, von dem aus man einen Blick auf den Wasserfall hatte. Monoton stürzten Tonnen von Wasser unablässig in das Becken.

»Wird Anna gar nicht mehr kommen?«, fragte Robert mit trauriger Stimme.

»Ich fürchte – nein.«

»Was ist passiert?«

»Das frage ich mich selbst immer wieder. Ich glaube langsam sogar, ich habe mich in ihr getäuscht.«

»Ist es dir unangenehm, darüber zu sprechen?«

»Im Gegenteil – du weißt ja, dass Bastel dafür kein Gesprächspartner ist.«

»Warum unterstützt uns Anna dann noch?«

»Vielleicht aus schlechtem Gewissen? Eigentlich kann ich es ihr auch nicht verdenken: Was soll sie auf Dauer mit einem Deserteur wie mir anfangen? Einer, der sich verstecken muss und einer, der ihre Familie in Gefahr bringt.«

»Wie geht es dir dabei?«

»Sie geht mir unheimlich ab.«

Robert schwieg kurz, dann sagte er: »Ich bin sicher, sie hat Gründe, die du wahrscheinlich verstehen würdest.«

»Vielleicht? Aber wir müssen jetzt nach vorne blicken Robert.«

»Was ist, wenn gar kein Proviant mehr heraufkommt?«

»Wir haben jetzt Anfang Februar und wir müssen wohl noch irgendwie hier ausharren bis das Wetter wärmer wird und vor allen bis der Schnee schmilzt.«

»Was machen wir dann?«

»Ich habe keine genauen Vorstellungen. Das Beste wäre natürlich, der Krieg wäre dann zu Ende«, sagte Maximilian. »Ich für meinen Teil werde dann wohl von hier verschwinden. Irgendwo am Land in Bayern kann man vielleicht einfacher überleben als hier, ich habe dort auch Verwandte.«

»Ich fürchte mich vor der Roten Armee.«

»Niemand weiß wirklich, was in den nächsten Monaten passieren wird. Ich glaube aber auch, dass es besser sein wird, den Engländern oder Amerikanern in die Hände zu fallen und nicht den Russen – ich hoffe nur, dass sie die Zivilbevölkerung verschonen werden.«

In den nächsten Tagen änderte sich ihre Lage nur wenig. Ein weiteres Mal war das blonde Mädchen aufgetaucht, hatte den Stall versorgt, ihnen Proviant hinterlegt und war wieder verschwunden, was ihnen das Überleben für zwei weitere Wochen sicherte. Ein Lebenszeichen von Anna war wieder nicht dabei. Erneut fiel eine Menge Schnee – ihre Situation wurde dadurch nicht einfacher. Zäh flossen die Tage dahin, unterbrochen immer nur von primitivem Kochen, Essen, Brennholzsuche, Wasserholen, Schneeschaufeln, Jagdversuchen und kurzen Ausflügen in die engere Umgebung.

Bastel war trotz aller Bemühungen von Maximilian stur und feindselig geblieben, hatte versucht, Robert auf seine Seite zu ziehen. Nachdem das nicht gelang, ließ ihn Bastel nun auch seine Feindschaft spüren. Einem weiteren Zeitungsexemplar, das Anna geschickt hatte, entnahmen sie, dass der Feind an mehreren Stellen bereits die Grenzen des Reiches überschritten hatte. Obwohl das ein Zeichen für das Näherkommen des Kriegsendes war, konnten sie sich nicht recht darüber freuen. Wieder hörten sie in der Nacht Schüsse, ohne dass sie Spuren im Schnee gefunden hatten.

Tag und Nacht dröhnten jetzt Bomber über das Tal hinweg. Und wenn sie von ihrem Ausguck mit dem Fernglas ins Tal spähten, sahen sie Kolonnen von Wehrmachtsfahrzeugen, die ohne erkennbare Ordnung gegen Norden schlichen.

In einer schlaflosen Nacht, in der er sich endlos auf dem Bett herumwälzte, kam Maximilian ein neuer Gedanke: Wieso versuche ich nicht, mit dem blonden Mädchen ins Gespräch zu kommen? Wenn sie eine der Schwestern von

Anna war - wie er vermutete - würde sie ihm sicher Antwort geben können auf die Fragen, die ihm in der Seele brannten. Da es zu lang dauern würde, bei ihrem Eintreffen vom Aussichtsfelsen nach unten zu laufen, musste er sich bei der Alm aufhalten, wenn sie kam. Um sie aber nicht zu erschrecken, nahm er sich vor, nicht in der Hütte zu warten, sondern in ihrer Nähe. So konnte er von weitem auf sich aufmerksam machen und sich ihr ganz langsam nähern und ihren Namen rufen.

Bereits am nächsten Tag setzte er seinen Plan um – vergeblich, weil kein Mensch auftauchte. So geschah es auch am nächsten und übernächsten Tag. Als er sich der Alm aber am vierten Tag näherte, sah er schon von weitem, dass sie da war. Und es passierte das, was er befürchtet hatte: Als er sich näherte, erschrak sie, lief zum Schlitten, sprang auf und trieb das Pferd an.

»Bitte warte!«, rief er ihr nach. »Du brauchst keine Angst vor mir zu haben!«

Das Fuhrwerk bog um die Kurve und tauchte in den Wald ein.

»Ich will doch nur reden mit dir«, rief er ihr nach.

Aber das Mädchen war schon verschwunden. Vor der Hütte lagen Heuballen herum, die sie scheinbar abgeladen, aber nicht in den Stall getragen hatte. Maximilian schaute im Versteck nach, nichts war hinterlegt.

Maximilian war wütend auf sich selbst. Nicht nur dass ich sie vertrieben habe, dachte er, ich habe auch verhindert, dass sie uns den Proviant versteckt. Ich muss wenigstens dafür sorgen, dass das Vieh nicht verhungert! Er schleppte die Heuballen zum Stall, in dem Bastel und er schon herumgekrochen waren und verteilte sie - so gut es ging - zwischen den schon vor Hunger brüllenden Kälbern. Der

Gestank im niedrigen Verschlag war seit damals nicht geringer geworden.

Als er wieder ins Freie trat, sah er sie am Waldrand stehen. Sie saß am Fuhrwerk und blickte in seine Richtung. Maximilian winkte ihr und versuchte ein freundliches Gesicht zu machen. Zögernd ließ sie das Pferd ein wenig näher kommen, den Blick starr auf ihn gerichtet. Man sah ihr an, dass sie Angst hatte.

»Ich tu dir nichts!«, rief er ihr zu. »Wie geht es Anna? Ich mache mir Sorgen um sie.«

Keine Antwort.

Maximilian vermied es, sich ihr zu nähern, um sie nicht wieder zu vertreiben. »Du hast vielleicht schon von mir gehört, bist du die Rosl?«, fragte er.

»Ich bin die Mariann«, sagte sie endlich und kam wieder ein Stück näher – gerade soweit, dass sie jederzeit flüchten konnte.

»Was ist mit Anna? Wieso kommt sie nicht mehr?«

»Sie kann nicht kommen«, rief das Mädchen kurz angebunden.

»Was ist mit ihr?«

Mariann näherte sich wieder ein Stück. »Sie muss …«, begann sie und zügelte mit Mühe das Pferd, das unruhig herumzutänzeln begann. »Es gibt Probleme – mehr kann ich dir nicht sagen«, Marian begann das Fuhrwerk zu wenden und war dabei, Richtung Tal zu fahren. Dann hielt sie kurz, warf ihm einen Jutesack vom Wagen und schnalzte mit den Zügeln. »Du kannst übrigens in der Almhütte wohnen, lässt sie dir ausrichten«, rief Mariann ihm noch über die Schulter zu, bevor sie endgültig Richtung Tal verschwand.

Die Stimmung in der Rindenhütte war seit Tagen vergiftet. Während Robert und Maximilian sich um Brennholz und Wasser kümmerten, das Feuer am Brennen hielten, die Hütte und ihre Umgebung - soweit das überhaupt möglich war - von Müll und Unrat befreiten und die Vorräte in kleine Tagesrationen aufteilte, sodass man damit möglichst lang auskam, ließ sich Bastel immer mehr gehen. Er wusch sich nicht, hatte sich seit Wochen nicht mehr rasiert und beteiligte sich kaum mehr an nötigen Arbeiten. Stattdessen lag er auf seiner Bettstatt, reagierte gereizt, wenn man ihn ansprach und suchte ständig Streit mit Maximilian, der seinen früheren Freund nicht mehr wiedererkannte.

Ein Wärmeeinbruch im Februar brachte den ganzen Schnee zum Schmelzen und verwandelte die Umgebung in rinnende Bäche. Wenn sie die Hütte verließen, versanken sie in Sumpf und Schmutz, und die Gefahr, dass das Schmelzwasser in Strömen in das Innere ihrer Behausung floss, wurde immer größer. Deshalb versuchte Maximilian mit einem selbst gebauten Holzwerkzeug Gräben aufzureißen, um das Wasser an der Hütte vorbei zu lenken. Nach der dritten Aufforderung hatte sich auch Bastel bequemt, den Spaten in die Hand zu nehmen und lustlos in der Erde herum zu stochern.

»Du könntest dich ruhig etwas anstrengen«, sagte Maximilian. »Wenn wir in der Hütte schwimmen, betrifft das auch dich!«

»Bist du hier der Kommandant?«, begehrte Bastel auf.

»Geht das schon wieder los?«, fragte Maximilian.

»Du kannst von mir aus Robert Befehle erteilen - ich jedenfalls bin hier nicht dein Hausbursche«, sagte Bastel und hob betont langsam mit dem Spaten eine kleine Rinne aus.

Man konnte es Maximilian ansehen, dass er sich ärgerte: »Wir sind in einer wirklich schwierigen Lage und wenn wir uns nicht zusammenreißen, werden wir alle untergehen! So einfach ist das.«

»Ich bin nicht schuld an der misslichen Lage.«

Robert kam aus der Hütte und seine Miene ließ nichts Gutes erahnen: »Maximilian, hast du den Speck irgendwo gesehen?«

»Wieso willst das wissen? Der hängt doch am Strick.«

»Eben nicht. Er ist weg – ich habe alles abgesucht.«

Maximilian merkte, dass ihm Bastel nicht in das Gesicht schauen konnte.

»Bastel! Hast *du* unseren ganzen Vorrat aufgefressen?«

Der Kamerad gab keine Antwort und drehte sich weg.

Maximilian war außer sich: »Du bist ein Betrüger! Dieser Vorrat war für uns alle und für drei Tage gedacht!«

»Von so einer winzigen Ration kann ein Mensch nicht leben.«

Maximilians Gesicht lief rot an: »Du Dieb, du ..., du ...«

Bastel legte seinen Kopf schief und schaute seinen Kameraden einen Atemzug lang mit fiebrigem Blick von unten her an, dann riss er blitzartig den Spaten, den er noch in der Hand hielt, hoch und schlug mit einem wuchtigen Hieb auf Maximilian ein.

In einem Reflex zuckte Maximilian zur Seite, sodass ihn der Spaten nicht im Gesicht traf, sondern nur die Schulter streifte – was dort einen brennenden Schmerz aufflammen ließ. Dann riss er seinen früheren Freund von den Beinen und presste ihn minutenlang auf den feuchten Boden, bis der wie ein geschlagenes Kind zu winseln begann. Keuchend ließ Maximilian von Bastel ab, stand auf, blieb mit geballten Fäusten kurz vor seinem Widersacher stehen.

Wortlos ging er schließlich in die Hütte, tastete die Stelle ab, an der ihn der Spaten getroffen hatte, stopfte all sein Sachen in den Rucksack und stemmte ihn auf die schmerzende Schulter, die erst vor Monaten im Lazarett von Splittern befreit worden war. »Robert, wenn du alle paar Tag zur Almhütte kommst, gebe ich euch genügend Proviant, dass ihr davon leben könnt.« Ohne Bastel, der wie ein Häufchen Elend im Dreck lag, noch eines Blickes zu würdigen, stapfte Maximilian davon.

Wie im Paradies wähnte sich Maximilian, als er in der Almhütte einzog: Trockenheit, Wärme, Licht, Sauberkeit, Vorhänge, Wasser zum Waschen und knackendes Holz im Ofen. Was konnte im Paradies noch besser sein? Und ein richtiges Bett. Das Bett, das er mit Anna geteilt hatte. Überhaupt erinnerte ihn alles an Anna: Das Bett, der Tisch, die Küchenstelle mit offenem Feuer und die schmale Bank auf der Veranda vor der Hütte.

Aber wie lang würde er sich hier aufhalten können? War hier die Gefahr entdeckt zu werden nicht größer als im Verschlag, von dem er kam? Und wann würde er wieder Nachschub an Essbarem bekommen? Wie sollte er sich Mariann gegenüber verhalten, wenn sie wieder erschien?

Er machte sich Sorgen um Robert. Die Wahrscheinlichkeit, dass Bastel seine Wut jetzt an ihm auslassen würde, war groß. Andererseits war ihm bewusst, dass Bastel Robert brauchte, nachdem er kaum bereit war, sich selbst um einfachste Dinge zu kümmern. Deshalb hatte er Robert auch nicht das Angebot gemacht, ihm zu folgen. Er beschloss, mit Robert bei erster Gelegenheit darüber zu sprechen.

Kapitel 17

Jochberg, März 1945

Das stattliche Gebäude knapp neben der Kirche hatte hunderte Jahre lang als Poststation gedient. Hier waren die Pferde gewechselt worden, bevor die Kaleschen und Fuhrwerke den schon von den Römern genutzten beschwerlichen Weg zum Pass in Angriff nahmen. Hier konnte man sich den Staub von den Kleidern klopfen, sich laben, von den Strapazen der beschwerlichen Kutschenfahrt erholen, in einer der Kammern im Obergeschoß die Nacht verbringen oder einfach nur die Pferde wechseln oder tränken lassen, während man in der Gaststube Imbiss und Trunk zu sich nahm. Jetzt war aus dem *Schwarzen Adler* ein gutbürgerliches Gasthaus geworden, geschätzt von respektabel dastehenden Bauern, Handwerkern und der Obrigkeit von Jochberg, wie Lehrer, Bürgermeister, Pfarrer und Doktor.

Als Anna, die Schwestern und die Mutter die gewölbte und von einer Vielzahl elektrischer Lampen beleuchtete Gaststube betraten, ging es schon hoch her. An einer mit weißem Tischtuch gedeckten Tafel saßen Leute, von denen Anna – bis auf den Viehhändler, Johann, den Bürgermeister und den Doktor – so gut wie niemand kannte. In der Mitte thronte der Aufhauser in seinem prächtigsten Gewand. Mit Unbehagen fiel Annas Blick auf den jungen Mann daneben: Johann – groß und massig wie der Vater. Gekleidet in pechschwarze Uniform, die in der Körpermitte deutlich spannte. Die berüchtigten Runen am Kragen und das Totenkopf-Abzeichen an der Brust blitzten silbern, als er sich Anna zuwandte und sie mit Besitzerstolz musterte. Anna lief ein

Schauer über den Rücken. Der Aufhauser stand auf, hieß sie polternd willkommen und stellte sie der Runde vor. Dann wies er ihr den freien Stuhl zwischen Johann und ihm zu – für die Mutter und die Schwestern waren Plätze daneben vorgesehen. An der Außenseite hatte Zenzi, die Haushälterin des Viehhändlers ihren Platz gefunden. Johann begrüßte Anna mit einem bierfeuchten Kuss auf den Mund. Sie wandte sich zur Seite, um sich mit einer heimlichen Geste den Mund abzuwischen und schaute verstohlen in die Runde. Ihr gegenüber saßen zwei Männer, einer mit Glatze, der andere mit korrekt gezogenem Scheitel und sehr kurz geschnittenem Haar; beide trugen die gleichen Uniformen wie Johann. Einige Gesichter auf der anderen Seite des Tisches kamen Anna nun doch bekannt vor.

Nachdem man sich in der großen Runde mit Bier und Rheinwein zugeprostet hatte, stand der Aufhauser auf, schlug mit einem Löffel ein paar Mal auf sein Weinglas, um sich Gehör zu verschaffen, und begann eine ausschweifende Rede. Er sprach davon, wie glücklich er sei, dass sich die »Kinder«, die sich schon so lange kannten und schätzten nun endlich gefunden hätten. Auch davon, dass Anna aus einer respektablen Familie stamme und dass alle am Tisch bereits jetzt zur Hochzeit geladen wären, die gleich nach dem Krieg stattfinden würde. Er freue sich besonders über die weit angereisten Gäste und er wünsche allen einen vergnüglichen Abend mit Speis und Trank – was natürlich auf seine Rechnung ginge. Dann zog er zwei Ringe aus Silber aus der Westentasche, übergab sie an die »Kinder« und forderte sie auf, sie anzustecken und solange zu tragen, bis sie durch goldene Eheringe ersetzt würden. Widerwillig ließ Anna sich den Ring anstecken, nachdem er aber ohnehin viel zu groß war, nahm sie ihn unter dem Tisch wieder ab und verbarg ihn der Schürzentasche. Nochmals proste man sich zu. Johann trank durstig sein Glas aus, unterhielt sich lautstark mit seinen Kameraden gegenüber, deren preußisch klingenden Dialekt Anna so gut wie gar nicht verstand. Speisen wurden aufgetragen als befände man sich mitten im Frieden: Suppen, Schweinsbraten, Wild, Forellen, Kraut, Gröstel, Knödel, Soßen, Strudel, Kuchen und Krapfen. Dazu wurde gelblicher Wein, literweise Bier und Schnaps, gebrannt aus Marillen und reifen Zwetschken, getrunken. Nachdem Johann der aufkreischenden Kellnerin in den Po gekniffen und sich angeheitert mit einem dicklichen Mann an der Tafel ein Wortgefecht geliefert hatte, legte er als Zeichen der Besitznahme seinen Arm schwer über die Schulter seiner Verlobten. In einem einzigen Zug trank er den Bierkrug aus, den die Kellnerin auf den Tisch gestellt hatte. Anna nippte am Weinglas, merkte, dass der alte Aufhauser seinen Sohn beäugte und sah auch den Anflug von Runzeln auf seiner Stirne. Irgendwie gelang es ihr, Johanns Arm abzuschütteln und auf die Seite der Mutter zu rücken. Die Stimmung wurde ausgelassener. Während er mit Anna an diesem Abend noch kein Wort gesprochen hatte, begann Johann mit dem halben Tisch zu politisieren. Gemeinsam mit den beiden anderen SS-Soldaten pöbelten sie schließlich den Doktor an, der es gewagt hatte, kritische Töne über die Kriegsführung zu äußern – dann aber seine Konsequenzen zog, indem er mit seiner Frau und gemeinsam mit dem Bürgermeister und dem Metzger die Runde ohne große Verabschiedung verließ.

Ein Mann aus dem Dorf mit grauem Bart - fast wie der von Aufhauser - hatte sich ans Tischende gesetzt und begann mit einer Harmonika zu spielen, die Druckknöpfe besaß, anstelle der weiß-schwarzen Tasten. Einfache, langsame, ländliche Melodien. »Tanzen, tanzen ...«, begann einer zu rufen. Johann streifte die Uniformjacke ab, lockerte den Knopf der mit Bratensaft befleckten Krawatte, versuchte sein Hemd in die Hose zu stecken, trank seinen Bierkrug erneut ohne abzusetzen aus, stürzte rasch noch einen Schnaps hinunter und zog Anna an der Hand vom Stuhl hoch. Widerstrebend ließ sie sich zu einer freien Fläche zwischen den Tischen ziehen. Der alte Mann begann einen Walzer zu spielen. Wankend und schwitzend nahm Johann sie in die Arme und sie begannen zu tanzen. Trotz seiner Bierfahne spielte Anna mit und versuchte ihn zu halten. Sie drehten schlecht und recht ein paar Runden. Der Aufhauser kam mit Mutter auf die Tanzfläche, der Verwalter des Viehhändlers mit der Zenzi, andere kamen hinzu. Johann torkelte und versuchte Anna enger an sich zu ziehen. Das schwarze Hemd, das sich über seinem Bauch spannte, war ihm wieder gänzlich aus der Hose gerutscht. Sie stießen mit anderen Tanzpaaren zusammen, rammten die Kellnerin, die sich mit einem vollen Tablett ihren Weg durch die Menge bahnte, dann taumelte Johann und krachte der Länge nach auf einen Stuhl, der am Rande der Tanzfläche stand. Holz splitterte, die vollen Gläser vom Tablett schlugen klirrend am Boden auf und die Leute schrien entsetzt. Anna hatte sich mit Mühe der Umklammerung entrissen und damit einen Sturz verhindern können.

Johann lag am Boden, jammerte und hielt sich die blutende Nase. Die Kameraden in Schwarz wankten heran und versuchten ihm auf die Beine zu helfen. Blut rann jetzt auch von seiner Stirne. Nach langem Hin und Her wurde ihm der Kopf verbunden, danach ein, zwei Marillenschnäpse gegen den Schrecken gereicht. Kaum ein wenig erholt, beschimpfte Johann die Kellnerin lallend als Bauerntrampel, obwohl er ihr Minuten zuvor noch an den Po gefasst hatte. Mariann und Rosl saßen wie versteinert hinter ihren Gläsern mit Limonade und warfen sich Blicke zu; die Mutter hatte den Kopf gesenkt.

Der Mann mit der Harmonika unterbrach sein Spiel und packte zusammen. Betreten schwieg die restliche Runde – nur Johann und seine Kumpane krakeelten schon wieder herum, bis sie sich selber in die Haare bekamen und gegenseitig anschrien.

Dem alten Aufhauser reichte es jetzt: In murmelnden Ton entschuldigte er sich bei Anna, der Mutter und den anderen Gästen, redete sich auf den Krieg heraus, der alle Menschen verändere und auf die besonderen Umstände. Dann strafte er seinen Sohn mit einem finsteren Blick, fasste ihn grob am Arm und schleppte den Wankenden mit Hilfe seines Verwalters, der den jungen Aufhauser unter die Achseln nahm, aus der Gaststube und zum Auto, das der Wirt schon vor der Türe bereitgestellt hatte. Die Zenzi nahm Waffenrock, Mantel und sonstige Utensilien von Johann über den Arm und folgte mit gehörigem Abstand nach draußen.

Einer nach dem anderen stand jetzt vom Tisch auf und verließ das Gasthaus. Die Kellnerin und der Wirt entsorgten die Glasscherben sowie die Trümmer des Stuhls und begannen den Tisch abzuräumen.

»Ich kann dich jetzt verstehen«, sagte Mariann leise zu Anna, als sie aufbrachen. Die Mutter und Rosl schwiegen während der Heimfahrt betroffen. Es hatte wieder leicht zu schneien begonnen. Die Frauen zogen ihre Tücher über den Kopf und wickelten sich in die wollenen Decken. Immer wieder wurden sie von überfüllten Fahrzeugen der Wehrmacht überholt. Unbeirrt trabte der Braune durch das Schneegestöber und brachte sie sicher nach Hause.

Franzi kam sofort heraus, kümmerte sich um Pferd und Schlitten. Nachdem sie sich den Schnee von den Kleidern geklopft hatte, stieg Anna mit Übelkeit im Magen die Stiegen zur Kammer empor und schlug die Türe hinter sich zu. Den silbernen Ring hatte sie schon unterwegs in einen Graben geworfen.

Die Mutter war Anna gegenüber milder geworden. Ihre älteste Tochter wusste nicht, ob das mit der Verlobungsfeier zu tun hatte und ob sie irgendetwas von den Deserteuren auf der Alm ahnte oder gar wusste, aber am Abend nach der Verlobung bestimmte sie jedenfalls, dass Anna ab sofort wieder die Arbeit auf der Alm übernehmen sollte. Diese ließ sich nicht anmerken, dass ihr Herz einen Sprung gemacht hatte, aber Mariann, die neben ihr in der dämmrigen Stube saß, entging nicht das Aufleuchten ihres Gesichtes und das kurze Lächeln, das Anna gleich wieder mit ernster Miene verdeckte. Maria, die vor Tagen schon zurückgekommen war weil es der Schwester besser ging, übernahm im Haus wieder Küche und Stall. Mariann war heilfroh darüber, dass ihr die gefürchteten Fahrten auf die Alm nun wieder erspart blieben und Rosl, die noch immer von der Verlobungsfeier geschockt war, war wiederum erfreut darüber, dass ihr ab sofort die harte und ungeliebte Arbeit im Stall abgenommen wurde.

Nach dem Warmwettereinbruch mit Dauerregen, der viele Wege unbrauchbar gemacht hatte, brach wieder die Märzsonne durch die Wolken und die Temperaturen pendelten sich auf die, zu dieser Zeit üblichen, Werte ein. Die Schneedecke im Tal war geschmolzen und die grünen Flecken auf den Hängen rundum vergrößerten sich.

Noch nie war Anna eine Arbeit leichter von der Hand gegangen als an diesem Tag: Im Nu hatte sie den Rucksack gepackt, Heu und Viehsalz auf den Leiterwagen geladen, den Haflinger aufgeschirrt und angespannt. Zuletzt gelang es ihr noch, Blutwürste, Brot und Äpfeln aus Küche und Vorratskammer zu organisieren, was nun schwieriger geworden war – hatte doch Maria dort das Kommando wieder übernommen. Anna überlegte sich, Maria künftig einzuweihen um die Beschaffung von Proviant für die Flüchtlinge auf der Alm leichter zu machen. Dann holte sie einen Packen von Zeitungen, die sie gesammelt hatte und ein geheimnisvolles, mit Papier umwickeltes Paket aus der Kammer und lud alles auf den am Hof stehenden Wagen. Schließlich saß sie auf und ließ dem Pferd freien Lauf.

Kapitel 18

Aurach, April/Mai 1945

Mit einem Stock, den er im Wald gefunden und mit seinem Offiziersmesser zurechtgestutzt hatte, versuchte Maximilian das Zuleitungsrohr zum Brunnen wieder freizulegen. Nachdem er Erde, Steine und Schlamm entfernt hatte, putzte er das Kupferrohr wie ein Gewehr indem er den Stock mehrmals mit einem Lappen durchstieß; anschließend platzierte er das Rohr wieder in der dafür errichteten Halterung. Sofort plätscherte das Wasser, anfangs trüb und dunkel gefärbt, bald aber so klar wie eh und jäh, in das von Moos überzogenen Brunnenbecken.

Danach begann Maximilian damit, grobe Scheiter, die jemand kreuz und quer auf den Platz hinter die Hütte geworfen hatte, in handliche, gut brennbare Stücke zu hacken. Nach den unzähligen Tagen der Untätigkeit tat es ihm gut, sich nützlich machen und körperliche Tätigkeit ausüben zu können. Während er an die erst schwelende, jetzt aber explodierte Feindseligkeit von Bastel dachte, hieb er von Wut und Frust getrieben so heftig mit der Hacke auf die mit Astlöchern übersäten Fichtenscheiter ein, dass diese oft meterweit zur Seite sprangen, manchmal sogar den Hang hinunterkollerten oder in der Wiese landeten. Von Zeit zu Zeit hielt er inne, sammelte die Scheiter ein und begann an der Wand der Hütte einen neuen Stoß aufzuschichten.

Irgendwie bildete er sich ein, das Knarzen eines Wagens zu hören. Er richtete sich aus seiner gebückten Haltung auf und blickte angestrengt gegen die Sonne zum unteren Waldrand. Das musste Mariann sein! Nachdem seine Vorräte aufgebraucht waren und er auch Robert schon unverrichteter Dinge zurückschicken musste, war er erleichtert, das Fuhrwerk zu hören.

Ja sie war es! Wie würde sie diesmal reagieren, wenn sie ihn sah? Um sie nicht zu erschrecken winkte er ihr von weitem zu – sie winkte zurück, es würde also heute keine Probleme mit ihr geben. Diesmal hat sie den Wagen genommen und nicht mehr den Schlitten, offenbar war der Schnee im Tal für den Schlitten schon zu weit geschmolzen.

Aber dann stutzte Maximilian: War das wirklich Mariann? Er starrte dem Gefährt regungslos entgegen, begann zu gehen, dann zu laufen, flog schließlich auf den Wagen zu. Das Mädchen sprang vom Fuhrwerk und ihm in die Arme – Anna.

Er umarmte sie, küsste sie, hob sie in Höhe, drehte sich mit ihr so lange, bis sie beide schwindlig waren. »Ich hab dich so vermisst!«, sagte er atemlos und noch ein wenig benommen. »Was ist passiert? Wie geht es dir?«

»Jetzt, wo ich bei dir bin, geht es mir wieder gut«, sagte sie und umarmte ihn nochmals. »Es sind schlimme Dinge passiert, aber ich kann darüber nicht reden, bitte sei mir deshalb nicht böse!« Anna schaute ihm ins verschwitzte Gesicht – »Vielleicht später einmal, wenn das alles vorbei ist.«

Diese Worte fielen wie winzige Tropfen von Wermut auf Maximilians jubelnde Seele. Er hatte keine Vorstellung, was sie damit meinte und konnte auch nicht ahnen, dass mehr als vierzig Jahre vergehen sollten, bis er endlich die Wahrheit erfuhr.

Anna fing Pferd samt Wagen wieder ein und fuhr damit bis vor das Haus. Gemeinsam luden sie die Fracht ab und verstauten diese im Stall und in der Stube. Danach fütterten sie die Kälber und bereiteten ein kleines Essen vor. Sie waren glücklich, setzten sie sich an den Tisch, dann zog Anna das Päckchen hervor: »Ich habe dir etwas mitgebracht, ich hoffe, es ist das Richtige für dich.« Sie reichte ihm das Päckchen über den Tisch.

Maximilian war überrascht, aber als er es angriff, ahnte er bereits, worum es sich handelte. Hastig riss er das Packpapier auf: *Der Steppenwolf,* las er in goldenen Buchstaben auf dem Büchlein. Von *Herman Hesse.* Maximilian beugte sich zu ihr und küsste sie. »Das ist ja Wahnsinn!«, stammelte er. »Wo hast du das her?«

»In Kitzbühel, in der Vorderstadt, gibt es einen winzigen Laden mit Zeitungen, Postkarten, und so weiter. Und die Leute erzählen sich, dass der auch Bücher führt – du weißt schon, solche, die eigentlich alle verbrannt werden sollten. Gefällt dir das Buch?«

»Es ist ja kein Geheimnis, dass ich - dich ausgenommen natürlich - nichts mehr liebe, als solche Bücher«, sagte er. »Und die, die ich mit mir herumschleppe, habe ich zu oft schon gelesen. Das neue wird mir jetzt die Zeit bis zum Kriegsende verkürzen.«

Anna genoss es, dass er sich freute.

»Bist du nur wegen dem Buch extra nach Kitzbühel gefahren?«

Sie nickte.

»Und wie bist du gerade auf Hesse gekommen?«

»Der Haertel - das ist der Besitzer des Ladens - hat es mir hinter vorgehaltener Hand empfohlen. Noch vor einem Jahr wäre so was wahrscheinlich unmöglich gewesen! Ich glaube, dass die Leute jetzt schon fest mit dem Ende rechnen«, sagte sie und fügte hinzu: »Die Lage scheint immer aussichtsloser zu werden.«

»Mittlerweile ist allerdings auch mir klar geworden, dass von diesen Leuten keine Kapitulation zu erwarten ist, bevor nicht das letzte Haus, die letzte Fabrik und ganz Berlin in Schutt und Asche gefallen sind«, sagte Maximilian und rieb sich die Augen. »Und jeder zusätzliche Tag, jede verdammte Stunde kostet tausenden Menschen das Leben.«

»Ich kann mich auf den Frieden nicht richtig freuen«, sagte Anna mit tonloser Stimme – und da war er wieder, der unsichtbare Schleier über Annas Gesicht, der Maximilian so beunruhigte.

Sie verbrachten zwei herrliche Tage. Trieben gemeinsam die gesunden Kälber ins Freie und fingen sie abends wieder ein. Tränkten und versorgten die kranken Tiere, denen es besser zu gehen schien. Maximilian hackte Holz, das Anna später neben den Ofen stapelte. Sie stahl ihm die Hacke und er verfolgte sie rund um die Hütte. Sie redeten, lachten und stritten. Und sie gingen früh zu Bett, um erst spät am Morgen wieder aufzustehen.

Sie waren glücklich.

Am Morgen des zweiten Tages spannte sie den Braunen an. »Ich zeig dir jetzt einen verwunschen Platz, so etwas gibt es sonst auf der ganzen Welt nicht«, sagte Anna und sie fuhren los, einen schmalen Forstweg entlang und schließlich in einen Wald, der immer dichter wurde. Dann hielten sie und stiegen ab. Anna band das Pferd an einen Baum und nahm Maximilian an der Hand. Sie gingen eine Böschung bergauf und streiften durch eng stehende Büsche. Dann blieb Anna stehen, hielt ihm mit beiden Händen die Augen zu, schob ihn ein paar Schritte nach vorne und gab seinen Blick frei.

Maximilian staunte: Auf einer Lichtung, umgeben von dichtestem Nadelwald war eine kleine Ansiedlung zu sehen:

Häuser, Hütten, Ställe, eine Kapelle und - er trauten seinen Augen nicht - ein winziger Zug auf richtigen Schienen. Das alles war von Moos überzogen, von grünen Stauden überwuchert und mit kleinen Nadelbäumen durchsetzt. In einem offenen Geviert, das einmal eine Werkstatt oder eine Schmiede gewesen sein musste, türmte sich ein mächtiger Ameisenhaufen. Mitten durch ein Dach war eine Tanne gewachsen. An einem Hang dahinter klaffte die mit Brettern notdürftig verschlagene Öffnung einer Höhle. Es war wie eine verwunschene Stadt.

»Was, um alles in der Welt, ist das?«

»Das hier hat Kitzbühel reich gemacht!«, sagte Anna, zeigte nach vorne und zog Maximilian durch das Unterholz auf das verlassene Dorf zu.

Ungläubigkeit stand in Maximilians Gesicht geschrieben.

»Ganz einfach«, sagte Anna. »Hier wurde im Mittelalter Silber abgebaut. Die Höhle, die du siehst, ist der Stollen eines Bergwerks und mit diesen rollenden Wägelchen hat man das Silber aus dem Berg geholt. Und Silber war wichtig für den Kaiser, weil in Hall daraus Münzen geprägt wurden«, Anna zog ihn an der Hand weiter. »Und die Münzen hat der Kaiser - der übrigens deinen Namen trug - wohl dringend nötig gehabt.«

Maximilian blieb stehen und schüttelte ungläubig den Kopf.

»Du glaubst mir nicht?«, fragte Anna und lachte. »Hier waren hunderte Bergleute am Werk. Und weil sie nicht täglich den weiten Weg heraufkommen konnten, ist diese Ansiedlung entstanden.«

»Hier wurde wirklich Silber abgebaut? Können wir nicht ein paar Brocken mitnehmen – als Reserve für die Zeit nach dem Krieg?«

Wieder lachte sie. »Leider hat der Berg eines Tages nichts mehr hergegeben. Die Knappen sind dann nach Schwaz weitergezogen und haben hier alles liegen und stehengelassen.«

Sie gingen weiter und öffneten eine Türe, die aus schweren Holzbalken gezimmert worden war. Dahinter lag ein muffiger Raum, der einst eine Schenke gewesen sein musste: Vermorschte Tische, umgeworfene Bänke von Moos überzogen und eine Schank, auf der noch ein altmodischer Krug mit sonderbarem Schnabel und ein paar Becher standen – alles aus grün angelaufenem Zinn. Hunderte von Käfern, Ameisen und Larven krabbelten dazwischen herum. Am Boden suchte eine schwarz glänzende Schlange das Weite.

Zurück in der Hütte, packte Anna ihre Sachen zusammen. »Ich komm wieder, vielleicht nächste Woche. Pass bitte gut auf dich auf!«, sagte sie, bevor sie den Wagen bestieg. »Ich weiß wirklich nicht, was den Narren noch alles einfällt – je mehr sie in Bedrängnis geraten, desto unberechenbarer werden sie!« Sie küssten sich lange, dann stieg sie auf den Kutschbock.

Mitte März 1945 setzte eine Schönwetterphase ein, die bis in den April hinein dauerte und den Schnee im ganzen Tal und bis zu den Almwiesen hinauf schmelzen ließ. Nur die höchsten Gipfel in der Umgebung und auf den Hohen Tauern glänzten noch in Weiß. Die kräftiger werdende Sonne führte dazu, dass am Waldrand die Schneeglöckchen und Krokusse ihre Köpfe aus dem Boden streckten, die ersten Bienen ausschwärmten und die Bäche aufgrund der Schneeschmelze in den Bergen anschwollen.

Anna und Maximilian verlebten die glücklichsten Wochen ihres bisherigen Lebens. Regelmäßig kam Anna jetzt auf die Brandtneralm, sie erledigten gemeinsam die nötigen Arbeiten, machten Ausflüge in die Umgebung und besuchten Burgi auf ihrem Hof.

An einem Sonntag mit mildem Frühlingswetter hatten sie einen Gipfel in der Nähe der Alm erklommen. Hand in Hand stiegen sie den Berghang wieder hinab, Maximilian trug den Rucksack und Anna hielt ein Bündel mit Krokussen in der Hand.

»Hast du was von Bastel gehört?«, fragte sie.

»Robert war vor drei Tagen bei mir um Proviant zu holen. Er klagte darüber, dass Bastel sich kaum noch bewegt und ihn schikaniert, wo er nur kann. Sie haben angeblich wieder Schüsse gehört. Ich mache mir Sorgen um die beiden und hoffe vor allem, dass Robert das durchhält.«

Sie mussten einen Bach überqueren und erreichten einen Felsvorsprung, von dem aus man bis ins Tal hinab sah. Maximilian hielt an. »Geht es dir gut?«, fragte er.

»Ich war im Leben noch nie so glücklich wie jetzt«, sagte sie und schaute zu ihm auf. »Du bist mir so vertraut, als würde ich dich seit hundert Jahren schon kennen.«

»Dann musst du aber ganz schön alt sein«, sagte er, lächelte und fuhr dann mit ernster Miene fort: »Ich kann mir ein Leben ohne dich nicht mehr vorstellen.«

Sie gelangten zu einen Graben, durch den in Friedenszeiten gefällte Baumstämme ins Tal gezogen wurden und folgten diesem bergab. Lange sprach keiner ein Wort.

»Was wirst du machen, wenn dieser Krieg einmal zu Ende ist«, fragte Anna, ohne aufzublicken.

»Ich muss wohl wieder zurück nach München, und ich würde gerne Rechtswissenschaft studieren«, sagte Maximilian, während sie den Bach über eine Brücke wieder in die andere Richtung überquerten. »Aber niemand kann heute sagen, wie es politisch weitergehen wird, und ob das überhaupt möglich sein wird.«

Minutenlang blieb Anna stumm und ging neben ihm her. Dann hielt sie abrupt an: »Nimmst du mich mit?«

Maximilian blieb ebenfalls stehen und schaut ihr in die Augen: »Wie kannst du das nur fragen – natürlich, am liebsten gleich morgen!«

Anna schwieg.

»Was würde deine Mutter dazu sagen?«, fragte Maximilian.

In Annas Gesicht arbeitete es: »Die wird nie zustimmen.«

»Und du willst trotzdem mit mir kommen?«

Sie nickte.

»Der Krieg kann jetzt nicht mehr lange dauern«, sagte er und sie gingen weiter.

»Sie sagen, die Amerikaner stehen bereits vor Frankfurt«, sagte Anna. »Und der Russe hat schon Wien erobert, das ist nicht mehr weit entfernt von uns. Die Wehrmacht beginnt sich aufzulösen ...«

Maximilian half Anna, von einer Böschung herunterzuspringen und erwiderte: »Ich bin jetzt zuversichtlich, dass der Wahnsinn bald vorbei sein wird. Sollten dann wirklich die Russen hier einziehen, rate ich dir, dich wenigstens vorübergehend, auch hier oben verstecken!«

»Ich kann die Mutter und die Schwestern nicht gleich alleine lassen«, sagte Anna.

Der nächste Tag begann so ereignislos und friedlich, wie der vorherige zu Ende gegangen war und niemand ahnte, wie schrecklich er enden würde.

Nachdem Anna am Vortag wieder ins Tal zurückgefahren war, nahm Maximilian ein kleines Frühstück ein, bestehend aus Brot und einer Trockenwurst, die so hart war, dass er sie kaum schneiden konnte, dafür aber würzig schmeckte. Danach nahm er sich das Bündel mit den Ausgaben der *Tiroler Tageszeitung* vor und las in Ruhe die Überschriften der »neuesten Meldungen«, die aber natürlich nicht wirklich »neu« waren, weil Anna die Zeitungen tagelang gesammelt und dann mitgebracht hatte:

Ruhrkesselschlacht: »Fast 10.000 Tote auf deutscher Seite, und 20.000 Gefangene.«
Weimar: »Oberstleutnant Gardola standrechtlich erschossen, wegen friedlicher Übergabe an den Feind und Befehlsverweigerung.«
Königsberg: »Endgültige Aufgabe der Stadt.«
Braunschweig: »Übergabe der Stadt an die US-Army.«
Wien: »Sowjetische Truppen bringen Stadt in ihre Kontrolle.«
USA: »Franklin Roosevelt gestorben! Der neue Präsident heißt Harry S. Truman.«
Bologna: »Die Stadt fällt nach tagelangen Kämpfen in die Hände polnischer Truppen.«
Nürnberg: »Die Schlacht um die Stadt beginnt.«

Maximilian hatte genug gelesen. Er packte den Zeitungsstapel und legte ihn zum offenen Herd, wo das Papier gute Dienste beim Anzünden des Holzes leisten sollte. Dann ging er ins Freie und begann, mit den rostigen Nägeln, die er im Holzschuppen gefunden hatte, die Koppel für die kranken Tiere zu reparieren. Er richtete einen Pfosten auf, den der Schnee im Jänner umgelegt hatte und beugte sich nach unten, um eine ausgerissene Planke zu befestigen. Plötzlich fuhr er auf. Ein Schuss hatte gekracht – irgendwo im Wald und nicht allzu weit entfernt. War Bastel mit seinen letzten

Patronen auf die Jagd gegangen? Zuzutrauen wäre dem Kameraden das ja – in seiner jetzigen Gemütsverfassung. Oder war das wieder dieser bärtige Mann, den sie schon einmal beim Abschuss eines Rehs beobachtet hatten? Eigentlich hatte es nicht wie ein Pistolenschuss geklungen. Maximilian horchte angestrengt in die Richtung, aus der er den Schuss wahrgenommen hatte. Nichts war mehr zu hören. Wieder nahm er sich vor, keinen Schritt mehr aus dem Haus zu machen ohne seine Dienstwaffe mitzunehmen. Danach setzte er seine Arbeit fort. Er benutzte die flache Rückseite der Axt als Hammer, schlug damit die Pfosten der Koppel tiefer in die Erde und befestigte dann eine Planke nach der anderen mit den Nägeln, die er sich zwischen die Lippen geklemmt hatte.

Plötzlich sah er Robert aus dem Wald auftauchen und auf sich zu laufen. Blankes Entsetzen stand ihm ins erhitzte Gesicht geschrieben.

»Bastel!«, rief Robert atemlos und mit seltsam schriller Stimme. »Du musst mitkommen! Sofort!«

»Was ist passiert?«, schrie Maximilian zurück.

Robert stammelte unverständliches Zeug – schien zu keiner klaren Äußerung fähig zu sein. Die Haare klebten ihm im Gesicht, er deutete heftig nach oben und rannte schon wieder zurück.

Maximilian ließ die Axt fallen, spuckte die Nägel aus, holte die Waffe aus der Hütte und lief in langen Sätzen dem Jungen nach, der bereits weit vor ihm auf dem Weg zur Rindenhütte lief.

Die Gedanken überstürzten sich in seinem Kopf. Was mag passiert sein, fragte sich Maximilian. Hatte Bastel wieder irgendeinen Blödsinn gemacht? Sich verletzt? Oder hatte sich Robert für dessen Gemeinheiten gerächt?

Der Kamerad lag auf dem Bett in einer riesigen Lache aus Blut. Sein Kopf hing unnatürlich abgewinkelt und schlaff zu Boden. Hals und Kinnlade waren offensichtlich von einem Geschoß getroffen worden und klafften weit auseinander. Das rechte Auge war von einer Kruste aus But verklebt – das linke starrte gebrochen zur Decke. Maximilian schloss es und legte seine Hand mit einer zärtlichen Bewegung auf den unversehrt gebliebenen Teil des Köpers, in dem er noch Wärme verspürte.

Sein Freund Bastel war ihm zum Feind geworden, dachte er sich – aber wie sehr hätte er ihm dennoch eine glückliche Heimkehr zur Familie gewünscht! An der Front hatte er viele Tote gesehen, aber dieser Anblick bedrückte ihn zutiefst. Maximilian setzte sich auf die Pritsche gegenüber, ließ den Kopf hängen und bedeckte sein Gesicht mit den Händen.

Er fühlte sich schuldig. Schuldig, weil er seinen ehemaligen Zimmergenossen dazu überredet hatte, mit ihm gemeinsam zu desertieren. Schuldig, weil er im eskalierenden Streit nicht eingelenkt, und schuldig, weil er ihn am Ende allein gelassen hatte.

Er sah vor sich *den* Bastel, den er von früher in Erinnerung hielt, und der um einen frechen Spruch niemals verlegen war. Der Kameraden und Vorgesetze mit seinem Sarkasmus nervte. Der jede Arbeit geschickt vermied, beim Essen stets Nachschlag verlangte, aber im Offizierskasino dann doch wider alle zum Lachen brachte.

»Ich war beim Wasserfall, um Fische zu fangen«, stammelte Robert. Dann habe ich den Schuss gehört, bin sofort zurück und hab ihn so gefunden.«

»Wer, zum Teufel, war das? Hast du irgendwas gesehen oder gehört?«

»Nur den Schuss hab ich gehört«, sagte Robert. »Die Türe stand weit offen und ich hab gleich gewusst, dass irgendwas nicht stimmen kann.«

Widerstrebend schaute sich Maximilian noch einmal die Wunde an, fast das halbe Gesicht war weggerissen: »Eine Pistolenkugel kann das nicht gewesen sein, auch nicht die normale Patrone eines Gewehres.« Maximilian kannte solche Wunden nur von Partisanenopfern, die er in Italien manchmal gesehen hatte. »Das war ein Hohlmantelgeschoß«, sagte er – mehr zu sich selbst. »Oder eher noch: Eine abgefeilte Patrone, die kann ganze Teile aus dem Körper reißen, weil sie beim Aufprall plattgedrückt wird – aber wer macht hier so etwas?«

Robert wusste keine Antwort.

»Wieso hat er sich nicht gewehrt?«, fragte Maximilian. »Wo ist überhaupt seine Dienstpistole?« Er sah sich um und erst jetzt bemerkte er, dass Bastels Sachen in der ganzen Hütte verstreut lagen. Die Mauser aber hatte der oder die Mörder ganz offensichtlich mitgenommen.

Robert blickte ihn mit angsterfüllten Augen an: »SS?«

Maximilian zuckte mit den Achseln. »Wir werde ihn begraben müssen.«

Dieses Vorhaben erwies sich schwieriger als gedacht, da der Boden in dieser Höhenlage in etwa zwanzig Zentimeter Tiefe noch gefroren war. Unter großer Anstrengung hatten sie am Ende ein etwa fünfzig Zentimeter tiefes Grab ausgehoben, in das sie ihren Kameraden und seine Habseligkeiten betteten und dann mit Erde bedeckten. Robert ließ sich nicht davon abhalten, ein kleines, einfach gebasteltes Birkenkreuz auf das Grab zu stecken. Auf ein Gebet verzichteten sie, da Maximilian nicht glaubte, dass Bastel das gewollt hätte, aber sie hielten kurz inne:

Nun war er also doch noch »verreckt«, wie er das selbst immer formuliert hatte, dachte Maximilian mit Bitterkeit und nahm sich vor, wenn er den Krieg überleben sollte, nicht zu ruhen, um Witwe und Eltern von Bastel ausfindig zu machen und sie zu besuchen oder ihnen zumindest einen ausführlichen Brief zu schreiben.

»Robert, du kannst nicht in der Rindenhütte bleiben – pack deine Sachen und komm mit mir zur Alm«, sagte Maximilian im Befehlston.

»Ich will euch nicht zur Last fallen«, sagte Robert. »Deshalb gehe ich für heute mit, aber morgen ziehe ich endgültig weiter zu meiner Schwester.«

Eine halbe Nacht lang bemühte sich Maximilian, den jungen Freund dazu zu überreden, das Kriegsende im Versteck abzuwarten. Der aber blieb stur, packte im Morgengrauen seine Sachen und brach auf – vom Kameraden mit Proviant, dutzenden Warnungen und den besten Wünschen versehen. Ob er sein Ziel jemals erreichte, sollte Maximilian niemals erfahren.

Anna kam regelmäßig einmal pro Woche – ihr gemeinsames Glück wurde aber vom schrecklichen Tod des Kameraden getrübt. Anna erzählte vom Leben im Dorf und davon, dass Teile der Wehrmacht schon in Panik durch das Tal zogen und die Front keine hundert Kilometer mehr entfernt war. Ein Teil des Viehs war von Anna schon auf die Alm getrieben worden, weil man nicht wusste, was kommen würde. Maximilian hatte gelernt, Kühe zu melken, Gras zu mähen, Butter und Käse herzustellen und den Almbetrieb aufrecht zu halten.

An den Abenden saßen sie im Kerzenlicht zusammen und ihre Pläne, nach dem Ende der Kämpfe gemeinsam nach München zu fliehen nahmen immer konkretere Formen an: Sie würden sich am Anfang eine winzige Wohnung mieten und Arbeit suchen. Maximilian würde abends auf die Uni gehen. Auch Anna träumte davon, nochmals eine höhere Schule zu besuchen – beim Lernen hatte sie sich schließlich immer leicht getan. Maximilian überlegte, später einmal auf dem kleinen Grundstück der Familie in Erding ein bescheidenes Haus zu errichten und dort zu leben. Und natürlich wünschten sie sich Kinder: Mindestens drei sollten es schon sein.

Sie waren sich sicher, gemeinsam würden sie all das schaffen. Ein heller Streifen schien sich am Horizont ihrer Hoffnungen abzuzeichnen.

Kapitel 19

Aurach, April/ Mai 1945

Maximilian schreckte aus dem Schlaf hoch und blickte instinktiv auf die Uhr: Es schien knapp vor Mitternacht zu sein. Anna stand vor ihm: Atemlos, in Mantel mit Kapuze gehüllt und mit einer Taschenlampe in der Hand. Sie sollte doch erst in drei Tagen wieder kommen, erinnerte er sich.

»Maximilian, steh auf! Ich muss mit dir sprechen – dringend!«

Schlaftrunken erhob er sich, schlüpfte in Hose und Hemd; sie hasteten in die Stube und Anna entzündete mit zitternden Fingern die Lampe über dem Tisch.

»Die Burgi hat es mir vor einer Stunde erzählt und die hat es von den Gendarmen: Eine ganze Rotte der SS ist im Ort – angeblich um den Wilddieb zu fangen.«

»Haben die keine anderen Sorgen – jetzt, in dieser Lage?«, entfuhr es Maximilian.

»Der Oberleitner soll sie angefordert haben. Das ist der Ortsgruppenleiter, von dem ich dir erzählt hab, du weißt schon ...« Annas Brust hob und senkte sich. »Du musst unbedingt von hier verschwinden und zwar schnell!«

»Wenn ich gehe, dann nur mit dir ...«

Anna setzte sich ohne ihren Mantel abzulegen an den Tisch, stützte beide Ellbogen auf und massierte sich ein paar Atemzüge lang Stirne und Schläfen; immer noch atmete sie schwer. »Also gut ...«, sagte sie dann und stand wieder vom Tisch auf. »Das ist wirklich eine schwere Entscheidung für mich, trotzdem mach ich dir jetzt einen Vorschlag: Ich muss gleich wieder laufen, aber wir treffen uns im Morgengrauen bei der alten Mühle – das ist dort, wo unser Weg auf die Landstraße trifft, etwas versteckt auf der linken Seite.« Wieder schwieg sie kurz. »Wir werden uns gemeinsam nach Bayern durchschlagen ...«, fuhr sie dann fort und nahm die Flinte, die sie in die Ecke gelehnt hatte, wieder in die Hand. »Es sind schon seit Tagen Flüchtlinge in alle Richtungen unterwegs, da werden auch wir nicht auffallen.«

Maximilian sprang auf und statt einer Antwort drückte er sie an sich. »Also, morgen im ersten Licht bei der alten Mühle«, wiederholte er und begleitete sie vor das Haus. »Bitte pass gut auf dich auf«, rief er, als sie sich das Gewehr quer über die Schulter gehängt hatte und aufbrach. Noch einmal machte sie kehrt, lief zurück, und sie umarmten sich so fest, dass es wehtat. Dann riss sie sich los und lief den Weg Richtung Tal hinab, tauchte noch einmal zwischen den Bäumen auf, verschwand endgültig aus seinem Blickfeld. Maximilian starrte noch minutenlang in die Dunkelheit, in der sie verschwunden war, spürte ein schmerzliches Ziehen im Herzen und in seinem Mund machte sich bitterer Geschmack breit, den er sich nicht erklären konnte. »Im ersten Licht bei der Mühle ...«, murmelte er nochmals, dann begann er, seine Sachen zu packen.

Immer wieder in alle Richtungen spähend und horchend lief er im Mondlicht den gewundenen Weg hinab, der ihm so vertraut geworden war: Er dachte an die Streifzüge mit Bastel, ihren Abstieg vor der Mündung von Annas Flinte und an die Wanderungen, die er hier Hand in Hand mit Anna gemacht hatte. Ein kalter Windstoß fuhr ihm ins Gesicht. Schon hatte er die Brücke erreicht, an der Bastel einst seinen Rucksack verloren hatte. Noch immer keimte Ärger in ihm auf, wenn er an dieses Erlebnis dachte. Hohl pochten seine

Schritte auf den Planken der betagten Holzbrücke: Dong, dong, dong ..., an ihrem Ende nahm er plötzlich die winzige Bewegung eines Schattens wahr und sein Instinkt schlug Alarm. Ein zweiter Schatten bewegte sich und riss ein Gewehr von der Schulter. Während Maximilian sich drehte, um nach hinten zu fliehen, tastete er nach seiner Pistolentasche.

Aber auch auf der Rückseite standen auf einmal zwei Schatten, die ihre Waffen auf ihn gerichtet hielten.

»Halt! Stehenbleiben und die Hände hoch – wir schießen sofort!«, knatterte eine Stimme wie ein Maschinengewehr durch die Dunkelheit.

Maximilian ließ die Pistolentasche los und hob die Arme über den Kopf – er war in die Falle gelaufen.

Die Fessel an den Handgelenken schmerzte, als ihn die vier SS-Soldaten mit Karabinern im Anschlag ins Tal eskortierten. Während sie leise miteinander sprachen, trieben sie ihn am Hof von Burgi vorbei. Maximilian sah aus den Augenwinkeln, dass ein Licht aufflammte – scheinbar hatte man den Lärm dort gehört. Die Kolonne zog weiter zu der Stelle des Weges wo sich der Wald lichtete, man von oben erstmals den Ort sehen konnte und wo sie Anna damals dazu überredet hatten, sie freizulassen. Der böige Wind trieb schwarze Wolken vor den Mond und Maximilian tappte beim Gehen immer wieder ins Dunkle. Wenn er strauchelte oder zu langsam ging, schlugen sie von hinten mit dem Gewehrkolben auf ihn ein. Er fiel nach vorne, konnte sein Gesicht mit den am Rücken gefesselten Händen nicht schützen, rappelte sich auf und spuckte Erde und Blut. Aus einem Kratzer an seiner Wange lief Blut in seinen Kragen. Seine Waffe hatten sie ihm abgenommen, den Tornister ausgeräumt und in die Schlucht geworfen, in der schon Bastels Rucksack gelandet war.

»Ich protestiere!«, rief Maximilian den Männern in den schwarzen Uniformen zu. »Ich bin Leutnant der Infanterie, habe jahrelang an der Front gekämpft und bin in der Schlacht von Monte Cassino verwundet worden!«

Einer, der vor ihm ging, drehte sich um: »Du *warst* vielleicht einmal Leutnant – jetzt bist du nur mehr ein Haufen von Dreck.« Sie hielten an, um ihm die Sterne vom Kragen zu reißen, dann ging es weiter.

»Sie machen einen Riesenfehler! Ich habe das Eiserne Kreuz bekommen – für besondere Tapferkeit vor dem Feind. Wir waren in geheimer Mission hier unterwegs, fragen sie doch nach: 12. Infanterieregiment!«, log Maximilian um sein Leben.

Statt einer Antwort spürte er wieder den Gewehrkolben.

Ein mächtiger Bauernhof tauchte hinter einer Senke auf, daneben die Silhouette einer Brandruine. Das musste der Hof von Anna sein. Sie stießen ihn weiter, kamen endlich in den Ort, in dem Totenstille herrschte und kein einziges Licht brannte.

Die Kolonne hielt an.

»Der Krieg ist doch zu Ende!«, schrie Maximilian und das Grauen stand ihm ins Gesicht geschrieben. »Wann wollt ihr endlich aufhören mit dieser Scheiße?«

»Wenn dieser Krieg wirklich zu Ende und verloren sein sollte, dann nur wegen Verrätern, wie dir«, gab einer von hinten zur Antwort. »Und dafür wirst du büßen!«

»Endlich haben wir wieder einmal einen dieser arroganten Offiziere erwischt«, freute sich ein anderer. »Zuerst große Klappe – aber dann betteln sie alle.« Der Mann trat von einem Bein auf das andere und steckt sich einen Glimmstängel in den Mund: »Sollen wir ihn vorher noch verhören, Rottenführer? Vielleicht gibt es Komplizen ...«

Der Rottenführer, ein junger massiger Mann mit einheimischem Dialekt senkte die Pistole, sicherte sie und steckte sie weg.

Von Verzweiflung getrieben schrie Maximilian auf: »Ich werde euch nach dem Krieg belasten! Eure ganze, dreckige Bande!«

»Wir werden schon dafür sorgen, dass du keine Gefahr mehr bist«, schrie der Rottenführer zurück und lachte dann: »Für *wie* dumm hältst du uns eigentlich?«

»Rottenführer?«, fragte der mit der Zigarette und dem Karabiner noch einmal.

»Werft ihn zum anderen in den Kohlenbunker«, sagte der Angesprochene, blickte zum Himmel und suchte vergeblich den Mond. »Wir warten bis zum Morgenrot, dann haben wir besseres Licht für die beiden.«

Es dauerte lange, bis sich seine Augen an die Dunkelheit gewöhnt hatten. Durch das dreckige und vergitterte Fenster sah Maximilian einen von Mauern umschlossenen Innenhof, der von einer nackten Glühbirne nur spärlich erhellt wurde. Er untersuchte die Wände seines Gefängnisses und rüttelte an der Türe, die mit Eisen beschlagen war: Diesen Raum würde er von selbst nicht verlassen können.

Ein Geräusch ließ ihn herumfahren. Die Hälfte des Kellerraums war mit einer Halde von Kohle angefüllt. Und auf dieser Kohle lag etwas, das sich jetzt bewegte und grunzte. War das ein Mensch? Die Haare hingen bis unter die Schulter, der verfilzte Bart reichte von den Backenknochen bis an die Brust. Der Rest des Gesichtes war mit Räude bedeckt und dazwischen lagen Augen, die fiebrig glänzten. Der lange, zerrissene Wetterfleck des Wesens starrte vor Schmutz und war vermutlich von Flöhen und Wanzen bevölkert.

»Was bist du für einer?«, sprach der Bärtige jetzt mit rauer Stimme und schwer verständlichem Dialekt. »Haben sie dich auch erwischt?«

»Wer bist *du*?«, fragte Maximilian. »Bist du der Wilddieb, von dem die Leute reden?«

Der Mann gab ein Geräusch von sich, das klang, wie ein Lachen. »Sie reden von mir?«, fragte er, und seine Stimme klang fast geschmeichelt.

Maximilian ahnte, wen er vor sich hatte. »Wie lang warst du – da draußen im Wald?«, fragte er.

»Wie viel Jahr?«, fragte der Mann, der im Kopf nicht mehr ganz klar zu sein schien. „Hab nicht gezählt – seit sie mich halt holen wollten, damals …«

»Warst du ein Jäger?«

»Jäger?«, der Mann grunzte unverständliches Zeug, von dem Maximilian kaum was verstand: »Lois war Holzknecht… kennt… jeden Winkel am Berg.« Danach war nichts mehr zu hören, der Rübezahl schien eingeschlafen zu sein.

Mit sich alleine gelassen, übermannte Maximilian die Verzweiflung. Er beneidete den Wilddieb um seinen Schlaf.

Draußen herrschte noch stockdunkle Nacht, aber schon jetzt musste er gegen die nackte Angst ankämpfen: Die Angst vor dem ersten Schimmer des Morgenrots, das sich im Fenster unweigerlich zeigen und dann Vorbote seines Todes sein würde. So viele gefährliche Situationen habe ich an der Front überstanden, dachte sich Maximilian. Wie oft sind wir ums Leben gelaufen, haben Einschläge, Granaten und Gewehrfeuer überstanden. Und das alles nur, um jetzt an der baufälligen Mauer eines Kohlebunkers abgeknallte zu werden wie ein räudiger Hund – noch dazu vom kranken Abschaum eines untergehenden Reiches. Die Eltern kamen ihm in den Sinn: Am Ende dieses Krieges würden sie allein sein. Er wusste, dass die Mutter kaum mehr reden und die Zähne zusammenbeißen wird – um den Vater machte er sich Sorgen: Selbst wenn dieser heil von der Front zurückkehren sollte, würde er dann den Verlust seiner beiden Söhne verkraften? Bei all den Überlegungen hoffte Maximilian, dass die Eltern niemals die Umstände seines Todes erfahren werden. Er wollte einfach als vermisst, verschollen oder gefallen gelten – das klang tröstlicher, als: er wurde als Deserteur hingerichtet.

Und Anna? Seine körperlich spürbaren Schmerzen wurden unerträglich. Mit den Fingern versuchte er zusammenzuzählen, wie viele Wochen Glück ihnen das Schicksal vergönnt hatte. Waren es sieben oder waren es acht Wochen, vielleicht sogar neun? Andererseits – Für *diese* paar Wochen war es wert, dieses kurze Leben gelebt zu haben. Er ertappte sich dabei, laut aufzuschluchzen. Finsternis und ein kurzer gnädiger Schlaf senkte sich über ihn. Dann schreckte er wieder auf.

Der Mann im Hintergrund regte sich und schien ihn anzustarren.

»Im Morgengrauen werden wir sterben«, sagte Maximilian und wunderte sich über die Klarheit seiner Stimme. »Ist dir das klar, du Ungetüm?«

»Du musst sterben«, sagte der Koloss und zeigte mit seinem Finger auf Maximilian. Er trug Handschuhe, die an den Fingern abgeschnitten waren. »Lois aber nicht.« Er grinste ein fast zahnloses Lächeln.

Maximilian war erstaunt. »Wie kommst du darauf?«

»Sie haben Lois durchsucht und ihm die Flinte genommen.«

Er hat den Verstand verloren, dachte Maximilian und beneidete ihn wieder.

»Aber der Lois ist schlau!«

Maximilian nickte zum wirren Gebrabbel des Mannes.

»Du glaubst nicht, dass der Lois schlau ist!«, fuhr ihn der Wilddieb an und in dem kargen Licht, das durch das Fenster eindrang, war zu sehen, dass seine Augen vor Ärger aufblitzten. Zur Überraschung von Maximilian begann er plötzlich, mit fahrigen Bewegungen seine Hose zu öffnen.

»Ja, ja, ist schon gut ..., der Lois ist schlau«, bestätigte Maximilian, weil er seine Ruhe haben wollte.

Aber der Mann zog sich die grobe Lodenhose hinunter bis zu den Knien, am unteren Saum war sie mit Riemen an die Knöchel gebunden. Eine lange, gelblich gefärbte Unterhose kam zu Vorschein und im Raum verbreitete sich übler Geruch. Dann schob er die Hand in die Falte, die die Lodenhose über den Knöcheln gebildet hatte und zog etwas hervor.

Maximilian stutzte als er den matt glänzenden Gegenstand erkannte: Es war eine Mauser. Wie kam der Wilddieb zu dieser Pistole, die sonst nur Offiziere der Wehrmacht trugen? Er war wie vor den Kopf gestoßen: Das war die Waffe von Bastel! Die Leute der SS hatten sie in der Hosenfalte ganz offensichtlich übersehen. »Wo hast du die her?«, fuhr er den verwahrlosten Mann an.

Der zuckte zusammen. Die Waffe gehöre ihm, behauptete er.

»Du hast meinen Freund getötet!«, schrie Maximilian ihn an, »mit deinem Gewehr und einer abgefeilten Patrone, du Mörder! Danach hast du die Pistole gestohlen.«

Das erschrockene Gesicht zeigte ihm, dass er mit seiner Vermutung Recht hatte. Im Halbdunkel nahm er wahr, dass der Mann plötzlich die Waffe auf ihn gerichtet hatte.

Mit dem Mut der Verzweiflung sprang Maximilian auf ihn zu und versuchte, ihm die Mauser zu entreißen, wurde aber von der Kraft und Zähigkeit des Mannes überrascht. Der Wilddieb schoss nicht, sondern begann wie wild zu treten, traf dabei Maximilian direkt im Bauch. Ein heftiger Schmerz flammte in ihm auf, während der ausgemergelte und sehnige Wilddieb weiter kratzte, spuckte und um sich schlug. Maximilian sah, dass die Waffe auf den Boden gekollert war und wurde sich dabei schlagartig bewusst, dass sie sein Leben retten konnte. Aber er drohte in die Defensive zu geraten: Der Wilderer war nahe daran, die Waffe zu erreichen. Mit der aufgestauten Wut und der ganzen Verzweiflung, die in ihm steckte, packte Maximilian seinen Widersacher beim Hals und mit einem Griff, den sie gelernt, aber im Krieg nie angewendet hatten drückte er zu. Der Mann gab einen gurgelnden Laut von sich, bäumte sich auf, versuchte mit aller Gewalt, die Pistole zu ergreifen, die nur mehr Zentimeter von seiner Fingerspitze entfernt lag. Maximilian mobilisierte seine letzten Kräfte. Der stinkende Mann krallte die Finger in seine Schulter, seine Füße zappelten hilflos. Nach einer Zeit, die Maximilian endlos vorkam, wurden die Bewegungen seines Opfers matter. Der Schmerz, den die Krallen des Bärtigen auf seiner Schulter verursachten, ließ nach. Maximilian ließ abrupt von ihm ab und riss die Mauser an sich. Der Widerstand des Wilddiebs schien gebrochen, sein Kopf war nach hinten gesunken.

Völlig entkräftet und keuchend lag Maximilian minutenlang auf der Kohle und konnte keinen klaren Gedanken fassen. Irgendwie kam ihm dann vor, als hätte sich das Dunkel in seinem Gefängnis etwas gelichtet.

Da fiel sein Blick durch das Fenster: Ganz zart waren Berge zu sehen. Und ein rosafärbiger Schimmer lag auf ihren Gipfeln. Erneut wurde Maximilian von einer Welle der Verzweiflung übermannt – aber er riss sich zusammen und blickte auf die schimmernde Pistole in seiner Hand. Was sollte er damit gegen die Übermacht von zumindest vier bewaffneten SS-Männern ausrichten?

Ich muss den Überraschungseffekt nutzen! Maximilians Gehirn arbeitete fieberhaft: Wenn die Türe aufgeht, muss ich sofort schießen, laufen und wieder schießen. Sie werden nicht auf einen Angriff mit einer Pistole gefasst sein und ihre Waffen nicht im Anschlag halten, hoffte er.

Der Himmel über den Bergen begann sich in sattes Rot zu färben. Irgendwo in der Nachbarschaft krähte ein Hahn. Maximilian kämpfte gegen seine Panik. Im Hof waren Schritte zu hören. Wieviel Schüsse habe ich überhaupt, fragte sich Maximilian und zog das Magazin der Waffe heraus: Ein letztes Mal verfluchte er seinen Freund Bastel! Keine einzige Patrone fand sich im Magazin! Er lud durch, eine Kugel steckte im Schloss der Mauser. Eine *einzige* Kugel. Damit war er so gut wie chancenlos und er wusste jetzt auch, wieso der Bärtige an ihm keine Kugel verschwendet hatte.

Aber er hatte nichts mehr zu verlieren, stellte sich vor die von außen verriegelte Türe und hob die Waffe. Seine Hände zitterten.

Die Schritte schienen näher zu kommen, jemand hantierte am Schloss und schob einen Riegel zurück.

Die Türe wurde aufgestoßen.

Maximilian schoss sofort und der Rottenführer brach zusammen, ohne einen Ton von sich zu geben. Wo würden die anderen stehen? Maximilian lief auf den mit Kohlenstaub bedeckten Hof und erwartete den Kugelhagel – nichts dergleichen geschah. Er stutzte, blieb stehen, blickte sich um. Der Rottenführer lag in bizarrer Verrenkung am Boden. Das

Hemd war ihm aus der Hose gerutscht, über den schwarzen Waffenrock und den silbernen Reichsadler flossen Ströme von Blut. Wie durch einen glühenden Stempel brannte sich das Bild des SS-Soldaten, der vor ihm am Boden lag, in seine Seele ein und sollte ihn dort ein Leben lang quälen.

Sonst war kein Mensch zu sehen. Noch während Maximilian sich fragte, warum der Mann allein gekommen war, stürmte er davon, rannte ohne stehenzubleiben durch den menschenleeren Ort, über Felder und Wiesen zum Tal und zur dort verlaufenden Landstraße. Eine blutrote Sonne war in der Zwischenzeit über den Horizont gestiegen. Anna wird schon auf mich warten, machte er sich Sorgen. Die von ihr beschriebene Mühle erkannte er sofort, umrundete sie, öffnete eine Tür und rief nach ihr, durchsuchte das Gebüsch gegenüber. Allein – von Anna fehlte jede Spur.

Völlig ausgepumpt und durstig versteckte er sich im Gebüsch, wahrscheinlich hatte sich Anna verspätet. Maximilians Nerven waren aufgepeitscht. Im Lauf des Krieges hatte er viel erlebt, aber es war ein Unterschied, ob man in einer Schlacht eine Handgranate warf, oder ob man einen Menschen niederschoss den man kennengelernt hatte und der einem Aug in Aug gegenüberstand.

Seine Sinne spielten ihm einen Streich als ein Fuhrwerk sich näherte und er ihm entgegenlief, weil er Anna darauf zu erkennen glaubte. Der alte Fuhrmann, der mit Holzstämmen unterwegs war, schaute ihn verwundert an. Die Sonne stieg höher und höher, keine Anna erschien. Maximilian zermarterte sich den Kopf, was passiert sein könnte, aber eine passende Antwort wollte ihm nicht einfallen – außer der, dass Anna es sich anders überlegt hatte. Sie hat doch selbst den Vorschlag gemacht! Was kann es also für Gründe für diese Entscheidung geben, fragte er sich immer und immer wieder und ahnte auch nicht, dass vierzig Jahre vergehen sollten, bis er eine Antwort auf diese Frage bekam.

Maximilian hockte sich auf einen ausgedienten Mühlstein und blickte auf den von dieser Stelle aus winzig aussehenden Landstrich, auf dem er die letzten neun Monate verbracht hatte. Auf dem er gehungert und gelitten hatte und auf dem er glücklich gewesen war.

Sein Blick flackerte, er war in den letzten vierundzwanzig Stunden mehrmals durch Himmel und Hölle gegangen. Obwohl er nur Hemd und Waffenrock trug, spürte er weder Kälte, noch Hitze. Er überquerte die Straße, um dort im aufgewühlten Bach zu trinken, ging dann zurück zur Mühle und versteckte sich im Gebüsch. Zwei Kübelwagen mit SS-Standarte fuhren ganz langsam vorbei. Wahrscheinlich suchen sie mich jetzt schon im ganzen Gau, vermutete er.

Als die Sonne im Zenit stand, gab er auf. Anna hatte sich die Sache anders überlegt, oder die Mutter hat sie am Weggehen gehindert, stand für ihn nun fest.

Ohne jeglichem Gepäck, mit müden Beinen und mit einem Herzen, so schwer wie ein Klumpen von Blei, machte er sich auf den Weg Richtung Bayern.

Der Schuppen, in dem er übernachtet hatte, gehörte zum ausgebombten Gutshof, der durch das zerbrochene Fenster gegenüber zu sehen war. Kutschen, Zaumzeug und ein verrosteter Traktor standen herum und es roch nach Pferdemist und Schmieröl. Maximilian erhob sich vom Stroh und holte unter seinem Hemd das Brotstück hervor, das ihm jener Lastwagenfahrer geschenkt hatte, der ihn und vier andere Männer und Frauen von Kössen fast bis Reith im Winkel mitgenommen hatte. Unterwegs hatten sie zerstörte Bahnhöfe, brennende Dörfer sowie flüchtende Menschen gesehen und in der Ferne Gefechtslärm gehört. Der Fahrer war es auch, der ihnen erzählt hatte, dass der Führer angeblich tot sei und Admiral Dönitz die Reichsregierung übernommen hatte – so recht glauben konnte das keiner.

Maximilian lugte durch das Fenster: Das fünfte Mal nach seiner Flucht aus dem Kohlenkeller stieg nun die Sonne über den Horizont:

Ein Morgenrot wie in einem Bilderbuch, dachte er sich und wusste noch nicht, dass es auch ein Morgenrot war, das eine lange schreckliche Nacht beenden und ein neues Zeitalter, ja eine völlig neue Epoche ankündigen sollte.

Er öffnete vorsichtig die Tür und huschte zum Brunnen wo er sich mit der Hand Wasser in seinen Mund schöpfte und notdürftig wusch.

Im nahen Dorf begannen die Kirchenglocken zu läuten. Maximilian lief wieder zum Schuppen zurück und packte die Reste seines kärglichen Frühstücks in die zerrissene Jacke, dann machte er sich auf den Weg zur nächsten Straße. Die Glocken läuteten immer noch. Er kam an ein paar Häusern und der rußgeschwärzten Ruine eines Gebäudes mit Schlot vorbei, das zu einer kleinen Fabrik oder Brauerei gehört haben musste. Vor dem gemauerten Tor stand eine Frau mit Arbeitsschürze und Kopftuch und weinte.

Bim-bim, bim-bim, läuteten die Glocken.

»Es ist vorbei ...«, schluchzte die Frau, als er zu ihr trat. »Die Amerikaner sind schon drüben im Dorf, aber es ist endlich vorbei.« Sie wischte sich in einer hilflosen Geste mit dem Ärmel über das Gesicht. »Soeben haben sie's im Radio gemeldet: Der Krieg ist zu Ende.«

Kapitel 20

Bernried am Starnberger See, 11.November 1985

Frau Bayrhammer war gekommen, um Wein nachzuschenken und fragte bei der Gelegenheit ob sie sonst noch etwas für sie tun könne, aber weder der Professor noch sein Gast nahmen ihre Anwesenheit wahr. Diskret zog sich die Wirtin zurück.

Die anderen Gäste - einer nach dem anderen - hatten gezahlt und waren aufgebrochen. Schon seit geraumer Zeit waren sie deshalb alleine in der Stube. Draußen vor den Fenstern mit ihren rot-weiß gestreiften Vorhängen hatte der Nebel wieder die Sonne verdrängt und im Raum brannte jetzt warmes Licht über den Tischen.

Maximilian saß ihr gegenüber, leicht vornüber gebeugt. Eine paar weiße Haare waren ihm in die Stirne gefallen ohne dass er es gemerkt hatte – gebannt hing er an ihren Lippen.

»... der Johann, das war der Sohn vom Aufhauser, dem mächtigsten Mann damals bei uns im Tal«, sagte Anna mit leiser Stimme. »Und der Johann hat mir ewig den Hof gemacht und wollte mich heiraten; sein Vater wollte diese Ehe auch. Lange habe ich mich geweigert, aber als sie die Mutter vor das Gericht gezerrt haben, musste ich einer Verlobung zustimmen um sie vor dem Straflager zu retten«, sagte Anna, stockte kurz und fuhr dann fort: »Ich habe mich nicht getraut, dir das zu sagen – aus Angst, du würdest es nicht verstehen.«

Maximilian legte seine Hand auf die von Anna.

»Die Nacht damals im Frühling 45 war die schrecklichste meines ganzen Lebens – ich habe sie niemals vergessen«, sagte Anna. »Nachdem ich fast die ganze Strecke von dir auf der Alm nach Hause gelaufen war, schlich ich mich in die Kammer und packte meine Sachen zusammen. Die Mutter sollte nichts hören – sie durfte ja nicht wissen, dass ich mit dir gemeinsam flüchten wollte. Aber dann hat jemand wie wild an das Haustor gepocht: Es war die Burgi, sie hatte in der Nacht Lärm gehört und dann gesehen, wie sie dich abgeführt haben, und auch, dass der Johann dabei war.«

»Der Johann, also dein Verlobter, war damals dabei?«, fragte Maximilian und runzelte die Stirn. »Bei diesen Leuten der SS?«

Anna nickte und sprach weiter: »Es war mir klar, dass es jetzt um dein Leben ging. Ich bin daher zum Johann gelaufen – die SS war in diesen Tagen im Gemeindeamt einquartiert.« Sie senkte den Blick. »Dann habe ich ihn händeringend gebeten, dich zu verschonen. Er aber hat gelacht und es genossen, dass ich endlich einmal von ihm etwas wollte und nicht umgekehrt. Er könne so etwas gar nicht entscheiden, hat er gesagt, und ein Verräter würde nur seine gerechte Strafe erhalten. Außerdem wüsste er längst, dass ich ihn nicht mag und ihn niemals heiraten werde.« Anna machte eine lange Pause, als müsste sie nachdenken. »In meiner Verzweiflung habe ich ihm dann einen Vorschlag gemacht: Wenn er dich freilässt, gebe ich ihm auf die Hand das Versprechen, ihn innerhalb einer Woche zu heiraten.«

Maximilian stöhnte auf, dann sprachen beide lange kein Wort.

»Da gibt es noch etwas«, fuhr Anna endlich fort. »Der Johann hat den Handel schließlich angenommen: Er werde dich frühmorgens freilassen, noch bevor seine Leute irgendwas merken – dann könne man später sagen, du wärst geflohen.«

»Nein!«, schrie Maximilian auf, sodass die Kellnerin, die an der Schank Gläser polierte, ihre Arbeit unterbrach und beunruhigt herüberblickte. »Der Rottenführer! *Das* war Johann?« Maximilian vergrub entsetzt den Kopf in seinen Händen. »Ich hab ihn also erschossen, als er mich gerade befreien wollte!«

»Er ist damals zum Glück nicht gestorben ...«, sagte Anna mit ruhiger Stimme und legte ihm in einer liebevollen Geste die Hand auf die Schulter. »Sie haben ihn gleich entdeckt – der Schuss war ja weithin zu hören. Und es war nur ein Steckschuss in die rechte Brust und eine Beule am Kopf, durch den Aufschlag am Boden. Ich habe ihn gepflegt und noch im Mai gab es dann Hochzeit. Danach hat sich Johann allerdings, als ehemaliger SS-Soldat, für zwei Jahre in eurer Hütte versteckt, und statt euch musste ich Johann dort oben versorgen. Der Aufhauser, also mein Schwiegervater, ist übrigens völlig ungeschoren davongekommen und später sogar Politiker geworden.«

Maximilian schüttelte noch immer ungläubig den Kopf.

Anna nippte an ihrem Weinglas. »Alle haben sich damals gefragt, wie du zu dieser Waffe gekommen bist ...«

»Das war die Waffe von Bastel. Der Wilddieb hat ihn, wie du weißt, zwei Tage vorher in der Hütte getötet. Danach hat er die Pistole gestohlen und sie in seiner Hose versteckt. Die SS-Leute haben die Mauser übersehen, aber ich habe sie ihm dann abgenommen.«

»Der Schwarze ist tot im Kohlenbunker gelegen. Irgendjemand hat ihn scheinbar erwürgt – der Johann hat immer behauptet, seine Leute wären das nicht gewesen«, sagte Anna.

»Ich habe bis heute nicht gewusst, dass er tot war. Er hat mich bedroht, hat mit mir um die Pistole gekämpft«, sagte

Maximilian. »Ich war verzweifelt, stand knapp davor, erschossen zu werden! Ich wollte diesen Mann nicht umbringen, das musst du mir glauben. Ich konnte ja nicht wissen, was danach passieren würde!«

»Sie sind nach dem Krieg bald daraufgekommen, dass der Schwarze mindestens vier Menschen auf dem Gewissen gehabt hat", sagte sie dann und fügte hinzu: »Ich kann dich verstehen...«

Im vorderen Teil der Gaststube wurden bereits die ersten Tische für das Abendessen eingedeckt.

»Wie ist es deiner Familie nach 45 ergangen?«

»Mein Bruder ist als erster vom Krieg zurückgekommen und hat bald den Hof übernommen. Der Vater war noch zwei Jahre lang in Sibirien in Kriegsgefangenschaft und ist erst 1947 aufgetaucht – wir hatten damals schon alle Hoffnung verloren. Aber er hat sich gesundheitlich nie mehr richtig erholt und ist 1963 gestorben. Die Mutter lebt noch – sie wird bald neunzig und ist bei guter Gesundheit. Von uns weiß sie bis heute nichts. Mariann lebt in Salzburg und ist begierig darauf, zu hören, wie es dir geht.

»Und was ist mit diesem Oberleitner nach dem Krieg passiert?«

»Der ist acht Monate lang bei den Franzosen in Innsbruck im Gefängnis gesessen«, antwortete Anna. »Aber bei uns im Ort hat ihn dann nie mehr jemand gesehen. Manche behaupteten, er sei ins Tiroler Oberland gezogen, hätte dort als Bauer wieder pleite gemacht und danach beim Straßenbau gearbeitet«.

Die Kellnerin kam mit einem Tablett vorbei, vermied aber jeden Blickkontakt.

»Warst du glücklich in deinem Leben mit Johann?«, fragte Maximilian.

»Es war keine einfache Zeit mit ihm. Solange sein Vater noch gelebt hat, war es besser. Seine Familie ist sehr vermögend, aber er konnte das Trinken einfach nicht lassen, hat sich mit allen gestritten und war auch nicht fähig, die Geschäfte seines Vaters zu führen. Vor zwei Monaten ist Johann nun im Krankenhaus an Krebs gestorben. Den größten Teil des Vermögens hat die Tochter geerbt ...«

»Die Tochter?«

»Ja, sie ist das einzige Kind, das wir hatten. Wir haben sie Elisabeth genannt, nach meiner Mutter. Der alte Aufhauser war vernarrt in sie. Sie hat das Geschäft von ihm gelernt und ist äußerst geschickt bei diesen Sachen – im Gegensatz zum Johann.«

»Und wie hast du mich überhaupt gefunden?«

»Ich habe einen Bericht von dir in der Zeitung gelesen. Du scheinst ja als Professor eine Berühmtheit zu sein. Mit Namen und dem Titel habe ich dann die Adresse ausfindig gemacht.«

Maximilian rutschte auf seinem Stuhl zurück und schien nachzudenken. »Können wir Freunde bleiben? Uns dann uns wann treffen?«, fragte er und fügte hinzu: »Ich würde mich sehr darüber freuen ...«

Anna biss wieder einmal auf ihren Lippen herum. »Ich wollte dieses Treffen unbedingt, um dir alles sagen zu können«, antwortete sie. »Denn das, was ich dir erzählt habe, ist mir schwer auf der Seele gelegen. Nun haben wir beide endlich Klarheit und ich denke, damit sollten wir es bewenden lassen. Die alten Wunden müssen endlich vernarben.«

Der Nebel war so dicht geworden, dass man keine fünfzig Meter mehr sehen konnte. Sie standen beide am Parkplatz und waren so verlegen, wie vor Stunden bei der Begrüßung.

»Komm gut nach Hause. Du hast einen weiten Weg vor dir, ich hoffe, der Nebel lichtet sich noch«, sagte er.

»Alles Liebe für dich", sagte Anna. Sie umarmten sich, dann stieg sie ein, startete den Motor, drehte aber noch einmal die Scheibe herab: »Es ist *unsere* Tochter, sie ist so clever wie du und sieht dir unheimlich ähnlich – streicht sogar wie du ihr Haar aus dem Gesicht«, sagte sie. »Aber ich möchte nicht, dass sie davon erfährt – niemand weiß, ob sie damit noch zurechtkommen würde ...«

Das Auto fuhr los und bald wurden die Rücklichter vom Nebel verschluckt.